三國演義

(4)

三國演義 (4)

초판 1쇄 발행 ▪ 2014년 11월 20일
초판 2쇄 발행 ▪ 2016년 1월 27일

저 자 ▪ 나관중 원저, 모종강 평론 개정
역 자 ▪ 박기봉
펴낸곳 ▪ 비봉출판사
주 소 ▪ 서울 금천구 가산디지털2로 98. 2동 808호(롯데IT캐슬)
전 화 ▪ (02)2082-7444
팩 스 ▪ (02)2082-7449
E-mail ▪ bbongbooks@hanmail.net
등록번호 ▪ 2007-43 (1980년 5월 23일)
ISBN ▪ 978-89-376-0412-6 04820
        978-89-376-0408-9 04820 (전12권)

값 13,500원

모종강본 원문대역

三國演義

赤壁大戰 / 적벽대전

(4)

나관중 원저
모종강 평론·개정
박기봉 역주

비봉출판사

차　례

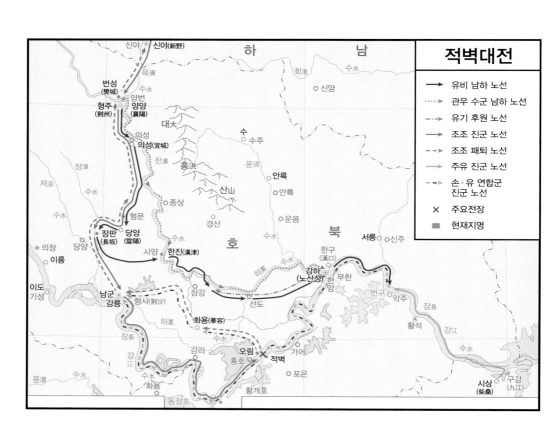

제46회

공명, 기이한 계책으로 화살 얻고
황개, 고육지계 제안하여 형벌을 자청하다

〖 1 〗 한편 노숙은 주유의 말을 듣고 곧장 배 안으로 가서 공명을
방문했다. 공명은 그를 작은 배 안으로 맞아들여 마주 앉았다.

노숙이 말했다: "연일 군무軍務를 보느라 바빠서 선생의 가르침을
듣지 못했습니다."

공명曰: "바로 이 사람 또한 도독께 축하의 말씀을 올리지 못했습니
다."

노숙曰: "무슨 축하할 일이……?"

공명曰: "공근이 선생에게 제가 알고 있는지 모르고 있는지 가서 알
아보라고 한 바로 그 일이 축하할 일이지요."(*묘한 점은 노숙이 입을
열기를 기다리지 않고 먼저 자기가 말하는 것이다. 뜻밖에도 캄캄한 밤중에
일어났던 일을 공명은 일찌감치 알고 있는 것이다.)

깜짝 놀란 노숙은 안색까지 변하며 물었다: "선생은 그것을 어떻게 아셨소?"

공명曰: "그 계책으로 장간蔣幹은 겨우 속여 넘겼지만, 조조는, 비록 일시적으로는 속아 넘어갔겠으나, 틀림없이 곧바로 깨달았으나 단지 자기 잘못을 인정하려고 하지 않을 뿐이오. (*강 건너에서 일어난 일을 공명은 또 이미 알고 있다.) 이제 채모와 장윤 두 사람이 죽었으니 강동의 근심은 없어졌소. 그러니 어찌 축하하지 않을 수 있소? 내가 듣기로는 조조는 수군 도독을 모개와 우금으로 바꾸었다고 하던데, 이제 이 두 사람 손 안에서 허다한 수군들의 목숨이 죽어나갈 것이오."(*후문에 나오는 적벽대전赤壁大戰의 복선이다.)

노숙은 이 말을 듣고 말을 할 수 없어서 한동안 두서없는 말들로 둘러대다가 공명과 헤어져 돌아가려고 했다.

공명이 당부했다: "자경은 부디 공근의 면전에서 내가 이번 일을 먼저 알고 있더라고 말하지 말아 주시오. 공근이 마음속으로 질투와 시기를 해서 또 저를 해칠 일을 찾을까봐 두렵소."(*하문에서 화살 만들도록 하는 일의 복선이다.)

노숙은 그러겠다고 대답하고는 돌아가서 주유를 만나 앞서 말한 일들을 어쩔 수 없이 사실대로 말해 주고 말았다.

주유는 크게 놀라며 말했다: "이 사람은 결코 살려둬서는 안 되겠소. 나는 그를 죽여 버리기로 결심했소!"

노숙이 권했다: "만약 공명을 죽인다면 도리어 조조의 비웃음만 사고 말 것입니다."

주유曰: "내게는 그를 떳떳한 방법으로 죽일 방도가 달리 있소. 그가 죽어도 나를 원망하지 못하게 할 것이오."(*전에는 조조로 하여금 그를 죽이도록 하려고 하더니, 이번에는 바로 자기가 그를 죽이려고 한다.)

노숙曰: "어떻게 그를 떳떳하게 죽이겠다는 것입니까?"

주유曰: "자경은 묻지 말아 주시오. 내일이면 곧 알게 될 거요."

〖 2 〗 다음날, 주유는 막사 안에 여러 장수들을 모아놓고 공명에게 사람을 보내서 의논할 일이 있으니 와달라고 청하도록 했다. 공명은 흔쾌히 왔다.

자리에 앉자 주유가 공명에게 물었다: "가까운 시일 안에 조조의 군사와 싸우려고 하는데, 물에서 싸우려면 어떤 무기로 하는 것이 가장 좋겠소?"

공명曰: "큰 강 위에선 활과 화살로 싸우는 것이 제일 좋습니다."

주유曰: "선생의 말은 내 생각과 똑같소. 다만 지금 군중에는 화살이 모자라는데, 수고스럽지만 선생께서 책임지고 화살 10만 개를 만들어 적과 싸울 무기로 삼도록 해주기를 감히 부탁드리오. 이는 공적인 일이니 선생께서는 부디 거절하지 말아 주기 바라오."(*전에는 공명에게 양도를 끊으라고 하더니, 이번에는 그에게 화살을 만들어 내라고 한다. 전에는 양도를 끊자는 말을 주유 자신이 말하더니, 이번에는 화살을 쓰자는 말을 도리어 공명이 먼저 말할 때까지 기다리는 점이 교묘하다.)

공명曰: "도독께서 맡기시는 일인데 제가 마땅히 힘써 해야지요. 그런데 화살 10만 개는 언제 쓰려고 하십니까?"

주유曰: "열흘 안으로 다 준비해 줄 수 있겠소?"

공명曰: "조조의 군사들이 수일 내로 쳐들어올 텐데 만약 열흘이나 기다리다간 틀림없이 대사를 그르치게 될 것입니다."(*열흘 기한을 촉박하다고 여기지 않고 반대로 늦다고 생각하는 것이 기묘하다.)

주유曰: "선생의 생각으론 며칠이면 다 준비할 수 있을 것 같소?"

공명曰: "사흘만 말미를 주신다면 바로 화살 10만 개를 갖다 바칠 수 있습니다."(*시간을 늦춰 달라고 청하지 않을 뿐 아니라 반대로 스스로 기한을 당기고 있는 점이 참으로 기묘하다.)

주유日: "군중에서는 농담을 해서는 안 되오(軍中無戲言)."

공명日: "어찌 감히 도독과 농담을 하겠습니까? 각서(軍令狀)를 제출해 놓고 사흘 안에 준비하지 못하면 기꺼이 중벌을 받겠습니다."

주유는 크게 기뻐하며 군정사(軍政司: 군의 행정관)를 불러와서 그 자리에서 각서를 받아 놓도록 한 다음 술상을 차려 대접하며 말했다: "일이 끝난 후에 별도로 사례를 하겠소이다."

공명日: "오늘은 이미 늦었으니 내일부터 만들기 시작하겠습니다. 사흘째 되는 날 군사 5백 명을 강변으로 보내서 화살을 나르도록 하십시오."(*이미 강변을 화살 인계 장소로 계산해 놓고 있다.)

공명은 술을 몇 잔 마시고 하직인사를 하고 돌아갔다.

노숙日: "이 사람이 거짓말을 하는 것은 아니겠지요?"

주유日: "자기 스스로 죽겠다는 것이지 내가 그를 죽음으로 몰아넣는 것은 아니오. 오늘 여러 사람들 앞에서 분명히 각서를 받아 놓았으니 그는 설령 두 겨드랑이에 날개가 돋더라도 달아나지 못할 것이오. 나는 군중(軍中)의 장인(匠人: 工人. 工兵)들한테 분부해서 일부러 화살 만드는 일을 지연시키고, 또 소용되는 물자들을 전부 갖춰주지 말도록 할 것이오. 그렇게 한다면 그는 틀림없이 기한을 어기게 될 것이고, 그때 죄를 준다면 그가 변명할 게 뭐 있겠소. 공은 지금 가서 그쪽 실정을 알아본 후 돌아와서 나에게 알려 주시오."

〖 3 〗 노숙은 명을 받고 가서 공명을 만나보았다.

공명日: "내가 전에 자경께 공근에게 말하지 말아 달라고 하지 않았습니까. 말을 하면 그가 틀림없이 나를 해치려 들 것이기 때문이었습니다. 그런데 뜻밖에도 자경께선 나를 위해 숨겨주려 하지 않아서 오늘 과연 또 사단事端이 벌어지고 말았습니다. 사흘 안에 어떻게 화살 10만 개를 만들어낼 수 있단 말입니까? 자경께선 나를 구해줘야만 하겠습니다."

노숙曰: "공이 그 화를 자초했는데 내가 어떻게 구해 드릴 수 있단 말입니까?"

공명曰: "자경께선 내게 배 20척을 빌려주시되, 각 배마다 군사 30 명씩 태우고, 배 위는 전부 푸른 천으로 장막을 둘러치고, 배마다 양편 으로 풀단(束草) 1천여 개씩을 벌여 세워 주시오. 그러면 내가 따로 교 묘하게 써서 사흘째 되는 날에 화살 10만 개를 반드시 마련해 놓겠습 니다. 다만 또 공근이 알게 해서는 안 됩니다. 만약 그가 이 일을 알게 되면 제 계획은 어그러지고 맙니다."

노숙은 그러겠다고 대답했으나, 공명이 그것으로 뭘 하려는지 이해 가 되지 않았다. 그는 돌아가서 주유에게 보고했으나 과연 공명이 배 를 빌려달라고 한 말은 꺼내지 않고 다만 공명이 화살대로 쓸 대나무 (箭竹)와 화살 깃으로 쓸 새의 깃털, 아교와 칠 등의 물건들은 전혀 사 용하지 않고도 화살을 만들 방도가 따로 있다고 하더라는 말만 해주었 다.

주유는 크게 의심이 들어 말했다: "일단 사흘 후에 그가 내게 어떻 게 회답하는지 두고 봅시다!"

〖 4 〗 한편 노숙은 몰래 경쾌한 배 스무 척을 내서 각 배마다 30여 명을 배치하고 베로 만든 휘장과 풀단 등의 물건들을 전부 갖춰놓고 공명이 쓰기를 기다렸다.

그런데 첫째 날은 공명이 어떤 동정動靜도 보이지 않았다. 둘째 날 역시 어떤 움직임도 없었다. 사흘째 되는 날 사경(四更: 새벽 1시~3시 사 이) 무렵, 공명은 은밀히 노숙을 배 안으로 청했다.

노숙이 물었다: "공은 무슨 의도로 나를 부르셨소?"

공명曰: "특별히 자경과 같이 화살을 가지러 가려고 청했습니다."

노숙曰: "어디 가서 가져온단 말입니까?"

공명曰: "자경께선 묻지 마십시오. 가보면 곧 알게 됩니다."

그리고는 곧 20척의 배들을 긴 밧줄로 묶어서 서로 연결시키도록 하고는 곧장 강의 북쪽 기슭을 향해 출발했다.

이날 밤에는 안개가 온 하늘에 자욱하게 끼었는데, 장강 안쪽은 안개가 더욱 심해서 서로 마주보고 서 있어도 얼굴을 알아볼 수 없었다. 공명은 배를 재촉하여 앞으로 나아갔는데, 과연 참으로 대단한 안개였다.

옛 사람이 '짙은 안개가 장강에 드리우다'란 뜻의 「대무 수강 부(大霧垂江賦)」 한 편을 지었는데, 그 부賦에서 노래하기를:

〖 5 〗 크도다 장강이여!　　　　　　　　　　　　　　大哉長江!

　　서쪽으론 민산岷山과 아미산峨眉山에 닿았고　　　　西接岷峨

　　남쪽으론 장강 하류의 세 개 오군 땅을 관통하고　　南控三吳

　　북쪽으론 황하의 아홉 개 지류를 띠처럼 둘렀구나.　北帶九河

　　백 갈래 강물들 모아서 바다로 들어가며　　　　　匯百川而入海

　　만고의 세월 동안 파도를 일으키네.　　　　　　　歷萬古而揚波

　　신화전설 속의 거인(龍伯)과 해신(海若),　　　　　至若龍伯·海若

　　여신(江妃)과 물의 신(水母)들 살고　　　　　　　江妃·水母

　　천 길 고래와　　　　　　　　　　　　　　　　　長鯨千丈

　　머리 아홉 개 달린 물의 신(天蜈).　　　　　　　天蜈九首

　　온갖 마귀와 요괴들　　　　　　　　　　　　　　鬼怪異類

　　이곳에 다 모여 있네.　　　　　　　　　　　　　咸集而有

　　여기는 귀신들이 붙어 살아가는 곳.　　　　　　蓋夫鬼神之所憑依

　　여기는 영웅들이 싸우며 지키는 곳이라네.　　　英雄之所戰守也

때로 음양陰陽이 어지러워지면   時而陰陽旣亂

밝고 어둠(昧爽)이 나뉘지 않고   昧爽不分

아, 만리 장공長空이 한 가지 색깔이라네.   訝, 長空之一色

갑자기 큰 안개 일어 사방을 뒤덮으면   忽大霧之四屯

나무 가득 실은 수레조차 볼 수 없고   雖輿薪而莫睹

오직 징소리, 북소리만 들을 수 있다네.   唯金鼓之可聞

처음에는 어슴푸레하여   初若溟濛

겨우 남산의 표범만 자기 모습 숨길 정도지만   纔隱南山之豹

차차 짙어져서 천지에 가득 차면   漸而充塞

북해의 큰 물고기조차 길을 잃는다네.   欲迷北海之鯤

그런 후에 위로는 높은 하늘에 닿고   然後上接高天

아래로는 두텁게 땅에 드리우니   下垂厚地

멀고멀어서 아득하기만 하고   渺乎蒼茫

넓고 넓어서 끝이 없다네.   浩乎無際

고래는 물 위로 나와 파도를 일으키고   鯨鯢出水而騰波

교룡은 물속에 잠겨 기운을 내뿜는다네.   蛟龍潛淵而吐氣

장마철에는 찌는 듯이 더워지고   又如梅霖收溽

봄철 흐릴 때에는 음산해진다네.   春陰釀寒

사방을 둘러봐도 온통 물밖에 없고   溟溟漠漠

한없이 넓어서 끝이 안 보인다네.   浩浩漫漫

동쪽으론 시상柴桑의 기슭도 보이지 않고   東失柴桑之岸

남쪽으론 하구夏口의 산도 보이지 않는다네.   南無夏口之山

싸움배 일천 척이   戰船千艘

전부 산 계곡에 침몰해 버리고   俱沈淪於岩壑

고깃배 한 척만	漁舟一葉
놀랍게도 파도 속에서 출몰한다네.	驚出沒於波瀾
심할 때는 하늘에서 빛이 사라지고	甚則穹昊無光
아침 해는 색깔을 잃으며	朝陽失色
백주 대낮이 황혼녘처럼 되고	返白晝爲昏黃
붉은 산이 변해 푸른 물빛처럼 된다네.	變丹山爲水碧
우禹 임금처럼 지혜로워도	雖大禹之智
그 깊고 얕음을 잴 수 없고,	不能測其淺深
이루離婁처럼 눈이 밝아도	離婁之明
어찌 지척을 분간할 수 있으랴.	焉能辨乎咫尺!
이리하여 풍이(馮夷: 水神)는 물결치기를 그치고	於是馮夷息浪
병예(屛翳: 風神)는 바람 불기를 그만둔다네.	屛翳收功
물고기와 자라는 족적을 감추고	魚鼈遁跡
새들과 짐승들도 자취를 감춘다네.	鳥獸潛踪
봉래도(蓬萊島: 神仙島) 가는 길 끊어지고	隔斷蓬萊之島
어둠이 하늘 궁전(閶闔) 에워싼다네.	暗圍閶闔之宮
황홀하게 안개 솟구치는 모습은	恍惚奔騰
장차 소낙비 쏟아 부을 듯하고,	如驟雨之將至
어수선하고 소란스럽기는	紛紜雜沓
하늘에 차가운 구름 모여드는 모습 같다네.	若寒雲之欲同
그 속에는 독사가 숨을 수 있어	乃能中隱毒蛇
그로 인해 장려병瘴癘病이 생긴다네.	因之而爲瘴癘

그 안에 요사한 귀신들 숨어 있어	內藏妖魅
그것들 때문에 재앙도 재해災害도 생긴다네.	憑之而爲禍害
인간에게 질병과 재앙을 내리고	降疾厄於人間
변경 밖에서 먼지바람(黃砂) 일으켜	起風塵於塞外
어린 백성들 그 때문에 몸을 크게 상하고	小民遇之大傷
대인大人은 그것을 보고 개탄한다네.	大人觀之感慨
(짙은 안개는)	
천지의 원기를 태고적의 상태로 되돌려	蓋將返元氣於洪荒
하늘과 땅을 뒤섞어 큰 덩어리로 만든다네.	混天地爲大塊

〖 6 〗 이날 밤 오경(五更: 오전 3~5시 사이) 무렵 (*3일이란 기한이 이미 가득 찼다.) 배는 이미 조조의 수상 영채 가까이에 이르렀다. 공명은 배들을 머리는 서쪽으로 꼬리는 동쪽으로 하여 한 줄로 벌여 세우고 배 위에서 북을 치고 함성을 지르도록 했다. (*화살 취하는 방법으로는 몹시 기이하다.)

노숙이 놀라서 말했다: "만약 조조의 군사들이 일제히 나오면 어쩌려고 이러십니까?"

공명은 웃으며 말했다: "내 생각에는, 조조는 짙은 안개 속에서는 틀림없이 감히 나올 생각을 하지 못할 것입니다. 우리는 그저 술이나 마시면서 즐기다가 짙은 안개가 걷히거든 그때 돌아갑시다."

한편 조조의 수상 영채에서는 북소리, 함성 소리를 듣자 모개와 우금 두 사람은 당황하여 급히 조조에게 보고했다.

조조가 명을 내렸다: "안개가 자욱하여 강 위가 잘 보이지 않는데 적병이 갑자기 이르렀으니 틀림없이 매복이 있을 것이다. 결코 가벼이 움직여서는 안 된다. 수군의 궁노수들을 보내서 화살을 마구 쏘아대도록 하라."

또 사람을 육상의 영채로 보내서 장료와 서황을 불러서 각기 궁노수 3천 명을 거느리고 화속火速히 강변으로 나가서 수군을 도와서 함께 활을 쏘도록 했다.

호령이 전해지자 모개와 우금은 남군南軍들이 수채 안으로 급히 쳐들어올까봐 겁이 나서 곧바로 궁노수들을 수채 앞으로 내보내서 활을 쏘아대도록 했다.

잠시 후 육상의 영채에 소속된 궁노수들도 도착해서 약 1만여 명이 전부 강 안쪽을 향해 화살을 쏘아대자 화살은 마치 비 오듯 쏟아졌다. 공명은 다시 배를 돌려서 머리는 동으로 꼬리는 서쪽으로 하여 수상 영채에 바짝 다가가서 화살을 받도록 지시하고,(*저쪽에선 보내주고 이쪽에선 그것을 받는다.) 한편으로는 북을 치고 함성을 지르도록 지시했다.

해가 높이 떠올라 안개가 흩어질 무렵에야 공명은 배들을 거두어 급히 돌아가도록 지시했다. 20척의 배 양편에 벌려 세운 풀단들 위에는 화살들이 빈틈없이 꽂혀 있었다. (*아교나 칠이나 새의 깃털 등을 쓰지 않고도 화살을 이미 다 만들었다.)

공명은 배 위의 군사들에게 일제히 소리를 질러서 "승상, 화살 감사합니다!" 하고 외치도록 했다.

조조의 군사들이 영채 안으로 가서 이 일을 조조에게 보고했을 때에는 이쪽의 배들은 가벼운데다 물살도 급해서 이미 배를 저어 20여 리나 돌아갔으므로 쫓아가도 따라잡을 수 없었다. 조조는 후회하기를 마지않았다.

〘 7 〙 한편 공명은 배를 돌리도록 한 후 노숙에게 말했다: "배 한 척마다 화살이 약 5~6천 개는 될 것입니다. 강동은 직접 만드는 것에 비해 절반의 힘도 들이지 않고 이미 10만여 개의 화살을 얻었으니, 내

일 이 화살들을 가지고 조조 군사들을 쏜다면 어찌 매우 편하지 않겠습니까?"(*이는 잠시 받아둔 것이므로 후에 돌려줘야 한다.)

노숙曰: "선생은 참으로 신인神人이시오! 오늘 이처럼 안개가 짙게 낄 줄 어떻게 아셨습니까?"

공명曰: "장수가 되어 천문天文에 통하지 못하고, 지형의 이로움과 불리함을 알지 못하며, 기문둔갑술奇門遁甲術을 모르고, 음양(陰陽: 점성술과 점복 등 길흉을 미리 알기 위한 술수)에 대해 알지 못하고, 진지의 배치(陣圖)를 간파할 수 없고, 군대의 세력 판단에 밝지 못하다면, 이는 변변치 못한 재주에 불과하오. (* "천문天文"이란 말이 주主이고 나머지 여러 말은 배설(陪說: 배석의 말)에 불과하다.) 나는 사흘 전에 이미 오늘 짙은 안개가 낄 것을 미리 알고 있었기 때문에 감히 사흘이란 기한을 받아들였던 것입니다.

공근은 나에게 열흘 안에 다 만들어놓으라고 하면서도 장인匠人들과 필요한 물자는 전부 제공해 주지 않았는데, 이는 사소한 죄를 이유로 나를 죽이려고 한 것이 분명합니다. 그러나 나의 목숨은 하늘에 달려 있으니 공근이 어찌 나를 해칠 수 있겠습니까?"

노숙은 탄복했다.

배가 강기슭에 닿았을 때는 주유가 보낸 군사 5백 명이 화살을 나르기 위해 이미 강변에서 기다리고 있었다. 공명은 그들에게 배 위로 올라가서 모두 거두도록 지시하여 십여 만 개나 얻을 수 있었는데, 그것들을 전부 중군의 군영으로 옮겨서 바치도록 했다.

노숙은 들어가서 주유를 보고 공명이 화살을 얻어온 일을 자세히 이야기했다. 주유는 크게 놀라서 몹시 분해하며 탄식했다: "공명의 신묘한 계략과 전술(神機妙算)을 나는 도저히 따라가지 못하겠구나!"

후세 사람이 이를 칭찬해서 지은 시가 있으니:

　　짙은 안개 장강에 가득한 날　　　　　　　　一天濃霧滿長江

원근 분간키 어렵고 강물은 아득했지.　　　　　　遠近難分水渺茫
빗발치듯, 메뚜기처럼, 배 안으로 날아든 화살　　驟雨飛蝗來戰艦
공명은 이날 주유를 굴복시켰네.　　　　　　　　孔明今日伏周郎

〖 8 〗 잠시 후 공명이 주유를 보러 영채로 들어갔다. 주유는 막사를
나와서 그를 맞아들이며 칭찬해 말했다: "선생의 신묘한 계략과 전술
(神機妙算)은 저로 하여금 경복敬服케 하였소이다."

공명曰: "조그마한 속임수가 기이할 게 뭐 있습니까."(*스스로 겸손
한 체하는 것에는 자부하는 마음이 있는 법이다.)

주유는 공명을 막사 안으로 안내하여 함께 술을 마셨다.

주유曰: "어제 우리 주공께서 사자를 보내서 속히 진군하라고 독촉
하셨으나 제게는 기묘한 계책이 없소이다. 선생께서 제게 가르쳐주시
기 바랍니다."(*전번에 어떤 무기를 써야 좋으냐고 물었던 것은 거짓 물음
이었으나, 이번에 어떤 계책을 써야 되겠느냐고 물은 것은 진심으로 물은 것
이다.)

공명曰: "저야 그저 보잘것없는 변변치 못한 사람(碌碌庸才)인데 어
찌 묘한 계책이 있겠습니까?"

주유曰: "내가 전에 조조의 수상 영채를 자세히 살펴보았는데 극히
엄정한 것이 법에 맞아 예사롭게 공격하면 안 될 것 같았소. 그래서
내가 한 가지 계책을 생각해 보았지만 그것이 가능할지 안 할지를 잘
모르겠소. 선생께서 나를 위해 한번 결단해 주기 바라오."

공명曰: "도독께선 잠시 말하지 마시고, 우리 각자 손바닥에 생각하
는 바를 써서 둘의 생각이 같은지 같지 않은지를 보기로 하십시다."

주유는 크게 기뻐하며 붓과 벼루를 가져오라고 해서 먼저 자기가 남
이 보지 못하게 쓰고 난 다음 그 붓을 공명에게 건네주었다. 공명도
또한 남이 보지 못하게 썼다. 두 사람은 걸상 가까이 가서 각자 손바닥

에 쓴 글자를 내어놓고 서로 들여다보고는 둘 다 크게 웃었다. (*83만 명의 대군은 이미 두 사람의 손바닥 안에서 끝이 나 버렸다.) 원래 주유가 손바닥에 쓴 글자는 '火(화)'자 하나였는데, 공명의 손바닥에도 역시 '火(화)'자 하나가 있었다.

주유曰: "기왕에 우리 두 사람의 생각하는 바가 서로 같으니 다시 의심할 게 없겠소. 절대 누설하지 말아 주시오."

공명曰: "두 집의 공적인 일(公事)을 어떻게 누설할 리가 있겠습니까. 제 생각에는, 조조는 저의 계책에 비록 두 번이나 속았으나 (*박망 博望과 신야新野에서의 일을 꺼내고 있다.) 틀림없이 아무 대비도 하지 않을 것입니다. 도독께선 안심하고 그것을 실행해도 됩니다."(*조조는 육지에서의 일은 미리 헤아릴 줄 알아도 물 위에서의 일은 미리 헤아릴 줄 모른다.)

술을 마시고 나서 둘은 헤어졌다. 여러 장수들은 다들 이 일을 알지 못했다.

〖 9 〗한편 조조는 공연히 화살을 십오륙만 개나 잃어버리고 나서 (*강동이 얻은 화살은 10여만 개지만 조조가 잃은 화살은 15~6만 개나 된다. 그 반 이상은 배에 떨어졌고 그 반 이하는 물에 떨어졌던 것이다. 만약 조조가 잃은 화살이 정확히 10만 개라면 이런 글이 없을 뿐만 아니라 역시 이와 같은 일도 없었을 것이다.) 마음이 우울했다.

순유가 계책을 건의했다: "강동에는 주유와 제갈량 두 사람이 계책을 내고 있어서 급히 깨뜨리기가 어렵습니다. 사람을 강동으로 보내서 거짓 항복을 해서 첩자가 되어 내응하도록 해서 소식을 전해 오도록 해야만 비로소 적을 도모할 수 있을 것입니다."

조조曰: "자네 말은 내 생각과 꼭 같다. 자네 생각에는 군중의 누가 이 계책을 실행할 수 있을 것 같은가?"

순유日: "채모는 처형을 당했지만 채씨의 종족들은 전부 군중에 있습니다. 채모의 친족 동생인 채중蔡中과 채화蔡和가 현재 부장副將으로 있는데, 승상께서 그들에게 은혜를 베풀어 그들의 마음을 붙잡으신 다음에 동오로 보내서 거짓 항복을 하도록 하신다면, 동오에서는 틀림없이 의심을 하지 않을 것입니다."(*두 채씨가 거짓항복을 하면서 조조가 자기 형을 죽였다는 것을 명분으로 내세우면 사람들을 쉽게 믿도록 할 수 있다는 것이다.)

조조는 그 말을 좇아서 그날 밤 두 사람을 은밀히 막사 안으로 불러와서 당부했다: "너희 두 사람은 약간의 군사들을 데리고 동오로 가서 거짓 항복을 하거라. 다만 무슨 동정이 있으면 사람을 보내서 은밀히 보고하도록 하라. 일이 성공한 후에 벼슬과 상을 후하게 내릴 것이니 두 마음을 품지 말라!"

두 사람이 말했다: "저희 처자들이 모두 형주에 있는데 어찌 감히 두 마음을 품겠습니까? 승상께서는 의심하지 마십시오. (*조조가 그들을 의심하지 않았던 이유가 바로 여기에 있고, 주유가 그들을 믿지 않았던 이유도 역시 여기에 있다.) 저희 둘이 반드시 주유와 제갈량의 머리를 가져와서 휘하에 바치겠습니다."

조조는 그들에게 후하게 상을 내렸다.

다음날, 두 사람은 군사 5백 명을 데리고 (*장간蔣幹은 세객說客으로 가면서도 겨우 어린 동자 하나만 데리고 갔는데, 두 채씨 형제는 첩자로 가면서도 군사를 5백 명이나 데리고 간다.) 여러 척의 배들을 저어 바람을 타고 남쪽 기슭을 향해 갔다.

〖 10 〗 한편 주유가 출병 문제로 한창 신경을 쓰고 있을 때 갑자기 보고가 들어오기를, 강북에서 배가 와서 강구江口에 닿았는데 채모의 아우 채화蔡和와 채중蔡中이라고 하는 자들이 투항하려고 일부러 찾아

왔다는 것이었다.

주유는 그들을 불러들였다.

두 사람은 울면서 절을 하고 말했다: "저희 형은 죄도 없이 조조 역적놈에게 죽임을 당했습니다. 우리 두 사람은 형의 원수를 갚으려고 특별히 찾아와서 항복을 드리는 것입니다. (*채모를 죽인 사람은 주유다. 형의 원수를 갚으려면 주유에게 투항을 해서는 안 된다.) 부디 군중에 거두어 주십시오. 선봉이 되어 싸우고자 합니다."

주유는 몹시 기뻐하며 (*몹시 기뻐한 것은 그들이 정말로 투항해온 것으로 알았기 때문이 아니라 그들이 거짓 투항해온 것을 알았기 때문이다.) 두 사람에게 후하게 상을 내리고는 감녕과 같이 군사를 이끌고 선두부대가 되도록 했다.

두 사람은 고맙다고 인사를 하면서 주유가 자신들의 계략에 걸려든 것으로 생각했다.

주유는 은밀히 감녕을 불러서 분부했다: "이 두 사람은 처자식들을 데리고 오지 않았는데, 이는 진짜 투항해온 것이 아니라 (*바로 두 채씨가 조조에게 한 말과 상응한다.) 조조가 첩자로 보낸 자들이오. 내 이제 저들의 계략을 역으로 이용하여(將計就計) 저들로 하여금 이쪽 소식을 전하도록 하려고 하오. (*황개黃蓋의 일에 대한 복선이다.) 그러니 그대는 저들을 드러나지 않게 은밀히 잘 대접해 주면서 속으로 방비를 하고 있다가 출병하는 날에 먼저 저 두 사람을 죽여서 깃발에 제사를 지내도록 하시오. (*후문에서 있을 일을 먼저 여기에 숨겨둔다.) 그대는 반드시 조심하고 절대로 실수하는 일이 있어서는 안 되오."

감녕은 명령을 받고 나갔다. 노숙이 들어와서 주유를 보고 말했다: "채중과 채화가 항복해온 것은 아무래도 거짓인 듯하니 거두어 써서는 안 됩니다."

주유가 책망했다: "저들은 조조가 자기 형을 죽였기에 원수를 갚으

려고 투항해 온 것인데 무슨 거짓이 있다는 것이오! 그대가 이처럼 의심이 많다면 어떻게 천하의 인재들을 포용할 수 있겠는가!"(*두 채씨도 거짓말을 했지만 주랑도 다시 거짓말을 한다.)

노숙은 입을 다물고 물러나와 그 길로 공명에게 가서 이 일을 이야기했다. 공명은 웃기만 하고 아무런 말도 하지 않았다.

노숙曰: "공명은 왜 비웃으시오?"

공명曰: "나는 자경께서 공근이 계책을 쓰고 있음을 알지 못하기에 웃었던 것입니다. 큰 강이 멀리 가로막고 있어서 첩자들이 왕래하기가 극히 어렵기 때문에 조조가 채중과 채화로 하여금 거짓 항복을 하도록 하여 몰래 우리 군중의 기밀을 탐지하도록 한 것입니다. 공근은 저들의 계략을 역으로 이용하여 저들로 하여금 이쪽의 소식을 전하도록 하려는 것입니다. (*하나하나 다 간파당하고 있다. 묘하다.) '병법에서는 기만책의 사용을 꺼리지 않는다(兵不厭詐)'고 하였는데, 공근의 계책이 바로 그것입니다."(*노숙까지 속이는 것이 바로 소위 '병불염사(兵不厭詐)' 이다.)

노숙은 그제야 비로소 깨달았다.

〖 11 〗 한편 주유가 밤에 막사 안에 앉아 있는데 갑자기 황개黃蓋가 슬그머니 중군으로 들어와서 주유를 보았다.

주유가 물었다: "공복(公覆: 황개)께서 이 밤에 찾아오신 걸 보니 틀림없이 제게 가르쳐 주실 좋은 계책이 있으신 모양입니다."

황개曰: "저들은 군사가 많고 우리는 적으므로 서로 오래 대치하고 있어서는 안 되는데, 왜 화공을 쓰지 않소이까?"

주유曰: "누가 공에게 이 계책을 바치라고 일러주었습니까?"(*전에 공명에게 누설해서는 안 된다고 주의를 주었는데도 지금 이 말을 듣자 곧바로 손바닥에 썼던 계책이 공명에 의해 누설된 것으로 의심한 것이다.)

황개曰: "내 생각을 말한 것이지 남이 가르쳐준 것이 아니오."

주유曰: "저도 바로 그렇게 하고자 합니다. 그래서 채중과 채화 같은 거짓 항복해 온 사람들을 붙들어 두어서 이쪽 소식을 전하도록 하려는 것입니다. 다만 안타까운 것은 나를 위해서 거짓 투항계(詐降計)를 실행해 줄 사람이 없다는 것입니다."(*자기가 사람을 시켜서 거짓투항 하도록 하려고 했기 때문에 적 쪽의 사람이 거짓투항 해 오자 크게 기뻐했던 것이다. 그런데 적 쪽에서 거짓투항 해 왔는데도 자기 쪽에서 거짓투항 보낼 사람이 없어서 안타까워하고 있었던 것이다.)

황개曰: "제가 그 계책을 실행하겠습니다."

주유曰: "어느 정도 고통을 감수하지 않는다면 적이 어떻게 믿으려 하겠습니까?"

황개曰: "내가 손씨의 두터운 은혜를 입었으니 비록 간과 뇌수를 땅바닥에 쏟는다 해도 원망하거나 후회하지 않을 것이오."

주유는 그에게 고맙다고 절을 하며 말했다: "공이 만약 몸에 고통을 당함으로써 남을 속이려는 이 고육지계苦肉之計를 실행해 주신다면, 이는 강동을 위해서 천만다행일 것입니다."(*주유는 고심苦心을 하고 황개는 고육苦肉을 하는데, 고심도 쉽지 않지만 고육은 더욱 어렵다.)

황개曰: "나는 죽더라도 원망하지 않을 것이오."

그는 곧 하직인사를 하고 밖으로 나갔다.

〖 12 〗 다음날 주유는 북을 쳐서 모든 장수들을 막사 앞에 모았다. 공명 역시 자리에 있었다.

주유曰: "조조가 백만 대군을 이끌고 와서 삼백여 리에 걸쳐 연이어 영채를 세워놓고 있으니 저들을 하루에 깨뜨릴 수는 없다. 그래서 이제 여러 장수들에게 명하는 바이니, 각자 3개월 분의 군량과 마초를 수령하여 적을 막을 준비를 하라."

말이 미처 끝나기도 전에 황개가 건의했다: "3개월 분은 말할 것도 없고 설령 30개월 분의 군량과 마초를 지급해 주더라도 성공할 수 없소이다. 만약 이달 안으로 적을 쳐서 깨뜨릴 수 있다면 곧바로 깨뜨리고, 만약 이달 안으로 깨뜨릴 수 없다면 장자포(張子布: 장소)의 말대로 갑옷을 벗어버리고 창을 거꾸로 잡고 신하의 예를 바치고 항복해야 하오!"(*먼저 항복하자고 말하는 것이 바로 거짓항복을 실행하려는 계략의 시작이다.)

주유는 발끈하여 얼굴색이 변하더니, 크게 화를 내며 말했다: "나는 지금 군사를 독려하여 조조를 치도록 하되 감히 항복하자는 말을 다시 꺼내는 자가 있으면 반드시 참하라고 하신 주공의 명을 받들고 있다. 지금은 양쪽 군대가 서로 대적하고 있는 때인데 그대가 감히 이따위 말을 꺼내서 우리 군사들의 마음을 해이하게 했으니, 그대 목을 베지 않고서는 많은 군사들을 복종시키기 어려울 것이다!"

그리고는 좌우에 있는 자들에게 큰소리로 황개를 끌고 가서 목을 벤 후에 와서 보고하라고 호통을 쳤다. (*여러 장수들이 반드시 말릴 줄 분명히 알고 일부러 이런 거친 성격의 배역을 연출하는 것이다.)

황개 역시 화를 내며 말했다: "내가 파로장군(破虜將軍: 손견)을 따라다닌 때로부터 동남 지역을 종횡으로 누비기를 이미 3대 동안이나 해왔는데, 너는 그때 뭘 하고 있었느냐?"(*먼저 항복하자고 말한 것은 장소張昭의 주장과 대응하고, 주유의 나이 어린 것을 깔보는 것은 정보程普의 행동과 대응한다.)

주유가 크게 화를 내면서 속히 끌어내다가 목을 베라고 호령했다. (*연극을 할수록 더욱 그럴듯해진다.)

감녕이 앞으로 나서며 말했다: "공복은 동오의 오랜 신하이니 너그러이 용서해 주시기 바랍니다."

주유가 큰소리로 꾸짖으며 말했다: "네 어찌 감히 여러 말을 하여 나의 법도法度를 어지럽히려 하느냐!"

먼저 좌우를 보고 감녕에게 마구 곤장을 때려서 밖으로 내다버리라고 호통을 쳤다.

여러 관원들이 모두 무릎을 꿇고 사정했다: "황개의 죄는 죽어 마땅하오나 다만 군사 일에 이롭지 못하니 도독께서 너그러이 용서하시고, 당분간 그의 죄를 기록해 두었다가 조조를 깨뜨린 후에 그의 목을 베더라도 늦지 않을 것이옵니다."

그러나 주유의 노여움은 가라앉지 않았다. (*연극을 할수록 더욱 그럴 듯해진다.)

여러 관원들이 살려주기를 극력 빌자, 주유가 말했다: "만약 여러 관원들의 낯을 보지 않았다면 기필코 목을 베었을 것이다! 지금은 일단 죽이는 것만은 면해 주겠다!"

그리고는 좌우에 명하여 그를 끌어내서 엎어 놓고 그의 등(脊)에 곤장 1백 대를 쳐서 그 죄를 다스리도록 했다. (*지난밤에 같이 상의했던 방법은 바로 이것이었다.) 여러 관원들이 다시 용서를 빌자 주유는 책상을 밀어 엎으면서 여러 관원들을 꾸짖어 물리치고 빨리 곤장을 치라고 호통을 쳤다. (*연극을 할수록 더욱 그럴듯하다.) 그리하여 황개의 옷을 벗긴 다음 땅에다 엎어놓고 그의 등에 곤장 50대를 쳤다. 여러 관원들이 또다시 그만해 달라고 극력 빌었다.

주유는 자리에서 벌떡 일어나더니 손으로 황개를 가리키며 말했다: "네 감히 나를 우습게 보느냐? 일단 곤장 50대는 달아놓아라. 또다시 군령을 태만히 할 때에는 두 가지 죄를 함께 처벌할 것이다!"

그는 화를 못 이겨 계속 씩씩거리면서 막사 안으로 들어가 버렸다. (*이때 고육지계苦肉之計는 이미 끝이 났다. 만약 아직 식지 않은 화가 없는 것처럼 했다가는 연극임이 노출되어 탄로날까봐 두려워서 안으로 들어가 버린 것이다. 참으로 연극을 할수록 더욱 그럴듯하다.)

〖 13 〗 여러 관원들이 황개를 붙들어 일으켜 보니 곤장을 맞아 가죽이 갈라지고 살이 터져서 선혈이 솟아나와 흘렀다. 부축해 가지고 본채로 돌아가는데 몇 차례나 기절을 했다. 위문 온 사람으로서 눈물을 흘리지 않는 자가 없었다.

노숙도 그를 찾아가서 위문한 다음 공명의 배로 가서 공명에게 말했다: "오늘 공근이 화를 내며 공복公覆을 통렬히 책망했는데, 우리는 다들 그의 부하들인지라 감히 그의 뜻을 거슬려가면서 극력 말리지 못했으나 선생께서는 손님이신데 어찌하여 수수방관 하시면서 한 마디 말씀도 해주시지 않으셨습니까?"

공명은 웃으면서 말했다: "자경께선 저를 속이고 계십니다."

노숙曰: "제가 선생을 모시고 강을 건너온 이래 한 가지 일도 속인 적이 없는데, 지금 어찌하여 그런 말씀을 하십니까?"

공명曰: "자경께서는 어찌 공근이 오늘 황공복(黃公覆: 황개)을 심하게 매질한 것이 그의 계책인 줄 모르십니까? 그런데도 어떻게 나에게 그를 말려 달라고 권하신단 말입니까?"(*감녕은 그것이 계책인 줄 알면서 그러지 말라고 권했으니, 권한 것 역시 거짓이었다. 공명은 알고서 권하지 않았으니, 권하지 않은 것은 거짓이 아닌 진심이었다.)

노숙은 그제야 깨달았다.

공명曰: "고육지계苦肉之計를 쓰지 않고서야 어떻게 조조를 속여넘길 수 있겠습니까? 지금은 틀림없이 황공복으로 하여금 조조를 찾아가서 거짓 항복을 하도록 하고, 그런 다음에 채중과 채화로 하여금 이 일을 보고하도록 하려는 것입니다. 자경께선 공근을 보시거든 절대로 내가 그 계책을 먼저 알고 있더라고 말하지 마시고, 단지 저 역시 도독의 처사를 원망하고 있더라고만 말해 주십시오."

노숙은 하직인사를 하고 떠나와서 주유를 보러 막사로 들어갔다.

주유가 그를 막사 안으로 맞아들였다. 노숙이 말했다: "오늘 무슨 이유로 황공복을 그처럼 통렬히 책망하셨습니까?"

주유曰: "여러 장수들이 원망하고 있습니까?"

노숙曰: "마음속으로 불안해하는 사람들이 많습니다."

주유曰: "공명의 생각은 어떠했소?"

노숙曰: "그 또한 도독께서 너무 야박하다고 원망하였습니다."

주유가 웃으면서 말했다: "이번에는 그 사람까지 잠시 속여 넘겼군." (*도리어 공명에게 속은 줄 누가 알겠는가.)

노숙曰: "무슨 말씀인가요?"

주유曰: "오늘 황개를 독하게 매질한 것은 계책입니다. 나는 그로 하여금 거짓항복을 하도록 하되 먼저 잠시 고육계를 써서 조조를 속여 넘기려고 하였소. 그러면서 화공을 쓴다면 이길 수 있을 것이오."

노숙은 속으로 공명의 고견高見에 탄복했으나 감히 사실대로 말할 수가 없었다.

〖 14 〗 한편 황개가 막사 안에 누워 있는데 여러 장수들이 다들 찾아와서 안부를 물었다. 그러나 황개는 아무 말도 하지 않고 다만 길게 한숨만 쉬었다. 그때 갑자기 참모 감택闞澤이 위문을 왔다고 알려 왔다. 황개는 그를 청하여 침실로 들어오게 하고는 좌우를 물리쳤다.

감택曰: "장군께서는 도독과 원수진 일이 있는 것은 아니지요?"

황개曰: "없소."

감택曰: "그렇다면 공이 책망을 받은 것은 혹시 고육지계가 아닙니까?"

황개曰: "그것을 어떻게 아셨소?" (*황개가 설명할 필요도 없이 먼저 감택이 알아맞히는데, 심히 묘하다.)

감택曰: "제가 공근의 거동을 보고 십중팔구는 그럴 것으로 짐작을 했습니다." (*공명만이 완전히 알아차렸다.)

황개曰: "나는 삼대에 걸쳐 오후吳侯의 두터운 은혜를 받았으나 보답할 길이 없어서 이 계책을 올려 조조를 깨뜨리려고 한 것이오. 몸은 비록 고통스러웠으나 그래도 원망하는 마음은 없소. 내가 군중을 두루 살펴보았으나 심복으로 삼을 만한 사람이 하나도 없었는데, 오직 공만이 평소에 충의忠義의 마음을 가지고 계시기에 감히 내 속마음을 털어 놓는 것이오."

감택曰: "공께서 내게 하시고자 하는 말씀은 나에게 거짓 항서降書를 가지고 가서 조조에게 바쳐 달라는 것이 아닌지요?"(*또 황개가 설명할 필요도 없이 먼저 감택이 알아맞히는데, 심히 묘하다.)

황개曰: "사실은 바로 그 뜻인데, 들어 주실지 모르겠소."

감택은 흔쾌히 승낙했다. 이야말로:

용장이 몸을 던져 주인에게 보답하려 하니　　勇將輕身思報主

모신謀臣도 나라 위해 같은 마음 갖는구나.　　謀臣爲國有同心

감택이 뭐라고 대답할지 모르겠거든 다음 회를 읽어보도록 하라.

제 46 회 모종강 서시평序始評

(1). 주유는 조조 군의 양도糧道를 끊어버리고 싶었으나 끊을 수 없음을 분명히 알고 있었으니, 이는 그의 지혜로움(智)이다. 공명은 강동을 위해 화살을 만들고 싶었으나 만들 수 없음을 분명히 알고 있었으니 이 역시 그의 지혜로움(智)이다. 그런데 주유는 양도를 끊지 못하여 북군에 양식이 없도록 하지 못했으나, 공명은 화살을 만들지 못했어도 강동이 화살을 가질 수 있게 하였으니, 공명의 지혜가 기이하다.

주유는 조조의 칼을 빌려 공명을 죽이려고 했으나 공명은 일찌감치 그것을 알아차렸다. 공명이 조조의 화살을 빌려서 주유에게 주었으나 주유는 그것을 알아차리지 못했다. 그러므로 공명의 지혜가 더욱 기이하다. 10일이란 기한도 이미 너무 짧아서 기한 내에 해내지 못할까봐 겁나는데 굳이 그것을 3일로 줄이고, 3일이란 기한도 이미 몹시 위험한데 일부러 이틀을 그냥 흘려보내 버렸다. 독자들은 책을 읽다가 3일 째 밤에 이르러서는 공명을 위해 몹시 마음이 초조해지고 걱정을 하게 된다.

(2). 화살을 빌리는 계책(借箭之計)은 그 이익이 세 가지 있다. 동오로 하여금 10만 개의 화살을 쓸 수 있게 한 것이 한 가지 이익이다. 이미 10만 개의 화살을 얻었는데 또 10만 개의 화살을 만드는 데 드는 비용을 아꼈으니 이는 화살 20만 개의 이익을 강동에 준 것으로, 이것이 두 번째 이익이다. 내가 얻은 것은 나에게 있고, 설령 내가 얻은 게 없더라도 적으로 하여금 잃어버리게 하였으니, 그 이익은 나에게 있다. 지금 나는 10만 개의 화살을 얻었고, 화살 10만 개 만드는 데 드는 비용을 아꼈고, 그리고 또 조조 군으로 하여금 10만 개 화살을 잃어버리도록 하였으니, 이로써 화살 30여만 개의 이익을 동오에 준 것이 세 번째 이익이다. 공명으로서는 한 가지 작은 계책을 실행한 것에 불과하지만 그 이익은 이와 같으니, 참으로 군사軍師라는 칭호에 부끄러울 게 없다!

(3). 공명이 쓰는 계책의 절묘함은 빌리기를 잘한다는 것이다. 조조 군의 격파는 이미 강동의 군사를 빌려서 했고, 강동의 군사들을 도운 것은 조조 군의 화살을 빌려서 하였으니, 이는 동에서 빌리고 또 북에서 빌린 것이다. 화살을 취한 것은 노숙의 배를 빌려서 했고, 조조로 하여금 의심하도록 한 것은 다시 장강長江의 안개를 빌려서 하였는바, 이는 사람에게서 빌리고 또 하늘에서 빌린 것

이다. 군사도 빌릴 수 있고, 화살도 빌릴 수 있고, 이리하여 동풍東風 역시 빌릴 수 있었으니 형주荊州의 땅 역시 빌리지 못할 게 없었던 것이다.

(4). 황개黃蓋의 고육지계苦肉之計는 만약 황개가 자원하여 나서지 않는다면 주유가 어찌 그에게 강요할 수 있겠는가. 주유는 이 계책을 몹시 쓰고 싶어 했으나 황개 같은 사람 하나를 얻지 못하여 매우 속이 타고 있었는데, 황개가 진심으로 자기 한 몸을 버릴 수 있은 다음에야 고육지계를 쓸 수 있었던 것이다. 작자는 여기에서 주유의 지혜를 묘사한 것이 아니라 바로 황개의 충성심을 묘사한 것이다. 그리고 또 황개의 충성심을 묘사한 것이지 황개의 지혜를 묘사한 것은 아니다.

(5). 나는 일찍이 황개의 고육지계를 보고 그 계책의 성공에는 하늘의 뜻이 있다고 감탄했다. 대개 이 계책에는 우려되는 것이 세 가지 있다. 만약 황개가 곤장을 맞다가 그 독이 너무 심하여 죽기에 이른다면, 비록 몸을 버렸다고는 하나 나라 일에는 아무런 도움이 없으므로 죽은 자의 혼백이 품게 될 원한은 무궁할 것이라는 것이 한 가지 우려되는 점이다.

만약 여러 장수들이 그 내막을 알지 못하고 버럭 화를 내고 변란을 일으킨다면 거짓으로 한 일이 진실로 변하여(弄假成眞) 적군을 치기에 앞서 아군의 반란이 일어날지도 모르는데, 이것이 두 번째 우려되는 점이다.

또 만약 조조가 장간이 속은 일을 교훈 삼아 황개의 항복을 거절하고 받아들이지 않는다면, 황개는 쓸데없이 형벌만 받은 것이 되고 주유는 공연히 스스로 잘난 체하다가 도리어 조조의 비웃음만 사게 될지도 모른다는 것이 세 번째 우려되는 점이다.

　그런데 황개가 죽지 않았고, 여러 장수들이 반란을 일으키지 않았고, 조조가 의심을 하지 않아서 결국 주유가 이 일에 성공을 거두었으니, 이 어찌 하늘의 뜻이 아니겠는가?

제47회

감택, 몰래 거짓 항서 바치고
방통, 교묘하게 연환계를 전수하다

〖 1 〗 한편 감택闞澤의 자字는 덕윤德潤으로 회계군會稽郡 산음(山陰: 절강성 소흥紹興) 사람이다. 집이 가난했으나 배우기를 좋아해서 일찍이 남의 책을 빌려와서 읽곤 했는데, 한 번 읽은 것은 잊어버리지 않았다. 게다가 그는 응대應對가 민첩하고 말 재주가 좋았으며 어릴 때부터 담력膽力이 있었다. (*그의 담력은 독서를 통해 얻은 것이다.) 손권은 그를 불러와서 참모로 삼았는데 황개와 제일 친하게 지냈다. (*한창 바쁜 중에 감택의 생애를 간략하게 서술하는데, 번잡하지도 않고 소략하지도 않다.)

황개는 그가 말을 잘하고 담력이 있음을 알고 있었기 때문에 그를 시켜서 조조에게 거짓 항서降書를 바치도록 하려고 했다.

감택은 흔쾌히 승낙하면서 말했다: "대장부가 세상에 나서 공을 세울 수 없다면 초목과 같이 썩는 것과 무엇이 다르겠습니까? 공께서는 이미 몸을 내던져 주공께 보답하려고 하시는데, 저 또한 어떻게 이 미천한 목숨을 아끼겠습니까?"

황개가 침상에서 떨어지듯 내려와서 그에게 고맙다고 절을 했다.

감택曰: "일을 느슨히 해서는 안 되니 지금 곧 가겠습니다."

황개曰: "글은 이미 써놓았소."

감택은 글을 받아 가지고 당장 그날 밤 어부 차림을 한 다음 작은 배를 저어 북쪽 강기슭을 향해 갔다. 이날 밤엔 반짝이는 별들이 온 하늘에 가득했다. 삼경(三更: 밤 11시에서 새벽 1시 사이) 무렵에는 이미 조조 군의 수상 영채에 이르렀다. 강을 순찰 돌던 군사가 그를 붙잡아 그날 밤 조조에게 알렸다.

조조曰: "그 자는 첩자가 아니냐?"

군사曰: "그냥 늙은 어부일 뿐인데, 자기 말로는, 자기는 동오의 참모 감택闞澤으로 기밀에 속하는 일이 있어서 뵈러 왔다고 합니다."

조조는 곧 데려오라고 지시했다.

〖 2 〗 군사가 감택을 인도하여 들어가니 막사 안에는 등불 빛이 휘황했고 조조는 탁자에 기대어 단정하게 앉아 있는 게 보였다.

조조가 물었다: "너는 동오의 참모라면서 여기는 뭣 하러 왔느냐?"

감택曰: "사람들이 말하기를 조 승상은 현사賢士 구하기를 마치 목마른 사람이 물을 찾듯이 한다고 하던데, 지금 묻는 것을 보니 듣던 바와는 매우 다르군. 황공복(黃公覆: 황개), 그대는 또 잘못 궁리했구나!"

조조曰: "우리는 동오와 아침저녁으로 싸우고 있는데 그대가 은밀히 여기 왔으니 어찌 물어보지 않을 수 있겠는가?"

감택曰: "황공복은 동오를 3대나 섬겨온 오랜 신하인데, 이번에 여러 장수들 앞에서 주유한테 아무 이유도 없이 모진 매를 맞고 분함을 못 이기고 있소이다. 그래서 승상께 투항해서 원수를 갚으려고 특히 그 방법을 내게 물어왔었소. 나와 공복은 서로간의 정의情誼가 골육骨肉 간이나 마찬가지이기에 밀서를 드리려고 곧장 찾아온 것인데, 승상께서는 받아주실지 모르겠소이다."

조조曰: "서신은 어디 있는가?"

감택은 서신을 바쳤다. 조조가 서신을 뜯어 등불 아래에 갖다 대고 읽어 보았다. 그 서신의 내용은 대략 이러했다:

〚 3 〛"황개는 손씨孫氏의 두터운 은혜를 받았으므로 본래는 두 마음을 품어서는 안 됩니다. 그러나 오늘의 형세를 가지고 논한다면, 강동 여섯 개 군郡의 군사로써 중원의 백만 대군을 대적하려고 하지만, 본래 적은 군사로써 많은 군사를 대적할 수 없다는 것(衆寡不敵)은 천하 사람들이 다 알고 있는 바입니다. 이것이 불가한 일임은 동오의 모든 장수와 관리들은, 그 현명하고 어리석음(賢愚)을 막론하고, 다 알고 있습니다.

그런데도 주유는 나이도 어린 자식이 마음은 편협하고, 품행은 천박하며, 머리는 아둔하면서도 스스로 유능하다고 자부하면서 계란으로 바위를 치려고(以卵敵石) 할 뿐만 아니라, 상벌을 제 맘대로 시행하여 죄 없는 자에게 벌을 주고 공이 있는 자에게도 상을 주지 않고 있습니다. 이 황개는 오래된 신하임에도 아무런 까닭도 없이 수모와 굴욕을 당했는바, 마음속으로 이 일을 원통하게 여기고 있습니다.

신臣이 듣기로는, 승상께서는 사람을 성심성의로 대하시며 인재들을 허심虛心으로 받아들이고 계신다기에, 이 황개는 군사들을 거느리고 가서 항복함으로써 승상을 위해 공을 세우고 주유에게

서 받은 치욕을 씻고자 합니다. 군량과 마초, 무기들은 배가 갈 때 함께 가져가서 바치겠습니다. (*쓰려는 계략은 오직 이 두 마디에 들어 있다.) 피눈물을 흘리면서 절을 하고 아뢰오니 절대로 의심하지 말아 주십시오."

〖 4 〗 조조는 책상 위에다 그 서신을 올려놓고 이리 저리 뒤집어 가면서 십여 번이나 읽어보고 나서 갑자기 손으로 책상을 내려치면서 눈을 부릅뜨고 크게 화를 내며 말했다: "황개는 고육계苦肉計를 쓰면서 네놈을 시켜서 거짓 항서를 바치게 하고 그런 중에 일을 꾸미려 한 것이다. 그런데도 오히려 네놈이 감히 나를 희롱하고 모욕을 해?"

곧바로 좌우에 있는 사람들에게 그를 끌고 나가서 목을 베라고 지시했다. 좌우 사람들이 달려들어 감택을 에워싸고 끌어냈다. 감택은 안색 하나 변하지 않고 고개를 들고 큰소리로 웃었다. (*감택은 참으로 담력 있는 자임을 묘사하고 있다.) 조조는 그를 다시 끌고 오라고 해서는 꾸짖었다: "내 이미 네놈들의 간사한 계교를 다 알아버렸는데, 네놈은 무슨 까닭으로 비웃는 것이냐?"

감택曰: "나는 당신을 비웃은 것이 아니오. 나는 황공복이 사람을 알아볼 줄 모르는 것을 비웃었던 것이오." (*황공복을 비웃은 것은 바로 조조를 비웃은 것이다. 그러면서도 뜻밖에 조조를 비웃지 않고 황공복을 비웃었다고 말하는데, 이는 감택이 참으로 말을 잘하는 사람임을 묘사한 것이다.)

조조曰: "어찌하여 그가 사람을 알아볼 줄 모른다고 하느냐?"

감택曰: "죽이려면 곧바로 죽일 것이지, 여러 말 물을 필요가 무엇이오?"

조조曰: "나는 어려서부터 병서兵書를 숙독熟讀해서 간교한 속임수들을 잘 알고 있다. 네놈들의 이따위 계략은 다른 사람들이야 속일 수 있겠지만 어떻게 나까지 속일 수 있겠느냐!"

감택曰: "우선 그 서신 속의 어떤 내용이 간교한 속임수라는 것인지부터 말해 보시오."

조조曰: "내가 네놈에게 그 서신 속의 어떤 것이 허점인지 말해 주어 네놈이 죽더라도 나를 원망하지 않도록 하겠다. 네놈들이 이미 진심으로 항서를 바치고 투항하려고 했다면, 어째서 언제 투항해 오겠다고 그 일시를 분명하게 약속하지 않았느냐? 이런데도 네놈에게 무슨 변명할 말이 있느냐?"

감택은 듣고 나서 큰소리로 웃으며 말했다: "너는 뻔뻔스럽게도 감히 병서를 익히 읽었노라고 자랑하고 있는데, 차라리 속히 군대를 거두어 돌아가는 편이 나을 것이다. 만약 싸운다면 틀림없이 주유에게 사로잡히고 말 것이다! 배운 게 없는 무식한 놈 같으니라고! 내가 네 손에 무고하게 죽는 것이 애석하다."(*스스로 똑똑하다고 자부하는 사람을 향해 무식하다고 비웃는 것은 순전히 반대의 말로 그를 약 올리기 위한 것이다. 교묘하다.)

조조曰: "어째서 내게 배운 게 없는 사람이라고 말하느냐?"

감택曰: "너는 전략도 알지 못하고 도리에도 밝지 못하니 어찌 배운 게 없는 사람이 아니겠느냐?"

조조曰: "너는 우선 내 말 어디가 틀렸다는 것인지 말해 봐라."

감택曰: "너는 현사賢士를 대하는 예법도 모르는데 내가 말할 필요가 어디 있느냐! 나에겐 다만 죽음이 있을 뿐이다."

조조曰: "네 말이 이치에 맞는다면 나는 자연히 경복敬服할 것이다."(*그가 이 한 마디 말을 하도록 몰아붙인 다음에야 설명해주고 있다.)

감택曰: "너는 어찌 '주인을 배신하여 도둑질을 하려고 할 때에는 기일을 정해서는 안 된다(背主作竊, 不可定期)'라고 한 말도 들어보지 못했느냐? 만약 지금 날짜를 미리 정해 놓았다가 급한 사정이 생겨서 손을 쓸 수 없게 되었는데도 이편에서 반대로 응원하러 간다면 일은 반드시 누설되고 말 것이다. 다만 형편을 봐가면서 대처해야지 어찌 미리 기일을 정해 놓는단 말이냐? 너는 이런 이치도 모르면서 좋은 사람을 억울하게 죽이려고 하니, 참으로 배운 게 없는 무식한 사람이 아니고 무엇이냐!"

조조는 그 말을 듣고 낯빛을 고치며 자리에서 내려와 사과하면서 말했다: "내 그만 사리 판단이 어두워서 높으신 위엄을 잘못 범했는데, 마음에 담아두지 말기 바라오."(*총명한 사람만이 태도를 바꿀 수 있고 역시 총명한 사람만이 뜻밖에도 속아 넘어가는 것이다. 이미 말로써 그를 깨뜨리고 나자 그는 그만 속아 넘어간 것이다.)

감택曰: "나와 황공복이 마음을 다해 투항하는 것은 마치 어린아이가 부모를 바라는 것과 같은데, 어찌 거짓이 있겠소이까!"

조조는 크게 기뻐하며 말했다: "만약 두 사람이 큰 공을 세울 수 있다면 훗날 벼슬을 내릴 때 반드시 다른 사람들보다 높은 자리를 얻게 될 것이오."

감택曰: "우리는 벼슬이나 녹봉을 위해 투항하려는 것이 아닙니다. 실로 하늘의 뜻에 순응하고 인심에 따르려는 것뿐입니다."(*먼저 매도하고 후에 아첨한다. 매도할 때에는 극도로 매도하고, 아첨할 때에는 극도로 아첨한다.)

조조는 술을 가져오도록 해서 그를 대접했다.

〖 5 〗 잠시 후 한 사람이 막사 안으로 들어와서 조조의 귓가에다 대고 은밀히 속삭였다.

조조曰: "그 서신을 가져와 봐라."

그 사람이 밀서를 바치자 조조는 그것을 보더니 얼굴에 자못 반가워하는 기색을 띠었다.

감택은 속으로 생각했다: "이는 틀림없이 채중과 채화가 황개가 처벌 받은 소식을 알려온 것이겠지. 그래서 조조는 내가 정말로 투항해 온 것으로 알고 좋아하는 것이다."

조조曰: "수고스럽겠지만 선생께선 다시 강릉으로 돌아가서 황공복과 기일을 약정하고, 먼저 강을 건너올 소식을 알려 주면 내가 군사를 보내서 지원하겠소."(*기일을 적지 않은 것의 절묘함을 볼 수 있다.)

감택曰: "저는 이미 강동을 떠나와서 다시 돌아갈 수 없습니다. 승상께선 달리 기밀을 전할 사람을 보내십시오."

조조曰: "만약 다른 사람이 간다면 일이 누설될까 두렵소."

감택은 재삼 거절하다가 한참만에야 말했다: "만약 가야만 한다면 감히 여기 오래 머물러 있을 수 없습니다. 곧바로 가야 합니다."

조조는 황금과 비단을 주었으나 감택은 받지 않았다.

하직인사를 하고 영채에서 나와 다시 쪽배를 저어 강동으로 돌아와서 황개를 만나보고 이번 일을 자세히 이야기했다.

황개曰: "공의 그 말솜씨가 아니었으면 이 황개는 공연히 고생만 하고 말았을 것이오."

감택曰: "나는 지금 감녕의 영채로 가서 채중과 채화의 소식을 알아볼까 합니다."

황개曰: "그게 참으로 좋겠소."

감택이 감녕의 영채에 이르자 그가 맞아들였다.

감택曰: "장군께선 어제 황공복을 구하려다가 주공근에게 욕을 보셨는데, 제 마음도 몹시 편치 못했습니다."

감녕은 웃기만 할 뿐 아무 대답도 하지 않았다. (*감녕은 내막을 알 있는 사람으로, 그가 웃었던 것은 감택의 뜻을 알고 있기 때문이고, 대답을 하지 않은 것은 채씨 형제를 속이려는 것임을 묘사하고 있다.)

〖 6 〗한창 이야기를 하고 있을 때 채화와 채중이 당도했다. 감택이

감녕에게 눈짓을 하자, (*감녕은 웃고 감택은 눈짓을 한다. 한 사람은 웃고 한 사람은 눈짓하는 것이 마치 서로 문답을 하는 것 같다.) 감녕은 그 뜻을 알아차리고 말했다: "주공근은 자신의 유능함만 믿고 우리들 생각은 전혀 해주지 않고 있소. 내 이번에 욕을 보았더니 강동 사람들 보기가 창피합니다."

말을 마치자 이를 악물고 뿌드득 갈면서 손으로 책상을 내려치며 큰 소리를 질렀다. 감택은 이에 감녕의 귀에다 입을 갖다 대고 속삭이는 체했고, 감녕은 고개를 숙이고서 말없이 길게 한숨만 몇 번 쉬었다.

채화와 채중은 감택과 감녕 모두 모반할 뜻이 있음을 보자 그 속을 떠보려고 말했다: "장군께선 무슨 일로 고민하고 계십니까? 선생께선 무슨 불평거리가 있으십니까?"(*걸려들었다!)

감택曰: "우리 마음속의 괴로움을 당신들이 어찌 알겠는가!"

채화曰: "동오를 배반하고 조조에게 투항하시려는 것 아닙니까?"
(*채화는 이때 더 이상 참을 수가 없었다.)

그 말에 감택은 얼굴빛이 하얘졌다. 감녕이 칼을 뽑아 들고 일어서면서 말했다: "우리 일을 이미 눈치 채고 말았으니 너희를 죽여서 입을 없애버리지 않으면 안 되겠다!"

채화와 채중이 당황하여 말했다: "두 분께선 염려하지 마십시오. 저희들 역시 마음속에 담아둔 비밀을 고하겠습니다."

감녕曰: "속히 말하라!"

채화曰: "저희 둘은 조공께서 보낸 거짓 항복해온 자들입니다. 두 분께 만약 조공께 귀순하실 뜻이 있으시다면 저희가 안내해 드리겠습니다."

감녕曰: "네 말이 과연 정말이냐?"

두 사람이 동시에 말했다: "어찌 감히 속이겠습니까!"

감녕은 짐짓 기뻐하면서 말했다: "만약 그렇다면 이는 하늘이 우리에게 그 방편(方便: 일을 편리하고 쉽게 치룰 수 있는 수단)을 주신 것이다.”

채중·채화曰: “황공복과 장군께서 욕보신 일도 저희가 이미 승상께 보고했습니다.”(*때리지 않았는데도 스스로 불고 있다. 바로 감택이 조조와 같이 있던 자리에서 보았던 것과 일치한다.)

감택曰: “내 이미 황공복을 위해 승상께 항서降書를 바쳤는데, 이번 에는 특별히 흥패(興覇: 감녕)를 보고 같이 항복하자고 약속하러 왔다 네.”

감녕曰: “대장부가 영명한 주인을 만나게 되었으면 당연히 자신의 마음을 다 바쳐서 따라야지.”

이리하여 네 사람은 함께 술을 마시며 마음속의 일들을 같이 의논했 다. 채중과 채화는 즉시, “감녕은 저희와 함께 내응內應하기로 하였습 니다”라는 내용의 글을 써서 조조에게 비밀리에 보고했다.

감택도 별도로 글을 써서 사람을 조조에게 보내서 은밀히 알렸다. 그 글에서 자세히 말하기를, 황개는 가고 싶어도 아직은 형편이 여의 치 못해서 가지 못하고 있는데, 이물(船頭: 뱃머리) 위에 청아기青牙旗를 꽂고 오는 자를 보게 되면 그가 곧 황개인 줄 알라고 했다. (*후문의 적벽대전의 복선이다.)

〖 7 〗한편 조조는 연달아 두 통의 서신을 받고서도 마음속의 의혹이 없어지지 않아서 여러 모사들을 모아놓고 상의했다: “강동의 감녕은 주유에게 욕을 보고는 우리와 내통하기를 바라고, 황개는 벌을 받고는 감택을 시켜서 항서降書를 보내왔으나 둘 다 깊이 믿을 수가 없다. (*조 조의 간사하고 교활함을 묘사하고 있다.) 누가 감히 직접 주유의 영채 안 으로 들어가서 확실한 소식을 알아 오겠느냐?”

장간蔣幹이 건의했다: “제가 전날에는 동오에 갔다가 성공하지도 못 하고 빈손으로 돌아와서 심히 부끄럽습니다. 이번에 제 목숨을 내어놓고 다시 가서 기어이 확실한 소식을 알아내어 돌아와 승상께 보고하겠습니다."

조조는 크게 기뻐하며 즉시 장간으로 하여금 배에 오르도록 했다.

장간이 작은 배를 저어 곧장 강남의 수상 영채 가에 도착하여 (*장간이 첫 번째 강을 건너왔을 때에는 겨우 수군 도독 두 사람만 골로 보냈으나, 두 번째 강을 건너와서는 도리어 83만 명의 대군을 골로 보내게 된다.) 곧바로 사람을 시켜서 자기가 찾아온 것을 알리도록 했다. 주유는 장간이 또 왔다는 말을 듣고는 크게 기뻐하며 말했다: "나의 성공은 오로지 이 사람에게 달려 있다."

그리고는 노숙에게 부탁했다: "방사원龐士元을 청해 와서 나를 위해 여차여차하게 해주시오."(*전번에는 가짜 서신 한 통을 보냈으나 이번에는 가짜 사람을 하나 보내려고 한다.)

원래 방통龐統은 양양襄陽 사람으로서 자字를 사원士元이라 하는데, 그는 이때 난리를 피하여 강동으로 와서 임시로 거처하고 있었다.

노숙이 일찍이 그를 주유에게 천거했으나 방통이 아직 찾아가 보기 전이었다. 주유가 먼저 노숙으로 하여금 방통에게 조조를 깨뜨리려면 어떤 계책을 써야 하는지 그 계책을 물어보도록 했다.

방통이 은밀히 노숙에게 말했다: "조조의 군사를 깨뜨리려면 반드시 화공火攻을 써야 합니다. (*복룡과 봉추의 보는 바가 거의 같다.) 다만 큰 강 위에서 한 배에 불이 붙으면 나머지 배들은 다 사방으로 흩어지고 말 것입니다. 그러므로 저들에게 '연환계連環計'를 알려줘서 그들이 쇠못을 사용하여 배들을 한 곳에 고정시켜 놓도록 만들지 않고서는 화공을 성공시킬 수 없습니다."

노숙이 그것을 주유에게 고하자, 주유는 그 말에 깊이 탄복하여 노숙에게 말했다: "나를 위해 이 계책을 실행해 줄 사람으로는 방사원龐士元이 아니고는 안 되겠소."

노숙曰: "다만 걱정되는 것은, 조조는 간사하고 교활한데 어떻게 조조에게 접근할 수 있겠습니까?"

〖 8 〗주유가 망설이며 결단을 못 내리고 아무리 생각해 봐도 기회를 얻지 못하고 있을 때 갑자기 장간이 또 찾아왔다고 알려왔다. (*찾아온 게 매우 공교롭다. 주유의 성공에는 장간의 공로가 적지 않다.) 주유는 크게 기뻐하며 한편으로는 방통에게 계책을 쓰라고 분부하고, 한편으로는 막사 안에 앉아서 사람을 시켜서 장간을 불러들이도록 했다. 장간은 주유가 직접 영접하러 오지 않는 것을 보고 마음속으로 의심도 들고 걱정도 되어서 타고 온 배를 강변 구석진 곳에다 닻줄로 묶어놓게 한 다음 영채 안으로 들어가 주유를 보았다.

주유가 노여운 얼굴을 하고 말했다: "자익子翼은 어찌하여 그토록 심하게 나를 속이는가?"

장간이 웃으며 말했다: "나는 자네를 옛 형제로 여겨서 특별히 마음속의 일을 토로하려고 왔는데, 어찌 속인다고 말하는가?"

주유曰: "자네는 나로 하여금 조조에게 투항하도록 설득하려고 하지만, 바닷물이 마르고 바위가 문드러지기 전에는 그건 안 될 일이다! 전번에는 내가 옛 정을 생각해서 자네와 취하도록 마시고 자네를 같은 침상에서 자도록 했는데도 자네는 도리어 내 사신私信을 훔쳐 가지고 하직인사도 하지 않고 돌아가서 조조에게 보고하여 채모와 장윤을 죽이도록 해서 내 일을 망쳐 놓고 말았다. (*마침 고맙다고 해야 할 일에 반대로 책망하고 있으니, 사람이라면 이래서는 안 된다.)

그래 놓고 오늘 또 아무런 이유도 없이 찾아왔는데, 이는 틀림없이 무슨 호의를 품고 온 것은 아닐 것이다. 내가 옛 정을 생각하지 않는다면 자네를 단칼에 두 동강 내버리고 말 것이다. (*마침 그를 쓰려고 하면서 반대로 그를 죽이겠다고 말하는데, 사람이라면 이래서는 안 된다.)

처음에는 자네를 그냥 돌려보내려고 했으나 내가 하루 이틀 사이에 곧바로 조조 역적놈을 쳐야겠으니 어쩌겠나. 그렇다고 자네를 군중에 남겨둔다면 또 틀림없이 우리 일이 새나가고 말 것이다."

그는 즉시 좌우에 분부했다: "자익을 서산西山의 암자로 보내서 쉬도록 하라! 내가 조조를 깨뜨리고 난 후 그때 가서 자네를 강 건너로 보내더라도 늦지 않을 것이다."(*만약 그가 강을 건너가지 않는다면 어떻게 조조를 깨뜨릴 수 있겠는가?)

장간이 다시 말을 하려고 했으나 주유는 이미 막사 안으로 들어가 버렸다.

〖 9 〗 좌우에 있던 사람들이 말을 가져와서 장간을 태우고 서산 뒤에 있는 조그만 암자로 가서 쉬도록 하고 군사 두 명을 보내주어 시중들어 주도록 했다. 장간은 암자 안에서 속으로 근심걱정이 가득하여 잠을 잘 때건 먹을 때건 불안했다.

그날 밤 별빛이 온 하늘에 가득하여 장간은 혼자 걸어서 암자 뒤로 나갔다. 그때 어디선가 글 읽는 소리가 들려왔다. 그가 발 가는 데로 걸어가다 보니 바위 근처에 몇 칸짜리 초가가 있고 그 안에서 등불 빛이 새어나오고 있었다. 그가 가까이 가서 가만히 들여다보니 한 사람이 등잔 앞에 칼을 걸어놓고 손자孫子와 오기吳起의 병서를 읽고 있었다.

장간은 속으로 생각했다: "이 사람은 틀림없이 이인異人일 것이다."

그는 문을 두드리고 만나보기를 청했다. 그 사람이 문을 열고 나와 맞아 주었는데, 그 생김새와 태도가 속되지 않았다. 장간이 그의 성명을 묻자, 그가 대답했다: "제 성은 방龐, 이름은 통統이며 자를 사원士元이라고 합니다."

장간曰: "혹시 봉추鳳雛선생 아니십니까?"

방통曰: "그렇소."(*방통의 이름은 제34회에 나왔는데 이곳에서 비로소 등장한다.)

장간은 기뻐서 말했다: "존함을 들은 지 오래 됩니다. 지금 왜 이런 궁벽한 곳에 계십니까?"

방통曰: "주유가 스스로의 재주 높음만 믿고 다른 사람들을 용납하지 않기에 내 이곳에 은거隱居해 있소. 그런데 공은 뉘시오?"

장간曰: "저는 장간이라고 합니다."

방통은 이에 그를 초가 안으로 맞아들여 같이 자리에 앉아 마음을 터놓고 이야기했다.

장간曰: "공의 재주를 가지고 어디를 가시든 성공하지 못하겠습니까? 만약 조조에게 돌아가시겠다면 제가 안내해 드리겠습니다."

방통曰: "나 역시 강동을 떠나려고 마음먹은 지 오래 되오. 공께서 나를 안내해 줄 마음이 있다면 지금 당장 함께 가십시다. 지체하다가는 주유가 알게 될 것이고, 그리 되면 틀림없이 그가 우리를 해칠 것이오."(*감녕과 감택은 채씨 둘을 속였고, 방통은 또 장간을 속인다.)

〖 10 〗 이리하여 방통은 장간과 같이 그날 밤 산을 내려와 강변에 이르러 장간이 타고 왔던 배를 찾아서 나는 듯이 노를 저어 강북으로 갔다.

조조의 영채에 도착하자 장간이 먼저 들어가서 조조를 보고 지난 일을 자세히 이야기했다. 조조는 봉추 선생이 왔다는 말을 듣고는 (*다만 봉황 새끼(鳳雛)가 날아왔다고만 말하는데, 그가 장차 세차게 타오르는 불꽃이 될 줄이야 어찌 알았겠는가?) 친히 막사를 나가서 그를 맞아들였다.

둘이서 손님과 주인으로 자리를 나누어 앉자, 조조가 물었다: "주유는 나이도 어리면서 자기 재능만 믿고 여러 사람들을 업신여기고 좋은 계책을 쓰지 않고 있습니다. 이 조조는 오래 전부터 선생의 존함을 들어왔는데 이번에 이처럼 찾아주셨으니 부디 가르침을 아끼지 말아 주십시오."(*조조는 감택을 보고는 처음에는 거만을 떨다가 나중에 공손했는데, 방통을 보고는 처음부터 끝까지 공손했다.)

방통曰: "저는 평소 승상의 용병하심이 병법에 맞는다고 들어왔습니다. 지금 군대의 진용을 한 번 보고 싶습니다."

조조는 말을 준비하도록 해서 먼저 방통에게 육상의 영채를 같이 살펴보러 가자고 청했다. 방통은 조조와 말머리를 나란히 하고 높은 곳에 올라가서 멀리 바라보았다.

방통曰: "영채들이 산림山林을 의지하고 있고, 앞과 뒤가 서로 돌아보고 있으며, 들어오고 나가는 데에는 문이 있고, 나아가고 물러나는 곳은 구부러져 있으니, 비록 손자孫子와 오기吳起가 다시 살아나고 사마양저(司馬穰苴: 춘추시대 제齊나라의 병법가)가 다시 태어난다고 해도 역시 이보다 더 잘할 수는 없을 것입니다."(*먼저 듣기 좋은 말로 아첨을 하는데 마치 더 이상 드릴 계책이 없는 것처럼 한다.)

조조曰: "선생께선 과찬過讚을 마시고 오히려 저를 가르쳐 주시기 바랍니다."

이리하여 또 조조와 같이 수상 영채를 살펴보러 가서 보니 수상의 영채는 남쪽을 향해 24개의 문이 나뉘어 있고, 모든 문마다 큰 전함들을 죽 벌여 세워 성곽처럼 해놓았으며, 그 안에는 작은 배들이 감춰져 있었고, 배가 오가는 데에는 작은 길이 나 있었으며, 배가 출발하고 정박하는 데 질서가 정연했다.

방통이 웃으면서 말했다: "승상의 용병하심이 이와 같으니, 과연 명불허전名不虛傳이십니다!"(*또 듣기 좋은 말로 아첨을 하는데 마치 더 이상 드릴 계책이 없는 것처럼 한다. 문장 기법상 먼저 육상의 영채를 살펴본 것은 빈(賓)이고, 지금 수상 영채를 살펴본 것이 주(主)이다.)

그리고는 손을 들어 강남을 가리키며 말했다: "주랑아, 주랑아, 네가 망할 날이 이미 정해져 있구나!"

〖 11 〗 조조는 크게 기뻤다. 영채로 돌아와서 방통을 막사 안으로 청해 들여 술상을 차려놓고 함께 마시며 군사 전략전술에 대해 이야기를 나눴다. 방통은 고담高談 웅변雄辯으로 조조의 묻는 말에 마치 물 흐르듯이 대답했다. 조조는 마음속 깊이 경복敬服하여 더욱 정성스럽게 그를 대접했다. (*묘한 것은 여전히 계책을 드리지 않고 단지 한담만 나누고 있는 것이다.)

방통은 짐짓 취한 체하고 말했다: "감히 한 가지 물어봐도 되겠습니까? 부대 안에 용한 의원이 있습니까?"(*한담을 나눈 다음에 은근슬쩍 찔러본다. 그러나 묘한 것은 한 마디만 묻고 곧바로 그치고 즉시 설명하지 않는 것이다.)

조조가 어디에 쓰려고 그러는지 물었다.

방통曰: "수군에는 병이 많으므로 그들을 치료하기 위해서는 용한 의원이 있어야만 합니다."(*비로소 그 뜻을 설명하는데, 그러면서도 여전히 즉시 배를 묶는 연환連環에 대해서는 말하지 않는 것이 묘하다.)

이때 조조의 군사들은 새로운 기후와 풍토에 적응하지 못하여 모두들 먹은 음식을 토하는 구토병嘔吐病이 생겨 죽는 자들도 많았다. 조조도 그때 마침 이 일을 걱정하고 있었는데, 그때 문득 방통의 이 말을 듣게 되었으니 어찌 물어보지 않을 수 있겠는가?

방통曰: "승상께서 수군을 훈련시키시는 방법은 매우 훌륭하십니다. 다만 애석하게도 완전하지는 못합니다."(*감택은 조조를 보고 먼저 자존심을 건드린 후에 그 비위를 맞춰 주었으나, 방통은 조조를 보고 먼저 그 비위를 맞춰 주고 나서 그 후에 꼬집는다. 서로 같은 종류이면서도 그 방법은 서로 상반된다.)

조조가 재삼 그 대책을 묻자 방통이 말했다: "제게 한 가지 계책이 있는데, 그 계책대로만 하시면 대소 수군들이 결코 병에 걸리지 않고 안온하게 성공할 수 있습니다."

조조는 크게 기뻐하며 그 묘책을 물었다.

방통曰: "큰 강에서는 조수潮水가 밀려들고 밀려나가느라 풍랑이 그 치질 않습니다. 북방의 군사들은 배를 타는 데 익숙하지 못한데, 그 때문에 배 안에서 이리 흔들리고 저리 흔들리다가 그만 병이 나고 맙니다. 만약 큰 배와 작은 배들을 전부 각각 적절히 섞어서 배치하되 혹은 30척을 한 줄로 하거나 혹은 50척을 한 줄로 하여 이물(船頭: 뱃머리)과 고물(船尾: 선미)을 쇠줄로 묶어놓고 그 위에다 널찍한 판자를 깔아놓는다면, 사람들이 건너다닐 수 있게 되는 것은 말할 것도 없고 말 역시 그 위를 달릴 수 있습니다. 이것을 타고 간다면 설령 풍랑이 일고 조수가 올라갔다 내려갔다 하더라도 다시 무엇이 겁나겠습니까?"(*방통이 이번에 온 것은 기름을 끼얹으려는 것인가, 아니면 숯을 보태려는 것인가? 애석하게도 조조는 끝내 이를 알아채지 못했다.)

조조는 자리에서 내려와 고맙다고 인사를 하며 말했다: "선생의 좋은 계책이 아니었으면 어떻게 동오의 군사를 깨뜨릴 수 있겠습니까?"(*선생의 좋은 계책이 아니면 어떻게 북쪽 군사들을 불사를 수 있겠습니까?)

방통曰: "이는 제 얕은 소견이오니, 승상께서 스스로 재량裁量해서 하십시오."

조조는 즉시 명령을 내려 군중의 대장장이를 불러와서 밤을 새워가며 쇠사슬과 큰 쇠못을 만들어 배들을 묶도록 했다. 여러 군사들은 이 명령을 듣고 다들 기뻐했다. 후세 사람이 이에 대해 지은 시가 있으니:

적벽대전에서 화공 써야 한다고   赤壁鏖兵用火攻
생각해낸 전략 전술 모두 같구나.   運籌決策盡皆同

그러나 만약 방통의 연환계가 아니었으면   若非龐統連環計
주유가 어찌 큰 공 세울 수 있었겠나.   公瑾安能立大功

〖 12 〗방통은 또 조조에게 말했다: "제가 살펴보니 강동의 호걸들 중에는 주유를 원망하는 자들이 많습니다. 제가 이 세 치 혀를 사용해서 승상을 위해 그들을 설득하여 다들 항복하러 오도록 하겠습니다. (*이를 빌려서 몸을 빠져나갈 계책으로 삼으려 한다. 이미 불씨는 던져 놓았으므로 불타는 곳을 피하지 않을 수 없다.) 주유가 고립무원이 되면 반드시 승상에게 사로잡힐 것입니다. 주유가 깨지고 나면 유비도 어찌 해볼 길이 없어집니다."

조조曰: "선생께서 과연 그처럼 큰 공을 세우실 수 있다면 이 조조가 천자께 아뢰어 선생을 삼공三公의 반열에 봉하도록 하겠습니다."

방통曰: "저는 부귀를 위해서가 아니라 다만 만백성들을 구원하려고 하는 것입니다. 승상께서 강을 건너가시거든 절대로 백성들을 죽여서는 안 됩니다."(*좋은 말로 그를 부추겨 줌으로써 그가 의심을 하지 않도록 하는 것이 묘하다.)

조조曰: "나는 하늘을 대신해서 도道를 행하고 있는데 어찌 차마 백성들을 죽이겠습니까?"

방통은 자기의 종족들을 안전하게 지켜주기 위해서라며 조조에게 방문(榜文)을 써달라고 정중히 요청했다.

조조曰: "선생의 가족과 친척들은 현재 어디에 살고 계십니까?"

방통曰: "모두 강가에 살고 있습니다. 만약 이 방문만 얻을 수 있다면 모두를 온전하게 보호해 줄 수 있습니다."

조조는 방문을 쓰도록 해서 그 위에 수결(手票)을 하여 방통에게 주었다.

방통은 고맙다고 절을 하며 말했다: "제가 떠나간 뒤에 속히 진군하십시오. 주유가 알아챌 때까지 기다려서는 안 됩니다."

조조는 그리 하겠다고 했다.

방통이 조조를 작별하고 강변에 이르러 막 배에 오르려고 하는데, 갑자기 도포를 입고 대나무 관을 쓴 사람 하나가 강기슭 위에서 손으로 방통을 덥석 붙잡으며 말했다:

"자네는 참으로 담이 크구나. 황개는 고육계苦肉計를 쓰고, 감택은 거짓 항서를 바치더니, 자네는 또 와서 연환계連環計를 바치면서 오로지 모조리 다 태워 죽이지 못할까봐 염려하는구나! 너희들이 그런 악독한 수법을 써서 조조는 속일 수 있을지 몰라도 나는 절대로 못 속인다."

방통은 그 말에 깜짝 놀라서 혼비백산魂飛魄散했다. 이야말로:

동남쪽이 승리할 것이라고 말하지 말라 　　莫道東南能制勝

서북에는 사람 없다고 그 누가 말하더냐. 　　誰云西北獨無人

필경 이 사람은 누구일까? 다음 회를 읽어보도록 하라.

제 47 회 모종강 서시평序始評

(1). 보통 사람(庸人)은 속이기 쉬워도 간웅奸雄은 속이기 어렵다. 황개가 곤장을 맞고도 그 곤장에 죽지 않는 것은 가능하지만, 감택이 거짓 항서를 바친 일은 그 항서 때문에 반드시 죽었어야 마땅하다. 그런데도 마침내 죽지 않고 일을 성공시킬 수 있었던 것은 바로 간웅을 설득하는 방법을 터득하고 있었기 때문이다. 간웅을 설득하는 방법과 영웅을 설득하는 방법은 모두 그 비위를 맞춰주는 '순順'을 써서는 안 되고 그 비위를 건드리는 '역逆'을 써야 한다는 것이다.

영웅들이 자부하는 것은 '의義'이다. 장료가 관공을 설득할 때 교묘한 점은 그가 죽음을 가볍게 여기는 것은 '의가 아님(非義)'을 책망한 것이다. 간웅들이 자부하는 것은 '지智'이다. 감택이 조조를 설득할 때 교묘한 점은 그가 사리를 제대로 헤아리지 못하는 '어리석음(不明)'을 비웃어 준 것이다. 이것이 소위 말하는 '역逆'을 써야 하고 '순順'을 써서는 안 된다(當用逆, 不當用順)는 것이다. 만약 장료가 달콤한 말(甘言)과 천박한 말(卑說)로 관공을 설득하려 했더라면 관공의 거부감은 더욱 심했을 것이고, 만약 감택이 조조 앞에 엎드려 애걸복걸했더라면 감택의 죽음은 더욱 빨리 닥쳤을 것이다.

(2). 전선戰船을 방어하는 방법으로는, 상대방이 서로 이어져 있으면 이쪽에서는 그것을 끊어버리는 것이 유리하고, 상대방이 끊어져 있으면 이쪽에서는 그것을 잇는 것이 유리하다. 황조黃祖의 배들은 긴 밧줄로 서로 이어져 있었으므로 쳐들어갈 수가 없기에 감녕甘寧이 칼로 그것을 끊어버리자 큰 전선들이 마침내 둥둥 떠다니게 되었는데, 이것이 끊어버리는 것이 유리하다는 것이다. 조조의 배들이 흩어져 있고 모여 있지 않았을 때에는 그것을 불사르려고 해도 다 불살라 버릴 수가 없었다. 방통이 쇠고리로 그것을 연결하도록 하자 불로 공격하기가 비로소 쉬워졌는데, 이는 그것을 잇는 것이 이쪽에 유리한 것이다.

병법은 변화무상하여 손빈孫臏은 행군해 가면서 아궁이 수를 줄임으로써 승리했고, 우번虞翻은 아궁이 수를 늘림으로써 승리했던 것이다. 상황에 따라 임기응변해야지 어찌 한 가지 방법만 고집할 수 있겠는가!

(3). 연환계連環計는 왕윤王允에게서 한 번 보였고 방통龐統에게서

다시 보였다. 앞의 연환은 허명虛名이고 후의 연환은 실사實事이다. 왕윤은 초선貂蟬을 이용하여 동탁과 여포 두 사람을 묶기를 마치 고리(環)가 서로 연결된 것처럼 하였기에 연환連環이라고 이름을 지은 것이다. 그러나 방통의 경우에는 그렇지 않았는바, 실제로 쇠로 만든 고리로 조조의 배들을 연결하였으니, 이는 단지 연환이란 이름만 취한 것과는 다르다. 앞에서는 초선을 고리로 삼았으나 그 고리는 단 하나뿐이었지만, 후에는 쇠고리(鐵環)로 고리를 삼았고 또 무수히 많은 연결 고리들이 있었다. 앞에서는 연환이란 허명虛名만 있었지만 뒤에서는 실제로 연환이 있었으며, 앞에서는 그 고리의 숫자가 적었지만 뒤에서는 많았으니, 각기 그 교묘함을 지극히 하고 있다.

(4). 북군北軍에겐 질병이 많아서 방통이 이를 연환의 방법으로 치료했는데, 이 약이 너무 독했던 게 아닐까? 그러나 독약을 판 사람은 방통 혼자만이 아니었다. 황개黃蓋와 감택도 모두 같이 팔았다. 황개의 약은 매우 씁쓸했고(苦), 감택의 약은 매우 달았으며(甘), 방통의 약은 매우 매웠다(辣). 이들 쓴 것과 단 것과 매운 것들을 합쳐서 독약 한 제劑를 지은 다음 주유가 그것을 불로 달였으며, 공명은 그것을 바람으로 부채질함으로써 결국 83만 명의 대군은 한 사람도 병이 낫지 못했던 것이다.

제48회

조조, 장강의 선상에서 술 마시며 시를 짓고
북군, 배들을 연환으로 묶어놓고 싸우다

〖 1 〗 한편 방통은 그 말을 듣고 깜짝 놀라서 급히 돌아다보니 다른
사람이 아니라 바로 서서徐庶였다. (*서서는 지금까지 조용히 있더니 이때
와서 갑자기 나타난다.)

방통은 옛 친구임을 알아보고 놀랐던 가슴이 비로소 진정되어 좌우
를 둘러보니 아무도 없기에 이에 말했다: "자네가 만약 나의 계책을
폭로해 버린다면 애석하게도 강남 81주의 백성들은 모조리 자네가 죽
여 버리고 마는 것이야!"

서서가 웃으면서 말했다: "여기 있는 83만 군사들의 목숨은 어떻게
하고?"

방통曰: "원직(元直: 서서)은 정말로 내 계책을 폭로하려고 하는
가?"

서서曰: "나는 유황숙의 두터운 은혜에 감격하여 은혜 갚을 일을 한 시도 잊어본 적이 없네. 조조는 내 어머님을 돌아가시게 했기 때문에 나는 죽을 때까지 그를 위해서는 한 가지 계책도 내지 않겠다고 이미 말했었네. (*이 이야기는 제36회에 나온다.) 그런 내가 지금 어찌 형의 좋은 계책을 폭로하려 하겠는가? 그러나 나 역시 조조의 군사를 따라 이곳에 와 있는데, 싸움에서 패한 다음에는 옥석玉石 구분이 없으니 난들 어찌 그 화를 면할 수 있겠는가? 자네가 나에게 몸을 빼낼 방법만 가르쳐준다면 나는 즉시 함구緘口하고 멀리 몸을 피할 것이네."

방통曰: "자네처럼 높고 먼 식견을 지닌 사람이 그까짓 방법 알아내는 일이 뭐가 어렵단 말인가?"

서서曰: "부디 선생은 나에게 가르침을 주시기 바라네."

방통은 서서의 귀에다 대고 몇 마디 말을 해주었다. 서서는 크게 기뻐하며 그에게 고맙다고 인사를 했다. 방통은 서서와 헤어져 배에 올라 혼자 강동으로 돌아갔다.

〖 2 〗 한편 서서는 그날 밤 은밀히 가까운 사람을 시켜서 각 영채로 가서 몰래 헛소문을 퍼뜨리도록 했다. (*귀에다 입을 대고 속삭여준 계책이 여기에서 비로소 드러난다.) 다음날 영채 안에서는 군사들이 삼삼오오 모여서 서로 귀에 입을 대고 수군거렸다.

일찌감치 염탐꾼이 그것을 알아내서 조조에게 고해 바쳤다: "군중에 떠도는 말인데, 서량주의 한수韓遂와 마등馬騰이 모반을 하여 허도로 쳐들어오고 있다고 합니다."

조조는 크게 놀라서 급히 여러 모사들을 모아놓고 상의했다: "내가 군사를 이끌고 남정南征을 하는 동안 마음속으로 걱정한 것은 한수와 마등이다. 군중에 떠도는 헛소문은 비록 그 사실 여부는 알 수 없지만 그래도 방비하지 않을 수 없다."(*그대로 믿지는 않지만 또한 믿지 않을 수도 없다.)

말이 끝나기도 전에 서서가 건의했다: "저는 승상께서 거두어주신 은혜를 입었으나 그 동안 그에 보답할 자그마한 공도 세운 것이 없는 것이 한이었습니다. 청컨대 제게 3천 명의 군사를 내어주신다면 밤낮 가리지 않고 산관(散關: 섬서성 보계시寶鷄市 서남 대산령大散嶺 위에 있는 요새)으로 달려가서 그곳을 지키겠습니다. 만약 긴급한 사정이 발생하면 다시 보고 올리겠습니다."(*모반한 군사들을 막으려는 것이 아니라 불을 피하려는 것이다.)

조조는 기뻐하며 말했다: "만약 원직元直께서 가 준다면 나는 더 이상 걱정할 필요가 없소. 산관에도 군사들이 있으니 공이 그들을 거느리도록 하시오. 당장 마보군馬步軍 3천 명을 내어줄 테니 장패藏覇를 선봉으로 삼아 밤낮 가리지 말고 앞으로 달려가고 지체해서는 안 되오."

서서는 조조에게 하직인사를 하고 장패와 같이 곧바로 출발했다. 이것이 바로 방통이 서서를 구하려는 계책이었던 것이다. 후세 사람이 이에 대해 지은 시가 있으니:

조조가 남정하는 동안 날마다 걱정한 것은	曹操南征日日憂
마등과 한수가 모반 일으키는 것이었지.	馬騰韓遂起戈矛
봉추가 서서에게 한 마디 가르쳐 주니	鳳雛一語教徐庶
서서는 낚시 바늘 벗어나는 물고기 흡사했다.	正似遊魚脫釣鉤

〖 3 〗 조조는 서서를 떠나보낸 뒤 마음이 어느 정도 안심이 되자 곧 말에 올라 먼저 강을 따라 세워진 육상의 영채들을 살펴보고, 그 다음에는 수상의 영채들을 살펴봤다. 그는 중앙에 있는 한 척의 큰 배에 올라서 그 위에 '帥(수: 장수)' 자가 새겨진 깃발을 세워놓고, 양옆으로 늘어선 수상 영채의 배들 위에 궁노수 1천 명을 매복시켜 놓았다. 자신은 그 위에 자리를 잡고 앉았다. 때는 바로 건안 13년(서기 208년: 신

라 나해 이사금 13년) 11월 15일이었다. 날씨는 맑았고, 바람은 그쳤으며 물결은 잔잔했다.

조조는 명령을 내렸다: "큰 배 위에다 술자리를 마련하고 풍악을 준비하라. 내 오늘 밤 여러 장수들을 한자리에 모으려고 한다."

날이 저물어 갈 때 동쪽 산 위로 달이 떠오르자 그 훤하기가 마치 대낮 같았다. 장강 일대는 마치 흰 비단을 펼쳐놓은 것 같았다. (*마치 〈적벽부赤壁賦〉를 읽고 있는 것 같다.) 조조가 큰 배 위에 앉자 좌우에서 모시는 수백 명의 사람들도 모두 비단옷과 수놓은 윗옷을 입고 창(戈戟)을 어깨에 메거나 손으로 잡고 늘어섰다. 문무 여러 관원들은 각자 차서次序를 따라서 앉았다.

조조가 남병산南屛山의 모습이 마치 그림 같은 것을 보고 고개를 돌리자 동쪽으로는 시상柴桑의 지경이 보였고, 서쪽으로는 하구夏口의 강이 보였으며, 남쪽으로는 번산樊山이 멀리 바라다보이고, 북쪽으로는 오림烏林이 보였다.

사방을 둘러보아도 넓게 확 틔어서 (*강의 풍경이 마치 그림과 같음을 묘사하고 있다.) 마음속으로 환희를 느끼면서 여러 관원들에게 말했다: "내가 의병義兵을 일으킨 이래 나라를 위해 흉악한 자들을 제거해 오면서 마음속으로 사해四海를 깨끗이 소탕하고 천하를 평정할 수 있기를 서원誓願했었다. 그런데 아직도 그 소원을 이루지 못하고 있는 곳이 강남江南인데, 그러나 지금 나는 백만 대군을 거느리고 있고 게다가 여러분이 나의 명령을 잘 따라주고 있는데 어찌 성공하지 못할까봐 걱정하겠는가? 강남을 항복시킨 후에 천하가 무사하게 되면 나는 여러분과 부귀를 함께 누리면서 태평세월을 즐기려고 한다."(*조조가 으스대고 뻐기고 있음을 묘사한 것이다.)

문무 관원들이 모두 일어나서 고맙다고 인사를 하면서 말했다: "하루 빨리 승리의 개가凱歌를 올릴 수 있기를 바라옵니다. 저희들은 한평생 오로지 승상의 은덕 입기만을 바라고 있사옵니다."

조조는 크게 기뻐서 좌우 사람들에게 술잔을 돌리도록 했다. 밤중까지 술을 마셔서 술이 얼근하게 취하자 조조는 손을 들어 멀리 남쪽 강기슭을 가리키며 말했다: "주유야, 노숙아! 너희는 천시天時도 모르느냐? 지금 다행히 내게 투항해오는 사람들이 있으니, 그들이 너희에겐 심복지환心腹之患이 되겠구나. 이는 하늘이 나를 도우심이로다!"(*조조가 으스대고 뻐기고 있음을 묘사한 것이다.)

순유曰: "승상께선 그런 말씀 마십시오. 말이 새어나갈까 두렵습니다."

조조는 크게 웃으며 말했다: "이 자리에 앉아 있는 여러분과 가까이서 시중을 들고 있는 사람들은 전부 나의 심복心腹들인데 그걸 말한들 무슨 문제가 생기겠느냐?"

그리고는 다시 하구夏口 쪽을 가리키며 말했다: "유비야, 제갈량아, 너희 세력이라고 해봐야 겨우 땅강아지나 개미 정도인 줄도 모르고 태산을 흔들려고 하다니, 어찌 그리도 어리석은가!"

그리고는 여러 장수들을 돌아보며 말했다: "내 금년에 쉰네 살이다. 내가 만약 강남을 얻게 된다면 내겐 기뻐할 일이 한 가지 있다. 옛날 강남의 교공喬公과 나는 서로 의기투합하는 친구였다. 나는 그의 두 딸이 모두 나라 안에서 제일가는 미인들임을 알고 있는데, 후에 뜻밖에도 손책과 주유가 각각 아내로 삼아버렸다. 나는 지금 장수漳水 가에 동작대를 새로 세워 놓았는데, 만약에 강남을 얻게 되면 마땅히 교공의 두 딸(二喬)을 아내로 맞이하여 동작대 위에 두고 나의 만년을 즐길 것이다. 그것으로 나의 소원은 다 성취되는 것이다."(*마침내 공명의 말이 거짓이 아니었음과 주유가 화를 낸 것 역시 잘못이거나 이상한 것이 아니었음을 알게 된다.)

조조는 말을 마치자 큰소리로 웃었다. 이에 대해 당唐나라 시인 두목

(杜牧)이 지은 시가 있으니:

> 부러진 창 모래에 묻혀 아직 쇠가 삭지 않아 折戟沈沙鐵未消
> 갈고 씻어 살펴보니 이전 왕조 물건이네. 自將磨洗認前朝
> 만약 동풍이 주유를 도와주지 않았더라면 東風不與周郎便
> 한창 봄에도 두 교씨 동작대에 갇혀 있으리. 銅雀春深鎖二喬

〖 4 〗 조조가 한창 웃으며 이야기하고 있을 때 문득 울면서 남쪽으로 날아가고 있는 까마귀 소리가 들렸다. (*불꽃이 타오르며 날아가는 것일 까봐 두렵다.)

조조가 물었다: "저 까마귀는 왜 밤에 울지?"

좌우 사람들이 대답했다: "까마귀가 달빛이 밝은 것을 보고는 날이 샌 줄로 잘못 알고 나무를 떠나면서 우는 것입니다."(*까치가 우는 것도 길하지는 못한데, 까마귀가 우는 것은 역시 흉한 징조이다.)

조조는 또 크게 웃었다.

이때 조조는 이미 술이 잔뜩 취했는데, 그런데도 긴 창(槊)을 잡고 이물(船頭) 위에 서서는 술을 강에 부어 제물로 바친 다음 잔에 술을 가득 따라서 석 잔이나 마셨다.

그리고는 긴 창을 비껴 잡고 여러 장수들에게 말했다: "나는 이 창 (槊)을 가지고 황건적을 깨뜨렸고, 여포를 사로잡았으며, 원술을 멸망시켰고, 원소의 항복을 받았으며, 북쪽 변경 너머 깊숙이 쳐들어가서 곧바로 요동에 당도하는 등 천하를 누볐으니, 이만하면 대장부의 뜻을 자못 폈다고 할 수 있을 것이다. 지금 이런 아름다운 경치를 대하고 보니 감정이 북받쳐 오르는데, 내 이제 노래를 지어 부를 테니 너희들은 나의 노래에 화답하도록 하라."

〖 5 〗 그가 노래하여 말하기를:

술잔 들고 노래할 때가	對酒當歌
인생에 몇 번이나 있으랴,	人生幾何
인생은 아침 이슬 같다지만	譬如朝露
지나온 날들 매우 많구나.	去日苦多
감정이 북받쳐 오르니	慨當以慷
시름 잊기 어려운데,	憂思難忘
무엇으로 이 시름 풀까	何以解憂
오직 술뿐이로다.	惟有杜康
님의 푸른 옷깃이	靑靑子衿
내 마음 설레게 하는데,	悠悠我心
그저 님만 생각하면	但爲君故
지금도 그리움에 잠기네.	沈吟至今
사슴은 우, 우, 울면서	呦呦鹿鳴
들 쑥 뜯어 먹고,	食野之萃
나는 찾아온 반가운 손님 맞아	我有嘉賓
가야금 뜯고 생황 부네.	鼓瑟吹笙
휘황하게 밝은 저 달은	皎皎如月
언제쯤에나 지려나,	何時可輟
가슴 속에서 솟아나는 이 시름	憂從中來
끊을 수가 없구나.	不可斷絕
이길 저길 건너고 넘어와서	越陌度阡
서로 안부 물어 주고,	枉用相存
오랜만에 만나서 술 마시며 담소하니	契闊談讌
옛정이 간절하다.	心念舊恩
달은 밝고 별은 성긴데	月明星稀
까치가 남으로 날아가면서,	烏鵲南飛

나무를 세 바퀴나 돌아봐도	繞樹三匝
의지하여 쉬고 갈 가지가 없네.	無枝可依
산은 높을수록 좋고	山不厭高
물은 깊을수록 좋다고 하듯이,	水不厭深
한 번 식사에 세 차례 손님 맞는 주공의 사람 대접	周公吐哺
그 때문에 천하 인심 그에게로 돌아갔네.	天下歸心

조조의 노래가 끝나자 여러 사람들이 화답하면서 모두들 함께 웃고 즐겼다.

〖 6 〗 그때 문득 좌중의 한 사람이 건의했다: "대군이 서로 대치해 있고 장수와 군사들이 명령을 잘 따르고 있는 이때에, 승상께서는 어찌하여 그처럼 불길한 말씀을 하십니까?"

조조가 보니 양주揚州 자사로 있는 패국沛國 상현相縣 사람으로 성은 유劉, 이름은 복馥, 자를 원영元穎이라고 하는 자였다.

유복은 원래 합비(合淝: 안휘성 합비시)에서 몸을 일으켜 주州의 행정관청인 주치州治를 건설하고, 도망가고 흩어진 백성들을 모아 학교를 세우고 둔전屯田을 넓혀서 백성들을 다스리고 가르치는 일에 힘을 기울였으며, 오랫동안 조조를 섬기면서 많은 공적을 세웠다.

조조가 즉시 긴 창(槊)을 비껴 잡고 물었다: "내 노래에 무슨 불길한 데가 있다는 것이냐?"

유복曰: " '달은 밝고 별은 성긴데, 까치 남으로 날아가면서 나무를 세 바퀴나 돌아봐도 의지하여 쉬고 갈 가지가 없다' 고 하신 부분이 불길한 말입니다."(*소식蘇軾은 〈적벽부赤壁賦〉에서 이 네 구句를 인용하면서, 조조가 주유에게 곤경을 당한 것은 대체로 '남쪽으로 날아갔으나 의지할 곳이 없다(南飛而無可依)' 란 말이 그가 '남정을 하였으나 얻은 것이 없다' 는 것에 상응하는 것이라고 했다.)

조조가 크게 화를 내면서 말했다: "네가 어찌 감히 나의 흥을 깨느냐!"

그리고는 손을 들어 한 창에 유복을 찔러 죽였다. 모든 사람들은 소스라치게 놀랐고, 곧바로 술자리는 끝나버리고 말았다.

다음날 조조는 술이 깨자 후회하기를 마지않았다. 유복의 아들 유희劉熙가 자기 부친의 시신을 거두어 돌아가서 장사지내게 해 달라고 청했다.

조조는 울면서 말했다: "내가 어제는 취중에 실수로 너희 부친을 상하게 하고 말았는데, 그 일을 후회해도 돌이킬 수가 없구나. 삼공三公의 후한 예로 장사지내 주도록 하라."

그리고 군사들을 보내어 영구를 호송하여 그날로 돌아가서 장사지내 주도록 했다. (*강가에서 술을 마시고, 긴 창을 비껴 잡고 부賦를 짓고, 그리고는 갑자기 한 사람을 찔러죽이니, 참으로 살풍경殺風景이다. 하물며 지난밤에는 노래를 짓더니 날이 밝자 우는 것 역시 불길한 징조이다.)

〖 7 〗 다음날 수군도독 모개毛玠와 우금于禁이 막사 안으로 와서 청했다: "크고 작은 배들을 모두 적절히 배합하여 잘 연결해서 묶어 놓았고 각종 깃발들과 병장기들도 일일이 다 준비해 놓았습니다. 승상께서 지시하시어 날짜를 정해 진군하도록 하십시오."

조조는 수군 중앙의 큰 전선 위로 가서 자리에 앉아 여러 장수들을 불러 모아 각각에게 명을 내렸다: 수군과 육군을 각각 다섯 가지 색깔의 깃발로 나누었는데, (*靑·黃·赤·黑·白은 각각 오행五行 水·火·金·木·土에 해당하는 색이다.) 수군의 경우, 중앙군은 황색 깃발로 모개와 우금이 통솔하고, 전군前軍은 붉은 깃발로 장합張郃이, 후군後軍은 흑색 깃발로 여건呂虔이, 좌군은 청색 깃발로 문빙文聘이, 우군은 백색 깃발로 여통呂通이 통솔하도록 했다.

기병과 보병으로 이루어진 육군의 경우, 전군은 붉은 깃발로 서황이 통솔하고, 후군은 흑색 깃발로 이전李典이, 좌군은 청색 깃발로 악진樂進이, 우군은 백색 깃발로 하후연이 통솔하게 했다.

그리고 수군과 육군의 도접응사(水陸路 都接應使: 수군과 육군의 총 지원군 책임자)로 하후돈과 조홍을 임명하고, 호위왕래 감전사(護衛往來監戰使: 왕래하면서 호위 및 전투를 감독하는 책임자)로 허저와 장료를 임명했다. 그 나머지 용장勇將들도 전부 각 대오隊伍에 배속시켰다.

각 장수들에 대한 배치 명령을 마치고 수군 영채 안에서 북을 세 번 울리자 각 대오의 전선들은 문을 나누어 나갔다.

이날 서북풍이 갑자기 불어와서 모든 전선들은 돛을 높이 달고 거센 물결을 가르면서 나아갔으나, 평온하기가 마치 평지 위를 미끄러져 가는 것 같았다. 북군의 군사들은 배 위에서 펄쩍펄쩍 뛰고 창으로 찌르고 칼로 치는 동작들을 하면서 용맹을 뽐냈다. 전후좌우 각 대오의 깃발들이 서로 섞이지 않고 정연했으며, 또 작은 배 50여 척이 왕래하면서 순찰을 돌고 훈련을 독려했다. (*하문에서 조조가 작은 배를 타고 도망칠 수 있게 되는 것은 이 때문이다.)

조조는 지휘대 위에 서서 훈련 상황을 구경하고 마음속으로 크게 기뻐하며 이야말로 필승을 보장하는 방법이라고 생각했다. 그리고는 일단 돛을 거두어 차례대로 수채로 돌아가도록 했다.

영채로 돌아온 조조는 막사 안으로 들어가서 여러 모사들에게 말했다: "만약 천명天命이 나를 도와주려는 것이 아니라면, 내가 어찌 봉추의 묘한 계책을 얻을 수 있었겠는가? 쇠줄로 배들을 연결해 놓으니 과연 강을 건너가는 일이 평지를 걸어가는 것과 같았다."

정욱曰: "배들을 모두 연결해 묶어 놓았으니 당연히 평온할 것입니다. 다만, 저들이 만약 화공火攻을 쓴다면 피하기가 어려울 테니 이에 대한 방비를 하지 않으면 안 됩니다."(*북군에도 사람이 없었던 것은 아니다.)

조조는 큰소리로 웃으며 말했다: "정중덕(程仲德: 정욱)은 비록 멀리 생각하는 바는 있지만 그러나 미처 생각하지 못하는 것이 있소."

순유曰: "중덕의 말이 매우 옳은데, 승상께선 어찌하여 그를 비웃으십니까?"(*북군에도 사람이 없었던 것은 아니다.)

조조曰: "무릇 화공을 쓰려면 반드시 바람의 힘을 빌려야 한다. 그러나 지금은 한창 추운 겨울인지라 다만 서풍과 북풍만 있을 뿐인데 어떻게 동풍과 남풍이 있을 수 있는가? 우리는 서북쪽에 있고 저들의 군사는 모두 남쪽 강기슭에 있으니, 저들이 만약 화공을 쓴다면 자기 군사들만 불사르게 될 것이다. 그러니 내가 왜 겁을 내겠는가? (*후문에서 주유가 병이 나고 공명이 그 처방전을 쓰게 되는 것도 이 때문이다.) 만약 지금 철이 음력 시월이라면 내 이미 벌써 방비를 했을 것이다."

여러 장수들은 모두 탄복하여 말했다: "승상의 높으신 소견을 저희들은 도저히 미칠 수가 없습니다."

〖 8 〗 조조는 장수들을 돌아보며 말했다: "청주·서주·연주燕州·대주代州의 군사들은 배를 타는 데 익숙하지 못하다. 지금 이 계책을 쓰지 않고 어떻게 이 험한 큰 강을 건널 수 있겠는가!"

바로 그때 반열 가운데서 두 장수가 용감하게 앞으로 나서며 말했다: "소장은 비록 북쪽 유주·연주 지방 출신이기는 합니다만 그래도 배를 탈 줄 압니다. 지금 순시선 스무 척만 내어주시면 곧바로 북쪽 강어귀(北江口)로 가서 적군의 깃발과 북을 빼앗아 돌아와서 우리 북군도 배를 탈 수 있다는 것을 보여드리고자 합니다."(*두 사람은 자신들이 잘하는 바(陸戰)를 버리고 잘하지 못하는 바(水戰)를 겨루려고 하니, 이 역시 병통이 아닌가.)

조조가 보니 옛날 원소의 수하 장수인 초촉焦觸과 장남張南이었다.

조조曰: "너희들은 모두 북방에서 태어나 그곳에서 자랐으므로 아무래도 배를 타는 것이 불편할 것이다. 강남의 군사들은 물 위를 왕래하는 데 숙련이 되어 매우 익숙하니 너희들은 경솔하게 목숨을 가지고 아이들 장난치듯이 하지 말라."

초촉과 장남이 큰소리로 말했다: "만약에 이기지 못한다면 감히 군법에 따른 처벌을 받겠습니다!"

조조曰: "전선들은 전부 이미 연결해 묶어 놓았다. 있는 것이라곤 작은 배들뿐인데, 그 배에는 각각 스무 명밖에 못 탄다. 그걸 가지고 저들과 맞붙어 싸우기는 곤란할 것이다."

초촉曰: "만약 큰 배를 사용한다면 어찌 특별히 잘한다고 할 수 있겠습니까? 작은 배 20여 척만 내어주시면 저와 장남이 각기 반씩 이끌고 오늘 바로 강남의 수상 영채로 가서 반드시 깃발을 빼앗고 장수의 목을 베어 가지고 돌아오겠습니다." (*큰소리치기 좋아하는 사람치고 일을 성공시키는 사람은 적다.)

조조曰: "내 자네들에게 배 20척을 내어주고 모두들 긴 창과 강한 쇠뇌로 무장한 5백 명의 정예군을 떼어내 주겠다. 내일 날이 밝으면 큰 영채의 배들을 강 위로 내보내어 멀찍이에서 위세를 과시하도록 하고, 또 문빙文聘에게 순시선 30척을 거느리고 가서 자네들이 돌아오는 데 지원하도록 하겠다."

초촉과 장남은 기뻐하며 물러갔다.

다음날, 사경(四更: 새벽 1시에서 3시 사이)에 밥을 지어 먹고, 오경五更에 출전할 준비를 다 마치고 나자 어느덧 수채 안에서 북소리와 징소리가 들려왔다. 배들이 모두 수상 영채를 나가서 물 위에 나누어 퍼졌다. 장강長江 일대는 청색 깃발과 붉은 색 깃발들이 온통 뒤섞였다. 초촉과 장남은 순시선 20척을 거느리고 수상 영채를 통과하여 강남을 향해 출발했다.

〖 9 〗 한편 남쪽 기슭에서는 이틀 전에 북소리가 진동하는 것을 듣고 멀리서 바라보니 조조가 수군을 훈련시키고 있어서 정탐꾼이 이 사실을 주유에게 보고했다. 주유가 살펴보려고 산꼭대기로 올라갔을 때에는 조조의 군사들은 이미 배를 거두어 돌아가 버린 뒤였다.

그 다음날, 갑자기 또 하늘을 뒤흔드는 듯한 북소리를 듣고 군사가 급히 높은 데 올라가서 바라보니 작은 배들이 물결을 가르며 오고 있어서 중군中軍에 급히 보고했다.

주유가 물었다: "여러분들 중에 누가 감히 먼저 나가 보겠느냐?"

한당韓當과 주태周泰 두 사람이 동시에 나서며 말했다: "제가 임시로 선봉이 되어 적을 깨뜨리겠습니다."(*황개가 아파 누워 있었으므로 두 사람이 임시로 선봉이 된 것이다. 앞의 글과 뒤의 글이 상응한다.)

주유는 기뻐하며, 각 영채에 명을 전하여 엄히 지키고 방어만 하고 있으면서 경솔하게 움직이지 않도록 했다. 한당과 주태는 각기 순시선 5척씩을 이끌고 좌우로 나뉘어 나갔다.

한편 초촉과 장남은 자신들의 용기만 믿고 나는 듯이 작은 배를 저어 갔다. 한당은 가슴을 보호하는 갑옷을 입고 손에 긴 창을 들고서 홀로 이물(船頭) 위에 섰다. 초촉의 배가 먼저 당도하더니 곧바로 군사들에게 한당이 타고 있는 배를 향해 화살을 쏘라고 지시했다. 한당은 방패로 화살을 막아냈다. (두 배가 접근했을 때) 초촉이 긴 창을 꼬나들고 한당에게 달려들었다. 한당이 손을 들어 창을 한 번 찌르자, 초촉은 그만 창에 찔려 죽고 말았다.

그때 장남이 뒤에서 큰소리로 외치며 쫓아오자 측면에서 주태가 탄 배가 앞으로 달려 나갔다. 장남이 창을 꼬나들고 이물 위에 서자 그의 양편에서는 화살을 마구 쏘아댔다. 주태는 한 손에는 방패를 들고 날아오는 화살을 막고 다른 손에는 칼을 들었다. 두 배 사이의 거리가 7~8자(약 2~2.5미터) 쯤으로 좁혀지자, 즉시 몸을 날려서 장남의 배로 훌쩍 건너뛰어 가서는 손에 든 칼로 장남을 내려찍어 물속에 처박아 버렸다. (*이 두 사람의 죽음이 조조로 하여금 연환계連環計의 교묘함을 믿고 연환계를 써서는 안 된다는 말을 다시 의심해 보지 않도록 한 것이다.) 그런 다음 그 배에 타고 있던 장남의 군사들을 마구 쳐 죽였다. 다른 배들은 모두 나는 듯이 노를 저어 급히 되돌아갔다.

한당과 주태는 배를 재촉해서 그들을 추격하여 강 한복판에 이르렀는데, 그때 마침 문빙文聘의 배가 맞이하러 나왔다. 양편에서는 곧바로 배들을 벌려 세워놓고 한바탕 크게 싸웠다.

〖 10 〗 한편 주유는 여러 장수들을 이끌고 산꼭대기에 서서 멀리 강 북쪽의 수면을 바라보았는데, 큰 전선들이 강 위에 줄지어 서 있고 기치旗幟와 장수들의 이름을 쓴 깃발(號帶)들이 모두 질서정연했다.

고개를 돌려서 살펴보니 문빙이 한당·주태와 대치하고 있었다. 한당·주태가 힘을 떨쳐 공격하자 문빙은 당해 내지 못하여 배를 돌려 달아났다. 한당과 주태 두 사람은 급히 배를 재촉해서 추격했다. 주유는 두 사람이 적진 너무 깊숙이 들어 갈까봐 염려되어 곧바로 백기를 흔들도록 하고 군사들에게 (퇴각 신호로) 징을 치도록 했다. 두 사람은 이에 노를 저어 돌아왔다.

주유가 산꼭대기에서 보니 강 건너 전선들은 전부 수상 영채 안으로 들어가는 것이었다. 주유가 고개를 돌려서 여러 장수들을 보고 말했다: "강북의 전선들이 마치 갈대같이 빽빽하고 조조는 또 꾀가 많으니 저들을 깨뜨리려면 어떤 계책을 써야 되겠느냐?"

여러 장수들이 미처 대답을 하기 전에 문득 보니, 조조군의 수상 영채 안에서 바람이 불자 중앙의 황색 깃발이 부러져 강 위로 날아가 떨어지는 것이었다. (*조조 군의 깃발 부러지는 것을 도리어 멀리서 바라보는 주유의 눈으로 서술하는데, 이는 서술 방법의 변환이다. 장차 주유의 깃발 끝이 얼굴을 스쳐지나가는 것을 묘사하기 위해 먼저 조조 군의 깃발 부러지는 것을 묘사하고 있는바, 어느 한 가지를 돋보이게 하는 서술방법으로는 더할 바 없이 훌륭하다.)

주유가 큰소리로 웃으며 말했다: "저것은 상서롭지 못한 징조다!"

한창 살펴보고 있을 때 갑자기 세찬 바람이 불어대더니 강 위에 파도가 치면서 강기슭을 때렸다. 그때 바람이 한바탕 지나가면서 깃발의 끝자락을 휘감아 올리며 주유의 얼굴을 스쳐 지나갔다. 주유는 갑자기 속으로 한 가지 계책을 생각해 내고는 (*갑자기 생각해낸 것이 무엇일지 상상해 보라. 그것은 무슨 일일까?) 크게 외마디 소리를 지르면서 그대로 뒤로 나자빠졌는데, 입으로는 선혈鮮血까지 토했다. 여러 장수들이 급히 달려들어 구해 일으켰으나 그는 일찌감치 인사불성人事不省이 되어 있었다. 이야말로:

한때 갑자기 웃다가 또 갑자기 소리 지르니   一時忽笑又忽叫
남군이 북군 깨뜨리기 과연 어렵구나.   難使南軍破北軍

결국 주유의 목숨은 어찌될까? 다음 회를 읽어보도록 하라.

제 48 회 모종강 서시평序始評

(1). 천하에 가장 뜻대로 되지 않는 일이 있기에 앞서 반드시 가장 뜻대로 되는 일이 있다. 장차 적벽대전에서의 참담한 패배를 묘사하기 위해 먼저 천리에 뻗친 긴 군대의 행렬과 하늘을 뒤덮는 정기를 묘사하고, 장차 화용도華容道에서 달아나느라 겪는 처참한 수모를 묘사하기 위해 먼저 남쪽으로 무창武昌을 바라보고 서쪽으로 하구夏口를 바라보는 득의만만한 모습을 묘사한다. 대개 그 뜻을

펴지 못하고 원하는 바가 채워지지 못하여 불만족스럽고 기가 꺾여 있더라도 그것의 피해는 심하지 않고 재앙도 속히 닥치지는 않는다.

패왕 항우項羽를 묘사하는 자가 밤 연회의 즐거움을 극히 자세하게 묘사하는 것은 그 밤의 연회를 묘사하기 위해서가 아니라 그 후 오강烏江에서의 비극적 종말을 묘사하기 위해서인 것이다. 그러므로 조조가 긴 창을 비껴 잡고 노래를 부른 것 역시 항우의 밤의 연회와 같은 것이 아니겠는가?

조조가 긴 창을 잡고 춤추면서 노래를 부를 때는 바로 그의 뜻과 소원이 이루어졌을 때이다. 그런데도 그 노래에서 읊기를 "시름 잊기 어렵다"고 하였고, 또 "무엇으로 시름 풀까", 또 말하기를 "가슴 속의 이 시름"이라고 했는데, 어찌하여 의당 즐거워해야 할 때 시름을 한단 말인가?

대개 즐거움은 근심이 엎드려 숨어 있는 곳이다(樂者, 憂之所伏). 〈단궁(檀弓: 禮記)〉에서는 말하기를: "즐거우니 흐뭇하고, 흐뭇하니 시를 읊고, 시를 읊으니 춤을 추고, 춤을 추니 원망하게 되고, 원망하니 슬퍼지고, 슬퍼지니 탄식하게 된다(樂斯陶, 陶斯咏, 咏斯舞, 舞斯慍, 慍斯戚, 戚斯嘆矣)"고 하였다. 옛날에 순우곤淳于髠은 제齊나라 왕을 넌지시 비꼬면서 말하기를: "즐거움이란 그 극도까지 추구해서는 안 됩니다. 즐거움이 극에 달하면 슬픔이 생깁니다(樂不可極, 樂極生悲)"고 하였다.

이렇게 보면 "까치가 남으로 날아가는 것(烏鵲南飛)"만이 남정南征에서 실패할 조짐인 것이 아니라, 그가 강에서 술을 부으면서 거드름을 피운 것 자체가 이미 반드시 근심이 뒤따르도록 되어 있는 것임을 알아야 한다.

(2). 무릇 계책의 오묘함은, 적으로 하여금 나의 계책을 씀으로써 패배하도록 만들려면, 반드시 나의 계책을 쓰지 않아서 패배하는 일이 있어야 한다. 그렇게 함으로써 나의 계책을 쓰고자 하는 적의 마음을 더욱 굳게 만들 수 있다. 이의 한 예가 초촉焦觸과 장남張南의 경우이다. 오군吳軍이 조조를 농락하기 위해서 쓰도록 했던 방법은 연환계連環計이다. 초촉과 장남이 쇠사슬로 묶지 않은 배로 싸우다가 패배한 일이 있음으로써 조조는 연환계를 쓰지 않을 경우의 불리함을 알게 되어 연환계를 쓰려는 마음이 더욱 굳어질 수 있었던 것이다.

무릇 계책의 오묘함은, 내가 이 계책을 행하여 승리하고자 한다면, 반드시 이 계책을 쓰지 않고도 승리할 수 있어야 한다. 그래야만 적이 나의 계책을 사용하는 것에 대해 갖기 쉬운 의심을 막을 수 있다. 이의 한 예가 한당韓當과 주태周泰의 승리이다. 오군吳軍이 사용하고자 했던 것은 화공계火攻計였다. 한당과 주태가 불을 사용하지 않은 배로 승리함으로써 조조로 하여금 동오는 화공火攻을 쓸 필요가 없다고 생각하게 만들었다. 그 후에 화공을 쓸 줄이야 조조인들 어찌 헤아릴 수 있겠는가.

(3). 화공계火攻計는 공명과 주유와 방통과 황개뿐만 아니라 서서와 정욱과 순유도 알고 있었다. 서서는 조조에게 말해주지 않았지만, 순유와 정욱은 조조에게 말해 주었다. 그들이 조조에게 말해 주었을 뿐만 아니라 조조 자신도 일찍부터 알고 있었던 것이다. 그것을 알고 있으면서도 끝내 화공火攻의 피해를 면할 수 없었던 이유는 무엇인가? 그것은 조조가 바람이 동쪽에서는 불어오지 않는다는 것만 알았지 바람을 빌려올 수도 있다는 것을 몰랐기 때문이다. 화공은 남군에게 불리하다는 것만 알았지 불길의 방향을 북으로

돌릴 수 있다는 것을 몰랐기 때문이다. 하늘의 뜻을 돌릴 수 있는 사람이 있지만 하늘 역시 그를 알 수 없으며, 사람을 돕는 하늘이 있지만 사람 역시 그것을 알 수 없는 것이다.

제 **49** 회

공명, 칠성단에서 바람 빌고
주유, 삼강구에서 불 지르다

〖 1 〗 한편 주유가 산꼭대기에 서서 한참 동안 바라보다가 갑자기 뒤로 나자빠지고, 입에서는 선혈을 토하며 인사불성人事不省이 되었다. 좌우에 있던 사람들이 그를 구하여 막사 안으로 돌아갔다.

여러 장수들이 다 문병하러 와서는 다들 깜짝 놀라서 서로 돌아보며 말했다: "강북의 백만 군사들이 범처럼 웅크리고 앉아서 고래처럼 동오를 삼키려고 하는데 뜻밖에도 도독께서 이렇게 되실 줄이야! 만약 조조의 군사들이 쳐들어오는 날에는 어찌해야 한단 말인가?"

황망히 사람을 오후吳侯에게 보내서 이 일을 보고하고, 한편으로는 의원을 구해 와서 병을 치료하도록 했다. (*북군도 의원을 구하더니, 주유도 의원을 구한다.)

한편 노숙은 주유가 병으로 누워 있는 것을 보고 근심에 싸여서 공명을 찾아가 주유가 갑자기 병이 난 일을 얘기했다.

공명曰: "공은 이 일을 어떻게 생각하십니까?"

노숙曰: "이는 조조에게는 복福이지만 강동에게는 화禍입니다."

공명曰: "공근의 병은 나도 고칠 수 있습니다."(*북군의 병은 방통이 고쳤으나, 주유의 병은 공명만이 고칠 수 있다.)

노숙曰: "정말로 그렇게만 해주신다면 나라에는 천만다행이지요."

노숙은 즉시 공명에게 같이 가서 병세를 살펴봐 달라고 청했다. 노숙이 먼저 들어가서 주유를 보니 주유는 이불을 머리 위까지 덮어쓰고 누워 있었다.

노숙曰: "도독의 병세는 좀 어떠십니까?"(*노숙의 병문안은 진짜이다.)

주유曰: "속이 마구 휘젓듯이 아프고 때때로 정신도 혼미해집니다."

노숙曰: "무슨 약이나 음식을 들어 보셨습니까?"

주유曰: "속에서 구역질이 나서 약을 삼킬 수가 없습니다."

노숙曰: "방금 전에 공명을 찾아가 보았더니 그가 말하기를 자기가 도독의 병을 고칠 수 있다고 했습니다. 지금 막사 밖에 와 있는데 수고스럽더라도 불러다가 치료하도록 해보는 것이 어떨까요?"

주유는 청해 들이도록 한 다음 좌우 사람들에게 자기를 붙들어 일으키라고 하여 침상 위에 앉았다.

공명曰: "그간 여러 날 장군의 얼굴을 뵙지 못했는데, 귀하신 몸이 이처럼 편치 않으실 줄은 생각도 못했습니다."(*공명의 병문안은 가짜이다.)

주유曰: "'사람에겐 화禍와 복福이 아침저녁으로 달라진다(人有旦夕 禍福)'고 하였으니, 어찌 스스로를 보전할 수 있겠소?"

공명이 웃으면서 말했다: "'하늘에는 예측할 수 없는 풍운이 있다

(天有不測風雲)'고 했는데, 인간이 어찌 그것을 헤아릴 수 있겠습니까?"

그 말을 듣자 주유는 안색이 변하며 신음소리를 냈다.

공명曰: "도독께선 번민으로 가슴속이 갑갑하지 않으십니까?"

주유曰: "그렇소."

공명曰: "그러면 열을 식혀주는 양약涼藥으로 풀어줘야 합니다."

주유曰: "이미 양약涼藥을 복용해 봤지만 전혀 효과가 없었소."

공명曰: "모름지기 먼저 기운을 다스려야 합니다. 막혀있던 기운의 흐름이 순조로워지면 순식간에 저절로 낫게 됩니다."(*전부 은어隱語로 말하는 것이 묘하다.)

주유는 공명이 틀림없이 자기 뜻을 알고 있을 것이라 짐작하고 말로써 그 속을 떠보려고 했다: "기운의 흐름을 순조롭게 하려면 무슨 약을 써야 하지요?"

공명이 웃으면서 말했다: "제게 한 가지 처방이 있는데, 곧바로 도독의 기운을 순조롭게 해드릴 것입니다."

주유曰: "선생께서 가르쳐 주시기 바라오."

공명은 곧 종이와 붓을 달라고 한 다음 좌우 사람들을 물리치고 종이에다 은밀히 글자 16개를 썼는데, 그 내용은 이러했다: "조조를 깨뜨리려면 화공을 써야 하겠는데, 다른 것들은 다 구비되었으나 동풍만이 없구나(欲破曹公, 宜用火攻, 萬事具備, 只欠東風)."

〖 2 〗 다 쓴 후 그것을 주유에게 건네주면서 말했다: "이것이 도독께서 앓고 있는 병의 원인입니다."(*이러한 병의 원인은 근세의 의원들은 알아낼 수가 없다.) 주유는 그것을 보고 크게 놀라서 속으로 생각했다: '공명은 정말로 신인神人이구나. 내가 속으로 생각하고 있는 일을 진작에 이미 알고 있었구나! 할 수 없이 사실대로 말해야겠다.'

이에 웃으면서 말했다: "선생께서 이미 내 병의 원인을 알고 계시다니, 그렇다면 무슨 약을 써야 고칠 수 있겠소? 사정이 위급하니 즉시 가르쳐주기 바라오."

공명曰: "제가 비록 재주는 없으나 일찍이 이인異人을 만나서 기문둔갑술奇門遁甲術을 적어 놓은 천서天書를 전수받아서 바람과 비를 불러올 줄 압니다. 도독께서 만약 동남풍을 원하신다면 남병산南屏山에다 칠성단七星壇이란 이름의 대臺를 하나 세우시되 높이는 아홉 자(尺)에 3층으로 해주시고, 군사 120명을 써서 각자 손에 기번旗幡을 잡고 단을 빙 둘러싸고 서 있도록 해주십시오. 제가 그 단상에 올라가서 술법術法을 써서 삼일 밤낮 동안 동남풍을 크게 빌려와서 도독의 용병하심을 도와드릴까 하는데, 어떻습니까?"(*병에는 바람(風)을 몰아내는 것을 귀하게 여기는데, 지금은 반대로 바람으로써 병을 고치려고 한다. 대개 3일 간의 바람은 7년 말린 쑥보다도 낫다.)

주유曰: "삼일 밤낮은 고사하고 단 하룻밤만이라도 큰 바람이 불어준다면 대사를 성공시킬 수 있겠습니다. 다만 일이 당장 급하니 늦어져서는 안 됩니다."(*천천히 많이 불기를 원하는 것이 아니라 적더라도 속히 불기를 바란다. 지금 사람들이 약을 복용할 때도 왕왕 이와 같다.)

공명曰: "11월 20일 갑자일甲子日에 바람을 빌기 시작하여 22일 병인丙寅에 바람이 그치도록 하면 어떻겠습니까?"(*주周 무왕武王은 갑자일에 군사를 일으켰고, 은殷의 주왕紂王은 갑자일에 망했다. 적벽에서의 싸움은 목야牧野에서의 싸움과 거의 같다.)

주유는 그 말을 듣고 크게 기뻐서 눈을 크게 뜨고 자리에서 벌떡 일어나 곧바로 정예 군사 5백 명을 남병산으로 보내서 단을 쌓도록 하고, 또 120명을 보내서 기를 잡고 단을 지키면서 공명이 시키는 대로 하라고 했다.

〖 3 〗 공명은 하직인사를 하고 막사 밖으로 나와서 노숙과 함께 말에 올라 남병산으로 가서 지세를 살펴보았다. 그리고는 군사들에게 동남쪽의 붉은 흙을 파다가 단壇을 쌓도록 했는데,(*동남방은 손지巽地이므로 바람(風)과 서로 어울리고, 흙의 색상은 적색赤色이므로 불(火)과 서로 조응한다.) 단의 둘레는 24장(丈: 길)이었고, 각 층의 높이는 3자(尺: 약 0.9m)로 총 9자(약 2.7m)가 되었다.

맨 아래의 제 1층에는 28개의 별자리를 표시하는 28수기(宿旗)를 꽂아 놓았으니; 동방의 일곱 면에 세운 청색 깃발(靑旗)들은 각기 별자리 각角·항亢·저氐·방房·심心·미尾·기箕 (*이들 동방의 일곱 개 별자리 전체를 창룡蒼龍이라고 부른다.)에 대응하는 것으로 이들을 푸른 용(蒼龍)의 모양으로 벌여 세웠다.

북방의 일곱 면에 세운 검은색 깃발(皀旗)들은 각기 별자리 두斗·우牛·여女·허虛·위危·실室·벽壁 (*이들 북방의 일곱 개 별자리 전체를 현무玄武라고 부르는데, 일설에는 거북(龜)을 나타낸 것이라고 하고, 일설에는 뱀(蛇)을 나타내는 것이라고 하고, 일설에는 북방의 신으로 거북과 뱀을 합쳐놓은 모양이라고도 한다.)에 대응하는 것으로 이들로써 현무玄武의 형세를 만들었다.

서방의 일곱 면에 세운 흰색 깃발(白旗)들은 각기 별자리 규奎·루婁·위胃·묘昴·필畢·자觜·삼參 (*이들 서방의 일곱 개 별자리 전체를 백호白虎라 부른다.)에 대응하는 것으로 이들로써 웅크리고 있는 백호白虎의 위엄을 나타냈다.

남방의 일곱 면에 세운 붉은색 깃발(紅旗)들은 각기 별자리 정井·귀鬼·유柳·성星·장張·익翼·진軫 (*이들 남방의 일곱 개 별자리 전체를 주작朱雀이라 부른다. 고대 중국에서는 위에서 말한, 태양이 하늘을 운행하는 궤도인 〈백도白道〉와 〈황도黃道〉 부근의 28개 별자리를 〈28수(宿)〉라고 불렀으며, 또 이들을 사방 4개 조組로 나누었으니 그것이 곧 청룡靑龍, 백호白虎, 현무玄武,

주작朱雀이다. 고대인들은 이들이 천지 사방을 안정시키는 4개의 천신天神이라고 생각했다.)에 대응하는 것으로 이들로써 주작朱雀의 모양을 이루도록 했다.

제2층에는 주위에 64개의 괘卦에 대응하여 황기黃旗 64개를 세우되 여덟 방위로 나누어 세웠다.

맨 위의 제3층에는 네 사람이 각기 머리를 묶는 관(束髮冠)을 쓰고, 검은 비단으로 만든 겉옷(皂羅袍)을 입고, 봉황 무늬가 있는 옷에 넓은 띠(鳳衣博帶)를 띠고, 붉은 신을 신고 네모난 옷자락의 옷(朱履方裾)을 입고 있었다.

이 네 사람 중에서 앞쪽 왼편에 선 사람은 장대 끝에 닭의 깃이 달린 긴 장대를 손에 들고 있게 함으로써 바람의 동정을 알 수 있게 하였고 (招風信), 앞쪽 오른편에 선 사람은 장대 끝에 북두칠성北斗七星의 이름이 적힌 깃발이 매달린 긴 장대를 손에 들고 있게 함으로써 바람의 방향을 알 수 있게 하였고(表風色), 뒤쪽 왼편에 선 사람은 손에 보검寶劍을 받들고 있게 하였고, 뒤쪽 오른편에 선 사람은 손에 향로香爐를 받들고 있게 했다.

단 아래에 있는 24명은 각기 깃발·보물로 장식한 일산(寶蓋)·큰 창(大戟)·장과長戈·물소 꼬리로 장식한 황색 지휘 깃발(黃旄)·장수의 권위를 상징하는 은도끼(白鉞)·붉은 깃발(朱旛)·검은 독기纛旗를 들고 사방으로 빙 둘러 서 있도록 했다.

〖 4 〗공명은 11월 20일 갑자甲子 날 길일에 목욕재계한 다음 몸에 도의道衣를 입고 맨발에 머리를 풀어헤치고 칠성단 앞에 이르렀다. 그는 노숙에게 분부했다: "자경子敬은 혼자 군중軍中으로 돌아가서 공근의 군사 배치를 도와주십시오. 혹시 이 제갈량의 기도가 효험이 없더라도 괴이하게 여겨서는 안 됩니다."

노숙은 그와 작별하고 돌아갔다.

공명은 단을 지키는 군사들에게 당부했다: "함부로 각자 맡은 방위를 떠나서는 안 되고, 서로 머리를 맞대고 귓속말을 해서도 안 되며, 함부로 말하거나 허튼소리를 해서도 안 되며, 어떤 것을 보더라도 놀라거나 이상하게 생각해서는 안 된다. 만약 명령을 어기는 자가 있으면 그 목을 벨 것이다!"

모두들 명령대로 따르겠다고 했다. 공명은 천천히 걸어서 단 위로 올라가서 모든 것의 방위가 제대로 되어 있는 것을 보고 나서 향로에 향을 피우고 물그릇에 물을 붓고 하늘을 우러러 속으로 축원했다. 그리고 나서 단을 내려와서 막사 안으로 들어가서 잠시 쉬면서 군사들에게 번갈아 가면서 식사를 하도록 지시했다. 공명은 하루에 단에 오르기를 세 차례, 단에서 내려오기를 세 차례 하였다. 그러나 여전히 동남풍이 불어올 기미는 전혀 보이지 않았다.

〖 5 〗 한편 주유는 정보程普와 노숙 등 군관들을 막사 안으로 불러들여서 동남풍이 일어나는 즉시 곧바로 군사들을 출병시키려고 기다리고 있었다. 그리고 한편으로 손권에게 문서로 출병 시의 후원을 요청했다.

황개는 이미 화공火攻에 쓸 배 20척을 준비하여 이물(船頭) 위에 큰 못을 빽빽하게 박아놓고, 배 안에는 갈대와 마른 섶을 가득 싣고 그 위에 생선기름을 뿌린 다음, 그 위에 다시 유황과 염초 등 인화물질을 깔고, 다시 그 위를 기름 먹인 청포(靑布油單)로 덮어씌웠다. 이물 위에는 청룡아기靑龍牙旗를 꽂고, 고물(船尾)에는 각각 가볍고 빠른 전선(走舸)을 매어놓고 막사 안에서 주유의 출동 명령이 떨어지기만 기다렸다.

감녕과 감택은 채화와 채중을 수상 영채 안에 꽉 붙들어 놓고 매일같이 술을 마시면서 단 한 명의 군사도 강기슭에 올라가지 못하게 했다. 주위는 모조리 동오의 군사들이었으므로 물 한 방울 새나갈 수 없도록 단단히 지키고 본영에서 명령이 떨어지기만을 기다렸다.

주유가 한창 막사 안에 앉아서 군사 일을 상의하고 있을 때 정찰병이 들어와서 보고했다: "오후吳侯의 배들은 수상 영채에서 85리 떨어진 곳에 정박하고 있으면서 도독으로부터 좋은 소식 오기만을 기다리고 계십니다."

주유는 즉시 노숙을 시켜서 부하 관원들과 장병들에게 널리 알리도록 했다: "모두들 각자의 배와 병장기와 돛과 노 등을 수습해 놓고 있다가 명령이 떨어지면 즉시 출동하고 시각을 어기지 말라. 만약에 시각을 지체하여 일을 그르치는 자가 있으면 군법으로 다스릴 것이다."

모든 군사와 장수들은 명령을 듣자 다들 주먹을 문지르고 손을 비비면서 적과 싸울 준비를 하고 있었다.

〖 6 〗 이날 막 날이 저물어 밤이 가까워오고 있는 데도 하늘은 맑게 개었고 미풍微風조차 일지 않았다.

주유가 노숙에게 말했다: "공명의 말은 틀렸다. 지금과 같은 한겨울에 어떻게 동남풍이 불 수 있단 말인가?"(*다시 주유의 입을 빌려 극력 반대의 말을 하도록 함으로써 아래 글의 기이함을 보여주고 있다.)

노숙曰: "저는 공명의 말이 반드시 허튼소리가 아닐 것으로 생각합니다."

삼경(三更: 저녁 11시에서 새벽 1시 사이)이 가까워올 무렵 갑자기 바람 소리가 들리며 깃발 휘날리는 방향이 바뀌었다. 주유가 막사에서 나가 서보니 깃발 끝이 뜻밖에 서북쪽으로 펄럭이더니 삽시간에 동남풍이 크게 불어왔다. (*바람이 일어나는 것을 묘사하기 위해 먼저 바람 소리를 묘사하고, 그 다음에 깃발 끝을 묘사하면서 점점 나아간다. 심히 교묘하다.)

주유가 깜짝 놀라며 말했다: "이 사람은 천지의 조화(天地造化)를 빼앗는 법과 귀신도 헤아리지 못할 도술道術을 가지고 있다. 만약 이 사람을 살려 두었다가는 동오에게 큰 화근이 될 것이다. 일찌감치 죽여 버려 후일의 근심거리를 없애야겠다.”(*바람을 빌려오자마자 곧바로 바람을 빌려온 사람을 죽이려고 하다니, 주랑이야말로 이리와 같은 심성을 가진 사람이라 할 것이다.)

그는 급히 막사 안의 호군교위護軍校尉 정봉丁奉과 서성徐盛 두 장수를 불러서 명했다: “너희 둘은 각기 군사 1백 명씩 데리고 서성은 수로로 가고 정봉은 육로로 가되, 둘 다 남병산의 칠성단 앞으로 가서 아무 것도 묻지 말고 무턱대고 제갈량을 붙잡아 곧바로 목을 벤 후 그 수급을 가지고 와서 공功을 청하도록 하라.”(*조조의 군사를 깨뜨리기 위한 군사들을 내보내기 전에 먼저 공명을 죽이기 위해 수륙 양로로 군사들을 파견하고 있다. 주유의 눈에는 공명이 조조보다 더 중대하고 83만의 대군보다도 더 중요해 보였던 것이다.)

두 장수는 명령을 받자, 서성은 배에 올라 1백 명의 도부수들을 데리고 마구 노질을 해서 나가고, 정봉은 말에 오르고 1백 명의 궁노수들도 각자 전마戰馬에 올라타서 남병산으로 달려갔다. 가는 도중에 마침 동남풍이 불기 시작했다. 후세 사람이 지은 시가 있으니:

칠성단 위로 와룡이 올라가니	七星壇上臥龍登
밤새 동풍 불어와 장강 물결 솟구치네.	一夜東風江水騰
공명이 묘한 계책 쓰지 않았더라면	不是孔明施妙計
주유가 자기 재능 어찌 펼쳐볼 수 있었으랴.	周郞安得逞才能

〖 7 〗 정봉丁奉의 기병騎兵들이 먼저 도착해서 보니 단상에서 깃발을 잡고 있는 군사가 바람을 맞으며 서 있었다. 정봉은 말에서 내려 칼을 들고 단 위로 올라갔으나 공명이 보이지 않아 황급히 단을 지키는 군사에게 물어보았다. 그가 대답했다: “방금 단에서 내려갔습니다.”

정봉이 황급히 단에서 내려가 공명을 찾고 있을 때 서성의 배도 도착해서 두 사람이 강변에 모였다.

그때 한 군사가 보고했다: "간밤에 쾌선快船 한 척이 저 앞의 여울에 와서 닻을 내리고 있었는데, 방금 전에 보니 공명이 머리를 풀어헤친 채 배에 오르자 그 배는 상류로 가버렸습니다."

정봉과 서성은 곧바로 수륙 양로로 나뉘어 그 뒤를 추격해 갔다. 서성이 돛을 활짝 펴도록 하여 바람을 잔뜩 모아서 배를 저어가며 멀리 바라보니 앞의 배가 그리 멀지 않았다. 서성은 이물 위에 서서 큰소리로 외쳤다: "군사께선 가지 마시오! 도독께서 부르십니다!"

그러나 공명은 고물(船尾)에 서서 큰소리로 웃으며 말했다: "돌아가서 도독께 부디 용병이나 잘하시라고 하시오. 그리고 제갈량은 잠시 하구夏口로 돌아가는데, 나중에 다시 뵙겠다고 하더라고 전해 주시오."

서성曰: "잠깐만 멈추시오! 긴히 여쭐 말씀이 있소이다!"

공명曰: "나는 벌써 도독이 나를 용납하지 않고 반드시 해치려 들 줄 알고 있었소. 그래서 미리 조자룡에게 나를 마중하러 오라고 일러두었던 것이니, 장군은 쫓아오지 마시오."

서성은 앞의 배에 돛이 없는 것을 보고는 한사코 쫓아갔다. 바짝 가까이 다가갔을 때 조운이 활에 화살을 메겨들고 고물(船尾)에 서서 큰소리로 외쳤다: "나는 상산 조자룡이다. 나는 명을 받들어 특별히 군사軍師를 모시러 왔는데 너희는 무슨 일로 쫓아오느냐! 본래는 화살 하나로 너를 쏘아 죽일 작정이었으나, 그리하면 두 집 사이의 화목함이 깨질 터이므로 네게 내 재주만 보여주겠다."

말을 마치자 곧바로 화살을 날려 서성이 타고 있는 배의 용총줄(篷索: 돛을 올리거나 내리기 위한 밧줄)을 쏘아 맞혀 끊어버리자 그 돛은 물로 떨어지고 배는 곧바로 옆으로 기울어졌다. 조운은 도리어 자기 배에 돛을 잔뜩 올려 달도록 한 다음 순풍을 타고 떠나갔는데, 그 배는 마치 날아가는 것 같아서 쫓아가도 따라잡을 수가 없었다.

이때 강기슭 위에서 정봉이 서성을 불러서 배를 기슭 가까이 대라고 하면서 말했다: "제갈량의 신기묘산神機妙算은 인간으로서는 따라갈 수가 없네. 게다가 조운은 1만 명의 사내도 당해낼 수 없는 용맹(萬夫不當之勇)을 가지고 있지 않은가. 자네는 그가 당양의 장판파長坂坡에서 조조 군을 상대로 어떻게 싸웠는지 모르고 있는가? 우리는 부득이 이 대로 돌아가서 보고하는 수밖에 없네."

이리하여 두 사람은 돌아가서 주유를 보고, 공명이 미리 조운에게 약속해 놓아서 그가 맞이하여 돌아가 버렸다고 말했다.

주유는 크게 놀라서 말했다: "이 사람의 꾀가 이렇게 많으니, 나는 밤낮 불안에 떨게 되었구나!"(*주유가 제1차로 수군과 육군을 보냈으나 정봉과 서성은 빈손으로 돌아왔으며 결국 성공하지 못했다. 이는 주유가 조조는 이길 수 있고, 83만 명의 대병도 이길 수 있으나 공명 한 사람은 결코 이길 수 없음을 말하는 것이다.)

노숙曰: "우선 조조부터 깨뜨린 다음에 다시 생각하시지요."

〖 8 〗 주유는 노숙의 말을 따라 여러 장수들을 불러 모아 놓고 명을 내렸다. 먼저 감녕에게 지시했다: "채중과 항복해온 군사들을 데리고 강 남쪽 기슭을 따라 가되 북군의 깃발을 들고 곧바로 오림烏林 지방으로 가라. 그곳은 바로 조조가 군량을 쌓아놓는 곳이니 적의 군중에 깊숙이 들어가서는 불을 질러 신호하라. 내 따로 쓸 데가 있으니 채화 한 사람만 막사 안에 남겨 두도록 하라."

두 번째로 태사자를 불러서 분부했다: "자네는 3천 명의 군사를 거느리고 곧바로 황주(黃州: 호북성 황강黃岡) 지계地界로 달려가서 합비(合肥: 안휘성 합비)로부터 후원하러 오는 조조 군의 길을 끊고 그들에게 가까이 가서 불을 질러 신호를 보내라. 붉은색 깃발이 보이거든 곧 오후吳侯의 지원병이 도착한 줄 알라."

이상 두 부대의 군사들은 가장 멀리 가야 하므로 먼저 출발시켰다.

세 번째로 여몽呂蒙을 불러서 분부했다: "3천 명의 군사들을 거느리고 오림으로 가서 감녕을 지원하여 조조 군의 영채들을 불살라 버리도록 하라."

네 번째로 능통凌統을 불러서 분부했다: "3천 명의 군사들을 거느리고 곧바로 이릉彝陵 경계를 넘어가서 오림에 불길이 솟는 것을 보거든 군사를 움직여 대응하라."

다섯 번째로 동습董襲을 불러서 분부했다: "3천 명의 군사들을 거느리고 가서 곧장 한양(漢陽: 호북성 무한시武漢市 한양)을 취하고 한천(漢川: 호북성 한천)으로부터 조조의 영채로 짓쳐 들어가되 백기白旗를 보거든 호응하도록 하라."

여섯 번째로 반장潘璋을 불러서 분부했다: "3천 명의 군사를 거느리고 가되 전부 백기를 들고 한양으로 가서 동습과 호응하여 싸우도록 하라."

여섯 부대의 배들은 각자 길을 나누어 떠나갔다.

그렇게 하고 나서 황개로 하여금 화공선火攻船들을 준비해 놓고 소졸小卒들을 시켜서 조조에게 글을 보내어 오늘 밤에 항복하러 가겠다고 약속하도록 했다. 그리고 한편으로 전선 4척을 내서 황개가 탄 배 뒤를 따라가며 지원하도록 했다.

(그리고 황개의 배를 뒤따라가서 싸움을 도울 4개 전투 부대를 편성했는데──역자) 그 첫 번째 부대의 영병군관領兵軍官은 한당韓當이었고, 제 2부대의 영병군관은 주태周泰였고, 제 3부대의 영병군관은 장흠蔣欽, 제 4부대의 영병군관은 진무陳武였다. 4개 부대는 각각 전선 3백 척을 이끌고 전면에는 각각 화공선 20척씩을 벌여 세웠다.

주유 자신은 정보程普와 함께 큰 전선(艨艟) 위에서 싸움을 독려하고 서성과 정봉으로 하여금 좌우에서 호위하도록 했다. (*이상으로 육군 6개 부대, 수군은 황개와 주유의 부대를 합하여 6개 부대, 전부 12개 부대이다. 앞에서 조조의 수군 5개 부대, 육군 6개 부대와 1 대 1로 상대하도록 하고 있다.) 다만 노숙은 감택 및 여러 모사들과 같이 남아서 수상 영채를 지키도록 했다. 정보는 주유가 군사를 배치하는 것이 법도가 있음을 보고 몹시 존경하고 탄복했다.

한편 손권이 보낸 사자가 병부兵符를 가지고 와서, 오후吳侯는 이미 육손陸遜을 선봉으로 삼아 기춘(蘄春: 호북성 기춘현蘄春縣 남)과 황주(黃州: 호북성 황강黃岡) 지방으로 출병하도록 했으며, 오후 자신은 뒤에서 후원하기로 했다고 말했다.

주유는 또 사람을 보내서 서산西山에서는 화포火砲를 쏘도록 하고, 남병산에서는 깃발을 들도록 했다. 각각 준비를 다 해놓고 황혼이 되어 출동하기를 기다렸다. (*갑자甲子일 밤중에 바람이 불기 시작하여 다음 날인 을축乙丑일 황혼에 공격을 시작하다. 황혼이 되기 이전에 주유는 군사들을 일일이 이동 배치한다.)

〖 9 〗 이야기는 두 갈래로 나뉜다.

한편 유현덕은 하구夏口에서 공명이 돌아오기만을 고대하고 있었는데, 그때 문득 보니 한 떼의 배들이 왔다. 그것은 공자 유기劉琦가 소식을 알아보려고 직접 찾아온 것이었다.

현덕은 그를 청하여 성위 망루(敵樓) 위로 올라가서 자리를 잡고 앉은 후 말했다: "동남풍이 불기 시작한 지 한참 되었는데도 공명을 맞이하러 갔던 자룡이 지금까지 오지 않고 있으니 내 마음이 몹시 걱정스럽다네."

그때 하급장교가 손을 들어 멀리 번구樊口 포구 쪽을 가리키며 말했

다: "순풍에 작은 돛단배 하나가 들어오고 있는데, 틀림없이 군사軍師이실 것입니다."

현덕과 유기는 공명을 영접하러 적루에서 내려갔다. 잠시 후 배가 도착하여 공명과 자룡이 강기슭으로 올라왔다. 현덕은 크게 기뻤다. 서로 인사를 하고 나서 공명이 말했다: "우선, 다른 일은 말씀드릴 겨를이 없습니다. 전번에 약속했던 군사들과 전선들은 다 준비가 되어 있습니까?"

현덕曰: "오래 전에 이미 다 수습해 놓고 군사의 지시만을 기다리고 있습니다."

공명은 현덕과 유기와 함께 곧바로 막사 안으로 들어가서 자리에 앉자마자 조운에게 말했다: "자룡은 군사 3천 명을 데리고 강을 건너가 곧장 오림烏林의 소로小路로 가서 수목과 갈대가 빽빽한 곳을 골라 군사를 매복시켜 놓도록 하시오. (*공명 역시 첫째 부대에게 오림을 취하도록 하는바, 주유의 계책과 일치한다.) 오늘 밤 사경(四更: 새벽 1~3시 사이) 이후 조조는 틀림없이 그 길로 달아날 것이오. (*사경이란 시간까지 헤아리는 일은 주유로서는 따라갈 수 없는 일이다.) 저들 군사들이 반쯤 지나갈 때까지 기다렸다가 중간에 불을 지르도록 하시오. 비록 저들을 전부 다 죽이지는 못해도 그래도 반은 죽일 수 있소."

조운曰: "오림에는 길이 둘 있는데 하나는 남군南郡으로 통하고 또 하나는 형주荊州로 가는 길인데, 저들이 어느 길로 올지 모르겠습니다."

공명曰: "남군은 전장에서 너무 가깝기 때문에 조조는 감히 그리로는 가지 못하고 반드시 형주로 갈 것이오. 그런 후에 패배한 군사들을 수습하여 허창許昌으로 갈 것이오."(*조조 헤아리기를 마치 손바닥 들여다보듯이 한다.)

조운은 계책을 받고 떠나갔다.

공명은 또 장비를 불러서 말했다: "익덕은 군사 3천 명을 거느리고 강을 건너가서 이릉彝陵으로 가는 길을 차단하고 호로곡(葫蘆谷: 호북성 강릉현 서북) 입구로 가서 군사를 매복시켜 놓으시오. 조조는 감히 이릉 남쪽으로는 달아나지 못하고 이릉 북쪽으로 달아날 것이오. 내일 비가 온 뒤에 틀림없이 그리로 와서 솥을 걸어놓고 밥을 지을 것이오. (*미리 비가 올 것까지 헤아리는데, 이는 주유로서는 결코 따라갈 수 없는 일이다.) 연기가 오르는 것을 보는 즉시 산기슭에다 불을 지르도록 하시오. 그렇게 하면 비록 조조를 붙잡지는 못하더라도 익덕이 그렇게 하는 것의 공은 작지 않을 것이오."

장비는 계책을 받아서 떠나갔다.

공명은 또 미축·미방과 유봉劉封 세 사람을 불러서 각기 배를 저어 강을 돌면서 패잔병들을 죽이거나 사로잡고 무기들을 빼앗도록 했다. 세 사람은 계책을 받아 가지고 떠나갔다.

공명은 일어나서 공자 유기에게 말했다: "무창武昌은 여기서 빤히 내다보이는 가까운 곳에 있는 가장 중요한 곳입니다. 공자께서는 곧바로 돌아가시어 휘하 군사들을 이끌고 강기슭으로 가서 벌려 세워 놓으십시오. 조조가 일단 패하고 나면 반드시 그리로 도망가는 자들이 있을 테니 그때 사로잡도록 하십시오. 그러나 경솔하게 성을 떠나서는 안 됩니다."

유기는 곧바로 현덕과 공명에게 하직인사를 하고 떠나갔다.

공명이 현덕에게 말했다: "주공께서는 번구樊口에다 군사들을 주둔시켜 놓고 높은 데 올라가 앉으셔서 오늘 밤 주유가 큰 공을 세우는 것을 멀리에서 구경이나 하십시오."

〖 10 〗이때 운장雲長도 그 옆에 있었으나 공명은 전연 못 본 체했다. (*본래는 그를 중용하려고 하면서도 도리어 못 본 체한 것이 매우 묘하다.)

운장은 끝내 참지 못하고 언성을 높여 말했다: "내가 형님을 따라다니며 싸우기 시작한 이래 여러 해 동안 남들보다 뒤떨어진 적이 없었소이다. 그런데 오늘은 큰 적을 만났는데도 군사께서는 도리어 나를 쓰지 않으시니, 이렇게 하는 의도가 무엇이오?"(*관공이 스스로 물을 때까지 기다리는 것이 교묘하다. 이처럼 그를 격분시키지 않으면 후문의 기이함을 볼 수 없다.)

공명이 웃으면서 말했다: "운장은 이상하게 생각하지 마시오. 나는 본래 장군에게 가장 긴요한 길목을 지키는 수고를 맡기려고 했었소. 그러나 불가피한 사정이 있어서 감히 가도록 할 수가 없소."

운장曰: "그 불가피한 사정이란 게 무엇입니까? 즉시 알려 주시기 바랍니다."

공명曰: "전에 조조가 장군을 매우 융숭하게 대접해 주었으므로 장군은 당연히 그 은혜를 갚으려고 생각할 것이오. 오늘 조조는 싸움에서 패한 후 틀림없이 화용도(華容道: 호북성 감리현監利縣 북쪽에 있는 작은 길)로 달아날 것이오. 만약 장군으로 하여금 가서 지키도록 한다면 틀림없이 그를 그냥 지나가도록 내버려둘 것이오. 그 때문에 감히 가도록 할 수 없는 것이오."

운장曰: "군사께서는 의심이 너무 많으십니다. 그 당시 조조가 나를 융숭하게 대우해 준 것은 사실이지만, 나는 이미 안량顔良과 문추文醜를 베어 죽여서 백마白馬에서 포위당한 것을 풀어줌으로써 그에게 은혜를 갚았습니다. 그런데 오늘 그를 만난다면 어찌 그냥 놓아 보내겠습니까?"

공명曰: "만약 그냥 놓아 보낼 때에는 어떻게 하지요?"

운장曰: "군법에 따라 처리하시기 바랍니다."

공명曰: "그렇게 하겠다면 당장 각서(軍令狀)를 제출하시오."

운장은 즉시 각서를 제출했다. (*이는 관공의 굳은 결심을 묘사한 것이다.) 그리고는 물었다: "만약 조조가 그 길로 오지 않으면 어떻게 하지요?"

공명曰: "나 역시 장군에게 각서를 제출하겠소."(*이는 공명의 지혜를 묘사한 것이다.)

운장은 크게 기뻐했다.

공명曰: "운장은 화용 소로小路에 있는 높은 산에다 땔 나무와 마른 풀을 쌓아놓고 불을 질러서 연기를 일으켜 조조를 그곳으로 유인하시오."(*주유는 불로 조조를 쫓아내고, 공명은 불로 조조를 맞이하려고 한다. 주유는 불을 잘 사용하지만, 공명은 불을 사용하는 데 더욱 교묘하다.)

운장曰: "조조가 멀리서 연기가 나는 것을 보면 매복이 있을 줄 알텐데 그가 어찌 그리로 오려고 하겠습니까?"

공명은 웃으며 말했다: "병법에 나오는 '허허실실虛虛實實' 전법에 대해 들어본 적 없소이까? 조조가 비록 용병에 능하다고는 하지만 이 계교는 그를 속여넘길 수 있소이다. 그는 연기가 나는 것을 보고는 우리 쪽에서 허장성세虛張聲勢하는 것으로 생각하고 반드시 그 길로 올 것이오. (*기묘하기 짝이 없다.) 장군은 절대로 그의 사정을 봐주어선 안 되오."

운장은 장수의 명령(將令)을 받고는 관평關平과 주창周倉, 그리고 무장 군사 5백 명을 이끌고 화용도로 매복하러 떠나갔다. (*전에는 주유의 군사 이동 배치를 묘사했고, 후에는 공명의 군사 이동 배치를 묘사했는데, 이때 와서 비로소 모든 이동 배치가 끝났다.)

현덕曰: "내 아우는 의리를 매우 중히 여기므로 만약 조조가 정말로 화용도로 가는 날에는 틀림없이 놓아 보내고 말 것 같아서 염려됩니다."(*공명만이 그것을 헤아리고 있었던 게 아니라 현덕 역시 그것을 헤아리고 있었다.)

공명曰: "제가 밤에 천문을 보았더니 조조의 운세가 아직 죽을 운수가 아니었습니다. 그래서 운장으로 하여금 인정이나 한번 쓰도록 한 것인데, 이 역시 아름다운 일 아니겠습니까."(*공명은 사람도 알고(知人) 하늘도 알았다(又知天).)

현덕曰: "선생의 신기묘산神機妙算은 세상에 따라갈 사람이 드물 것입니다!"

공명은 곧 현덕과 함께 주유가 용병하는 것을 구경하기 위해서 번구로 가면서 손건과 간옹을 남겨두어 성을 지키도록 했다. (*이는 속담에서 말하는 "구름 속에서 싸움을 구경한다(雲端裏看厮殺)"는 것이다.)

〖 11 〗 한편 조조는 대채大寨 안에서 여러 장수들과 상의하면서 오로지 황개로부터 소식 오기만을 기다렸다. 이날 동남풍이 심하게 불어오자 정욱程昱이 들어와서 조조에게 고했다: "오늘 동남풍이 부니 미리 방비를 해야 할 것입니다."

조조가 웃으면서 말했다: "동지에는 양陽의 기운이 처음으로 생긴다오. 음陰의 기운이 가고 양의 기운이 돌아오는 때에 어찌 동남풍이 불지 않을 수 있겠소? 괴이하게 여길 게 무엇이오!"(*만약 조조가 바람이 부는 것을 보고는 정욱의 말을 따랐다면 이는 기이하지도 않다. 묘한 것은 바람이 부는 것을 보고서도 태연하게 있는 것으로, 그래서 후문에서 뜻밖의 일들이 나타나게 되는 것이다.)

그때 갑자기 군사가 들어와서 보고했다: "강동에서 작은 배 한 척이 당도했는데 말하기를 황개의 밀서密書를 가져 왔다고 합니다."

조조가 급히 그 사람을 불러들이자 그 사람은 서신 한 통을 바쳤는데, 그 서신의 내용은 이러했다:

"주유의 단속이 심해서 몸을 빠져나갈 수가 없었습니다. 이번에 파양호鄱陽湖로부터 새로 군량을 운반해 올 일이 생기자 주유가 저로 하여금 순찰을 돌도록 했으므로 잠시 후 탈출할 적당한 기회가 생길 것입니다. 어떻게 해서든 강동의 명장을 죽이고 그 수급을 가져다 바치고 항복하려고 합니다. 오늘 밤 이경(二更: 밤 9~11시 사이)에 배 위에 청룡아기靑龍牙旗를 꽂고 가는 배가 바로 군량을 실은 배입니다."

글을 읽고 나서 조조는 크게 기뻐하며 곧바로 여러 장수들과 함께 수상 영채 안의 큰 배 위로 올라가서 황개의 배 도착을 관망했다.

〖 12 〗 한편 강동에서는 날이 저물어가자 주유가 채화를 불러내서는 군사들로 하여금 그를 결박하여 땅에 꿇어앉히도록 했다.

채화가 외쳤다: "저는 죄가 없습니다!"

주유曰: "네놈은 도대체 어떤 놈이기에 감히 와서 거짓 항복을 한단 말이냐! 내가 지금 출전을 앞두고 깃발에 제사를 지내려고 하나 제사상에 올릴 제물이 없어서 네놈의 머리를 빌리려고 한다."

채화는 거짓 항복을 한 게 아니라고 잡아뗐으나 안 되자 마침내 큰소리로 외쳤다: "네 수하의 감택과 감녕 역시 나와 함께 모반하기로 했다!"

주유曰: "그것은 내가 시켜서 한 일이다."

채화는 후회했으나 이미 때는 늦었다. 주유는 그를 붙잡아 강변에 세워놓은 검은색 독기(纛旗: 군대나 의장대의 큰 기) 아래로 끌고 가서 술을 따르고 제문祭文을 불사른 다음 단칼에 채화의 목을 베어 그 피로 깃발에 제사를 지내고는 곧바로 배를 출발시켰다.

황개는 세 번째 화공선에 있었는데, 그만이 혼자 가슴을 보호하는 엄심갑掩心甲을 걸치고 손에는 날카로운 칼을 들고 있었다. 깃발에는 '先鋒黃蓋(선봉황개)'라고 크게 쓰여 있었다. 황개는 온 하늘에 가득한 순풍을 타고 적벽赤壁을 향해 나아갔다. 이때 동풍이 크게 불어와서 물결이 거세졌다.

조조가 중군中軍에서 멀리 강 건너편을 바라보고 있는데 그때 마침 달이 막 떠올라서 강물 위를 환히 비추자 마치 황금 뱀 1만 마리가 물결을 뒤집으며 장난치고 노는 것 같았다. 조조는 바람을 정면으로 맞고 서서 큰소리로 웃으며 스스로 득의만만해 했다. (*이때 늙은 간웅은 여전히 꿈속에 있었다.)

그때 문득 군사 하나가 손을 들어 가리키며 말했다: "강남 쪽에서 한 떼의 범선들이 바람을 타고 오고 있는 게 어슴푸레 보입니다."

조조는 높은 데 올라가서 바라보았다. 그때 다시 보고해 오기를, "모든 배에 청룡아기가 꽂혀 있는데 그 중 큰 깃발에는 '先鋒黃蓋(선봉황개)'라는 이름자가 씌어 있습니다."고 하였다.

조조가 웃으면서 말했다: "공복(公覆: 황개)이 항복하러 오는 것이다. 이는 하늘이 나를 도우심이다!"

배가 점점 가까이 다가오자 정욱이 한참 동안 바라보고 있다가 조조에게 말했다: "오고 있는 배는 틀림없이 우리를 속이고 있습니다. 일단 수상 영채 가까이 오지 못하도록 하십시오."(*북군에도 사람이 없었던 것은 아니다.)

조조曰: "무엇으로 그런 줄 아는가?"

정욱曰: "배 안에 군량이 실려 있다면 배는 틀림없이 묵직할 것입니다. 그런데 지금 오고 있는 배를 보니 가볍고 또 물 위에 떠 있습니다. 게다가 오늘 밤에는 동남풍이 몹시 세게 불고 있는데, 만약 무슨 속임수라도 있게 되면 그것을 어떻게 막아내겠습니까?"(*애석한 것은 너무 늦게야 깨달았다는 것이다.)

조조는 그제야 깨닫고 곧바로 물었다: "누가 가서 오고 있는 배를 멈추도록 하겠느냐?"

문빙曰: "제가 물에는 상당히 익숙하니 한번 가보겠습니다."

말을 마치자 작은 배로 뛰어내려 손을 흔들어 한 번 지시하자 10여

척의 순시선들이 문빙이 탄 배를 따라서 나갔다.

문빙이 이물(船頭) 위에 서서 큰소리로 외쳤다: "승상의 분부시다. 남쪽에서 오는 배는 수상 영채 가까이 오지 말고 강 복판으로 가서 배를 멈춰라!"

여러 군사들도 일제히 소리를 질렀다: "빨리 돛을 내려라!"

말이 끝나기도 전에 활시위가 슝! 하고 울림과 동시에 문빙은 왼팔에 화살을 맞고 배 안으로 넘어졌다. 배 안이 크게 어지러워지자 군사들은 각자 도망쳐서 돌아갔다.

남쪽에서 온 배들이 조조의 수상 영채에서 겨우 두 마장(里) 떨어진 물위까지 접근했을 때 황개가 칼을 휘둘러 신호를 하자 앞에 있던 배들에서 일제히 불화살을 쏘았다.

불은 바람의 위세를 탔고 바람은 불의 기세를 도왔다. 배들은 쏜살처럼 나아갔고 연기와 불꽃은 하늘을 뒤덮었다.

20척의 화공선이 조조의 수상 영채 안으로 짓쳐 들어가자 조조 군의 수상 영채 안에 있던 배들은 일시에 불이 붙었다. 그러나 배들은 쇠사슬로 묶여 있어서 피하여 달아날 수가 없었다. (*이때야 비로소 연환계의 교묘한 용도를 볼 수 있었다.)

이때 강 건너편에서 포성이 울리자 사방에서 화공선火攻船들이 일제히 들이닥쳤다. 삼강三江의 수면 위에서 불길은 바람을 타고 하늘로 솟구쳐 올라서 천지가 온통 시뻘건 불바다로 변했다. (*방금 전에는 일만 마리의 황금 뱀(金蛇)들을 보았는데, 이때에는 그것들이 일천 마리의 화룡火龍으로 변했다.)

〖 13 〗 조조가 강기슭 위의 영채들을 돌아보니 여러 곳이 불타고 있었다.

황개는 작은 배로 뛰어내린 다음 등 뒤쪽의 여러 사람들에게 배를 첫도록 하여 연기를 무릅쓰고 불속으로 들어가서 조조를 찾았다. 조조는 사세가 위급한 것을 보고 강기슭 위로 막 뛰어오르려고 하는데 그때 갑자기 장료가 작은 배를 저어 와서 조조를 부축하여 배에 오르도록 했다. 그때 연환으로 묶어 놓은 큰 배는 이미 불이 붙어 활활 타고 있었다. (*처음에는 작은 배 50척은 순시용으로 쓰였으나 이때 와서는 도리어 조조의 목숨을 구하기 위한 용도로 쓰이고 있다.) 장료는 10여 명과 함께 조조를 보호하여 나는 듯이 기슭 어귀(岸口)로 달아났다.

황개는 멀리서 진홍색(絳紅) 겉옷을 입은 자가 배에 오르는 것을 보고는 그가 조조일 것으로 짐작하고 배를 재촉하여 속히 나아가도록 하면서 손에는 날카로운 칼을 들고 큰소리로 외쳤다: "조조 역적놈아, 달아나지 마라! 황개가 여기 있다!"

조조는 연달아 비명을 질렀다.

장료는 활에 화살을 메겨들고 황개가 좀 더 가까이 오기를 기다렸다가 화살을 쏘았다. 이때는 바람소리가 몹시 커서, 그리고 불빛 속에 있어서 어두운 곳에서 활을 들고 있는 장료를 볼 수 없었던 황개는 활시위 소리를 들을 수가 없었다. 그래서 화살을 피하지 못하고 그만 화살을 어깻죽지에 정통으로 맞고 뒤로 벌렁 넘어져서 물 위로 떨어지고 말았다. (*한창 조조가 불의 피해를 당하고 있는 것을 묘사하고 있다가 갑자기 황개가 물에 떨어지는 것을 묘사한다. 이는 바로 한창 쾌의(快意)할 때 또 불쾌한 일을 만나는 것이다.) 이야말로:

불(火)의 재앙 한창일 때 물(水)의 재앙 만나고 　　火厄盛時遭水厄
곤장(木) 맞은 상처 낫자 화살(金)을 맞는구나. 　　棒瘡愈後患金瘡

황개의 목숨이 어찌될지 모르겠거든 다음 회를 읽어보도록 하라.

　(1). 나는 일찍이 〈주역周易〉을 읽은 적이 있는데 풍화(風火: ䷤)
는 가인家人이고 화풍(火風: ䷶)은 정鼎이란 것을 보고 이것이 적벽
대전의 상황과 비슷하다고 생각했다. 손씨孫氏와 유씨劉氏가 합하여
한 집안을 이루면(家人) 정족(鼎足: 솥의 발)의 형세가 이루어진다. 손
씨가 유씨와 합쳐지는 것 역시 불(火)이 바람(風)에 합쳐지는 것과
같다. 바람(風)은 화력(火)으로 인해 더욱 힘차게 일어나며, 불(火)은
풍력(風)을 빌려서 더욱 뜨거워진다. 주유에게 제갈량이 없어서는
안 되는 것은 마치 제갈량에게 주유가 없어서는 안 되는 것과 같
다.

　(2). 주유의 용병用兵을 묘사할 때는, 이미 싸우고 있을 때를 묘
사하지 않고 장차 싸우려고 하나 아직 싸우지 않고 있을 때를 묘사
한다. 아직 동풍이 불기 전을 묘사하면서는, 여러 곳에서 준비가
이루어지고, 사람들 각자가 준비하고 있고, 말에 먹이를 먹이고 병
사들을 독려하고 있고, 배를 정비하고 갑옷을 묶는 등 아직 싸우고
있지는 않으나 전쟁이 금방이라도 일어날 듯한 형세를 묘사한다.
그리고 이미 동풍이 불기 시작한 후를 묘사하면서는 여러 장수들
에게 명령을 하달하고, 각 군은 싸우러 가고, 부대별로 나뉘어서
번개처럼 달려가는 등 장차 싸우려 하면서 이미 필승의 기세가 잔
뜩 뻗치고 있는 형세를 묘사한다.
　대개 용병에서의 승리는 장차 싸우려고 하나 아직 싸우고 있지
않을 때에 결판나는 것이지 이미 전쟁이 벌어진 후까지 기다릴 필
요가 없다. 만약 그들이 싸우는 것만 살펴본다면, 누가 누구를 활
로 쏘아서 물속에 빠뜨리고, 누가 누구를 칼로 베어서 말에서 떨어

뜨렸다는 등의 얘기들뿐일 테니, 어찌 강동의 군사들의 장한 사기土氣를 볼 수 있을 것이며, 어찌 주유의 뛰어난 전략을 볼 수 있겠는가?

(3). 주유는 적벽赤壁에서의 싸움에서 조조 군을 깨뜨릴 병사를 보내기 전에 먼저 공명을 죽일 군사부터 보냈는데, 적병 83만 명을 깨뜨리려고 수륙군 12부대를 나누어 보내면서 단지 공명 한 사람만을 대적하기 위해서 2개 부대나 보내고 있다. 이는 대개 공명 한 사람을 83만 명보다 더 큰 적으로 여겼기 때문이다. 그런데 83만 명은 이길 수 있었어도 공명은 끝내 이길 수가 없었다. 주유는 공명을 이길 수 없음을 한탄하여 공명을 죽이려고 했는데, 이 일을 두고 사람들은 주유가 각박한 사람이라고 비난한다.

그러나 나는 주유는 공명을 이길 수 없음을 알고 애써 그를 죽이려고 했으므로 주유의 어리석음을 비웃는 것이다.

(4). 적벽에서의 화공火攻은 적벽에서 시작된 것이 아니다. 그 싸움의 씨앗은 이미 2회 전에 뿌려져 있었다. 큰 강을 부엌으로 삼고, 적벽을 화로로 삼고, 황개는 그 땔감을 날랐고, 감택은 그 숯을 보냈고, 방통은 거기다가 기름을 끼얹었다. 하물며 장간은 다른 사람에게서 장작을 빌려와서 그 불 때는 것을 도왔고, 두 채씨蔡氏는 바깥에서 땔나무를 해 와서 땔감을 대주었으며, 공명의 경우 우선羽扇을 들고 그 뒤를 따랐으며, 주유의 경우 사람들을 써서 그것을 뜨겁게 달구었으며, 바람의 신 풍백風伯은 그 위세를 보여주었고, 불의 신 축융祝融은 그 노여움을 한껏 풀었으니, 이들은 또 그 후의 일들을 말한 것이다.

제50회

제갈량, 화용도로 조조 꾀어 들이고
관운장, 의리에서 조조를 놓아주다

〖 1 〗 한편 그날 밤 장료가 화살을 쏘아 황개黃蓋를 물에 떨어뜨리고는 조조를 구하여 강기슭으로 올라가서 말을 찾아 타고 달아났는데, 이때 군중은 이미 대혼란에 빠져 있었다. (*큰 배를 버리고 작은 배를 타고, 수로를 버리고 육로로 달아나는데, 한때 심히 황급했음을 묘사하고 있다.)

한당韓當은 연기를 무릅쓰고 불속을 뚫고 들어가서 조조의 수상 영채를 공격했다. 그때 홀연히 군사가 알리는 소리를 들었다: "고물(船尾)의 키 있는 곳에서 웬 사람이 큰소리로 장군의 이름을 부르고 있습니다."

한당이 귀를 기울여 들어보니 "공의(公義: 한당), 나를 구해 주게!" 하고 크게 부르는 소리가 들렸다.

한당曰: "이는 황공복(黃公覆: 황개)이다!"

한당이 급히 구하도록 지시하여 보니, 황개의 등에 화살이 박혀 있어서 화살대는 입으로 물고 뽑아냈으나 화살촉은 살 속에 깊이 박혀 있었다. 한당은 급히 젖은 옷을 벗기고 칼끝으로 살을 파내서 화살촉을 끄집어낸 다음 깃발을 찢어서 상처를 싸매 주고는 자기 전포를 벗어서 황개에게 입혀 주었다. 그리고는 먼저 다른 배에 태워서 본채로 돌려보내서 치료하도록 했다.

황개는 원래 물의 성질을 잘 알고 있었기 때문에, 몹시 추운 때 갑옷을 입은 채 강물에 빠졌지만 목숨을 건질 수 있었다.

〖 2 〗 한편 그날 활활 타오르는 불길이 강 전체를 온통 뒤덮고 함성이 땅을 뒤흔들었다. 왼편에서는 한당과 장흠蔣欽의 양군이 적벽 서편으로부터 쳐들어왔고, 오른편에서는 주태周泰와 진무陳武의 양군이 적벽 동편으로부터 쳐들어왔으며, 한가운데서는 주유, 정보, 서성, 정봉 대대의 배들이 모두 도착했다. 불길은 군사들의 호응을 기다렸고 군사들은 불의 위세에 의지했는데, 이것이 바로 삼강수전三江水戰, 적벽대전(赤壁鏖兵)이었다. 이때 조조의 군사들로서 창에 찔려 죽고 화살에 맞아 죽고 불에 타서 죽고 물에 빠져 죽은 자들은 그 수를 이루 다 셀 수 없었다. 후세 사람이 이에 대해 지은 시가 있으니:

조조와 손권이 싸워 자웅 가릴 때	魏吳爭鬪決雌雄
적벽에서 조조의 큰 배 잿더미로 화했네.	赤壁樓船一掃空
세찬 불길 일어나 하늘과 강물 비출 때	烈火初張照雲海
이때 주유가 조조를 격파했다네.	周郎曾此破曹公

또 칠언절구七言絶句 한 수가 있으니:

높은 산 작은 달에 강물은 아득한데	山高月小水茫茫

옛날 이곳 적벽에서의 싸움 대단했었지.   追歎前朝割據忙
동오의 군사들 조조 맞아 싸울 뜻 없을 때   南士無心迎魏武
동풍은 주유를 도울 뜻이 있었지.   東風有意便周郎

〚3〛 강물 위에서 벌어진 격전에 대해서는 그만 이야기하기로 한다.
한편 감녕은 채중蔡中의 안내로 조조의 영채 깊숙이 들어간 다음 곧
바로 채중을 단칼에 베어 말 아래로 떨어뜨리고 마초더미에 불을 질렀
다. 여몽呂蒙은 멀리서 중군에 불이 일어나는 것을 보고는 자기도 10여
곳에다 불을 질러 감녕과 호응했다. 반장潘璋과 동습董襲도 길을 나누
어 가서 불을 지르고 고함을 지르자 사방에서 북소리가 크게 진동했
다.
조조와 장료는 1백여 기마들을 이끌고 불 속을 뚫고 달아났는데 앞
을 보니 불이 붙지 않은 곳이 한 곳도 없었다. 한창 달리고 있을 때
모개毛玠가 문빙文聘을 구하여 10여 기마를 이끌고 당도했다. 조조는 군
사를 시켜서 길을 찾도록 했다. 장료가 손으로 가리키며 말했다: "오
림 쪽만 넓게 틔어 있어서 달아날 수 있습니다."
조조는 곧장 오림으로 달려갔다. 한창 달아나고 있을 때 등 뒤에서
한 떼의 군사들이 쫓아오며 큰소리로 외쳤다: "조조 역적 놈은 달아나
지 말라!"
불빛 속에 여몽의 기치가 드러나 보였다. 조조는 군사들을 재촉하여
앞으로 나가면서 장료에게는 남아서 적의 추격을 차단하고 여몽을 막
도록 하라고 했다. 그런데 전면에 횃불이 또 오르는 게 보이더니 산골
짜기에서 한 떼의 군사들이 몰려나오면서 큰소리로 외쳤다: "능통凌統
이 여기 있다!"
조조는 간담이 다 떨어졌다. 그때 갑자기 측면에서 한 떼의 군사들
이 당도하여 큰소리로 외쳤다: "승상께선 두려워하지 마십시오! 서황

이 여기 있습니다!"

양쪽 군사들이 어우러져 한바탕 어지럽게 싸우는 중에 조조는 길을 내서 북쪽으로 달아났다. 그때 문득 보니 한 떼의 군사들이 산언덕 앞에 주둔하고 있었다.

서황이 앞으로 나가서 물어보니 바로 원소 수하에 있다가 항복해온 장수들인 마연馬延과 장의張顗였다. 그들은 북방의 군사 3천 명을 거느리고 그곳에 영채를 세워놓고 있었는데, 이날 밤 온 하늘이 시뻘겋게 불이 일어나는 것을 보고는 감히 옮겨가지 못하고 있다가 마침 조조를 맞이하게 된 것이다.

조조는 두 장수에게 군사 1천 명을 이끌고 길을 열어 나가도록 하고, 나머지 군사들은 남아서 자기 신변을 호위하도록 했다.

조조는 이 새로운 부대의 병력을 얻고 나서 마음이 다소 놓였다. 마연, 장의 두 장수는 나는 듯이 말을 달려 앞으로 갔다. 미처 10리를 못 가서 함성이 일어나더니 한 떼의 군사들이 뛰쳐나왔는데, 선두에선 한 장수가 큰소리로 외쳤다: "나는 동오의 감흥패(甘興覇: 감녕)다."

마연이 막 그와 싸우려고 달려들었으나 일찌감치 감녕의 칼에 베여 말 아래로 떨어졌다. 이번에는 장의가 창을 꼬나들고 그를 맞이해 싸우러 나갔으나 감녕이 한 번 큰소리로 호통을 치자 장의는 미처 손 한 번 놀려보지도 못하고 감녕의 칼을 맞고 뒤로 벌렁 나자빠져 말 아래로 떨어졌다. 후군에서 나는 듯이 달려가 조조에게 보고했다.

조조는 이때 합비에서 구원병이 올 것으로 기대하고 있었는데 뜻밖에도 손권이 합비合淝 어귀에 있다가 멀리 강 위에 불길이 치솟는 것을 보고는 아군我軍이 이긴 것으로 알고 곧바로 육손陸遜에게 횃불을 들어 신호를 하도록 했다. 태사자는 그것을 보고 육손과 같이 군사들을 한곳에 모아 가지고 쳐들어갔다.

조조는 어쩔 수 없이 이릉彝陵 쪽으로 달아나다가 길 위에서 장합과 마주치게 되었다. 조조는 그에게 뒤에서 적의 추격을 차단하도록 했다.

〖 4 〗 조조는 달리는 말에 채찍질을 하여 오경(五更: 새벽 3~5시 사이)까지 달아난 후에 머리를 돌려서 바라보니 불빛이 점점 멀어졌다. 조조는 그제야 가슴이 진정되어 물어보았다: "여기가 어디냐?"

곁에서 따르던 자들이 말했다: "여기는 오림의 서쪽, 의도(宜都: 호북성 의도현)의 북쪽입니다."

조조는 수목이 우거지고 산천이 험준한 것을 보고는 말 위에서 고개를 치켜들고 큰소리로 계속 웃어댔다. 여러 장수들이 물었다: "승상께서는 어찌하여 크게 웃으십니까?"

조조日: "내 다른 사람을 비웃은 게 아니라 단지 주유의 꾀 없음과 제갈량의 지혜 부족함을 비웃은 것이다. 만약 내가 용병을 한다면 미리 이곳에다 한 부대의 군사들을 매복시켜 놓았을 것이다. 그렇게 해놓았더라면 나인들 어찌 하겠느냐?"(*서두르지 마시라, 공명은 이미 먼저 당신 생각처럼 해놓았으니.)

말이 미처 끝나기도 전에 양편에서 북소리가 크게 울리며 화광火光이 하늘 높이 치솟았다. 조조는 깜짝 놀라서 하마터면 말에서 떨어질 뻔했다. 측면에서 한 떼의 군사들이 짓쳐 나오며 큰소리로 외쳤다: "나 조자룡이 군사軍師의 명을 받들고 여기서 기다린 지 오래다."

조조는 서황과 장합에게 둘이 같이 나가서 조운을 대적하라고 지시하고는 자기는 연기와 불길을 무릅쓰고 달아났다. 자룡은 그의 뒤를 쫓아가지 않고 다만 그의 기치만 빼앗았다. 이리하여 조조는 겨우 그곳을 벗어날 수 있었다.

〖 5 〗 날이 어슴푸레 밝아올 무렵 먹구름이 땅을 뒤덮고 동남풍은 여전히 멈추지 않았다. 그때 갑자기 큰비가 마치 물동이를 기울여 쏟아 붓듯이 억수로 퍼부어서 옷이고 갑옷이고 몽땅 다 젖었다. (*물이 불을 다 껐다고(水火旣濟) 할 수 있다.) 조조와 군사들은 퍼붓는 비를 무릅쓰고 길을 갔는데, 모든 군사들의 얼굴에는 굶주린 기색이 역력했다. 조조는 군사들에게 마을에 들어가서 양식을 빼앗아 오고 불씨를 찾아오도록 했다. (*불은 이익을 줄 수도 있고 해를 줄 수도 있다. 방금 그 해로부터 달아나서는 또 그 이로움을 찾고 있다. 전에는 온 땅이 불이더니, 여기서는 도리어 찾아야만 하는바, 불 역시 성(盛)함 후에는 반드시 쇠(衰)함이 있다.)

군사들이 막 밥을 지으려고 하는데 뒤쪽에서 한 떼의 군사들이 쫓아 왔다. 조조는 속으로 매우 당황했다. 그러나 알고 보니 이전과 허유가 여러 모사謀士들을 보호해 가지고 뒤를 따라온 것이었다. 조조는 크게 기뻐하며 군사들에게 우선 계속 가도록 지시하고 물었다: "저 앞은 어디냐?"

한 군사가 대답했다: "한 편은 남이릉南彝陵으로 가는 큰길이고, 또 한 편은 북이릉北彝陵으로 가는 산길입니다."

조조가 물었다: "남군 강릉江陵으로 가려면 어느 쪽으로 가는 게 가까우냐?"

군사가 아뢰었다: "북이릉으로 가는 길로 해서 호로구(葫蘆口: 호북성 강릉 서북)를 거쳐 가는 것이 가장 좋습니다."

조조는 북이릉으로 가는 길로 해서 가도록 지시했다.

호로구에 이르렀을 때에는 군사들은 모두 허기가 져서 더 이상 걷지 못했고 말들도 지칠 대로 지쳐서 길에 쓰러지는 자들도 많았다. 조조는 저 앞에서 잠시 쉬어가자고 말했다. 말에 노구솥(羅鍋: 군중에서 취사용 솥과 퇴각 신호용 징의 두 가지 용도로 사용하는 기구)을 싣고 온 자들도 있었고, 또한 마을에서 양식을 빼앗아 온 자들도 있어서 모두들 산기 슭으로 가서 마른자리를 가려서 솥을 걸어 놓고 밥을 짓고 말을 잡아 말고기를 구워 먹었다. (*긴 창을 비껴들고 시를 짓던 때를 생각해 보면 참으로 어제와 오늘 아침이 너무나 크게 달랐다.)

모두들 젖은 옷을 벗어서 바람 부는 곳에 널어서 말리고 말들도 전부 안장을 벗겨서 들에 풀어놓아 풀뿌리를 뜯어먹도록 했다.

조조는 나무가 듬성듬성한 숲 아래 앉아 있다가 고개를 치켜들고 큰 소리로 웃었다. 여러 관원들이 물었다: "방금 전에도 승상께서 주유와 제갈량을 비웃으시는 바람에 조자룡이 나타나서 허다한 군사들이 죽었습니다. (*조조의 웃음소리가 조자룡을 불러온 것과 흡사한 상황이다.) 지금은 또 무엇 때문에 웃으시는 겁니까?"

조조曰: "나는 제갈량과 주유의 지모가 필경 부족하다는 점을 비웃은 것이다. 만약 내가 용병을 했다면 이런 곳에다가 한 떼의 군사들을 매복시켜 놓고 편안히 앉아서 지친 군사들을 기다렸을 것이다. 저들이 그렇게 했더라면 우리는 설령 목숨은 건진다고 하더라도 크게 다치지 않을 수 없을 것이다. 저들이 이곳을 알아보지 못했기에 내 저들을 비웃어준 것이다." (*서두르지 마시라! 공명은 또 당신 생각처럼 해놓았으니.)

한창 이야기를 하고 있을 때 전군과 후군이 일제히 고함을 질렀다. 조조는 크게 놀라서 갑옷도 내버린 채 말에 올랐다. 많은 군사들은 풀어놓았던 말들도 미처 거두지 못했다. 일찌감치 사면으로부터 불과 연기가 자욱이 일어나서 한 덩어리로 합쳐지는 가운데 산 어귀에 한 떼의 군사들이 늘어서 있는 것이 보였다. 앞에 서 있는 장수는 연燕 땅 사람 장비였는데, 그는 창을 비껴 잡고 말을 세우고 크게 호통을 쳤다: "조조 역적놈아! 어디로 달아나느냐!"

여러 군사와 장수들은 장비를 보고 전부 간담이 서늘해졌다. 허저가 안장도 없는 말을 타고 나가서 장비와 싸웠다. 장료와 서황 두 장수도 말을 달려 나가서 협공했다. 양편의 군사들이 한 덩어리가 되어 혼전을 벌였다.

그 틈에 조조는 먼저 말을 달려서 달아났고, 여러 장수들도 각자 몸을 빼서 달아났다. 장비가 뒤에서 쫓아가자 조조는 이리저리 방향을 바꿔가며 달아났다. 추격해 오는 군사가 점점 멀어지자 고개를 돌려 여러 장수들을 보니 이미 상처를 입은 자들이 많았다.

〖 6 〗 한창 가고 있을 때 군사 하나가 여쭈었다: "앞에 길이 두 갈래로 나 있는데, 승상께서는 어느 길로 가시려 하십니까?"

조조가 물었다: "어느 쪽 길이 가까우냐?"

군사曰: "큰길은 좀 평탄하기는 하지만 50여 리 더 멀고, 작은 길은 화용도로 가는 길로서 반대로 50여 리 가깝습니다. 다만 길이 좁고 험한데다 움푹 파인 구덩이가 많아서 가기가 힘듭니다."

조조는 사람을 시켜서 산 위에 올라가서 살펴보도록 했다. 그가 돌아와서 보고했다: "작은 길이 나 있는 산기슭에서는 여러 곳에서 연기가 일어나고 있었지만, 큰길에서는 아무런 동정도 보이지 않았습니다."

조조는 선두 군사들에게 화용도로 가는 작은 길로 가라고 지시했다.

여러 장수들이 말했다: "연기가 나는 곳에는 반드시 군사들이 있는 법인데, 어찌하여 반대로 이 길로 가려고 하십니까?"

조조曰: "자네들은 병서에서 '비워져 있는 곳은 채우고 채워져 있는 곳은 비운다(虛則實, 實則虛)'고 한 말도 들어보지 못했느냐. 제갈량은 꾀가 많다. 그래서 사람을 시켜서 산속 후미진 곳에 연기를 피우게 하여 우리 군사들이 감히 이 산길로 가지 못하도록 해놓고서 자기는 반대로 큰길에 복병을 두어 우리를 기다리고 있는 것이다. 내 이미 그의 계책을 간파했으니 결단코 그의 계교에 걸려들지 않을 것이다.”(*서두르지 말라. 이미 그의 계략에 걸려들었다.)

여러 장수들이 모두 말했다: “승상의 묘산妙算은 남들이 따라잡을 수가 없습니다.”(*또한 칭찬도 천천히 해야 한다!)

마침내 군사들을 인솔하여 화용도로 달아났다.

이때 사람들은 모두 허기가 져 있었고 말들도 모조리 지칠 대로 지쳐 있었다. 지난 밤 적벽의 싸움에서 불길에 머리털이 타고 이마를 덴 자들은 지팡이를 짚고 걸어갔고, 화살에 맞고 창에 찔린 자들은 죽을 힘을 다해 간신히 발걸음을 떼놓았다. 옷과 갑옷들은 흠뻑 젖어서 어느 한 사람 온전한 차림새라곤 없었다. (*이때는 또 불로 말리기를 갈망했다.) 병장기와 기치들도 마구 흐트러져 질서정연한 모습과는 거리가 한참 멀었다. 이들은 태반이 이릉으로 가는 길 위에서 적의 추격에 쫓겨서 도망치느라 지칠 대로 지쳐 있었으며, 말을 타고 가는 자들도 단지 민둥 말을 탈 수 있었을 뿐 안장이나 재갈이나 의복들은 모조리 내버리고 온 터였다. 살을 에는 듯 추운 한겨울 철의 그 고생을 어찌 이루 말로 다할 수 있으랴! (*조조의 낭패한 모습을 극도로 자세히 묘사함으로써 관공이 그들을 놓아주는 의리를 돋보이게(衬) 하고 있다.)

〖 7 〗 조조는 선두의 군사들이 말을 세우고 나아가지 않는 것을 보고 무슨 까닭인지 물어보았다. 대답하기를: “앞에 있는 산 속의 작은 길이 새벽에 온 비로 구덩이 속에 물이 고였고, 그 물이 고여서 진창이 되었는데, 말굽이 진창에 빠져 앞으로 나아갈 수가 없습니다.”(*전에는 불 때문에 고생을 했으나 지금은 물 때문에 고생을 한다.)

조조는 크게 화를 내며 꾸짖었다: “군대는 산을 만나면 길을 뚫고 물을 만나면 다리를 놓는 법이다! 진창이라고 못 간다는 게 말이 되느냐!”

그는 명령을 전하여, 노약자들과 부상당한 군사들은 뒤에서 천천히 가도록 하고 건장한 자들은 흙을 지고 마른 나뭇가지들을 묶고 풀과 갈대를 날라다가 길을 메우도록 하되 즉시 행동할 것이며, 만약 명령을 어기는 자가 있으면 목을 벨 것이라고 했다.

모든 군사들은 어쩔 수 없이 다 말에서 내려 길가에 있는 나무와 대나무를 찍고 베어다가 산길을 메웠다. 조조는 혹시 뒤에서 적의 군사들이 쫓아올까봐 두려워서 장료와 허저와 서황에게 기병 1백 기를 이끌고 각기 손에 칼을 잡고서 꾸물거리거나 게으름을 피우는 자는 곧바로 베어버리도록 했다.

이때 군사들은 이미 굶주리고 지쳐서 모두들 땅에 푹푹 쓰러졌는데,(*이미 적의 화공에 많이 죽었고 또 아군의 칼에 죽어나갔다. 조조의 군사들로 살아남은 자는 얼마 되지 않았다.) 조조는 군사들에게 쓰러진 자들을 짓밟으며 앞으로 가라고 했다. 그 때문에 죽은 자들의 수가 셀 수도 없었으며, 울부짖는 소리가 길에 끊어지지 않았다.

조조가 화를 내며 말했다: "죽고 사는 것은 운명이거늘 어찌 운단 말이냐? 다시 우는 자가 있으면 당장 목을 벨 것이다."(*자기만은 웃어도 되지만 다른 사람들은 우는 것조차 허락하지 않았다.)

전체 군사들 중 삼분의 일은 뒤쳐졌고, 삼분의 일은 구렁텅이를 메웠고, 삼분의 일만 조조를 따라 갔다. 험준한 곳을 지나자 길이 조금 평탄해졌다. 조조가 돌아보니 겨우 3백여 기만 뒤따라오고 있었는데, 제대로 옷과 갑옷을 갖춰 입은 자는 하나도 없었다. (*83만 대군 중에서 겨우 3백 여기만 남았다.)

조조가 빨리 가자고 재촉하자, 여러 장수들이 말했다: "말들이 모두 지쳐 있으니 잠시 쉬어가는 게 좋겠습니다."

조조曰: "형주까지 가서 쉬더라도 늦지 않다."(*이 한 구절이 있어서 하문에서 관공의 의로움을 보게 된다.)

〖 8 〗 그로부터 또 몇 마장(里) 가지 않아서 조조는 말 위에서 채찍을 들면서 큰소리로 웃었다. 여러 장수들이 물었다: "승상께서는 왜 또 크게 웃으십니까?"

조조曰: "사람들은 모두 주유와 제갈량은 지모가 많다고 말하고 있지만, 내가 보기에는 아무래도 무능한 자들이다. 만약 이곳에다 한 부대의 군사들을 매복시켜 두었더라면 우리들은 다 속수무책으로 결박당하고 말았을 것이다."

말이 끝나기도 전에 포성이 울리면서 양편에서 칼 등 무기를 손에 든 군사 5백 명이 나와서 벌려 섰는데 앞에 선 대장 관운장은 손에 청룡도를 들고 적토마를 타고서 길을 가로막았다. 조조의 군사들은 그를 보자 넋을 잃고 간담도 떨어져서 서로의 얼굴만 쳐다볼 뿐이었다.

조조曰: "기왕 이런 처지에 이르렀으니 한번 죽기로 싸워보는 수밖에 없다."

여러 장수들이 말했다: "군사들은 설령 겁을 안 낸다고 하더라도 말들이 이미 지쳐 있으니 어찌 다시 싸울 수 있겠습니까?"

정욱曰: "제가 평소 알고 있는 운장은 윗사람에겐 거만해도 아랫사람들에겐 측은지심이 있고, 강한 자는 깔보면서도 약한 자는 업신여기지 않으며, 은혜와 원한이 분명하고, 평소에 신의를 중히 여기기로 유명합니다. 승상께서는 전에 그에게 은혜를 베푸신 일이 있으니 지금 친히 한번 사정해 보신다면 이 곤경을 벗어날 수 있을 것입니다."(*공명만이 운장을 헤아릴 줄 알았던 것이 아니라 정욱 역시 그를 헤아릴 줄 알았다.)

조조는 그의 말을 따라 즉시 말을 달려 앞으로 나가서 몸을 굽히고 운장에게 말했다: "장군은 그간 별고 없으셨소!"

운장도 또한 몸을 굽히고 대답했다: "저는 군사軍師의 명령을 받들고 승상을 기다린 지 오래 되었습니다."(*조조 역적이라고 욕을 하지 않고 승상이라고 부른 것은 곧 그를 죽이지 않겠다는 뜻이다.)

조조曰: "이 조조는 싸움에 패하여 형세가 위태로운데 이 지경에 이르고 보니 빠져나갈 길이 없소. 장군께선 옛날의 정의情誼를 중히 여겨 주시기 바라오."(*애처롭게 우는 소리라고 할 수 있다.)

운장曰: "예전에는 비록 제가 승상의 두터운 은혜를 입었었지만, 그때 이미 안량의 목을 베고 문추를 죽이고, 백마白馬에서의 포위를 풀어 줌으로써 보답을 했었습니다. 오늘의 일은, 어찌 감히 사사로운 일로 인해 공적인 일을 그르칠 수(以私廢公) 있겠습니까?"(*오늘의 일은 군주의 일이다. 이는 유공지사庾公之斯가 자탁유자子濯孺子에게 한 말이다. 관공이 이를 따라서 말한 것은 곧 죽이지 않겠다는 뜻이 들어 있다.)

조조曰: "다섯 관문(五關)을 지나면서 관문을 지키던 장수들을 베어 죽인 때를 아직도 기억하시오? (*이 일은 백마에서 포위를 풀어준 이후의 일로서 관공이 아직 갚지 못한 일이다.) 대장부는 신의信義를 중히 여깁니다. 장군은 〈춘추春秋〉에 밝으시면서 어찌 유공지사庾公之斯가 자탁유자子濯孺子를 추격할 때의 일을 모르겠습니까?"(*관공은 〈춘추春秋〉에 밝으므로 조조는 〈춘추〉의 일로써 그의 마음을 움직이려고 한다. 소인小人이 군자에게 자비를 구걸할 때에는 반드시 소인의 감정으로 군자를 움직이려 하지 않고 반드시 군자의 도리(君子之道)로써 군자에게 애걸하는 법이다.)

운장은 본래 의리를 태산처럼 무겁게 여기는 사람인지라 당시 조조에게서 받은 수많은 은혜와 그 뒤 다섯 관문을 지나면서 관문 지키는 장수들을 베어죽인 일을 생각하고 어찌 마음이 움직이지 않을 수 있겠는가? 게다가 조조의 군사들이 무서워서 벌벌 떨며 모두들 눈물을 흘리려는 듯한 모습을 보자 측은한 마음이 생겨서 말머리를 돌리고 모든 군사들에게 말했다: "사방으로 벌려 서거라."

이는 분명히 조조를 놓아 보내주려는 뜻이었다. 조조는 운장이 말머리를 돌리는 것을 보자 곧바로 여러 장수들과 함께 일제히 그곳을 짓

쳐 지나갔다. 운장이 몸을 되돌렸을 때에는 조조는 이미 여러 장수들
과 지나가 버린 후였다.

그때 운장이 갑자기 한 마디 크게 호통을 치자 뒤처져서 아직 지나
가지 못한 조조의 군사들은 모두 말에서 내려 땅에 엎드려 울면서 절
을 했다. 운장은 더욱 측은한 생각이 들었다. 운장이 어찌할까 망설이
고 있을 때 마침 장료가 말을 달려와서 그곳에 이르렀다. 운장은 그를
보자 또 옛 정에 마음이 움직여서 (*장료도 아무런 말 없고 운장도 아무 말
이 없을 때를 묘사하고 있는 것이 묘하다.) 길게 한숨을 쉬고는 그들도 모두
놓아 보내주었다. 이에 대해 후세 사람이 지은 시가 있으니:

조조가 적벽에서 패해 화용도로 달아날 때 　　曹瞞兵敗走華容
마침 관공과 좁은 길에서 마주쳤지. 　　　　正與關公狹路逢
옛날에 받은 은혜와 의리 소중히 여겨 　　　只爲當初恩義重
쇠 자물쇠 열어 교룡을 풀어주었지. 　　　　放開金鎖走蛟龍

〖 9 〗 조조가 화용도에서의 곤경에서 벗어나 산골짜기 어귀에 이르
러 돌아보니 따르는 군사들은 겨우 27기騎뿐이었다. (*3백여 기의 패잔
병들 중에서 또 겨우 27기만 남았다.) 날이 저물 무렵에는 남군南郡 가까
이까지 갔는데, 그때 횃불을 일제히 환히 밝히면서 한 떼의 군사들이
길을 가로막았다.

조조는 크게 놀라서 말했다: "내 목숨도 이젠 끝장이구나."(*조조가
불을 보고 놀란 것은 마치 소가 보름달을 바라보고 덥다고 숨을 헐떡거리는
(牛之望月而喘) 것과 같다.)

바로 그때 보니 한 무리의 기마초병들이 들이닥쳤는데, 알고 보니
조인의 군사들이었다. 조조는 그제야 겨우 안심이 되었다. 조인이 그
를 맞이하며 말했다: "비록 우리 군사가 패한 줄은 알았지만 감히 멀
리 떠날 수 없어서 이 부근에서 맞이할 수밖에 없었습니다."

조조日: "하마터면 너를 만나보지 못할 뻔했다."

이리하여 여러 군사들을 이끌고 남군으로 들어가서 편히 쉬었다. 그 뒤를 따라 장료도 와서 운장이 사정을 봐준 이야기를 했다. 조조가 장교들을 점고해 보니 상처를 입은 자들이 극히 많았다. 조조는 모두에게 휴식을 취하도록 했다. 조인이 조조를 위해 술자리를 마련해 놓고 시름을 풀게 했는데, 여러 모사들도 다들 그 자리에 있었다. 조조는 문득 하늘을 우러러 대성통곡을 했다. (*곡을 해야 할 때는 웃고 웃어야 할 때는 곡을 한다. 간웅은 곡하고 웃는 것조차 보통 사람들과는 달리 한다.)

여러 모사들이 말했다: "승상께서는 범의 굴에서 도망쳐 나오실 때에도 전혀 겁을 내신 일이 없었는데, 지금은 성 안에 들어와서 사람들은 이미 밥을 먹을 수 있게 되었고, 말들은 꼴을 먹을 수 있게 되어 바야흐로 군사와 말들을 정돈해서 원수를 갚을 때인데 어찌하여 도리어 통곡을 하십니까?"

조조日: "나는 곽봉효(郭奉孝: 郭嘉. 제 33회 중의 일)를 생각하고 우는 것이다. 만약 봉효만 있었더라면 그는 결코 내가 이런 큰 실수를 하도록 하지 않았을 것이다!"

그리고는 곧바로 주먹으로 가슴을 쾅쾅 치고 대성통곡을 하면서 말했다: "슬프구나 봉효야! 애통하구나 봉효야! 아깝구나 봉효야!" (*살아 있는 사람들에게 죽은 사람을 위해 곡하는 모습을 보여주는 것이 몹시 묘한 점이다. 조조는 황개黃蓋의 일을 진짜인 줄 믿었으나 이는 자신이 사람을 강동으로 보내서 보고해 오도록 했던 것이다. 가짜 서신을 훔쳐 가지고 온 장간蔣幹을 누가 강동으로 불러들였던가? 조조가 보냈던 것이다. 연환계를 건의한 방통을 누가 강북으로 안내해 왔는가? 조조는 마땅히 곽가郭嘉의 죽음을 곡해서는 안 되고 자신의 잘못을 비웃어야 마땅하다.)

여러 모사들은 다들 입을 다물고 스스로 부끄러워했다.

다음날, 조조는 조인을 불러서 말했다: "나는 이제 잠시 허도로 돌아가서 군사들을 수습해 가지고 꼭 원수를 갚으러 오겠다. 너는 남군南郡을 잘 보전하고 있거라. 나에게 계책 하나가 있는데, 몰래 여기에 두고 가겠다. 위급한 일이 아니면 펴보지 말고, 위급한 일이 생기거든 펴보고 그 계책대로만 한다면 동오가 감히 남군을 노려보지 못하게 할 수 있다.”(*후문에서 주유가 화살을 맞게 되는 복선이다.)

조인曰: “합비와 양양은 누가 지키면 되겠습니까?”

조조曰: “형주는 네가 맡아서 관리하고 양양은 내 이미 하후돈을 보내서 지키도록 했다. 합비는 가장 긴요한 곳이므로 내가 장료를 주장으로 임명하고 악진과 이전을 부장으로 임명해서 그곳을 지키도록 했다. 다만 급한 일이 있거든 급보를 올리도록 해라.”

조조는 각각 나누어 보낸 후 곧바로 말에 올라 여러 사람들을 이끌고 허창許昌으로 돌아갔다. 형주에서 항복해온 문관과 무장들도 전번처럼 허창으로 데리고 가서 썼다. 조인은 따로 조홍을 파견하여 이릉과 남군을 굳게 지켜 주유의 침공을 방비하도록 했다.

〖 10 〗 한편 관운장은 조조를 놓아 보낸 후 군사를 이끌고 돌아갔다. 이때 여러 곳으로 나갔던 군사들은 모두 말과 무기, 전쟁 물자와 군량 등을 획득하여 이미 하구夏口로 돌아와 있었는데 운장 혼자서만 적의 군사 한 명, 말 한 필도 얻지 못하고 맨손으로 돌아와서 현덕을 보았다.

그때 공명은 한창 현덕과 함께 승전을 축하하고 있었는데, 그때 홀연 운장이 돌아왔다는 보고를 받았다.

공명은 급히 자리를 떠나 술잔을 손에 잡은 채 그를 맞이하며 말했다: “우선 장군께서 이처럼 세상을 덮을 듯한 큰 공을 세우고 천하의 큰 해악을 치워버리신 것이 기쁩니다. 마땅히 멀리까지 나가서 맞이하고 경하 드려야 할 일이었습니다!”

운장은 묵묵히 말없이 있었다.

공명이 말했다: "장군께선 우리가 멀리 나가서 맞이하지 않았다고 해서 불쾌해 하시는 건가요?"

그리고는 좌우를 돌아보며 말했다: "너희들은 왜 먼저 알리지 않았느냐?"(*비록 공명은 이처럼 위선僞善을 떨지 않았다 하더라도 글을 쓰는 작자로서는 이처럼 문장의 곡절을 만들지 않을 수 없다.)

운장曰: "저는 단지 죽음을 청하러 왔을 뿐입니다."

공명曰: "설마 조조가 화용도로 오지 않은 것은 아니겠지요?"(*만약 그가 조조를 놓아주려고 하지 않았다면, 이는 곧 그는 관공이 아니라는 것이고, 만약 조조가 화용도로 오지 않았다면, 이는 곧 그가 공명일 수 없음이다.)

운장曰: "그리로 온 것은 맞습니다. 그러나 제가 무능해서 그만 그가 빠져 나가도록 하고 말았습니다."

공명曰: "그러면 어떤 장수나 군사를 붙잡았습니까?"

운장曰: "하나도 붙잡지 못했습니다."

공명曰: "이는 운장 당신이 옛날 조조로부터 입은 은혜를 생각하고 일부러 놓아준 것이오. 각서(軍令狀)가 이미 여기 있으니 군법에 따라 처리하지 않을 수가 없소."

공명은 곧바로 무사에게 그를 끌고 나가 목을 베라고 호령했다. 이야말로:

죽음을 각오하고 지기知己에게 보답하니   扮將一死酬知己
의로운 이름 천추千秋에 우러러 보게 하네.   致令千秋仰義名

운장의 목숨이 어찌 될지 모르겠거든 다음 회를 읽어보도록 하라.

(1). 무릇 다른 사람에게 계책을 써서 맞아떨어지도록 하려면, 반드시 그가 어떤 사람인지를 헤아린 후에 한다면 맞아떨어지지 않을 사람이 없다. 또 그가 나를 어떤 사람이라고 생각하는지를 헤아린 후에 계책을 쓴다면 맞아떨어지지 않을 사람이 없다.

상대가 마침 스스로 지혜롭다고 생각할 때 내가 그의 지혜로움을 써서 적중시키려 한다면 바로 그의 의중에 들어맞을 것이다. 그가 마침 나를 지혜롭다고 생각할 때 내가 반대로 나의 어리석음으로써 계책을 적중시키려 한다면 또 그의 예상을 빗나가게 할 수 있다. 이는 마치 공명이 화용도華容道에서 조조를 헤아렸던 것과 같다. 대개 이곳에 불을 피우고 저쪽에 복병을 두는 것이 지혜로운 사람들이 하는 방식이며, 이는 상대방에서도 알고 있는 것이다. 이쪽에 불을 피우고 이쪽에 복병을 두는 것은 어리석은 사람들이 하는 방식이며, 이는 상대방이 헤아릴 수 없는 것이다.

조조는 본래 병가兵家에 허허실실虛虛實實 수법이 있음을 잘 알고 있었으며, 또 그는 공명도 병가에 허허실실 수법이 있음을 잘 알고 있다는 사실도 잘 알고 있었다. 이것이 그가 공명의 계책에 맞아떨어진 까닭이 아니겠는가?

(2). 혹자는, 관공은 조조에 대하여 왜 허전許田에서는 그를 죽이려고 했으면서 화용華容에서는 죽이지 않았는가? 하고 의문을 갖는다.

나는 말한다: "허전에서 죽이려고 했던 것은 충忠이고, 화용에서 죽이지 않은 것은 의義이다. 순順과 역逆을 구분하지 않으면 충忠이 될 수 없고, 은혜(恩)와 원한(怨)을 분명히 구분하지 못하면 의義

가 될 수 없다. 관공 같은 사람은 그 충성심(忠)이 하늘에 닿았고, 그 의리(義)는 해를 꿰었으니 참으로 천고에 유일한 사람이다.

(3). 은혜에 연연하는 것은 소인의 정(情)이고, 은덕에 보답하고자 하는 것은 열사烈士의 뜻(志)이다. 비록 그 사람이 크게 간악奸惡하고 조정에 죄를 짓고 하늘에 죄를 지었다 하더라도 그가 나를 해치지 않고 나를 국사國士로 대우해 준다면 그는 곧 나의 지기知己이다. 내가 나의 지기知己를 죽이는 것은 의기義氣가 없는 장부라면 그렇게 할 수 있겠지만 피가 끓는 남자로서 어찌하려고 할 일이겠는가?

만약 관공이 당일 공변된 의(公義)로써 사사로운 은혜(私恩)를 눌러버리고 말하기를: "나는 조정을 위해 역적을 베어 죽였고, 나는 천하를 위해 그 흉측한 자를 제거했다."고 말하더라도, 그래서는 안 된다고 말할 사람이 누가 있겠는가?

그러나 관공의 마음은, 다른 사람이 그를 죽이는 것은 의로운 일이지만 내가 그를 죽이는 것은 불의한 일이므로 차라리 내가 죽을지언정 차마 그를 죽이지는 못하겠다고 하는 것이었다. 조조는 진궁陳宮을 풀어주어도 되었지만 풀어주지 않았으나, 관공은 조조를 죽여도 되었지만 죽이지 않았으니, 이것이 관공이 조조와 다른 점이다. 채옹蔡邕이 동탁을 위해 곡哭을 하자 왕윤王允은 그에게 죄를 주었지만, 관공이 조조를 풀어주었으나 공명은 그를 처벌하지 않고 용서해 주었으니, 공명의 소견이 왕윤보다 높았다.

(4). 공명은 진즉에 관공이 조조를 죽이지 않을 줄 알고 있었다면 왜 화용도華容道의 싸움에 장비나 조자룡을 보내지 않았는가?
나는 말한다: "공명은 하늘을 아는 자(知天者)이다. 하늘이 조조

를 죽이려고 하지 않는다면 비록 장비나 조자룡을 보내더라도 틀림없이 성공하지 못할 것이다. 그래서 공명이 관공을 보낸 것은 관공의 의義를 성취시켜 주려는 것이었고, 장비나 조자룡을 보내지 않았던 것은 장비와 조자룡의 단점을 가려주기 위해서였다.

그러므로 관공이 조조를 풀어준 것은 관공이 그를 풀어준 것이 아니라 공명이 그를 풀어준 것이며, 또한 공명이 그를 풀어준 것이 아니라 실은 하늘이 그를 풀어준 것이다.

(5). 조조는 전에는 전위典韋를 위해 곡哭을 했고, 후에는 곽가郭嘉를 위해 곡을 했다. 곡을 한 것은 비록 동일하지만 곡을 한 이유는 다르다. 전위를 위해 곡을 한 것은 여러 장사들을 감동시키기 위해서였고, 곽가를 위해 곡을 한 것은 여러 모사謀士들에게 창피함을 주기 위해서였다. 전 번의 곡은 상을 주는 것보다 나았고, 후의 곡은 그들을 매질하는 것보다 나았다. 간웅의 눈물은 상을 줄 돈이나 비단으로 쓸 수도 있고 매질할 몽둥이로도 쓸 수 있다. 간웅의 간교함은 참으로 간교하여 사랑스럽기조차 하다.

제51회

조인, 동오 군사와 크게 싸우고
공명, 주유를 화나게 하다

〖 1 〗 한편 공명이 운장을 참斬하도록 명하자 현덕이 말했다: "예전에 우리 세 사람이 도원에서 결의형제(結義兄弟)를 맺을 때 생사生死를 같이하기로 맹세했습니다. 지금 운장이 비록 죄를 범하기는 했으나 나는 차마 전에 했던 맹세를 어길 수가 없습니다. 바라건대 일단 그 잘못을 기록해 두었다가 장차 공을 세워 그것으로 속죄를 하도록 해주시오."

공명은 그제야 그를 용서해 주었다.

한편 주유는 군사를 거두고 장수들을 점고하여 각각 공을 평가하여 오후吳侯에게 보고했다. 그리고 항복해온 군사들은 보내주어 전부 강을 건너가도록 했다. 그리고 모든 군사들을 크게 위로해준 다음, 마침내 남군南郡을 공격하기 위해 군사를 진군시켰다. 선두부대가 강가에다 전후로 다섯 병영으로 나누어 영채를 세우고 주유는 가운데 영채에 자리를 잡았다. 주유가 한창 여러 장수들과 진공할 계책을 상의하고 있을 때, 갑자기 보고가 들어왔다: "유현덕이 손건을 시켜서 도독께 승전을 축하하러 왔습니다."

주유가 들어오라고 청하도록 했다. 손건이 들어와서 인사를 하고 말했다: "주공께서는 특별히 제게 도독의 크신 덕에 감사의 인사를 올리라고 하셨습니다. 여기 변변치 못한 예물이지만 바치는 바입니다."

주유가 물었다: "현덕은 어디 계시오?"

손건이 대답했다: "지금은 군사를 옮겨서 유강구(油江口: 호북성 공안현公安縣 동북) 어귀에 주둔시켜 놓고 계십니다."

주유가 놀라며 말했다: "공명 역시 유강에 계시오?"

손건曰: "공명은 주공과 같이 유강에 계십니다."

주유曰: "그대는 먼저 돌아가시오. 내 직접 답례答禮의 인사를 하러 가겠소."

주유는 예물을 받은 다음 손건을 먼저 돌려보냈다.

노숙曰: "방금 전에 도독께서는 왜 놀라셨습니까?"

주유曰: "유비가 유강에 군사를 주둔시켜 놓은 것은 틀림없이 남군南郡을 차지하려는 뜻일 것이오. 우리가 허다한 군사들을 잃고 허다한 물자와 군량(錢糧)을 쓴 끝에 이제 남군을 손바닥 뒤집듯이 쉽게 얻을 수 있게 되자 저들이 나쁜 마음을 품고 다 된 밥상에 숟가락만 달랑 들고 덤벼들려 하고(要就現成) 있소. 이는 틀림없이 이 주유가 죽지 않고 살아있음을 잊어버린 모양이오."

노숙曰: "어떤 계책을 써서 저들을 물리치려 하십니까?"

주유曰: "내 직접 가서 저들과 얘기해 보겠소. 얘기가 잘 되면 좋고, 그렇지 못할 때는 저들이 남군을 취하도록 기다리지 않고 내가 먼저 유비를 없애버릴 것이오."(*이는 틀림없이 공명이 죽지 않고 살아 있음을 잊어버린 모양이다.)

노숙曰: "저도 같이 가고자 합니다."

이리하여 주유와 노숙은 3천 명의 경기병들을 이끌고 곧장 유강구로 찾아갔다.

〖 2 〗 이보다 먼저 이야기할 것은, 손건이 돌아가서 현덕을 보고 주유가 몸소 답례의 인사를 하러 오겠다고 하더란 말을 하자, 현덕은 공명에게 물었다: "주유가 오려는 뜻이 무엇일까요?"

공명이 웃으며 말했다: "그 변변치 못한 예물 받은 것을 가지고 답례의 인사를 하러 올 리가 있겠습니까. 단지 남군南郡 때문에 오려는 것입니다."

현덕曰: "그가 만약 군사들을 데리고 오면 어떻게 대해야지요?"

공명曰: "그가 오면 바로 여차여차하게 응답하시면 됩니다." (*다음의 글에서 현덕이 하는 말은 전부 공명의 말이란 걸 알아야 한다.)

마침내 유강구에다 전선들을 벌여 놓고 강기슭 위에다가는 군사들을 늘여 세워 놓았다. 그때 주유와 노숙이 군사를 이끌고 당도했다고 보고해 왔다. 공명은 조운에게 기병 몇 기를 거느리고 가서 그들을 맞이하도록 했다. 주유는 유비의 군사 세력이 웅장한 것을 보고 마음이 몹시 불안했다. (*아마도 유비를 죽일 수 없을 것 같아서 그랬을 것이다.)

주유 일행이 영문 밖에 이르자 현덕과 공명은 그들을 막사 안으로 맞이해 들였다. 서로 인사를 한 후 주연을 베풀어 대접했다. 현덕이 술잔을 들어 이번 싸움에서 적병을 크게 무찌른 일을 치하했다.

술이 여러 순배 돌자 주유가 말했다: "유 예주께서 군사를 이리로 옮기신 것은 혹시 남군을 차지할 뜻에서 그러신 것은 아니겠지요?"

현덕曰: "도독께서 남군을 취하고자 하신다는 말을 듣고 도와 드리려고 왔습니다. (*현덕이 남군을 취하고자 하는데 주유가 도와주러 온 것인

줄 그 누가 알았겠는가?) 만약 도독께서 취하려고 하지 않으시면 이 유비가 반드시 취할 생각입니다."

주유가 웃으며 말했다: "우리 동오에서는 한강漢江 일대를 병탄하려고 한 지가 오래 됩니다. 지금 남군은 이미 우리 손바닥 안에 들어와 있는데 어찌 취하지 않겠습니까?"

현덕曰: "원래 승부란 미리 확정할 수 없는 것입니다. 조조가 돌아갈 때 조인曹仁으로 하여금 남군 등지를 잘 지키도록 했다는데, 틀림없이 무슨 기이한 계책이 있을 것입니다. 게다가 조인의 용맹함은 남들이 당해내기 어려우므로 혹시 도독께서 취하실 수 없을까봐 염려됩니다."

주유曰: "제가 만약 취하지 못하면, 그때 가서는 공께서 마음대로 취하셔도 좋습니다."

현덕曰: "자경子敬과 공명이 여기에 증인으로 있으니 도독께선 후회하지 마십시오."

노숙이 머뭇거리면서 대답을 하지 않았다.

주유가 말했다: "대장부가 말을 일단 뱉어 놓고 어찌 후회하겠습니까?"

공명曰: "도독의 이 말씀은 매우 공정한 말씀입니다. 먼저 동오에서 취하도록 양보하고, 만약 취하지 못할 때에는 주공께서 취하신다는 것인데, 안 될 게 뭐 있습니까?"

주유와 노숙은 현덕과 공명에게 하직인사를 하고 말에 올라 돌아갔다.

현덕이 공명에게 물었다: "방금 전에 선생께서 제게 이렇게 대답하라고 하시기에 비록 일시 그렇게 말은 했으나, 이리저리 곰곰이 생각해 봐도 이치에 맞지 않는 것 같습니다. 나는 지금 일신一身이 고단하기 짝이 없는 처지로 발 디딜 땅도 없어서 남군을 차지하여 당분간 몸을 의탁하려고 했던 것입니다. 그런데 만약 주유에게 먼저 취하도록 한다면 남군의 성들은 얼마 후 동오의 차지가 되어버릴 텐데, 그런 후에 어떻게 그곳을 차지할 수 있겠습니까?"(*종래에는 형주를 취하려 하지 않더니 이때에는 도리어 속마음을 말하고 있다.)

공명이 큰소리로 웃고 나서 말했다: "당초에 제가 주공께 형주를 취하시라고 권했으나 주공께서는 듣지 않으셨습니다. 그런데 오늘에 와서는 도리어 차지하고 싶은 생각이 간절하십니까?"

현덕曰: "전에는 유경승(劉景升: 유표)의 땅이었기 때문에 차마 취할 수 없었지만, 지금은 조조의 땅이 되었으니 도리 상으로도 취하는 게 마땅하지요."

공명曰: "주공께서는 염려하실 필요 없습니다. 주유더러 먼저 가서 실컷 싸우도록 내버려 두십시오. 조만간 주공께서 남군의 성 안에 높이 앉아 계시도록 해드리겠습니다."(*현덕은 조조에게 먼저 취하도록 양보하고선 그것을 후에 취하려 하고, 공명은 주유에게 먼저 취하도록 양보하고선 그것을 후에 취하려고 한다. 다만 어떻게 조만간 성 안에서 높이 앉아있도록 하겠다는 것인지 모르겠다. 짐작하기 어렵다.)

현덕曰: "어떤 계책이 있습니까?"

공명曰: "다만 여차여차하게만 하면 됩니다."

현덕은 크게 기뻐하며 그대로 유강구에 군사들을 주둔시켜 놓고 움직이지 않았다.

〖 3 〗 한편, 주유와 노숙은 영채로 돌아왔다. 노숙이 말했다: "도독께서는 어찌하여 현덕에게도 남군을 취하도록 허락하셨습니까?"

주유曰: "나는 순식간에 남군을 얻을 수 있으므로 기꺼이 말뿐인 인정을 한 번 베풀어 주었던 것이오."(*후에 가서 오히려 인정을 실제로 베풀어주는 것이 될 줄 누가 알았겠는가.)

이어서 막사 안의 장수들에게 물었다: "누가 감히 먼저 남군을 취하러 가겠는가?"

말이 떨어지자마자 한 사람이 나섰는데, 장흠蔣欽이었다.

주유曰: "자네는 선봉이 되고 서성과 정봉은 부장副將이 되어 정예 군사 5천 명을 데리고 먼저 강을 건너가도록 하시오. 내 곧 뒤따라 군사를 이끌고 지원하러 갈 것이오."

한편, 조인은 남군에서 조홍曹洪으로 하여금 이릉彝陵을 지키면서 의각지세椅角之勢를 이루도록 하라고 분부했다. 그때 동오의 군사들이 이미 한강을 건넜다고 알려왔다.

조인曰: "굳게 지키고만 있고 싸우지 않는 것이 상책이다."

효기驍騎 우금牛金이 분연히 건의했다: "적병이 성 아래에 와 있는데도 나가서 싸우지 않는 것은 비겁한 것입니다. 하물며 우리 군사들은 갓 패했으므로 다시 한 번 사기士氣를 고취시켜 주어야 합니다. 제게 정예병 5백 명만 빌려주시면 한 번 죽기로 싸워보겠습니다."

조인은 그의 말을 따라서 우금으로 하여금 군사 5백 명을 이끌고 나가서 싸우도록 했다.

정봉이 말을 달려 나와서 우금을 맞이하여 약 4, 5합 싸우다가 짐짓 패하여 달아났다. 우금은 군사를 이끌고 그 뒤를 추격하여 동오의 진중으로 들어갔다. 정봉은 군사들을 지휘하여 진중에서 우금을 둘둘 휘감듯이 포위했다. 우금은 좌충우돌해 보았으나 벗어날 수가 없었다.

조인이 성 위에서 우금이 적진 한가운데서 곤경에 빠져 있는 것을 바라보고는 곧바로 갑옷을 입고 말에 올라 휘하 장사 수백 기를 이끌고 성을 나가서 힘껏 칼을 휘두르며 동오의 진중으로 쳐들어갔다. 서성이 그를 맞이해 싸웠으나 당해낼 수 없었다.

조인이 적진 깊숙이 쳐들어가서 우금을 구해 가지고 나오다가 뒤돌아보니 아직도 수십 명의 기병들이 적진 속에서 빠져나오지 못하고 있었다. 조인은 곧바로 몸을 돌려 적진 속으로 쳐들어가서 그들까지 구해 가지고 겹겹의 포위를 뚫고 밖으로 나왔다.

그때 마침 길을 가로막고 있는 장흠과 마주쳤다. 조인과 우금이 힘을 떨치며 들이쳐서 그들을 흩어버렸다. 그때 조인의 아우 조순曹純 역시 군사들을 이끌고 와서 지원하였다.

한바탕 혼전 끝에 동오의 군사들은 패하여 달아났고, 조인은 싸움에 이겨서 돌아왔다.

장흠이 패하여 돌아가서 주유를 보자, 주유는 화를 내며 그의 목을 베려고 했다. 그러나 여러 장수들이 사정해서 죽음을 면했다.

〖 4 〗주유는 즉시 군사들을 점고하여 자신이 직접 나가서 조인과 결전하려고 했다.

감녕曰: "도독께서는 서두르시면 안 됩니다. 지금 조인은 조홍曹洪으로 하여금 이릉彝陵을 지키도록 하여 의각지세를 이루고 있습니다. 제가 정예병 3천 명을 데리고 곧장 가서 이릉을 취하고자 하니, 도독께서는 그 후에 남군을 취하도록 하십시오." (*역시 훌륭한 계책이기는 하다.)

주유는 그의 의견을 받아들여 먼저 감녕에게 군사 3천 명을 거느리고 가서 이릉을 치도록 했다. 진작에 첩자가 이 사실을 조인에게 보고하자 조인은 진교陳矯와 상의했다.

진교曰: "이릉을 잃게 되면 남군 역시 지킬 수 없습니다. 속히 구해야 합니다."

조인은 곧바로 조순과 우금에게 몰래 군사를 이끌고 가서 조홍을 구하도록 했다. 조순은 먼저 사람을 시켜서 이 일을 조홍에게 알리고, 그로 하여금 성을 나가서 적을 유인하도록 했다.

감녕이 군사를 이끌고 이릉에 이르자 조홍은 나가서 감녕과 싸웠다.

서로 싸우기를 20여 합에 조홍은 패하여 달아났고, 감녕은 이릉을 빼앗았다.

황혼 무렵이 되자 조순과 우금의 군사들이 당도하여 양쪽이 합세하여 이릉을 포위했다. 감녕이 이릉성 안에 갇혀 있다고 정탐꾼이 주유에게 급보를 올리자, 주유는 크게 놀랐다.

정보曰: "급히 군사를 나누어 구해야 합니다."

주유曰: "이곳은 바로 요충지인데, 만약 감녕을 구하려고 군사를 나누어 보냈다가 만약 조인이 군사들을 이끌고 와서 습격하면 어찌하지요?"

여몽曰: "감흥패(甘興覇: 감녕)는 강동의 대장인데 어찌 구하지 않을 수 있습니까?"

주유曰: "내가 직접 가서 그를 구하고 싶소. 다만 누구를 여기에 남겨두어 내 일을 대신하도록 하면 되겠소?"

여몽曰: "능통凌統을 남겨두어 도독의 일을 대신하도록 하십시오. 저는 선봉이 되고 도독께서는 뒤를 끊으신다면 열흘도 못 가서 틀림없이 승전의 개가를 울릴 수 있습니다."

주유曰: "능통이 잠시 내 일을 대신하려고 할는지 모르겠소."

능통曰: "만약 열흘 기한이라면 감당할 수 있습니다. 그러나 열흘이 넘는다면 감당할 수 없습니다."

주유는 크게 기뻐하면서 곧바로 군사 1만여 명을 떼어서 능통에게 주고 그날로 대군을 일으켜 이릉으로 갔다.

여몽이 주유에게 말했다: "이릉 남쪽 외진 곳에 작은 길이 하나 있는데, 남군으로 가기에는 가장 편한 길입니다. 군사 5백 명을 보내서 나무들을 찍어 그 길을 끊어놓으십시오. 저쪽 군사들이 만약 패하고 나면 틀림없이 그 길로 해서 달아날 텐데, 말이 갈 수 없으면 틀림없이 말들을 버리고 달아날 것입니다. 그러면 우리는 그 말들을 얻을 수 있습니다."(*말들을 얻는 것의 유익함이 후문에서 땅을 잃어버리는 수모를 보상하기에는 부족할까봐 염려된다.)

주유는 그 말에 따라서 군사들을 뽑아 그곳으로 보냈다.

대군이 이릉에 다다를 무렵, 주유가 물었다: "누가 포위망을 뚫고 들어가서 감녕을 구하겠느냐?"

주태周泰가 가겠다고 자원했다. 그는 즉시 칼을 꼬나들고 말을 달려 곧바로 조조 군사들 가운데로 쳐들어가서 곧장 성 아래에 이르렀다. 감녕은 멀리서 주태가 오는 것을 바라보고 자신이 직접 성을 나가서 그를 영접했다.

주태曰: "도독께서 직접 군사를 이끌고 오셨소."

감녕은 군사들에게 무장을 철저히 갖추고 배불리 먹어 두도록 하여 성 안에서 호응할 준비를 했다.

〖 5 〗 한편, 조홍과 조순, 우금은 주유의 군사가 오고 있다는 말을 듣고 먼저 사람을 남군으로 보내서 조인에게 알리는 한편, 군사를 나누어 적을 막을 준비를 했다. 동오의 군사가 이르자 조조의 군사들은 그들을 맞았다. 서로 맞붙어 싸우려고 할 때 감녕과 주태가 두 방면으로 나뉘어 성에서 짓쳐나가자 조조의 군사들은 큰 혼란에 빠졌고, 동오의 군사들은 사면에서 불시에 쳐들어갔다.

조홍과 조순, 우금은 과연 작은 길로 해서 달아났는데, 어지러이 쌓인 나무들이 길을 막아서 말이 나아갈 수 없게 되자 모두 말을 버리고 달아났다. 동오의 군사들은 5백여 필의 말들을 얻었다. 주유는 군사들을 휘몰아 그날 밤으로 남군까지 쫓아갔는데, 그때 마침 이릉을 구하러 오는 조인의 군사들을 만났다. 양쪽 군사들은 맞붙어서 한바탕 혼전을 벌였다. 그러는 가운데 날은 이미 저물어서 각자 군사들을 거두었다.

조인은 성 안으로 돌아가서 여러 사람들과 상의했다.

조홍曰: "현재로는 이릉을 잃어버려서 형세가 심히 위급합니다. 어찌하여 승상께서 주고 가신 계책을 보고 이 위기를 풀려고 하지 않으십니까?"

조인曰: "네 말은 바로 내 생각과 같다."

그리하여 그 계책을 꺼내보고는 크게 기뻐하면서 곧바로 오경(五更: 새벽 3~5시 사이)에 아침밥을 지어 먹도록 지시했다. 그리고는 새벽에 대소 부대의 군사들은 전부 성을 버리고 나갔는데, 성 위에는 두루 깃발들을 꽂아서 허장성세(虛張聲勢)를 해놓고 군사들은 세 개 문으로 나뉘어 나갔다.

〖 6 〗 한편, 주유는 감녕을 구해 낸 후 군사들을 남군 성 밖에 배치해 놓고 나서 보니 조인의 군사들이 세 개 문으로 나뉘어 나오는 것이었다. 주유가 지휘대(將臺) 위에서 살펴보니 성가퀴(女牆) 가로 깃발들만 눈속임으로 꽂아 놓았을 뿐 지키는 사람이 하나도 없었다. 또한 군사들은 허리 아래로 각자 보따리를 차고 있는 것이 보였다. (*이는 조조의 금낭지계(錦囊之計)로, 거짓 달아남으로써 주유를 속이려는 것이다. 방금 적벽에서 진짜로 달아난 후에 조인에게 거짓 달아나는 법을 가르쳐 준 것이다. 적벽에서 진짜로 달아난 일이 있었기 때문에 주유는 남군들이 거짓 달아난다고는 의심하지 않았던 것이다.)

주유는 속으로, 조인은 틀림없이 먼저 달아날 길을 준비해 두었을 것이라고 생각했다.

그리하여 곧바로 지휘대에서 내려와 명령을 내렸다: 군사들을 좌익과 우익 양군으로 나누고, 만약 선두 부대가 이기게 되면 그대로 앞으로 추격해 가고, 징이 울리면 그때 가서야 물러나도 되며, 그리고 정보는 후군을 감독하도록 하고, 주유 자신은 직접 군사들을 이끌고 성을 취할 것이라고 했다.

양편이 서로 마주보고 진을 치고 있을 때 북소리가 크게 울리더니 조홍이 말을 달려 나와서 싸움을 걸었다. 주유가 직접 문기門旗 아래로 나가서 한당韓當으로 하여금 말을 타고 나가서 조홍과 싸우도록 했다. 한당이 조홍과 서로 어우러져 싸우기를 30여 합에 조홍은 패하여 달아 났다. 그러자 조인이 직접 맞아 싸우러 나갔고, 오군 쪽에서는 주태周 泰가 조인을 맞아 싸우려고 말을 달려 나갔다. 서로 싸우기를 10여 합에 조인도 패해서 달아나자 싸움판은 크게 어지러워졌다. (*거짓 패하여 적을 유인하려는 것이다.) 주유가 양익兩翼의 군사들을 지휘하여 쳐들어가자 조조의 군사들은 크게 패했다.

주유는 직접 군사들을 이끌고 그들의 뒤를 쫓아 남군 성 아래까지 갔다. 조조의 군사들은 모두 성 안으로 들어가지 않고 서북쪽을 향해 달아났다. (*묘하다! 뜻밖에도 진짜 패한 것 같다.) 한당과 주태는 선두부대를 이끌고 있는 힘을 다해 그 뒤를 추격했다. 주유는 성문이 활짝 열려 있고 성 위에도 사람이 없는 것을 보고는 곧바로 군사들에게 성을 빼앗으라고 명했다. 수십 기의 기병들이 앞장서서 들어가고, 주유는 뒤에서 달리는 말에 채찍을 가하여 곧바로 옹성(甕城: 성문 밖에 쌓아놓은 반월형의 작은 성)으로 들어갔다.

이때 진교陳矯가 성위 망루(敵樓) 위에서 멀리 바라보니 주유가 직접 성으로 들어오는 것이 보였다.

그는 속으로 갈채를 보내며 말했다: "승상의 묘책이 귀신같구나!"

그리고는 딱따기를 한 번 "딱!" 하고 치자 양편에서 활과 쇠뇌를 일제히 발사했는데, 그 형세는 마치 소나기가 쏟아지는 것 같았다. 앞을 다투어 성으로 들어가던 자들은 모두 구덩이 속으로 떨어지고 말았다.

주유가 급히 말머리를 돌렸을 바로 그때 쇠뇌의 화살이 그의 왼쪽 갈비를 정통으로 맞춰서 그는 뒤로 벌렁 나자빠지면서 말에서 떨어졌다.

우금이 주유를 사로잡으려고 성 안에서 달려 나왔으나 서성과 정봉이 죽을 각오로 달려가서 주유를 구해냈다. 그때 성 안의 조조 군사들이 뛰쳐나오자 동오 군사들은 자기들끼리 서로 짓밟는 바람에 해자 속으로 떨어진 자들이 수없이 많았다.

정보가 급히 군사들을 거두어들일 때 조인과 조홍이 군사들을 두 갈래로 나누어 쳐들어가서 동오의 군사들은 크게 패했다. 다행히 능통이 한 떼의 군사들을 이끌고 측면에서 쳐들어와서 조조 군사들을 막아내 주었다. 조인은 승리한 군사들을 이끌고 성 안으로 들어갔고, 정보는 패한 군사들을 거두어서 영채로 돌아갔다.

정봉과 서성 두 장수가 주유를 구하여 막사 안으로 들어가서 군의관(行軍醫)을 불렀다. 그는 쇠 집게를 써서 화살촉을 뽑아내고 상처에다 금창약(金瘡藥: 금속성의 창, 화살 따위로 입은 상처에 바르는 약)을 붙였는데, 주유는 견딜 수 없을 정도로 아파서 식음을 전폐했다.

군의관이 말했다: "이 화살촉 끝에 독이 발라져 있어서 당장 나을 수는 없습니다. 만약 노기怒氣가 충격을 주게 되면 그 상처가 재발할 수 있습니다."

정보는 전군에 명령을 내려 각기 영채를 굳게 지키고 있고 경솔하게 싸우러 나가지 말도록 했다.

사흘 후 우금이 군사를 이끌고 와서 싸움을 걸었으나 정보는 군사들을 눌러놓고 전혀 움직이지 않았다. 우금은 욕을 해대다가 날이 저물어서야 돌아갔다. 다음날도 또 와서 욕을 하면서 싸움을 걸었으나 정보는 주유가 알면 화를 내게 될까봐 염려되어 감히 알리지도 못했다. 3일 째엔 우금이 곧바로 영채 문밖까지 와서 큰소리로 욕을 해댔는데, 하는 말마다 자기가 주유를 사로잡겠다는 것이었다. 정보는 여러 사람들과 상의하여 일단 잠시 퇴군하여 돌아가서 오후를 만나본 후에 다시 결말을 내기로 했다.

〖 7 〗한편 주유는 비록 화살 맞은 상처가 아프기는 했으나 마음속으로 달리 생각하는 바가 있었다. 그는 이미 조조 군사가 늘 영채 앞에 와서 큰소리로 욕을 하고 있음을 알고 있었는데도 보고하러 오는 장수들을 볼 수 없었다.

하루는 조인이 직접 대군을 이끌고 북을 치고 고함을 지르며 앞으로 나와서 싸움을 걸었으나 정보는 싸우기를 거부하고 싸우러 나가지 않았다. 주유가 여러 장수들을 막사 안으로 불러들여 물었다: "저 북소리와 고함소리는 어디서 나는 것이냐?"

여러 장수들이 대답했다: "군중에서 군사들을 훈련시키고 있는 중입니다."

주유가 화를 내며 말했다: "왜 나를 속이느냐! 내 이미 조조 군사들이 늘 영채 앞에 와서 욕을 하고 있음을 알고 있다. 정덕모(程德謀: 정보)는 병권을 나와 같이 잡고 있으면서 왜 가만히 앉아서 보고만 있단 말인가?"

그리고는 곧바로 사람을 시켜서 정보를 막사 안으로 들어오도록 청하여 그 까닭을 물었다.

정보曰: "내가 보기에 공근(公瑾: 주유)의 상처가 위중한데, 의원도 말하기를 노엽게 해서는 안 된다고 하기에 조조 군사가 싸움을 걸어왔으나 감히 알려드리지 않았던 것이오."

주유曰: "공들이 싸우지 않으면, 그러면 어떻게 할 생각이오?"

정보曰: "여러 장수들은 다들 군사를 거두어 잠시 강동으로 돌아가서 공의 상처가 낫기를 기다렸다가 그때 가서 다시 대처하자고 합니다."

주유는 말을 듣고 나서 침상 위에서 벌떡 일어나 말했다: "대장부가 나라의 녹祿을 먹었으면 마땅히 전쟁터에서 죽어 말가죽에 그 시신이 둘둘 말려서 돌아갈 수 있다면 다행한 일이오! 어찌 나 한 사람을 위해서 나라의 대사를 폐할 수 있단 말이오?"(*그 말이 매우 장하다.)

말을 마치자 곧 갑옷을 입고 말에 올랐다. 전군의 여러 장수들로 깜짝 놀라지 않는 사람이 없었다. 주유는 곧바로 수백 기를 이끌고 영채 앞으로 나갔다. 멀리 바라보니 조조의 군사들은 이미 진을 쳐놓고 있었고, 조인은 직접 문기 아래에 말을 세우고 채찍을 들어 큰소리로 욕을 하고 있었다: "주유 이 어린자식은 틀림없이 뜻밖에도 일찍 죽었을 것이다. 네놈들은 다시는 감히 눈을 똑바로 뜨고 우리 군사들을 쳐다보지 못할 것이다!"

욕설이 채 끝나기도 전에 주유가 여러 기마병들 속에서 갑자기 튀어나가며 말했다: "조인 이 못난 놈아! 네가 주랑을 알아보겠느냐?"

조조의 군사들은 그를 보고 모두들 깜짝 놀랐다.

조인은 여러 장수들을 돌아보고 말했다: "큰소리로 욕을 하도록 하라!"

그러자 많은 군사들이 언성을 높여서 욕설을 퍼부어댔다.

주유는 크게 화를 내며 반장潘璋으로 하여금 나가서 싸우도록 했다. 미처 싸움이 어우러지기 전에 주유가 갑자기 크게 외마디 소리를 지르더니 입에서 피를 토하며 말에서 떨어졌다. 조조의 군사들이 쳐들어오자 여러 장수들이 앞으로 나가서 그들을 막으면서 한바탕 혼전을 벌이고 주유를 구하여 막사 안으로 돌아왔다.

정보가 물었다: "도독께선 몸이 어떠하시오?"

주유가 가만히 정보에게 말했다: "이는 나의 계책이오."

정보曰: "계책이라니, 장차 어떻게 하겠다는 것이오?"

주유曰: "제 몸은 본래 심히 아프지 않소이다. 내가 이렇게 한 까닭은 조조의 군사들에게 내 병이 위중함을 알리려는 것이오. 그리하면 저들은 틀림없이 우리를 얕보게 될 것이오. 이제 심복 군사로 하여금 거짓 항복을 하여 성 안으로 들어가서 내가 이미 죽었다고 말하도록 하시오. 그리하면 조인은 오늘 밤에 틀림없이 우리 영채를 습격하러 올 것이오. 그 후에 우리는 사면에 군사들을 매복시켜 놓고 저들의 습격에 대응한다면 조인을 단 한 차례의 싸움으로 사로잡을 수 있을 것이오."

정보曰: "이 계책, 참으로 교묘하오!"

정보는 즉시 막사 안으로 가서 곡을 하도록 했다. 많은 군사들은 크게 놀라서 모두들 도독께서 화살 맞은 상처가 크게 도져서 돌아가셨다고 말을 전했다.

각 영채에서는 모든 군사들이 다 상복을 입었다.

〖 8 〗 한편 조인은 성 안에서 여러 사람들과 상의했다: "주유는 노기의 충격으로 화살 맞은 상처가 터져서 입으로 피를 토하며 말에서 떨어졌으니 머지않아 틀림없이 죽을 것이다."

한창 상의하고 있을 때 갑자기 보고가 들어왔다: "동오의 영채에서 군사 십 수 명이 항복해 왔습니다. 그 중에서 2명은 본래 우리 편 군사였으나 포로로 사로잡혀 갔던 자들입니다."

조인은 급히 그들을 불러들여 동오의 사정을 물어보았다.

군사曰: "주유는 오늘 진陣 앞에서 화살 맞은 상처(金瘡)가 터졌는데 영채로 돌아오자마자 곧바로 죽었습니다. 지금 여러 장수들은 모두 상복을 입고 그의 죽음을 애도하고 있습니다. 저희들은 정보한테서 욕을 먹었기 때문에 특별히 항복해 오면서 이 일을 알려드리는 것입니다."

조인은 크게 기뻐하며 즉시 상의했다: "오늘 밤 곧바로 동오의 영채를 습격하여 주유의 시신을 빼앗아 그 목을 베어 허도로 보내도록 하자."

진교曰: "이 계책은 속히 행해야지 머뭇거리다가 일을 그르쳐서는 안 됩니다."

조인은 곧바로 우금을 선봉으로 삼고, 자신은 중군中軍이 되고, 조홍과 조순은 후군後軍으로 삼고, 진교만 남겨두어 소수의 군사들을 거느리고 성을 지키도록 하고, 나머지 군사들은 전부 출병하도록 했다. (*아래 글에서 공명이 진교를 사로잡게 되는 복필이다.)

초경(初更: 밤 7~9시 사이)이 지난 후에 성을 나가서 곧장 주유의 본채로 찾아갔다. 영채 문 앞에 이르러 보니 사람이라고는 하나도 보이지 않았고, 단지 보이는 것들이라고는 눈속임수로 꽂아 놓은 깃발과 창들뿐이었다. 조인은 적의 계교에 걸려든 줄 깨닫고 급히 퇴군명령을 내렸다. 그때 사방에서 포 소리가 일제히 울리면서 동편에서는 한당과 장흠이 쳐들어오고, 서편에서는 주태와 반장이 쳐들어오고, 남편에서는 서성과 정봉이 쳐들어오고, 북편에서는 진무陳武와 여몽이 쳐들어왔다.

조조의 군사들은 크게 패하여, 세 방면으로 쳐들어왔던 군사들은 모두 뿔뿔이 흩어져서 선두 부대와 후미 부대는 서로 구해줄 수 없었다.

조인은 10여 기마를 이끌고 겹겹의 포위망을 싸우며 뚫고 나가다가 마침 조홍을 만났다. 둘은 곧바로 패한 군사들을 거느리고 같이 달아났다. 오경(五更: 오전 3~5시 사이) 무렵에는 남군에서 멀지 않은 곳까지 갔는데, 그때 북소리가 한 번 울리더니 능통이 또 한 떼의 군사들을 이끌고 앞길을 가로막아서 한바탕 싸웠다. 조인은 군사를 이끌고 측면으로 빠져 달아났는데, 또 감녕을 만나서 한바탕 크게 싸웠다.

조인은 감히 남군으로 돌아가지 못하고 곧장 양양으로 가는 대로를 따라 갔다. 동오 군사들은 한동안 그를 쫓다가 그만 돌아갔다.

〖 9 〗 주유와 정보는 군사들을 거두어 곧장 남군南郡 성 아래로 가서

보니 깃발들이 성 위에 가득 꽂혀 있었다.

성의 망루 위에서 한 장수가 큰소리로 외쳤다: "도독께선 저희를 탓하지 마십시오! 저희는 군사軍師의 명을 받들어 벌써 이 성을 취했습니다. 저는 상산 조자룡입니다."

주유는 크게 화가 나서 곧바로 성을 공격하도록 했다. 성 위에서는 마구 화살을 쏘아댔다.

주유는 일단 군사들을 돌리도록 하여 상의했다: 감녕으로 하여금 군사 수천 명을 이끌고 곧장 가서 형주를 취하도록 하고, 능통으로 하여금 군사 수천 명을 이끌고 곧장 가서 양양을 취하도록 하고, 그런 후에 다시 남군을 취하더라도 늦지 않을 것이라고 했다.

한창 군사들을 나누어 보내고 있을 때 갑자기 정탐꾼이 급히 달려와서 보고했다: "제갈량이 남군을 얻고 나서 곧바로 그날 밤 사람을 시켜서 병부兵符를 가지고 형주로 가서 성을 지키던 군사들에게 남군을 구하러 오라고 거짓말을 해서 병력을 빼낸 후 장비로 하여금 형주를 기습하도록 했습니다."

또 한 정탐꾼이 달려와서 보고했다: "제갈량이 사람을 시켜서 병부를 가지고 양양성을 지키고 있는 하후돈에게 가서 조인이 구원을 청한다고 거짓말을 하여 하후돈의 군사들을 성 밖으로 유인해낸 다음, 운장으로 하여금 양양성을 기습해서 빼앗도록 했습니다. 유현덕은 두 곳의 성을 전혀 힘들이지 않고 모두 차지해 버렸습니다."

주유曰: "제갈량은 병부를 어떻게 얻었는가?"

정보曰: "그가 진교陳矯를 사로잡았으므로 병부는 자연히 전부 그의 손에 들어가게 되었을 것이오."

주유가 그 말을 듣고 크게 외마디 소리를 지르자 금창金瘡이 터져버렸다. (*전에는 죽었다는 거짓말로 조인을 속였으나, 이번에는 정말로 금창이 터졌다.) 이야말로:

몇 개 군의 성들은 본래 내 것 아니었지만 　　幾郡城池無我分
한바탕의 힘든 싸움, 누구 위해 하였던가. 　　一場辛苦爲誰忙
주유의 목숨이 어찌될지 모르겠거든 다음 회를 읽어보도록 하라.

제 51 회 모종강 서시평序始評

(1). 군자는 남군南郡에서의 싸움을 보면서 병가兵家의 승부는 알수 없음을 탄식한다. 조조는 적벽대전에서의 대패大敗 후에 조인에게 계책을 남김으로써 마침내 주유가 적벽에서의 대승大勝 후 남군에서 화살에 맞도록 하였다. 83만 명의 대군으로도 주유를 이기지못했으나 조인 한 사람이 그를 이길 수 있었으며, 강구江口와 오림烏林에서의 싸움에서는 패한 적이 없었으나 남군에서는 패하였으니, 이야말로 기이한 일이다. 더욱 기이한 것은, 앞의 일에서 보면황개가 화살을 맞은 것은 큰 승리 중의 작은 좌절이고, 주유가 화살을 맞은 것도 큰 승리 후의 작은 좌절이다. 뒤의 일에서 보면,주유에 대한 조조의 계책은 큰 좌절 후의 작은 승리이고, 조인이남군을 잃은 것은 작은 승리 후의 큰 좌절이다. 대저 일의 헤아리기 어려움은 이와 같으니, 용병을 하는 자가 어찌 패했다고 풀이죽을 것이며 이겼다고 교만할 수 있겠는가?

(2). 앞 회를 읽으면 손권과 유비의 결합을 보게 되고, 이번 회를읽으면 손권과 유비의 결렬을 보게 된다. 대개 환란을 같이 하고있을 때에는 서로 도와주지만, 이익을 같이 할 때에는 서로 다투게된다(同患則相恤, 同利則相爭). 무릇 인정人情이란 대체로 이러한것이다. 조조가 쳐내려올 때에는 그 기세가 동오를 삼킬 듯했으므로 적벽에서의 싸움은 동오가 유비를 위해서 싸운 것이 아니라 실

은 자신을 위해 싸웠을 뿐이다!

조조가 이미 깨지고 북군이 이미 돌아가고 나자 형주의 아홉 개 군을 유비도 그것을 원했고 손권 또한 그것을 원했으며, 공명은 현덕을 위해 그것을 취하려고 했고 주유와 노숙 또한 손권을 위해 그것을 취하려고 했다.

이리하여 조조를 깨뜨리고 나서 동오는 유비에게 생색을 내면서 자신들에게 고마워하기를 바라고 또 형주 땅을 그 보상으로 취하려고 함으로써 마침내 손권과 유비는 끝내 서로를 이해해줄 수 없게 되었으니, 참으로 개탄할 일이다.

(3). 형주의 땅을 공명이 동오에게 먼저 공격하도록 양보하자 현덕은 이를 걱정했으며, 주유가 현덕에게 나중에 취하도록 허락하자 노숙 또한 이를 걱정했다. 대개 현덕이 유표劉表로부터 빼앗으려고 하지 않고 유종劉琮으로부터 빼앗으려고 하지 않았던 것과, 노숙이 현덕을 죽이려 하지 않고 공명을 죽이려 하지 않았던 것은 같은 어진 사람의 마음(仁人之心)이다. 그러나 형주를 남에게 양보하려고 하지 않은 것은 다 어진 사람의 지혜(仁者之智)이다.

그러나 현덕은 공명에게 이미 결정해 둔 계산이 있는 줄 몰랐고, 노숙은 주유가 빈말뿐인 인정을 베풀려고 한 것인 줄 몰랐으니, 지혜에도 여전히 미치지 못하는 바가 있다.

이로부터 충후忠厚한 사람의 총명함을 볼 수 있으니, 지극히 총명한 사람은 곧 지극히 충후한 사람이며, 솔직하고 성실한 사람의 마음 씀은, 지극한 마음 씀이 곧 지극한 솔직함과 성실함인 것이다.

(4). 공명이 남군南郡을 습격한 것을 보면, 그것은 곧 여몽呂蒙이

형주荊州를 습격하게 되는 일의 원인이 되고 있지 않은가? 주유가 힘써 싸울 때 그가 수고하도록 내맡겨 두고 공명은 편안히 앉아서 그 이익을 누리고자 한다. 그러니 주유가 비록 화를 내지 않으려고 해도 어찌 화를 내지 않을 수 있겠는가? 동오가 비록 보복하지 않으려고 해도 어찌 보복하지 않을 수 있겠는가?

그러나 공명은 이미 그에 대해 말로써 양해를 받아 두었기 때문에, 공명은 조씨曹氏를 습격한 것이지 동오를 습격한 것이 아니며, 동오가 장차 취하려고 하는 것을 취한 것이지 동오가 이미 취한 것을 취한 것은 아니다. 그런즉, 비록 같은 습격이라고 해도 공명의 습격은 여몽의 습격과는 크게 다른 것이다.

(5). 주유는 남군南郡을 잃어버린 것에 대해 공명에게 화를 내서는 안 되고 스스로 자기 계책의 허술함을 원망해야 한다. 옛날 조趙 나라 사람 공벽空壁이 한신韓信을 추격하자, 한신은 먼저 사람을 시켜서 조 나라 성에 붉은 기치를 세워놓도록 했다.

지금 주유가 만약 조인曹仁이 영채를 습격해 왔을 때 먼저 일군一軍을 남군 근처에 매복시켜 놓았더라면 어찌 조자룡의 습격을 받을 수 있었겠는가? 처음에는 화살에 맞고서도 경솔하게 앞으로 나아갔고, 계속해서 땅을 잃었는데, 또한 후에는 늦게 군사를 보냈으니, 이것이 주유의 지혜의 한계이다. 아무래도 그는 한신에게는 미치지 못하는 것 같다.

제52회

제갈량, 슬기롭게 노숙의 청을 거절하고
조자룡, 계책을 써서 계양을 차지하다

〖1〗 한편 주유는 공명이 남군(南郡)을 습격한 것을 보았고, 또 공명이 형주와 양양을 습격했다는 것을 들었으니 어찌 화가 나지 않겠는가. (*정말로 화가 나서 죽을 지경이었다.) 그만 노한 기운(怒氣)이 화살 맞은 상처를 쳐서 그는 까무러졌다가 한참 지나서야 겨우 정신을 차렸다. 여러 장수들이 거듭거듭 화를 풀라고 권했다.

주유曰: "만약 제갈 촌놈 새끼를 죽이지 못한다면 어떻게 내 가슴속의 화가 풀리겠는가? 정덕모는 나의 남군 공략을 도와서 반드시 동오로 탈환해 오도록 하시오."

한창 이야기하고 있을 때 노숙이 왔다.

주유가 그에게 말했다: "나는 군사를 일으켜 유비, 제갈량과 자웅을 겨루어 다시 성을 빼앗아 오려고 하니, 자경은 나를 도와주기 바라오."

노숙曰: "안 됩니다. 지금은 바로 조조와 대치하고 있으면서 아직 승패를 못 가리고 있는 형편입니다. 그리고 주공께서는 현재 합비合淝도 쳐서 함락시키지 못하고 있습니다. (*전문에 대한 보필補筆이고 후문의 복필伏筆이다.) 그런데 만약 우리 편끼리 서로 삼키려고 다투다가 조조가 그 빈틈을 타서 쳐들어온다면 형세가 매우 위태로워질 것입니다. (*노숙의 생각은 어쨌든 유비와 손을 잡고 조조에 대항하려는 것이다.) 하물며 유현덕은 옛날 조조와 사이가 좋았던 적이 있으므로, 만일 너무 궁지로 몰리면 그는 성을 조조에게 바치고 조조와 함께 동오를 칠 수도 있는데, 그때는 어찌하겠습니까?"(*현덕이 의대조衣帶詔를 받은 이후로는 어떤 경우에도 조조와 다시 합칠 가능성은 없었다. 그러나 동오 측에서 추측하기로는 꼭 그렇게 하지 않을 것이라고 장담할 수 없었다.)

주유曰: "우리가 계책을 쓰고, 군사들을 잃고, 많은 물자와 군량(錢糧)을 써가면서 다 이뤄놓은 일에 저들이 빈 숟가락만 달랑 들고 덤벼들고 있으니 어찌 분통터질 일이 아니겠는가!"(*그렇더라도 동풍東風이 누구네 것이었는지 생각해 봐야 한다.)

노숙曰: "공근公瑾은 잠시 참으시오. 내가 직접 현덕을 만나보고 도리로 따져서 그를 설득해 보겠소. 만약 설득해도 통하지 않으면 그때 가서 군사를 움직이더라도 늦지 않을 것입니다."

여러 장수들이 말했다: "자경의 말대로 하는 게 좋겠습니다."

〖 2 〗 이리하여 노숙은 따르는 자들을 데리고 곧장 남군으로 가서 성 아래에 이르러 문을 열라고 외쳤다. 조운이 나와서 웬일이냐고 물었다.

노숙曰: "나는 유현덕을 뵙고 드릴 말씀이 있소이다."

조운이 대답했다: "우리 주공께서는 군사軍師와 함께 형주성에 계십

니다.”

노숙은 그리하여 남군 성에 들어가지 않고 곧장 형주로 달려갔다. 당도해 보니 기치들이 가지런히 벌여 있었고 군사들의 위용도 아주 대단했다. 노숙은 속으로 부러워하며 말했다: ‘공명은 정말로 보통 사람이 아니구나!’

군사들이 보고하러 성 안으로 들어가서, 노자경(魯子敬: 노숙)이 뵙고자 한다고 말했다. 공명은 성문을 활짝 열도록 하여 노숙을 관아로 맞아들였다. 인사를 하고 나서 손님과 주인으로 자리를 나누어 앉았다.

차를 다 마시고 나서 노숙이 말했다: “우리 주공 오후吳侯와 도독 공근公瑾께서 제게 우리의 뜻을 황숙께 재삼 잘 말씀드려 보라고 했습니다. 전번에 조조가 백만 대군을 이끌고 왔을 때, 비록 명목은 강남으로 내려가겠다는 것이었으나, 사실은 황숙을 치려고 했던 것입니다. 다행히 동오에서 조조의 군사를 물리쳐서 황숙을 구해 드릴 수 있었지요. 그러므로 형주의 아홉 개 군郡은 마땅히 동오 차지가 되어야 할 것입니다. 그런데 지금 황숙께서 속임수(詭計)를 써서 형주와 양양을 빼앗아 점거함으로써 강동은 공연히 물자와 군량, 그리고 군사들만 허비하고 황숙께서는 편안히 앉아서 그 이익을 차지하셨는데, 아무래도 이것은 도리상 옳지 못한 것 같습니다.”

공명曰: “자경께선 학문도 높고 사리에 밝으신 분이신데 어찌 그런 말씀을 하십니까? 속담에서도 ‘물건은 반드시 그 주인에게 돌아간다(物必歸主)’고 했습니다.

형주와 양양의 아홉 개 군은 본래 동오의 땅이 아니라 유경승劉景升의 기업基業입니다. 우리 주인은 본래 경승의 동생이신데, 경승께선 비록 세상을 떠났으나 그 자제가 아직 건재하고 계십니다. 그래서 숙부가 조카를 도와서 형주를 취한 것인데 뭐가 안 된다는 것입니까?”(*유표는 동오의 원수였다. 그런데도 공명이 잠시 유표를 핑계로 동오의 주장을 거부할 수 있는 것은 노숙이 전에 유표가 죽었을 때 조문을 왔기 때문이다.)

노숙日: "만약 공자 유기劉琦가 점거하고 계신 것이라면 그래도 양해할 수 있습니다. 그러나 지금 공자께선 강하江夏에 계시고 이곳에는 안 계시지 않습니까!"

공명日: "자경은 공자를 뵙고 싶습니까?"

그리고는 곧바로 곁에 있는 사람에게 명했다: "공자께 나와 보시라고 해라."(*조운이 남군에 가고 공자가 형주에 온 일들은 다 앞에서 말하지 않았다. 이는 생필법省筆法이다.)

말이 떨어지자 곧바로 종자從者 두 명이 병풍 뒤에서 유기를 부축하여 나오는 게 보였다.

유기가 노숙에게 말했다: "병든 몸인지라 인사를 제대로 차릴 수가 없습니다. 자경께선 탓하지 말아 주십시오."

노숙은 그만 깜짝 놀라서 입을 다물고 아무 말도 하지 못하다가 한참 있다가 말했다: "공자께서 만약 계시지 않을 때에는 어찌하시렵니까?"(*한번 딱 보고 그가 죽을 것으로 예상했다. 이렇게 말한 것은 그가 솔직한 사람이기 때문이다.)

공명日: "공자께서 하루 계시면 하루 동안 지킬 것이며, 만약 계시지 않으시면 그때 가서 따로 상의합시다."(*말이 매우 모호하다.)

노숙日: "만약 공자께서 계시지 않으시면 성을 우리 동오에게 돌려주셔야만 합니다."

공명日: "자경의 말씀이 맞습니다."

그리고는 연석宴席을 마련하여 그를 대접했다.

〖 3 〗 연석이 파하자 노숙은 하직인사를 하고 성을 나가 그날 밤으로 영채로 돌아가서 주유에게 앞의 일들을 자세히 이야기했다.

주유日: "유기는 아직 새파랗게 어린 청년인데 어찌 그가 곧바로 죽는단 말이오? 이 형주는 언제 돌려받을 수 있겠소?"

노숙曰: "도독께선 염려하지 마십시오. 그저 제게 맡겨주시면 반드시 형주와 양양을 동오로 되찾아 오겠습니다."(*이 구절을 읽으면 틀림없이 자경에게 묘책이 있다고 생각할 것이다.)

주유曰: "자경께선 어떤 고견高見이 있으시오?"

노숙曰: "제가 유기를 살펴보니, 그는 주색酒色에 빠져서 병이 고황膏肓에 들어 있었습니다. 현재 안색은 파리하고 수척하고, 숨을 가삐 몰아쉬며 식식거렸으며, 입으로는 피까지 토하는 형편인지라 앞으로 반년도 지나지 않아 그는 틀림없이 죽을 것입니다. 그때 가서 형주를 취한다면 유비도 틀림없이 핑계를 댈 수 없을 것입니다."(*노숙에게도 별다른 묘책은 없고 다만 유기가 죽기만을 바라는 것이니, 우습다.)

주유는 여전히 노여움이 풀리지 않았다. 그때 갑자기 손권이 보낸 사자가 당도했다. 주유는 그를 청해 들어오도록 했다.

사자曰: "주공께서는 합비를 포위하고 여러 차례 싸웠으나 이기지 못하셨습니다. 그래서 특별히 도독께 대군을 거두어 돌아와서 우선 합비로 군사를 보내어 싸움을 돕도록 하라고 하셨습니다."

주유는 어쩔 수 없이 시상柴桑으로 회군하여 병 조리를 하기로 하고, 정보로 하여금 전선과 군사들을 거느리고 합비로 가서 손권의 명령에 따르도록 했다.

〖 4 〗한편 유현덕은 형주, 남군, 양양을 얻고 나서 마음속으로 크게 기뻐하며 항구적인 대책을 상의했다. 그때 문득 한 사람이 대청大廳으로 올라와서 계책을 올렸는데, 보니 바로 이적伊籍이었다. (*이적에 관한 이야기는 제34회에 나왔음.)

현덕은 예전에 그가 베풀어준 은혜에 감사하여 십분 공경하면서, (*여기서 또 단계檀溪에서의 일을 꺼내고 있다.) 자리에 앉도록 하여 그 계책을 물었다.

이적曰: "형주에 대한 항구적인 계책을 알고자 하시면서 어찌하여 현사賢士를 찾아서 물어보려고 하시지 않습니까?"

현덕曰: "현사賢士가 어디 있습니까?"

이적曰: "형주와 양주의 마씨馬氏 형제 다섯은 다들 재주가 뛰어나기로 유명합니다. 그들 중에서 막내의 이름은 속謖, 자字를 유상幼常이라고 합니다. (*곁들여서 마속을 서술하여 후문에서 그가 촉蜀에 귀순해 오게 되는 복선을 깔아놓는다.) 그들 중에서 가장 똑똑한 사람은 미간眉間에 흰 털이 나 있는데 이름은 량良, 자를 계상季常이라고 합니다. (*이적은 전에 말(馬)에 대하여 간했는데, 여기서 또 마씨馬氏를 천거하고 있다.) 이 지방에서는 그들에 대해 말하기를, '마씨네 다섯 형제(五常)들 중에서 백미白眉가 가장 훌륭하다(馬氏五常, 白眉最良)'고들 합니다. 공께서는 어찌하여 이 사람을 불러와서 그와 함께 계책을 찾아보지 않으십니까?"

현덕은 곧바로 그를 청해 오라고 명했다. 마량馬良이 도착하자 현덕은 그를 정중한 예로 대접하고 형주와 양양을 보전하고 지킬 수 있는 계책을 물었다.

마량曰: "형주와 양주는 사면으로 적의 침공을 받는 땅인지라 오래도록 지킬 수 없을 것 같아 염려됩니다. 그러니 공자 유기로 하여금 이곳에서 병 조리를 하도록 하면서 옛날 유표 수하에 있던 사람들을 불러와서 이곳을 지키도록 하시고, 또 천자께 상주하여 유기 공자를 형주자사에 봉하도록 해서 이곳 민심을 안정시키십시오. (*공명은 공자 유기를 빌려서 동오의 요구를 거절하고, 마량 역시 공자를 빌려서 민심을 안정시키려고 한다. 전후가 서로 대응한다.) 그렇게 한 후에 남쪽으로 무릉(武陵: 호남성 상덕현常德縣 서쪽), 장사(長沙: 호남성 장사시長沙市), 계양(桂陽: 호남성 침주郴州), 영릉零陵의 네 개 군郡을 정벌하여 취하시고, 전쟁물자와 군량을 비축하여 이곳을 터전으로 삼으십시오. 이것이 바로 항구적인 계책입니다."(*다음 글에서 네 개 군을 취하게 되는 계기이다.)

현덕은 크게 기뻐하며 곧바로 물었다: "네 군郡 가운데 어느 곳부터 먼저 취해야 되겠습니까?"

마량曰: "상강湘江 서쪽의 영릉이 가장 가까우니 먼저 취하는 게 좋습니다. 그 다음으로는 무릉을 취하시고, 그런 후에 상강의 동쪽에 있는 계양을 취하시고, 장사는 맨 나중에 취하십시오."

현덕은 곧바로 마량을 종사從事로 임명하고 이적을 부종사副從事로 임명했다. 그리고는 공명을 청해 와서 함께 상의하여 유기를 양양으로 돌려보내서 운장을 대신하도록 하고, 운장은 형주로 돌아오도록 했다. 그리고는 곧바로 영릉을 취하러 군사들을 출병시켰는데, 장비를 선봉으로 삼고, 조운을 후군으로 삼고, 공명과 현덕은 중군이 되었다. 출병하는 전체 군사의 수는 1만 5천 명이었다. 운장을 남겨두어 형주를 지키도록 하고, 미축과 유봉은 강릉을 지키도록 했다.

〖 5 〗 한편 영릉태수 유도劉度는 현덕의 군사들이 오고 있다는 말을 듣고 그 아들 유현劉賢과 상의했다.

유현曰: "부친께선 염려하지 마십시오. 저들에게 비록 장비와 조운 같은 용장들이 있다고는 하지만, 우리 주州의 상장군上將軍 형도영邢道榮은 만인萬人을 대적할 힘이 있으므로 저들을 막아낼 수 있습니다."

유도는 곧바로 유현에게 형도영과 함께 군사 1만여 명을 이끌고 성에서 30리 떨어진 곳으로 가서 산과 물을 의지하여 영채를 세우도록 했다.

그때 정탐꾼이 들어와서 보고했다: "공명이 직접 한 떼의 군사들을 이끌고 왔습니다."

도영道榮은 즉시 군사를 이끌고 싸우러 나갔다. 양쪽 진영이 서로 마주보게 되자 도영이 말을 타고 나가면서 손에 개산대부(開山大斧: 산림을 개척할 때 사용하는 날이 넓고 둥그런 초승달 모양의 큰 도끼)를 들고 언성을 높여 외쳤다: "반역의 무리들이 어찌 감히 우리 지경을 침범한단 말인 가?"

그때 문득 보니 맞은편 진중에서 한 무더기의 황색 깃발(黃旗)들이 나오더니 깃발들이 좌우로 쫙 갈라지면서 그 사이로 사륜거四輪車 한 대를 밀고 나왔다. 수레에는 한 사람이 단정히 앉아 있었는데 머리에 는 푸른 비단 띠로 만든 두건(綸巾)을 쓰고 몸에는 학창(鶴氅: 원래는 새의 깃털(鳥羽)로 만든 겉옷이란 뜻이지만, 여기서는 유자儒者나 도사道士들이 입는 소 매가 넓은 도포道袍 또는 기타 모든 종류의 외투를 말한다.)을 입고 손에는 우선 (羽扇: 거위 깃이나 사슴 무리들 중에서 가장 큰 사슴(*이를 주塵라고 한다)의 꼬리 (尾)로 만든, 부채 비슷한 모양의 물건으로서 무장武將이 아닌 유자儒者가 군사를 지휘할 때 지휘봉 대신에 사용한다.)을 들고 있었다.

그가 우선羽扇을 흔들어 형도영을 부르며 말했다: "나는 남양의 제 갈공명이다. 조조가 백만 군사들을 이끌고 왔다가 내가 잠시 쓴 작은 계교에 그만 모든 군사들이 몰살을 당해서 한 사람도 살아 돌아가지 못했느니라. 그런데 너희들이 어찌 감히 나와 대적해 보겠다는 것이 냐? 내가 지금 온 것은 너희들에게 항복을 권하려는 것인데, 왜 빨리 항복하지 않느냐?"

도영은 큰소리로 웃으며 말했다: "적벽대전에서 조조의 군사들을 크게 무찌른 것은 주랑의 계책 때문인데 그게 너와 무슨 상관이 있다 고 감히 여기 와서 허튼소리를 한단 말이냐!"(*공명이 바람을 빌려온 것 에 대해서는 모르고 있다.)

그는 큰 도끼를 휘두르며 뜻밖에도 공명에게 달려들었다. 공명이 곧 바로 수레를 돌려 진중으로 달아나자 진의 문이 다시 닫혀버렸다. 도 영이 곧바로 진영으로 쳐들어오자 진영의 모든 군사들은 급히 양편으로 갈라져서 달아났다.

도영은 멀찍이 중앙에 한 무더기의 황색 깃발들이 있는 것을 바라보고는 저 속에 공명이 있겠다고 생각하고 황색 깃발들만 바라보고 뒤를 쫓아갔다. 막 산기슭을 에돌아 지나갈 때 황색 깃발들이 멈춰 서더니 갑자기 땅 가운데가 갈라지면서 사륜거는 보이지 않고 다만 창을 꼬나들고 말을 달려오는 한 장수만 보였다. 그는 큰소리로 호통을 치면서 곧장 도영에게 달려들었는데, 곧 장비였다.

도영은 큰 도끼를 휘두르며 가서 그를 맞아 싸웠으나 몇 합 싸우지 않아 힘이 떨어져서 말머리를 돌려 곧바로 달아났다. 장비가 그 뒤를 추격해 가고 있는데 함성이 크게 진동하면서 양편에서 복병들이 일제히 뛰쳐나왔다.

도영은 죽기로 싸우면서 뚫고 나갔는데 앞에서 대장 한 사람이 가는 길을 막고 큰소리로 외쳤다: "상산 조자룡을 알아보겠느냐?"

도영은 당해 내지 못할 줄 알고, 또 도망갈 곳도 없어서, 어쩔 수 없이 말에서 내려 항복하겠다고 했다. 자룡은 그를 묶어 가지고 영채로 돌아가서 현덕과 공명을 보았다.

현덕은 그의 목을 베라고 호통을 쳤다.

공명이 급히 말리면서 도영에게 말했다: "네가 만약 우리를 위해 유현劉賢을 잡아온다면 바로 네 항복을 허락해 주겠다."

도영이 즉시 잡으러 가겠다고 말했다.

공명曰: "너는 어떤 방법을 써서 그를 잡으려 하느냐?"

도영曰: "군사께서 만약 저를 돌아가도록 풀어주신다면 제가 그를 잘 설득해 보겠습니다. 오늘 밤 군사께서 군사들을 보내서 영채를 급습하신다면 제가 안에서 호응하여 유현을 사로잡아 군사께 바치겠습니다. 유현만 사로잡고 나면 유도劉度는 스스로 항복할 것입니다."

현덕은 그 말을 믿지 않았다.

공명曰: "형 장군이 허튼소리를 하는 것은 아닐 것입니다."

마침내 도영을 돌아가도록 풀어주었다. 도영은 풀려나서 영채로 돌아올 수 있게 되자 앞서 있었던 일들을 유현劉賢에게 사실대로 이야기했다.

유현曰: "이제 어떻게 해야겠는가?"

도영曰: "저들의 계책을 역이용합시다(將計就計). 오늘 밤 군사들을 영채 밖에 매복시켜 놓고 영채 안에다가는 속임수로 기치들만 세워놓은 다음, 공명이 영채를 습격하러 올 때를 기다렸다가 그때 그를 사로잡아 버리도록 합시다."

유현은 그 계책대로 하기로 했다.

〖 6 〗 그날 밤 이경(二更: 밤 9~11시 사이)에 과연 한 떼의 군사들이 영채 입구에 당도했는데, 군사들은 저마다 들고 온 풀단으로 일제히 불을 질렀다. 유현과 도영이 군사들을 거느리고 양편에서 쳐들어가자 불을 지르던 군사들은 곧바로 물러갔다.

유현과 도영의 군사들은 승리한 기세를 타고 추격해 갔는데, 십여 리를 추격해 가다 보니 군사들이 하나도 보이지 않았다. 유현과 도영은 깜짝 놀라서 급히 본채로 돌아와 보니, 불빛이 아직 꺼지지 않은 가운데 영채 안으로부터 한 장수가 뛰쳐나왔는데, 바로 장비였다.

유현은 도영을 소리쳐 불렀다: "영채로 들어가지 말고 되돌아가서 공명의 영채를 급습하도록 하자."

그리하여 다시 군사를 돌렸다.

10리도 못 갔을 때 조운이 한 떼의 군사들을 이끌고 측면에서 짓쳐 나와 창으로 도영을 찔러서 말 아래로 떨어뜨렸다. 유현은 급히 말머리를 돌려서 달아났으나 등 뒤에서 장비가 쫓아오더니 말 위에 있는 그의 뒷덜미를 붙잡아 자기 말로 옮겨서 꽁꽁 묶어 가지고 가서 공명에게 보였다.

유현은 사정했다: "형도영이 제게 이렇게 하라고 일러주어서 했을 뿐, 사실 제 본심이 아니었습니다."

공명은 그의 결박을 풀어주고 옷을 입혀 주도록 하고 또 놀란 가슴을 진정시키도록 술을 주라고 했다. 그리고 사람을 시켜서 그를 성 안으로 호송해 주어 자기 부친에게 투항을 설득하도록 하면서,(*형도영을 대한 것은 속임수였지만 유현을 대한 것은 진짜였다.) 만약 항복하지 않으면 성을 깨뜨리고 일족을 모조리 도륙할 것이라고 했다.

유현은 영릉으로 돌아가서 부친 유도劉度를 보고 공명이 보여준 은덕에 대해 자세히 이야기하며 부친에게 투항하도록 권했다. 유도는 그의 말에 따라서 곧바로 성 위에 항복의 깃발(降旗)을 세운 다음 성문을 활짝 열고 인수印綬를 받들고 성을 나가서 마침내 현덕의 영채로 가서 항복했다. 공명은 유도로 하여금 그대로 군수의 자리에 있도록 하고 그 아들 유현은 형주로 가서 군무에 종사하도록 했다. (*은연중에 아들을 인질로 잡았다.) 영릉군의 주민들은 모두 기뻐했다.

〖7〗 현덕은 성으로 들어가서 백성들을 위로하고 안심시킨 다음 모든 군사들에게 상을 주고 위로했다. 그리고는 여러 장수들에게 물었다: "영릉은 이미 취했지만, 계양군桂陽郡은 누가 감히 취하겠는가?"(*마량馬良의 말은 본래 영릉을 취한 후에는 무릉武陵을 취하라는 것이었으나 도리어 계양부터 먼저 취하려 한다.)

그 말이 떨어지자마자 조운이 말했다: "제가 가겠습니다."

장비도 분연히 나서며 말했다: "저 역시 가겠습니다!"

두 사람은 서로 가겠다고 다투었다.

공명曰: "이미 자룡이 먼저 대답했으니 자룡을 가도록 할 수밖에 없소."

장비가 승복하지 않고 꼭 자기가 가서 성을 취하겠다고 우겨댔다. 공명은 제비를 뽑아 뽑은 사람이 가도록 했다. 또 자룡이 뽑았다.

장비가 화를 내며 말했다: "나는 다른 사람의 도움을 받지 않고 나 혼자서 군사 3천 명만 거느리고 가서 틀림없이 성을 빼앗겠습니다."

조운曰: "저 역시 군사 3천 명만 거느리고 가겠습니다. 만약 성을 빼앗지 못하면 군령에 따른 처벌을 감수하겠습니다."

공명은 크게 기뻐하여 각서(軍令狀: 약속을 이행하지 못할 때에는 군법에 따른 처벌을 감수하겠다는 내용을 쓴 각서)을 제출하도록 한 다음, 3천 명의 정예병을 뽑아서 조운에게 주고 가도록 했다. 장비가 여전히 승복하지 않자 현덕이 그만 물러가라고 꾸짖었다.

〖 8 〗 조운은 3천 명의 군사들을 거느리고 곧장 계양으로 출발했다. 진즉에 정탐꾼이 이 사실을 계양 태수 조범趙範에게 보고했다. 조범은 급히 여러 사람들을 모아놓고 대책을 상의했다. 관군교위管軍校尉 진응陳應과 포룡鮑龍이 군사를 거느리고 싸우러 나가겠다고 했다. 원래 이 두 사람은 계양령(桂陽嶺: 호남성 임무현臨武縣 북쪽의 산 이름) 산골의 사냥꾼 출신으로 진응은 비차(飛叉: 쇠사슬 끝에 Y자 형의 강철을 꽂은 무기로 공중에 던져서 상대를 상하게 함) 사용에 능숙했고, 포룡은 일찍이 화살 하나로 호랑이 두 마리를 쏘아 죽인 적이 있었다.

두 사람은 스스로 자신들의 용맹과 힘(勇力)만 믿고 조범에게 말했다: "만약 유비가 온다면 우리 두 사람이 선봉이 되겠습니다."

조범曰: "내가 듣기로는, 유현덕은 대한大漢의 황숙皇叔이신데, 게다가 지모가 뛰어난 공명이 있고 또 극히 용맹한 관운장과 장익덕까지 있다고 한다. 이번에 군사를 거느리고 오는 조자룡은 당양의 장판파長坂坡에서 백만 명의 적군 속을 마치 무인지경처럼 드나들었다고 한다. 우리 계양에 있는 군사들이 도대체 얼마나 된다는 것이냐? 도저히 대적할 수 없으니 항복하는 수밖에 없다."

진응曰: "제가 나가서 싸우겠습니다. 만약 조운을 사로잡지 못하면 그때 가서 태수께서 항복을 하시더라도 늦지 않을 것입니다."

조범은 그의 뜻을 꺾을 수 없어서 허락할 수밖에 없었다.

〖 9 〗 진응이 3천 명의 군사들을 거느리고 적을 맞아 싸우러 성을 나가서 바라보니 이미 조운이 군사를 거느리고 와 있었다. 진응은 진세를 벌여 놓고 비차飛叉를 손에 잡고 말을 달려 나갔다.

조운도 창을 꼬나잡고 말을 달려 나가서 진응을 호되게 꾸짖었다: "우리 주인 유현덕께서는 유경승劉景升의 아우님으로 지금 공자 유기를 도와 함께 형주를 다스리시고 계시는데 특별히 백성들을 위무慰撫하러 왔다. 그런데 네가 어찌 감히 대적하려고 하느냐?"

진응도 꾸짖었다: "우리는 오로지 조 승상에게만 복종할 따름이다. 어찌 유비를 따르겠느냐!"

조운은 크게 화가 나서 창을 꼬나들고 말을 달려 곧장 진응에게 달려들었다. 진응이 비차를 비틀면서 맞이해 싸우러 나왔다. 두 말이 서로 어우러져 4,5합 싸우고 나자 진응은 도저히 당해 내지 못할 줄 알고는 말머리를 돌려서 곧바로 달아났다. 조운은 그 뒤를 추격했다.

진응이 고개를 돌려서 보니 조운의 말이 가까이 와 있어서 비차를 날려 던졌으나 조운이 그것을 잡아서 진응에게 도로 던졌다. 진응이 급히 몸을 틀어 피했으나 조운의 말이 벌써 달려와서 진응을 붙잡아 자기 말로 끌어와서는 땅에다 내동댕이치고 군사들에게 그를 꽁꽁 묶으라고 호령하여 영채로 돌아왔다. 패한 군사들은 뿔뿔이 흩어져서 달아났다.

조운은 영채로 들어가서 진응을 꾸짖었다: "네 따위가 어찌 감히 나를 대적하려고 하느냐! 내 지금 너를 죽이지 않고 풀어서 돌려보내 줄 테니 조범에게 가서 말을 전해라, 빨리 가서 투항하라고." (*공명이 형 도영을 풀어준 것과는 다르다.)

진응은 사죄하고 머리를 감싸 쥐고 쥐새끼가 달아나듯이 성 안으로 돌아가서 조범에게 그 일을 전부 다 말했다.

조범曰: "나는 본래 항복하려고 했었는데 네가 굳이 싸우겠다고 하는 바람에 이렇게 되고 말았구나."

그는 곧바로 진응을 꾸짖어 물리친 다음, 인수印綬를 받들어 가지고 10여 명의 기병들을 이끌고 성을 나가서 조운의 영채로 찾아가서 항복했다.

조운은 영채 밖까지 나가서 그를 맞이하여 손님을 대우하는 예로 그를 대하고 술을 내와서 함께 마시고 인수를 받았다.

술이 여러 순배 돌자 조범이 말했다: "장군의 성姓도 조씨도 조씨趙氏이고 저 역시 성이 조씨이니, 오백 년 전에는 다 한 집안이었습니다. (*근래에도 이런 식으로 족보 따지는 풍조가 성행하고 있다.) 장군도 진정眞定 사람이고 저 역시 진정 사람이니 또한 동향 사람들입니다. 만약 저를 버리지 않고 형제의 의를 맺어주신다면 실로 천만다행이겠습니다."

조운은 크게 기뻐하면서 각자 태어난 해와 달을 말했다. 조운과 조범은 동갑同甲인데 조운의 생일이 조범보다 넉 달이 빨랐으므로 조범은 곧 조운에게 절을 하고 형으로 모셨다. 두 사람은 동향에, 동갑 나이에, 또 성까지 같았으므로 서로 마음이 아주 잘 통했다. 밤이 늦어서야 술자리를 파하고 조범은 하직인사를 하고 성으로 돌아갔다.

〖 10 〗 다음날 조범은 조운에게 성 안으로 들어와서 백성들을 안심시키고 위무해 달라고 청했다. 조운은 군사들에게 움직이지 말고 있으라고 한 다음 기병 50기만 데리고 그를 따라 성 안으로 들어갔다. 성 안 주민들은 손에 향을 들고 길바닥에 엎드려 그를 맞이했다.

조운이 주민들을 다 안무安撫하고 나자 조범은 그를 관아로 청해 들여 주연을 베풀었다. 술이 얼큰하게 취하자 조범은 다시 조운을 후당 깊숙한 곳으로 안내해 들어가서 술상을 새로 차려내서 또 술을 권했다. 조운은 약간 취했다.

그때 조범이 갑자기 부인 하나를 나오라고 해서는 조운에게 술을 따르도록 했다. 자룡이 보니 그 부인은 몸에 소복을 입었으나 실로 한 성을 기울게 하고 한 나라를 기울게 할 정도로 뛰어난 천하 미인(傾城傾國之色)이었다. 그래서 조범에게 물어보았다: "이분은 누구신가?"

조범曰: "제 형수 번씨樊氏입니다."

자룡은 자세를 바르게 하고 그녀를 정중하게 대했다. 번씨가 잔을 따르고 나자 조범이 형수에게 자리에 앉으라고 했다. 조운이 그러지 말라고 사양하자 번씨는 인사를 하고 후당後堂으로 돌아갔다.

조운曰: "아우는 왜 번거롭게 형수씨에게 잔을 따르도록 했는가?"

조범이 웃으면서 말했다: "그렇게 한 데는 까닭이 있으니 형님께선 막지 마십시오. 돌아가신 가형家兄께서 세상을 떠나신 지 이미 3년이 지났는데 (*재혼해야 할 때가 되었다.) 형수님께서는 여전히 과부로 계십니다. 평생을 이대로 지내실 수는 없는 일인지라 이 아우는 늘 개가改嫁를 하시라고 권해 왔습니다. 그러자 형수님께서는 말씀하셨습니다: '만약 세 가지 조건을 전부 갖춘 사람이 나타나면 개가를 하겠습니다. 그 첫째는 문무文武를 겸비하여 천하에 그 이름이 나야 하고, 둘째는 용모가 당당하고 풍채(儀表)가 출중해야 하며, 셋째는 집의 형님과 동성同姓이어야 합니다.' 라고요. (*재혼하려는 부인이 도리어 이처럼 골라서 시집을 가려고 하다니, 웃긴다.)

그런데 형님, 천하에 이런 조건들을 다 갖춘 사람을 만난다는 게 얼마나 공교로운 일입니까? 그런데 지금 형님께서는 당당한 풍채(儀表)에, 그 이름은 사해에 떨치고, 또한 제 가형家兄과 동성이시니 바로 형수께서 말씀하시는 조건들과 꼭 맞아떨어집니다. 만약 형수의 얼굴이 못 생겼다고 싫어하시는 게 아니라면, 제가 혼수품을 갖추어 시집보내 주어 장군의 처로 삼도록 하여 (*바로 전에는 형님이라 부르더니 이때에는 갑자기 장군이라고 고쳐 부른다. 이는 바로 형이라고 불러서는 형수를 시집보 내는 데 장애가 될까봐 염려해서이다.) 장군과 대를 이어 친척관계를 맺고 싶은데, 장군의 의향은 어떠십니까?"

조운은 그 말을 듣고 발끈 화를 내면서 일어나 언성을 높여서 꾸짖 었다: "내 이미 너와 형제의 의를 맺었으니 네 형수는 곧 나의 형수이 다. 그런데 어찌 인륜을 어지럽히는 이런 일을 할 수 있단 말이냐?"

조범은 부끄러워서 얼굴이 온통 붉어지면서 대답했다: "나는 호의 로 대해 주었거늘 어찌 이처럼 무례하단 말인가!"

그리고는 좌우 사람들에게 눈짓을 했는데 조운을 해치려는 뜻이 있 었다. 조운은 진작에 눈치를 채고 한 주먹에 조범을 때려눕히고 곧장 관아의 대문을 나가 말에 올라 성을 나가버렸다.

〖 11 〗 조범은 급히 진응과 포룡을 불러서 상의했다.

진응曰: "저 사람이 화를 내며 떠나갔으니 그와 싸울 수밖에 없습니 다."

조범曰: "다만 그를 이기지 못할 것 같아 두렵네."

포룡曰: "우리 둘이 거짓 항복을 하여 그의 군중에 가 있겠습니다. 태수께서는 그런 다음에 군사를 이끌고 와서 싸움을 거십시오. 그러면 우리 두 사람이 싸우고 있을 때 그를 사로잡겠습니다."

진응曰: "약간의 군사들은 반드시 데리고 가야 합니다."

포룡曰: "기병 5백이면 충분합니다."

그날 밤 두 사람은 5백 명의 군사들을 이끌고 곧장 조운의 영채로 달려가서 투항했다. 조운은 이미 속으로 이것이 거짓 항복임을 알고 있었으나 곧바로 불러들이도록 했다.

두 장수가 막사 안에 이르러 말했다: "조범은 미인계美人計를 써서 장군을 속이고, 장군이 취하기를 기다렸다가 부축하여 후당으로 들어가서 살해한 다음 수급을 조 승상에게 갖다 바치려고 했습니다. 그는 이처럼 악독한 사람입니다. 저희 두 사람은 장군께서 화를 내고 나가시는 것을 보고 저희들에게도 틀림없이 누가 미칠 것 같아 겁이 나서 투항하기로 한 것입니다."

조운은 짐짓 기뻐하는 체하며 술을 내와서 두 사람에게 잔뜩 먹였다. 두 사람이 크게 취하자 조운은 그들을 결박해서 막사 안에 놓아둔 다음, 그 수하 사람들을 붙잡아 물어보았더니 과연 거짓 항복해 온 것이었다.

조운은 5백 명의 군사들을 불러서 각기 술과 밥을 주어 먹이고는 명령을 전했다: "나를 해치려고 한 사람은 진응과 포룡이다. 다른 여러 사람들과는 상관없는 일이다. 너희들은 내가 하라는 대로만 하면 모두에게 후한 상을 내릴 것이다."

모든 군사들은 고맙다고 인사했다. 조운은 거짓 항복해 온 두 장수 진응과 포룡을 즉시 참수한 다음, 5백 명의 군사들에게 길을 인도하도록 하고, 자신은 군사 1천 명을 이끌고 그들 뒤에서 그날 밤 계양성 아래로 가서 문을 열라고 외쳤다.

성 위에서 그들이 외치는 소리를 들어보니, 이렇게 말하는 것이었다: "진응, 포룡 두 장군께서 조운을 죽이고 회군해 왔는데 태수님께 상의할 일이 있다고 하십니다."

성 위에서 불을 들어 비춰 보니 과연 자기 편 군사들인지라 조범은 급히 성을 나갔다. 조운은 좌우에 호령하여 그를 사로잡도록 했다. 마침내 성으로 들어가서 백성들을 안무安撫한 다음 현덕에게 급보를 올렸다.

〖 12 〗 현덕은 공명과 함께 직접 계양으로 갔다. 조운이 맞이하여 성 안으로 들어가서 조범을 계단 아래로 끌어내 왔다. 공명이 어찌 된 것이냐고 물어보자, 조범은 자기 형수를 조운에게 시집보내려고 했던 일을 다 말했다.

공명은 듣고 나서 조운에게 말했다: "이 역시 아름다운 일인데 공은 왜 이렇게 하였소?"

조운曰: "조범은 이미 저와 형제의 의를 맺었는데, 지금 만약 그의 형수를 아내로 취한다면 남들이 욕하게 될 것이 그 첫 번째 이유이고, 그 부인이 재가再嫁를 하게 되면 정절貞節을 잃게 되는 것이 두 번째 이유이고, 조범은 갓 항복했으므로 그의 마음을 헤아리기 어려운 것이 세 번째 이유입니다. 주공께서는 최근에야 장강長江과 한수漢水 지역을 평정하시어 아직 잠자리조차 편치 못하신데, 제가 어찌 감히 부인 하나 때문에 주공의 대사를 그르칠 수 있겠습니까?"

현덕曰: "오늘 대사가 이미 정해졌으니 자네가 그녀에게 장가들도록 하면 어떻겠나?"

조운曰: "천하에 여자는 적지 않습니다. 다만 두려운 것은 명성을 이루지 못할까 하는 것일 뿐, 어찌 처자 없음을 근심하겠습니까?"(*솔직하고 대범한 장부로다!)

현덕曰: "자룡은 진짜 대장부로다!"

마침내 조범을 풀어주어 그대로 계양 태수로 있도록 하고 조운에게 는 후히 상을 내렸다.

장비가 큰소리로 외쳤다: "자룡만 공을 세우도록 해주고, 나만 쓸모 없는 사람 만드네! (*시기심에서 한 말이 아니라 자기 재능을 뽐내고 싶어서 손발이 근질근질해서 한 말이다.) 내게 군사 3천 명만 내어 준다면 가서 무릉군武陵郡을 빼앗고 태수 김선金旋을 사로잡아 와서 바치겠소이다!"

공명은 크게 기뻐하며 말했다: "익덕이 가겠다면 방해하지 않겠소. 다만 한 가지 조건이 있소." 이야말로:

군사軍師는 기이한 계책으로 승패 결정하고   軍師決勝多奇策

장사들은 서로 앞 다투어 전공 세우려 하네.   將士爭先立戰功

공명이 말한 그 한 가지 조건이란 게 무엇인지 모르겠거든 다음 회를 읽어보도록 하라.

제 52 회 모종강 서시평序始評

(1). 형주荊州는 대한大漢의 형주이지 유표劉表의 형주가 아니다. 유표의 형주가 아닌데 왜 하필 유표의 아들만이 가질 수 있다는 것인가? 만약 유표의 형주이므로 유표의 아들이 가질 수 있다고 한다면, 유표의 종친 아우인 현덕은 왜 가져서는 안 되는가?

그러나 만약 공명이 이 말로써 노숙의 청을 거절한다면 동오는 반드시 속히 우리를 공격해 올 것이다. 동오가 공격해 온다면 우리는 위험에 빠진다. 조조가 우리와 동오가 서로 공격하는 것을 보고 그 틈을 타서 우리를 치러 온다면 우리는 더욱 위험해진다. 그러므로 유기를 빌려서 동오의 공격을 늦추는 것만 못하다. 그것을 늦추려고 해도 저들이 늦추려 하지 않는다면 죽어가는 유기를 이용해서라도 잠시 늦추어야 한다. 이것이 계책을 씀에 있어서 공명의 현명함이고 노숙함이다.

(2). 삼국의 인재들은 기이하기 짝이 없고, 그들의 모습(形貌) 역시 기이한 자들이 많았다. 예컨대 유현덕은 귀가 컸고(大耳), 관공은 붉은 얼굴에 구레나룻이 길었으며(赤面長髥), 장비는 범의 수염에 고리눈을 가졌으며(虎鬚環眼), 손권은 푸른 눈에 수염이 자주색

이었으며(碧眼紫鬚), 조창曹彰은 수염이 노란 색이었다(黃鬚). 이들
은 모두 기이한 모습이었다. 그리고 또 마량馬良은 흰 눈썹(白眉)이
었는데, 지금도 사람들은 무리들 중에서 뛰어난 자를 '백미白眉'라
고 부른다.

그렇기는 하나, 얼굴 모습은 지엽말단에 속하는 것이다. 예컨대
순舜 임금은 눈동자가 두 개였고(重瞳), 항우 역시 눈동자가 두 개
였으며, 반란의 수괴 황소黃巢도 눈동자가 두 개였으나, 혹은 성인
으로 황제가 되기도 하고 혹은 농간을 부려서 패자霸者가 되기도
하고 혹은 사람 죽이기를 좋아하다가 망하기도 했다. 사람이 어질
고 어질지 못한(賢不賢) 것이 어찌 얼굴 모습이 기이하고 기이하지
않음에 있겠는가?

(3). 마량이 천자께 표문을 올려 유기를 형주목荊州牧으로 삼아서
백성들을 안심시키자고 청한 것에서 형주 사람들은 유표를 잊지
못하고 있음을 볼 수 있다. 그들이 조조를 따르게 된 것은 형세상
불가피해서일 따름이다.

만약 현덕이 유표가 유기를 부탁하고 죽을 때 곧바로 자신이 형
주를 취했다면 형주의 인심은 그에게 돌아오지 않았을 것이고, 인
심이 돌아오지 않는다면 조조가 추격해 왔을 때 틀림없이 내부에
서 변이 일어날 것이다. 그러므로 현덕이 형주 취하기를 천천히 한
것은 실산失算한 것이 아니었음을 알 수 있다.

혹자는 말한다: 형주 사람들이 만약 유표를 잊지 못했다면, 익주
益州 사람들은 어찌 유장劉璋을 그리워하지 않았겠는가? 현덕은 유
표를 사후에도 배반하지 않았는데 왜 유독 유장의 땅만은 생전에
빼앗았는가?

나는 말한다: 형주는 동오가 반드시 차지하려고 다투는 땅이므

로 잠시 유기를 빌려서 동오의 청을 거절해야 했지만, 익주益州는 장로張魯가 꼭 차지하려고 다투는 땅이 아니므로 유장을 존속시켜 장로의 청을 거절할 필요가 없었다. 조조는 현무지玄武池에서 수군을 조련할 당시 잠시도 형주를 잊은 적이 없었다. 외환外患이 이미 코앞에 닥쳤는데 어떻게 졸지에 형주의 인심을 안정시켜서 내우內憂를 없앨 수 있겠는가?

조조가 장로를 깨뜨리고 난 후에는 형세상 익주를 넘겨다볼 여지가 없어진다. 외환은 아직 먼 훗날 일이므로 익주의 인심을 천천히 위무하여 그 내부의 변란 발생을 막을 수 있다. 이치가 이러하므로 형주의 일은 익주의 일과 같은 방식으로 처리할 수가 없었던 것이다.

제53회

관운장, 의기로 황충을 풀어주고
손권, 합비에서 장료와 대판 싸우다

〖1〗 한편 공명은 장비에게 말했다: "전번에 자룡이 계양군桂陽郡을 취할 때에는 각서(軍令狀)를 써내고 갔었소. 오늘 익덕도 만약 무릉武陵을 취하러 가겠다면 반드시 각서를 써내야만 비로소 군사를 거느리고 갈 수 있소."

장비는 곧바로 각서를 써낸 다음 흔쾌히 군사 3천 명을 거느리고 그날 밤 무릉 땅을 향해 달려갔다.

한편 무릉태수 김선金旋은 장비가 군사를 이끌고 왔다는 말을 듣고는 장교들을 모으고 정예병과 병장기들을 정리점검 해 가지고 성을 나가서 적을 맞아 싸우려고 했다.

종사從事 공지鞏志가 간했다: "유현덕은 대한大漢의 황숙皇叔으로서 그의 인품이 어질고 의롭다는 소문이 천하에 퍼져 있습니다. 게다가 장비는 날래고 용맹함이 비상하므로 맞아 싸울 수가 없습니다. 항복하는 게 상책입니다."

김선은 크게 화를 내며 말했다: "너는 적과 내통하여 안에서 변란을 일으키려고 하느냐?"

김선은 무사에게 그를 끌어내서 목을 베라고 호령했다. 여러 관원들이 모두 나서서 사정했다: "먼저 집안 사람부터 베는 것은 군사들의 사기에 이롭지 못합니다."

김선은 이에 공지에게 물러가라고 호통을 친 다음 자신이 직접 군사들을 거느리고 나갔다. 성 밖 20리 떨어진 곳에서 바로 장비와 마주쳤다. 장비가 창을 꼬나들고 말을 세우고 큰소리로 김선을 꾸짖었다. 김선은 몸을 돌려 부장들을 보고 물었다: "누가 감히 나가서 싸우겠느냐?"

모두들 겁이 나서 감히 앞으로 나가려는 자가 아무도 없었다. (*이러한 장사들을 데리고 적을 맞아 싸우려고 하다니, 자신의 역량 모름을 볼 수 있다.) 김선은 자신이 직접 말을 달려 칼을 휘두르며 나가서 장비를 맞았다. 그러나 장비가 큰소리로 한번 호통을 치자, 그 소리가 흡사 천둥소리 같았는지라, 김선은 그만 대경실색하여 감히 칼을 부딪쳐 싸워보지도 못하고 말머리를 돌려서 달아났다.

장비가 군사들을 이끌고 그 뒤를 따라서 쳐들어갔다. 김선이 달아나서 성 가에 이르렀을 때 성 위에서 화살을 마구 아래로 쏘아댔다.

김선이 놀라서 올려다보니 공지鞏志가 성 위에 서서 말했다: "네가 천시天時에 따르지 않고 스스로 패망의 길을 취하기에 나는 백성들과 함께 유현덕에게 항복하기로 했다."

말이 채 끝내기도 전에 화살 하나가 김선의 얼굴을 쏘아 맞혀서 말아래로 떨어졌다. (*장차 황충의 활 솜씨를 묘사하기 위해 먼저 공지가 활쏘는 것을 묘사하는데, 그 이끌어내는 것이 자연스럽다.) 군사가 그의 머리를 베어다가 장비에게 바치고, 공지는 성에서 나가 항복했다. 장비는 공지에게 인수를 가지고 계양으로 가서 현덕을 만나보도록 했다. 현덕은 크게 기뻐하며 공지로 하여금 김선의 직책을 대신하도록 했다.

〖 2 〗 현덕이 친히 무릉에 이르러 백성들을 안심시키고 나서 운장에게, 익덕과 자룡이 각기 군郡 하나씩을 얻었음을 알려주는 글을 보냈다. (*이는 분명히 운장을 분발시키려는 것이었다.)

운장이 답장을 보내서 청했다: "제가 듣기로는, 아직 장사長沙는 취하지 못했다고 하니, 만일 형님께서 이 아우를 재주 없는 자라고 여기시지 않는다면 제게 이 공을 세우도록 해주시면 좋겠습니다."

현덕은 크게 기뻐하며 곧바로 장비로 하여금 그날 밤으로 달려가서 운장 대신에 형주를 지키도록 하고, 운장에게는 이리로 와서 장사를 취하러 가도록 했다.

운장이 도착하여 들어가서 현덕과 공명을 만났다.

공명曰: "자룡은 계양을 취했고 익덕은 무릉을 취했는데, 둘 다 군사 3천 명만 데리고 갔었소. 지금의 장사 태수 한현韓玄이야 말할 거리도 못 되지만, 다만 그에게 대장 한 사람이 있는데 남양南陽 사람으로 성은 황黃, 이름은 충忠, 자를 한승漢升이라고 하는 자로서 원래는 유표 휘하의 중랑장中郞將으로 있으면서 유표의 조카 유반劉磐과 함께 장사를 지켰었는데, 후에 한현을 섬기게 되었소.

그는 비록 지금 나이가 육순六旬이 가깝지만 만 명의 사내들이 동시에 덤벼들어도 당해내지 못할 만큼의 용맹함(萬夫不當之勇)이 있으므로 얕잡아 봐서는 안 될 상대요. 운장이 가겠다면 반드시 많은 군사들을 데리고 가야 할 것이오."

운장曰: "군사께서는 무슨 까닭으로 적의 사기(銳氣)는 과대평가하면서 아군의 위풍威風은 꺾으려고 하십니까? 그까짓 일개 늙은 졸병이야 말할 거리가 뭐 있습니까? 저는 군사 3천 명도 필요 없고 단지 본래 제 수하에 있는 5백 명의 교도수校刀手들만으로 반드시 황충과 한현의 머리를 베어다가 휘하에 바치겠습니다."

현덕이 극력 말렸으나 운장은 듣지 않고 단지 교도수 5백 명만 거느리고 갔다.

공명이 현덕에게 말했다: "운장은 황충을 얕잡아 보는데, 혹시 잘못되는 일이 있을까봐 두렵습니다. 주공께서 가셔서 지원해 주셔야 하겠습니다."

현덕은 그 말을 좇아서 운장의 뒤를 따라 군사를 이끌고 장사로 출발했다.

〔 3 〕한편 장사태수 한현韓玄은 평소 성미가 급해서 사람 죽이기를 대수롭지 않게 여기므로 모두들 그를 미워했다. 이때 운장의 군사들이 당도했다는 말을 듣고 곧바로 노장老將 황충黃忠을 불러서 상의했다.

황충曰: "주공께선 염려하실 필요 없습니다. 제게 이 칼이 있고 이 활만 있으면 천 명이 오면 천 명의 죽음이 있을 따름입니다." (*칼 솜씨와 활 솜씨를 자랑하는데, 뒤에서 관공을 쏘아 맞히게 되는 복선이다.)

원래 황충은 시위를 당기는 데 쌀 2섬 무게(약 240근)를 드는 힘이 필요한 강한 활을 당겨서 백발백중百發百中시키는 능력이 있었다.

그의 말이 채 끝나기도 전에 계단 아래에서 한 사람이 나서며 말했다: "노장군께선 나가 싸우실 필요 없습니다. 제 손으로 반드시 관모關某를 사로잡겠습니다."

한현이 보니 관군교위管軍校尉 양령楊齡이었다. 한현은 크게 기뻐하며 곧바로 그에게 군사 1천 명을 이끌고 나는 듯이 달려서 성을 나가도록 했다. 양령이 약 50리쯤 가서 바라보니 먼지가 자욱하게 일어나는 곳에 운장의 군사들이 벌써 당도해 있었다. 양령은 창을 꼬나들고 말을 달려 나가서 진 앞에 서서 욕을 퍼부어 싸움을 걸었다.

운장은 크게 화가 나서 아무 대꾸도 하지 않고 칼을 휘두르며 말을 달려가서 곧장 양령에게 달려들었다. 양령도 창을 꼬나들고 나와서 맞이해 싸웠으나 3합도 싸우지 않아 운장이 내려치는 칼을 맞고 그대로 몸이 두 동강 나면서 말 아래로 떨어졌다. (*먼저 양령의 죽음을 묘사함으로써 황충의 용맹함을 돋보이도록(反襯) 하고 있다.) 운장은 패하여 달아나는 군사들을 추격하면서 곧바로 성 아래까지 갔다.

한현은 이 소식을 듣고 크게 놀라서 곧바로 황충에게 나가서 싸우라고 지시하고 자신은 성 위로 올라가서 싸우는 모습을 구경했다. 황충은 칼을 들고 말을 달려 5백 기의 기병들을 이끌고 나는 듯이 조교(弔橋)를 건너갔다.

운장은 늙은 장수 하나가 말을 달려 나오는 것을 보고 그가 황충인 줄 알고 5백 명의 교도수들을 한 일(一) 자로 벌려 놓고 칼을 비껴 잡고 말을 세우고 물었다: "오고 있는 장수는 혹시 황충이 아닌가?"

황충日: "이미 내 이름을 알고 있으면서 어찌 감히 우리 경계를 침범한단 말인가!"

운장日: "특별히 네 수급을 가지러 왔다!"

말을 마치자 두 필 말은 서로 엇갈려 달리며 칼을 휘둘렀다. 1백여 합을 싸웠으나 승부가 나지 않았다. 한현은 황충이 실수라도 하게 될까봐 두려워서 징을 쳐서 군사를 거두었다.

황충이 군사를 거두어 성으로 들어갔고, 운장도 군사를 후퇴시켜 성에서 10리 떨어진 곳에다 영채를 세웠다. 그리고 속으로 생각했다: "노장 황충의 명성이 과연 듣던 바와 같구나. 1백 합을 싸우는 동안 전혀 허점이 보이지 않았다. 내일은 반드시 타도계(拖刀計: 칼을 끌면서 패주하는 것처럼 하여 적이 가까이 오기를 기다렸다가 갑자기 돌아서서 적을 치는 전술)를 써서 뒤에서 찍어 이겨야겠다."

〖 4 〗 다음날 이른 아침 식사를 하고 운장은 또 성 아래로 가서 싸움을 걸었다. 한현은 성 위에 앉아서 황충에게 말을 달려 나가 싸우라고 지시했다.

황충은 수백 기의 기병들을 이끌고 조교를 짓쳐 건너가서 다시 운장과 어울려 싸웠다. 또 오륙십 합을 싸웠으나 승부가 나지 않았다. 양편의 군사들이 일제히 큰소리로 응원을 했다. 북소리가 한창 급하게 울릴 때, 운장이 말머리를 돌려서 달아나자 황충은 그 뒤를 쫓아갔다. 운장이 막 타도계拖刀計를 써서 칼로 찍으려고 할 때 홀연히 뒤 꼭지쪽에서 쿵! 하는 소리가 들려와서 급히 머리를 돌려서 보니 황충이 탄 말이 앞으로 고꾸라지는 바람에 그가 땅에 나뒹굴어져 버렸다.

운장은 급히 말을 돌려서 두 손으로 칼을 번쩍 들고 큰소리로 호통쳤다: "내 일단 네 목숨을 살려줄 것이다! 빨리 말을 갈아타고 와서 다시 싸우자!"

황충은 급히 말굽을 잡아 올려 말을 일으켜 세운 다음 몸을 날려 말에 올라 성 안으로 달려서 들어갔다.

한현이 놀라서 왜 그리 되었는지 물어보았다.

황충曰: "이 말은 오랫동안 싸움터에 나가지 않았기에 이런 실수가 있었습니다."

한현曰: "자네 활솜씨는 백발백중인데 왜 활을 쏘지 않았는가?"

황충曰: "내일 다시 싸울 때 반드시 거짓 패하여 그를 조교 가로 유인해 와서 쏘겠습니다."

한현은 자기가 타는 청마(靑馬: 푸른빛이 도는 검은 말. 검푸른 말) 한 필을 황충에게 주었다. 황충은 사례하고 물러나와 속으로 곰곰이 생각했다: "운장에게 이런 의기가 있다니! 이는 좀처럼 보기 드문 일이다. 그가 차마 나를 죽이지 못했는데 난들 어찌 차마 그를 쏘겠는가? 그러나 만약 쏘지 않는다면 이 또한 장수의 명령을 어기는 것이 되니 두렵구나."

이날 밤 그는 망설이면서 마음을 정하지 못했다.

〚 5 〛 다음날 날이 밝자 사람들이 운장이 싸움을 걸어왔다고 알려왔
다. 황충은 군사를 거느리고 성을 나갔다. 운장은 이틀 동안 황충과
싸웠으나 이기지 못하자 몹시 초조해져서 위세를 떨치면서 황충과 어
울려 싸웠다. 30여 합이 못되어 황충이 거짓 패하여 달아나자 운장은
그 뒤를 쫓아갔다.

황충은 운장이 어제 자기를 죽이지 않은 은혜를 생각해서 차마 곧바
로 쏘지 못하고 손에 칼을 잡은 채 빈 활을 건성으로 당겨서 시위 소리
를 울렸다. 운장은 급히 몸을 피했는데 화살이 보이지 않았다. 운장이
또 쫓아가자 황충은 또 빈 활을 당겼고, 운장은 급히 몸을 피했는데
또 화살이 없었다. 그제야 운장은 단지 황충이 활을 쏠 줄 모른다고만
생각하고는 마음 놓고 그 뒤를 쫓아갔다.

조교 가까이 이르렀을 때, 황충이 다리 위에서 활에다 살을 메겨서
쏘자 시위 소리가 울리며 화살이 날아와서 바로 운장의 투구 끈을 맞
혔다. 이를 보고 전면에 있던 군사들은 일제히 함성을 질렀다.

운장은 깜짝 놀라서 투구 끈에 화살을 매단 채 영채로 돌아와서야
비로소 황충이 1백 보 밖에서 버들잎을 명중시키는 솜씨(百步穿楊之
能)를 가졌으면서도 오늘 투구 끈만 맞힌 것은 바로 어제 자기를 죽이
지 않은 은혜를 갚은 것임을 깨달았다. 운장은 군사를 거느리고 물러
갔다.

〚 6 〛 황충은 돌아가서 성 위로 올라가 한현을 보았다. 한현은 곧바
로 좌우 사람들에게 그를 붙잡아 끌어내리라고 호통을 쳤다.

황충이 외쳤다: "저는 죄가 없습니다!"

한현이 크게 화를 내며 말했다: "내가 사흘 동안 지켜보았는데, 네가 감히 나를 속이다니! 너는 그저께는 힘껏 싸우지 않았다. 이는 필시 네가 사심私心을 품고 있음이다. 어제는 말이 쓰러졌는데도 그가 너를 죽이지 않았다. 이는 필시 서로 내통하고 있음이다. 오늘은 두 번이나 활시위를 건성으로 당겼고 세 번째 화살은 도리어 그의 투구 끈만 맞히는 데 그쳤다. 이런데도 어찌 안팎으로 내통하지 않았다는 것이냐! 너를 죽이지 않았다가는 틀림없이 후환이 될 것이다!"

그는 도부수에게 그를 성문 밖으로 끌어내서 목을 베라고 호령했다. 여러 장수들이 사정하려고 하자 한현이 말했다: "황충을 용서해 주자고 말하는 자가 있으면 그도 같은 죄로 처벌할 것이다."

도부수가 황충을 끌고 문밖으로 나가서 막 칼을 들려고 하는 순간, 갑자기 한 장수가 칼을 휘두르며 쳐들어와서 도부수를 찍어 죽이고 황충을 붙들어 일으키고는 큰소리로 외쳤다: "장사長沙는 황한승(黃漢升: 황충)이 있음으로써 유지되고 지켜지는데 지금 한승을 죽이려는 것은 곧 장사의 백성들을 죽이려는 것이다. 한현은 사람이 잔인하고 포학하고 인정이란 하나도 없는데다 유능한 인사들을 홀대하니 모두들 들고 일어나서 함께 죽여 버려야 한다! 나를 따르고자 하는 사람들은 즉시 이리로 오라!"

모두들 그 사람을 보니 얼굴은 검붉은 대추처럼 검붉었고, 눈은 밝게 빛나는 별 같았다. 그는 곧 의양義陽 사람 위연魏延이었다. (*앞의 41회에서 이미 이에 대한 복선을 깔아 놓았다.) 위연은 양양襄陽에서부터 유현덕을 쫓아가려고 했으나 따라잡지 못하여 한현을 찾아와서 몸을 의탁하고 있었던 것이다. 한현은 그가 오만하고 무례한 것을 탓하면서 중용重用하려고 하지 않았으므로 이곳에서 불우하게 지내오고 있었다.

이날 위연이 황충을 구해 낸 다음 백성들에게 다 함께 한현을 죽이자고 팔을 걷어붙이고 외치자, 그를 따라나서는 자들이 수백여 명이나 되었다. 황충은 그들을 말릴 수가 없었다.

위연은 곧바로 성 위로 달려 올라가서 한 칼에 한현을 베어 두 동강 낸 다음 그 머리를 들고 말에 올라 백성들을 이끌고 성을 나가 운장을 찾아가서 절을 했다.

운장은 크게 기뻐하며 마침내 성에 들어가서 백성들을 안무安撫한 다음 황충에게 만나보기를 청했다. 그러나 황충은 병을 핑계대고 나오지 않았다. 운장은 즉시 사람을 보내서 현덕과 공명을 청해 왔다.

〖 7 〗 한편 현덕은 운장이 장사를 취하러 간 후 공명과 함께 그를 지원하기 위해 군사들을 재촉하여 뒤따라갔다. 한창 가고 있을 때 청색 깃발(靑旗)이 아래에서부터 거꾸로 휘말리고 까마귀 한 마리가 북쪽에서 남쪽으로 날아가면서 연달아 세 번 까악, 까악, 까악 하고 울면서 갔다. (*조조의 경우 까마귀가 남쪽으로 날아간 것은 길조가 아니었으나, 이때의 까마귀는 도리어 길조이다.)

현덕曰: "이것은 길조인가 흉조인가?"

공명이 말 위에서 소매 속에 손을 넣고 손가락을 짚어가며 소매점을 쳐보고(袖占一課) 나서 말했다: "장사군은 이미 얻었고, 또 대장을 얻을 조짐입니다. 오시(午時: 오전 11시에서 오후 1시 사이) 후에 반드시 진상이 드러날 것입니다."

잠시 후 하급 군사 하나가 급보를 전해 왔다: "관 장군께선 이미 장사군과 항복해온 장수 황충과 위연을 얻으시고 오로지 주공께서 그리로 오시기만을 기다리고 계십니다."

현덕은 크게 기뻐하며 곧바로 장사로 들어갔다. 운장이 현덕을 맞이하여 대청 위로 올라가서 황충의 일을 자세히 이야기했다. 현덕이 이에 직접 황충의 집으로 찾아가서 만나보기를 청하자 황충은 그제야 나와서 항복하면서 한현의 시신을 장사 동편에 장사지내 주기를 청했다.

후세 사람이 황충을 칭찬해서 지은 시가 있으니:

장군의 기개 하늘에 닿았건만	將軍氣槪與天參
백발이 되도록 한남漢南에서 고생했네.	白髮猶然困漢南
죽음도 달게 여기며 원망할 줄 몰랐으나	至死甘心無怨望
항복할 때는 고개 숙이고 부끄러워했네.	臨降低首尙懷慙
보검은 서릿발처럼 그의 용맹 떨쳐 보이고	寶刀燦雪彰神勇
전마는 바람 맞으며 격전의 순간 회상하네.	鐵騎臨風憶戰酣
천고에 그의 높은 이름 사라지지 않아	千古高名應不泯
밝은 달 따라 길이 상담湘潭을 비추네.	長隨孤月照湘潭

〖 8 〗 현덕은 황충을 매우 후하게 대우해 주었다. 운장이 위연을 데리고 들어와서 보이자, 공명은 도부수에게 그를 끌어내서 목을 베라고 호령했다.

현덕이 놀라서 공명에게 물었다: "위연은 공로는 있어도 죄는 없는 사람인데, 군사께선 어찌하여 그를 죽이려 하십니까?"

공명曰: "그 주인의 녹을 먹고도 그 주인을 죽였으니 이는 불충不忠입니다. 그의 땅에 살면서 그의 땅을 남에게 바치는 것은 불의不義입니다. 제가 살펴보니 위연의 뒤통수에 반골反骨이 있어서 오랜 후에는 반드시 모반할 자입니다. 그래서 먼저 그를 참하여 화근을 끊어버리려는 것입니다."(*선생은 점을 잘 쳤을 뿐 아니라 관상도 잘 보았다. 제100회의 후일에 대한 복선이다.)

현덕曰: "만약에 이 사람을 참하게 되면 항복하려는 자들은 모두 자신의 목숨도 위태로울 것이라고 생각하게 될까봐 두렵습니다. 군사께서는 부디 그를 용서해 주십시오."

공명은 손으로 위연을 가리키며 말했다: "내 이번에는 네 목숨을 살려 주겠다. 너는 충성을 다해 주공께 보답하고 딴마음은 절대 품지 말

라. 만약 딴마음을 품는다면 내가 어떻게 해서든 네 수급을 취하고 말 것이다."

위연은 연달아 예! 예! 하고 물러갔다. (*공지鞏志도 김선金旋을 죽였으나 공명은 그의 죄를 묻지 않았는데 유독 위연에게만 죄를 물었던 것은 위연이 반드시 배반할 줄 알았기 때문에 이 기회를 이용하여 위연을 죽이려고 했던 것이다.)

황충이 유표의 조카 유반劉磐을 천거했는데, 그는 이때 유현攸縣에서 한가하게 지내고 있었다. 현덕은 그를 불러와서 장사군을 맡아 다스리도록 했다.

4개 군郡이 모두 평정되자 현덕은 형주로 회군해 와서 유강구(油江口: 호북성 공안현公安縣 동북)라는 지명을 공안公安으로 바꾸었다. 이후부터 군사 물자와 군량들이 넉넉히 쌓여갔고 유능한 인사(賢士)들도 그에게 귀의해 왔다. 현덕은 군사들을 사방으로 나누어 여러 요충지에 주둔시켜 놓았다.

〖 9 〗한편 주유는 시상柴桑으로 돌아와서 병을 조리하면서 감녕에게는 파릉군巴陵郡을 지키도록 하고, 능통에게는 한양군漢陽郡을 지키도록 했다. 그리고 두 곳에 전선들을 나눠 놓고 출전 명령을 기다리도록 했다. 정보는 그 나머지 장병들을 이끌고 합비현으로 갔다.

원래 손권은 적벽대전 이후로 오랫동안 합비에서 조조의 군사와 대소 10여 차례나 싸웠으나 승부를 결정짓지 못하고 있었다. 그래서 감히 성 가까이 가서 영채를 세우지 못하고 성에서 50리 떨어진 곳에다 군사를 주둔시켜 놓고 있었다. 그때 정보의 군사가 온다는 말을 듣고 손권은 크게 기뻐하며 자기가 직접 군사들을 위로해 주려고 영채를 나갔다.

그때 노자경이 먼저 이르렀다고 알려 와서 손권은 말에서 내려 서서 기다렸다. 노숙은 당황하여 급히 말에서 뛰어내려 인사를 했다. 여러 장수들은 손권이 노숙을 이처럼 대우해주는 것을 보고 다들 크게 놀랐다.

손권은 노숙에게 말에 오르라고 청하여 말고삐를 나란히 하여 가면서 넌지시 말했다: "내가 말에서 내려 맞이해 주는 것이 공에게는 영광스런 일이 아니오?"

노숙曰: "아닙니다."

손권曰: "그러면 어떻게 해야만 영광스런 일이 되겠소?"

노숙曰: "제가 원하는 것은 명공의 위엄과 덕이 사해에 미치고, 구주(九州: 천하)를 총괄하여 제업帝業을 이루심으로써 제 이름이 역사(竹帛: 즉 사서史書)에 기록되도록 해주시는 것입니다. 그래야만 비로소 제게 영광스런 일이 됩니다."

손권은 손뼉을 치고 크게 웃으며 같이 막사 안으로 돌아가서 크게 연석을 베풀어 적벽대전에서 싸운 장병들의 노고를 위로해 준 후 합비를 깨뜨릴 계책을 상의했다.

〖 10 〗 그때 갑자기 장료가 사람을 시켜서 전서(戰書: 선전포고서)를 보내왔다고 알려왔다.

손권이 봉투를 뜯어서 다 읽어보고는 크게 화를 내며 말했다: "장료 이놈이 나를 너무 무시하는구나! 네놈이 정보의 군사들이 왔다는 말을 듣고는 일부러 사람을 시켜서 싸움을 걸어오는데, 내일은 새로 온 군사들은 데려가지 않고 내가 직접 나가서 한바탕 크게 싸울 테니 두고 봐라!"

그날 밤 오경(五更: 새벽 3~5시 사이)에 모든 군사들에게 영채를 나가 합비를 향해 출발하라는 명령을 내렸다. 진시(辰時: 오전 7시~9시 사이) 무렵에 군사들이 행군하여 길을 반쯤 갔을 때 조조의 군사들이 벌써 당도하여 양편은 마주보고 진세를 펼쳤다.

손권이 금 투구와 금 갑옷으로 무장을 하고 말을 타고 나가자 왼편에서는 송겸宋謙, 오른편에서는 가화賈華, 이렇게 두 장수가 방천화극方天畵戟을 잡고 양편을 호위했다.

북소리가 세 번 울리고 나자 조조 군의 진중에서 문기門旗들이 양편으로 갈라지면서 장수 셋이서 완전무장을 한 채 진 앞으로 나와 섰는데, 가운데는 장료, 왼편은 이전李典, 오른편은 악진樂進이었다.

장료가 말을 달려 앞장을 서더니 오로지 손권에게만 싸움을 걸어왔다. 손권이 창을 들고 자기가 직접 나가서 싸우려고 하는데 그 전에 벌써 진영 안에서 한 장수가 창을 꼬나들고 말을 달려 나와 있었는데, 그는 바로 태사자였다. (*태사자는 그간 조용히 있었는데 여기에서 간략히 묘사되고 있다.) 장료가 칼을 휘두르며 나와서 그를 맞았다. 두 장수가 맞붙어 7~80합을 싸웠으나 승부가 나지 않았다.

이때 조조군의 진영에서 이전이 악진에게 말했다: "맞은편의 금 투구를 쓴 자가 손권이다. 만약 손권만 사로잡을 수 있다면 적벽에서 패한 83만 대군의 원수를 갚을 수 있다."

말이 채 끝나기도 전에 악진이 한 자루 칼만 달랑 들고 말을 타고 측면으로부터 곧장 손권에게 달려들었는데 번개처럼 빨리 손권의 면전에 이르러 손을 들어 칼을 내리치는 것을 송겸과 가화가 급히 화극으로 막았다. 그러나 두 자루 화극은 칼에 부딪치면서 동시에 절단되었다. 두 사람은 화극 자루로 악진의 말 머리를 내리쳤다. 악진이 말머리를 돌리자 송겸은 군사가 손에 들고 있던 창을 빼앗아 들고 악진의 뒤를 쫓아갔다.

이전이 이를 보고 시위에 화살을 메겨 송겸의 가슴 한복판을 겨누고 쏘자 시위 소리와 동시에 송겸은 말에서 떨어졌다. 태사자는 등 뒤에서 누군가가 말에서 떨어지는 것을 보고는 장료를 포기하고 본진으로 돌아갔다.

장료가 승리한 기세를 타고 쳐들어가자 동오의 군사들은 크게 어지러워지면서 사방으로 흩어져 달아났다. 장료는 손권을 바라보고 말을 달려 쫓아갔다.

거의 다 따라잡게 되었을 때 측면에서 한 떼의 군사들이 쳐들어왔는데 앞장선 사람은 곧 동오의 대장 정보程普였다. 그는 길을 막고 한바탕 크게 싸워 손권을 구했고, 장료는 군사를 거두어서 스스로 합비로 돌아갔다.

〚 11 〛 정보가 손권을 보호하여 본채로 돌아가자, 패한 군사들도 속속 영채로 돌아왔다. 손권은 송겸이 죽은 것을 알고 대성통곡했다.

장사長史 장굉張紘이 말했다: "주공께서는 한창 기운 세신 것만 믿고 적의 대군을 얕잡아보시는데, 모든 군사들 중에 실망하지 않은 자는 하나도 없습니다. 설령 주공께서 적장의 목을 베고 적의 기치를 빼앗아 전장戰場에서 위엄을 떨치신다고 하더라도, 그것은 역시 일개 하급 장수가 할 일이지 주공께서 하실 일은 아닙니다.

부디 맹분(孟賁: 전국시대의 용사)이나 하육(夏育: 주周 나라 때의 용사)과 같은 용맹 자랑은 억제하시고 왕업과 패업을 이룰 계책을 생각하십시오. 그리고 오늘 송겸이 적의 화살을 맞고 죽은 것은 모두 주공께서 적을 얕보셨기 때문입니다. 앞으로는 귀하신 몸을 아끼시고 잘 보전하셔야만 합니다."(*손권은 경솔하게 적을 추격하다가 화살을 맞았고, 그의 형 손책은 경솔하게 나갔다가 창에 찔려 죽었다. '앞에 가던 수레의 뒤집혀짐은 뒤에 가는 수레의 거울(前車之覆, 後車之鑒)' 이라고 했다.)

손권曰: "이는 나의 잘못이다. 지금부터 고쳐나갈 것이다."

잠시 후 태사자가 장막 안으로 들어와서 말했다: "제 수하에 성을 과戈, 이름을 정定이라고 하는 자가 하나 있는데, 장료 수하에서 마구

간지기로 있는 자와 형제간입니다. 그 마구간지기가 장료한테 야단을 맞은 것에 대해 원한을 품고 오늘 밤에 사람을 보내서 알려오기를, 불을 질러서 신호로 삼고 장료를 찔러 죽여 송겸의 원수를 갚아주자고 했답니다. 그러니 제가 군사를 이끌고 가서 바깥에서 호응하고자 합니다."(*첩자로 삼으려는 자가 겨우 하나의 소졸小卒에 불과하고, 안에서 호응하는 자 역시 일개 마구간지기라니, 가소롭다.)

손권曰: "과정戈定은 어디 있는가?"

태사자曰: "이미 조조의 군사들 틈에 섞여서 합비성 안으로 들어갔다고 합니다. 제발 제가 군사 5천 명을 이끌고 가도록 해주십시오."

제갈근曰: "장료는 꾀가 많은 사람이오. 사전 준비가 되어 있을지 모르니 서둘러서는 안 되오."

태사자는 기어이 가겠다고 고집을 부렸다. (*손권도 경솔하게 출병했고, 태사자도 또 경솔하게 나가려고 한다. 임금과 신하 모두 경솔하니 어찌 패하지 않을 수 있겠는가?) 손권은 송겸의 죽음이 애통해서 급히 원수를 갚아주고 싶었다. 그리하여 태사자에게 군사 5천 명을 이끌고 가서 바깥에서 호응하도록 했다.

〖 12 〗 한편 과정은 태사자와 동향 사람인데, 이날 그는 장료의 군사들 틈에 섞여서 그들을 따라 합비성 안으로 들어가서 마구간지기를 찾아 둘이 상의했다.

과정曰: "나는 이미 태사자 장군께 이 일을 보고할 사람을 보냈기 때문에 오늘 밤에 틀림없이 지원군이 올 것이다. 너는 일을 어떻게 처리할 생각이냐?"(*이런 자들이 무슨 계책을 생각해 내겠는가?)

마구간지기가 말했다: "이곳은 군중에서 상당히 멀리 떨어져 있기 때문에 야간에 급히 접근할 수가 없다. 그러므로 마초더미에다 불을 질러놓고 네가 앞으로 나아가서 반란이야! 하고 크게 소리를 지르면

성 안의 군사들은 혼란에 빠질 것이다. 그런 틈을 타서 장료를 찔러 죽이면 (*말하기야 아주 쉽다.) 나머지 군사들은 스스로 달아날 것이다."

과정曰: "그 계책, 대단히 교묘하군!"

이날 밤 장료는 싸움에서 이기고 성으로 돌아와서 전체 군사들에게 상을 내려 위로해주고 나서 명령을 전했다: 갑옷을 벗어놓고 마음 놓고 푹 자는 것은 허용하지 않겠다고. (*이미 싸움에 이기고도 조심할 수 있다면, 이는 바로 대장大將 감이지 단순히 싸움에서 이기는 장수, 즉 전장戰將이 아니다.)

좌우에서 말했다: "오늘 우리가 크게 이겨서 동오 군사들이 멀리 도망갔는데 장군께서는 왜 갑옷을 벗고 편히 쉬도록 허용하지 않으십니까?"

장료曰: "그렇지 않다. 본래 장수 된 자의 도리는 승리했다고 기뻐해서도 안 되고, 패배했다고 걱정해서도 안 된다(爲將之道, 勿以勝爲喜, 勿以敗爲憂). 만약 동오의 군사들이 우리가 대비하지 않고 있을 것으로 생각하고 빈틈을 타서 공격해 온다면 무슨 수로 대처하겠느냐! 오늘 밤의 방비는 평소 밤보다 한층 더 조심해야 한다."(*장수된 자의 도리만 그런 게 아니라 입신立身과 처세處世의 도리는 대저 이래야만 한다.)

그 말이 미처 끝나기도 전에 뒤쪽 영채에서 불길이 일어나더니 반란이야! 하고 외치는 소리가 들렸고, 이어서 보고하는 자들이 줄줄이 들어왔다. 장료는 막사 밖으로 나가서 말에 올라 친위장교 10여 명을 불러서 길 한가운데 버티고 섰다.

곁에 있던 자들이 말했다: "고함 소리가 매우 급하니 가서 살펴보시지요."

장료曰: "어찌 성 안 사람들이 다 반란을 일으킨단 말이냐? 이는 반란을 일으키는 자가 일부러 군사들을 놀라게 하려는 것이다. 소란을 떠는 자가 있으면 그들부터 먼저 목을 벨 것이다!"(*그는 지모가 있어서 조용히 사태를 진정시킬 수 있었다.)

얼마 안 있어 이전李典이 과정과 마구간지기를 붙잡아 왔다. 장료는 그들을 심문하여 그 내막을 알게 되자 말 앞에서 즉시 목을 쳐버렸다. 바로 그때 성문 밖에서 징소리와 북소리가 들렸고 함성이 크게 진동했다.

장료曰: "이는 동오의 군사들이 바깥에서 호응하고 있는 것이다. 저들의 계책을 역이용해서 저들을 깨뜨려야겠다."

그는 곧바로 사람을 시켜서 성문 안에 불을 지르도록 하고, 군사들에게는 전부 반란이야! 하고 외치도록 하고, 성문을 활짝 열고 조교弔橋를 내려놓도록 했다.

태사자는 성문이 활짝 열리는 것을 보자 성 안에서 변란이 일어났다고 생각하고는 창을 꼬나들고 말을 달려 먼저 들어갔다. 바로 그때 성 위에서 포 소리가 한 번 울리더니 화살을 아래로 마구 쏘아대는 것이었다. 태사자는 급히 물러났으나 이미 몸에 화살을 여러 대나 맞았다. (*태사자가 화살을 맞은 것과 주유가 화살을 맞은 것은 전후로 그 정황이 서로 비슷하다.) 등 뒤에서 이전과 악진이 짓쳐 나와서 동오의 군사들은 태반이나 절단 나고 말았다. 장료의 군사들은 이긴 기세를 타고 곧장 동오군의 영채 앞까지 갔으나, 육손陸遜과 동습董襲이 뛰쳐나가 태사자를 구했다. 조조의 군사들은 스스로 돌아갔다.

손권은 태사자가 몸에 중상을 입은 것을 보고 더욱 마음이 애통했다. 장소는 손권에게 군사를 철수시키도록 하자고 청했다. 손권은 그 말을 좇아 마침내 군사를 거두어 배에 올라 남서南徐 윤주(潤州: 강소성 진강시鎭江市)로 돌아갔다.

돌아가서 군사들을 주둔시킬 무렵 태사자의 상태가 위독했다. 손권은 장소 등을 보내서 문병하도록 했다.

태사자가 큰소리로 외쳤다: "대장부가 난세에 태어났으면 마땅히 긴 칼 허리에 차고 천하에 드문 큰 공을 세워야 한다. 아직 세운 뜻도 이루지 못했는데 어찌 죽는단 말이냐!"(*사람마다 이런 뜻을 세울 수는 있지만 사람마다 이런 뜻을 이룰 수는 없으니, 이를 재삼 탄식하노라.)

말을 마치고는 죽었다. 이때 그의 나이 마흔 한 살이었다. 후세 사람이 그를 칭찬하여 지은 시가 있으니:

충성과 효도 다하기로 뜻을 세운 사람	矢志全忠孝
그가 바로 동래 사람 태사자이다.	東萊太史慈
그의 이름 먼 변방까지 전해졌고	姓名昭遠塞
기마와 활솜씨는 강한 군사들을 떨게 했다.	弓馬震雄師
북해에서는 태수 공융의 은혜 갚았고	北海酬恩日
신정神亭에선 손책과 맞붙어 싸우기도 했는데	神亭酣戰時
임종을 앞두고 남긴 말, 그 뜻이 장하여	臨終言壯志
천년 후 사람들까지 같이 탄식하네.	千古共嗟咨

손권은 태사자가 죽었다는 말을 듣고 슬퍼서 애도하기를 마지않고 그를 남서南徐의 북고산(北固山: 강소성 진강시鎭江市 동북 장강 가) 밑에 후히 장사지내 주도록 했다. 그리고 그 아들 태사형太史亨을 부중府中에 거두어 기르도록 했다.

〖 13 〗한편 현덕은 형주에서 군사들을 정돈하고 있다가 손권이 합비에서 패하여 이미 남서로 돌아갔다는 말을 듣고 공명과 상의했다.

공명曰: "제가 지난밤에 천문을 관찰하다가 서북방에서 별이 땅에 떨어지는 것을 보았습니다. 이는 틀림없이 황족 한 분이 돌아가신 것에 대한 하늘의 감응입니다."(*방금 태사자의 죽음을 서술했으므로 혹시 동남에서 장수별이 떨어지는 얘기가 아닐까 의심했는데 갑자기 서북의 유기

劉琦 이야기로 이어진다. 이야기를 이어가는 방법이 몹시 환상적이다.)

한창 이야기를 하고 있을 때 갑자기 공자 유기가 병으로 돌아가셨다고 알려왔다. 현덕은 그 소식을 듣고 통곡하기를 마지않았다. 공명이 권유했다: "삶과 죽음이란 본래 그 운수가 정해져 있는 것이니, 주공께서는 마음 아파하지 마십시오, 귀하신 몸이 상하게 될까봐 염려됩니다. 우선 큰일부터 처리해야 하니 급히 사람을 그리로 보내서 성을 지키도록 하고 아울러 장례를 치르도록 하십시오."

현덕曰: "누구를 보내면 되겠소?"

공명曰: "운장이 아니면 안 됩니다."

현덕은 즉시 운장에게 양양襄陽으로 가서 성城을 지키라고 했다.

현덕曰: "오늘 유기가 죽었으므로 동오에서는 틀림없이 찾아와서 형주를 돌려달라고 할 텐데, 뭐라고 대답해야지요?"

공명曰: "만약 사람이 오면 제게 따로 대답할 말이 있습니다."

그로부터 보름이 지났을 때, 동오에서 노숙魯肅이 문상을 하러 특별히 찾아왔다고 알려왔다. 이야말로:

먼저 계책을 세워놓고 나서	先將計策安排定
동오의 사신 오기만을 기다리네.	只等東吳使命來

공명이 어떻게 대답할지 모르겠거든 다음 회를 읽어보라.

제 53 회 모종강 서시평序始評

(1). 운장이 황충黃忠을 죽이지 않은 것은 승부욕(好勝) 때문이지 자비를 베풀려고 해서가 아니다. 그는 말에서 떨어진 사람을 죽이는 것은 용맹함이 아니라고 생각했기 때문이다. 만약 그의 행동을 자비심이라고 생각한다면 그것은 송宋 양공襄公의 인의(仁義:, 송 양공이 전쟁에서 적이 내(川)를 건너는 동안에는 공격해서는 안 되고, 적의 노약

자는 공격해서는 안 된다고 하다가 그만 전쟁에서 패하고 만 것을 말하는 것
으로, 이를 흔히 송양지인宋襄之仁이라고 한다.)가 되는데 어찌 그것으로
운장을 논할 수 있겠는가? 만약 송 양공이 이런 처지에 있었다면
상대가 말에서 떨어졌기 때문에 죽이지 않았을 뿐만 아니라 말에
서 떨어지지 않았더라도 죽이지 않았을 것이다. 왜 그런가? 백발白
髮인 황충은 이미 "백발의 노인은 사로잡지 않는다(不擒二毛)"라
는 것에 속하기 때문이다.

　(2). 이번 회에서는 운장이 황충黃忠을 의기義氣에서 놓아주고, 다
음 회에서는 다시 장비가 엄안嚴顏을 의기에서 놓아줌으로써 서로
대對를 이루고 있다. 이번 회에서는 황충이 관공을 직접 쏘지 않고
그 투구 끈을 쏘았고, 전 회에서는 도리어 조운이 서성徐盛을 직접
쏘지 않고 그가 탄 배의 용총줄(蓬索)을 쏘는 것으로 (*제49회) 서로
대對를 이루었다.
　그러나 관공이 황충을 죽이지 않은 것은 곧바로 죽이지 않고 기
다렸다가 나중에 죽이려는 것이었고, 장비가 엄안을 죽이지 않은
것은 끝까지 죽이지 않으려고 했던 것이며, 조운이 서성을 죽이지
않았던 것은 본래는 당장 죽여야 했으나 잠시 죽이지 않았던 것이
고, 황충이 관공을 죽이지 않은 것은 참으로 차마 죽일 수 없었던
것이다. 네 사람이 각기 똑같은 뜻(肚腸: 心思)을 가지고 있었으나 그
것을 묘사함에는 서로 중복됨이 없다.

　(3). 장료가 합비성合淝城을 지킨 것에서 진정한 대장大將의 자질
을 볼 수 있다. 그가 적벽대전에서는 황개를 활로 쏘아 조조를 구
했으나 이는 오히려 전장戰將의 능력일 뿐이다.
　본 회에서 보면, 대장의 자질(大將之才)에는 세 가지가 있다. 이

미 승리하고 나서도 무서워할 줄 아는 것, 이것이 그의 신중함(愼)이다. 변란이 일어났음을 듣고서도 혼란에 빠지지 않는 것, 이것은 그의 침착함(定)이다. 기회를 봐서 적을 유인하는 것, 이것은 그의 지모(謀)이다.

장료가 관공의 그릇(器)을 중하게 여긴 것은 당연하지 않은가! 대장만이 대장을 겁내지 않으며, 또한 대장만이 대장을 알아보는 것이다. 황충에게서 관공의 신무神武함을 보고 장료에게서 역시 관공의 사람 알아보는(知人) 능력을 보게 된다.

제54회

오 국태, 절에서 사윗감을 선보고
유 황숙, 동방에 화촉 밝혀 새장가 가다

〖 1 〗 한편 공명은 노숙이 왔다는 말을 듣고 현덕과 같이 성 밖으로
나가서 그를 영접하여 함께 관아로 돌아와서 서로 인사를 마쳤다.

노숙이 말했다: "저의 주공께서는 조카분이 돌아가셨다는 말을 듣
고 약간의 예물을 갖추어 특별히 저를 보내시어 문상을 하도록 하셨습
니다. 그리고 주 도독께서도 유 황숙과 제갈 선생께 인사 말씀을 드려
달라고 재삼 당부하셨습니다."

현덕과 공명은 자리에서 일어나 고맙다고 인사를 하고 예물을 받은
후 술상을 내와서 그를 대접했다.

노숙曰: "전번에 황숙께서는 이렇게 말씀하셨습니다: '공자께서 안
계시면 즉시 형주를 돌려주겠다' 고요. 지금은 공자께서 이미 세상을
떠나셨으니 꼭 돌려주시기 바랍니다. 언제쯤 돌려주실 수 있겠는지 모

르겠습니다."(*두 번째로 형주를 돌려달라고 요구하고 있다.)

현덕曰: "공은 일단 술부터 드시지요. 상의할 게 한 가지 있습니다."(*이는 공명이 가르쳐준 말이다.)

노숙이 마지못해 술을 몇 잔 마시고는 또다시 그 말을 꺼냈다.

현덕이 미처 대답하기 전에 공명이 안색을 바꾸고 말했다: "자경子敬께선 참으로 사리에 어둡군요. 그저 남이 말해 주기만을 기다리시니! (*전번까지는 부드럽게 나오다가 이번에는 강하게 나온다. 부드럽게 나오다가 갑자기 강하게 나오면 사람들은 헷갈린다.)

우리 고황제(高皇帝: 한 고조 유방)께서 백사白蛇를 베어 죽이고 의병을 일으켜 한漢 나라를 건국하신 후 (*먼저 유비의 선조인 고황제를 들고 나와서 동오를 압도한다.) 지금까지 전해 왔소. 그런데 불행히도 간웅奸雄들이 일제히 일어나서 제각기 한 지방씩 차지하고 있으므로 천도天道를 제자리로 돌려서 정통正統으로 복귀하지 않으면 안 되오.

우리 주인께선 중산정왕中山靖王의 후예이시고 효경孝景황제의 현손玄孫이시며, (*다음으로 유비의 조상인 효경황제를 들고 나와서 동오를 압도한다.) 지금의 황제 폐하의 숙부가 되시는데도 (*다음으로 지금의 황제를 들고 나와서 동오를 압도한다.) 어찌 봉토封土를 가질 수 없다는 것이오? 하물며 (형주의 원래 주인인) 유경승劉景升은 우리 주인의 형님이신데, 그 아우가 형의 기업基業을 이어받는 것이 뭐가 도리에 어긋난다는 거요?

이에 반해 당신의 주인은 본래 전당(錢塘: 절강성 항주시杭州市) 고을의 말단관리의 아들로서 일찍이 조정에 아무런 공덕도 세운 것이 없었으면서도 지금은 세력에 기대어 6개 군郡에 81개 주州를 차지하고 있소. 그러면서도 오히려 탐심貪心을 채울 줄 모르고 한漢의 영토까지 병탄하려 하고 있소. (*앞서는 유황숙을 높였으나 여기서는 대놓고 손권을 꾸짖고 있다.)

유씨劉氏의 천하에서 우리 주인께서는 같은 유씨이면서도 도리어 나뉘받은 몫이 전혀 없는데, 당신의 주인은 성이 손씨孫氏면서도 반대로 이미 많이 가지고도 더 많이 가지려고 심하게 다투고 있단 말이오.

또한 적벽의 싸움으로 말하더라도, 우리 주공께서도 많이 수고하셨고 또 여러 장수들도 다들 목숨을 아끼지 않고 싸웠기에 이긴 것이지, 어찌 당신들 동오의 힘만으로 이긴 것이겠소? (*이는 우리가 동오에 빚진 것이 없다는 말이다.)

만약 내가 동남풍을 빌려오지 않았으면 주랑周郎이 어찌 반 푼어치의 공이라도 세울 수 있었겠소? (*이는 동오가 반대로 우리에게 빚지고 있다는 말이다.) 강남이 일단 깨졌더라면 두 분 교씨喬氏가 (조조의 첩으로) 동작대 안에 끌려가 있는 것은 말할 것도 없고,(*제44회에 나오는 이야기에 대응하는 말이다.) 공들의 처자들까지도 또한 보전할 수 없었을 것이오.

방금 우리 주인께서 즉답卽答을 하지 않으셨던 것은, 다름이 아니라, 자경은 고명한 인사인지라 자세한 설명이 필요 없다고 생각하셨기 때문이오. 그런데 어찌 공께서는 이다지도 사리를 잘 살피지 못하시오?"(*발을 땅에 디디고 단단히 설 수 있게 되었기에 안면을 바꿀 수도 있고 또 말도 강하게 할 수 있게 된 것이다. 요즘 사람도 대체로 이와 같다. 다만 그들의 재주가 공명에 미치지 못할 따름이다.)

〖 2 〗 한 바탕의 이야기에 설득을 당한 노자경은 입을 꾹 다물고 아무 말도 하지 않고 있다가 한참이 지나서야 겨우 말했다: "공명의 말씀이 어쩌면 도리에 맞을지도 모르지만, 제 입장이 매우 난처하니 이를 어찌 합니까?"(*도리상으로는 말을 계속해 나갈 수가 없으므로 인정에 호소할 수밖에 없다.)

공명曰: "난처할 게 뭐 있습니까?"

노숙曰: "전에 황숙께서 당양當陽에서 곤경에 처해 있을 때 바로 제가 공명을 인도하여 강을 건너가서 우리 주공을 만나 뵙도록 했었습니다. (*제43회의 일) 후에 주유가 군사를 일으켜 형주를 취하려고 할 때에도 바로 제가 그것을 막았습니다. 심지어 황숙께서 공자가 세상을 떠나거든 형주를 돌려주겠다고 하신 말씀에 대해 책임을 지겠다고 하면서 보증을 섰던 것도 바로 저입니다. (*제52회의 일)

그런데 이제 와서 도리어 앞서 하신 말씀들을 이행하지 않으시겠다니, 그러면 저더러 돌아가서 어떻게 보고하라는 겁니까? (*주인의 면전에서는 차마 말할 수 없으므로 자기 사정을 말할 수밖에 없다.)

제 주공과 주유는 틀림없이 이 사람을 나무라실 텐데, 저야 죽더라도 원망할 게 없지만, 다만 동오를 화나게 함으로써 군사를 일으켜 싸움을 하게 되면 황숙 역시 형주에 편히 앉아 계실 수 없게 되고 공연히 천하의 비웃음만 사게 될까봐 두렵습니다."(*이미 인정에 호소하고 나서는 또 세력으로 그 마음을 움직여 보려고 한다.)

공명曰: "조조가 백만 대군을 거느리고 천자의 이름을 내걸고 쳐들어 왔어도 나는 역시 전혀 개의치 않았는데, 어찌 주랑 같은 일개 어린애를 무서워하겠소!(*앞에서는 도리를 논하고, 이번에는 세력을 논하고 있다.) 그러나 만약 선생의 체면상 곤란한 점이 있다면, 내가 주인께 잠시 형주를 원금(本錢)으로 빌리고, (*성城을 빌린다는 계약이 어찌 가능하단 말인가? 만약 본전 운운 한다면, 그렇다면 이자利子는 몇 푼으로 계산하겠다는 것인지 모르겠다.) 우리 주공께서 다른 성지城池를 얻게 되었을 때 곧바로 동오에 돌려주겠다는 내용의 계약문서를 써주도록 권해 보겠소. 이 방법이 어떻소?"(*빚을 떼먹는 자들과 아주 닮았다. 결코 안 갚겠다고 하지는 않고 말로 해서 빠져나간다.)

노숙曰: "공명께서는 어디를 빼앗은 다음에 형주를 우리에게 돌려주겠다는 것입니까?"

공명曰: "중원을 급히 도모할 수는 없습니다. 그러나 서천(西川: 익주

益州)의 유장劉璋은 아둔하고 나약하므로 우리 주공께서는 장차 그를 도모하려고 하십니다. 만약 서천을 얻게 되면 그때 곧바로 형주를 돌려드리도록 하겠습니다."(*형주를 원금으로, 서천을 이자로 생각하고, 이자를 얻은 후에 원금만 돌려주겠다는 것인데, 이는 이자 계산은 하지 않겠다는 것이다.)

노숙은 어쩔 수 없이 그 말을 따를 수밖에 없었다. 현덕은 직접 붓을 들고 문서 한 통을 쓰고 수결(手決: 사인)을 했다. 그리고 보증인(保人)으로 제갈공명도 수결을 했다. (*참으로 묘한 행동이다.)

공명曰: "저는 황숙과 같은 편 사람인데, 설마 같은 편끼리만 보증을 서라는 것이오? 번거롭더라도 자경 선생께서도 보증을 서신다면 돌아가서 오후吳侯를 뵐 때 보기가 좋을 것입니다."

노숙曰: "저는 황숙께서는 인의仁義를 중히 여기시는 분으로 알고 있는데, 틀림없이 약속을 저버리시지 않을 것으로 믿습니다."

그리고는 마침내 자기도 수결을 한 다음 문서를 받아 넣었다. 술자리가 파하자 노숙은 하직인사를 하고 돌아갔다.

현덕과 공명은 그를 배 옆까지 바래다주었다.

공명이 노숙에게 당부했다: "자경께선 돌아가시어 오후를 뵙고 이쪽 뜻을 잘 말씀드려서 망상妄想을 갖지 않도록 해주시오. 만약 우리 문서를 비준해 주지 않는다면 우리도 안면顔面을 몰수하고 동오의 81개 주까지 전부 빼앗아 버릴 것이오. (*강하게 나온다.) 지금은 다만 양쪽이 서로 화목하게 지내도록 해야지, 조조 역적 놈의 웃음거리가 되게 해서는 안 될 것입니다."(*다시 부드럽게 나온다.)

〖 3 〗 노숙은 작별하고 배를 타고 돌아갔다. 그는 먼저 시상군柴桑郡으로 가서 주유를 만나보았다.

주유曰: "자경이 형주를 받아내려고 갔던 일은 어떻게 되었소?"

노숙曰: "문서를 받아왔는데, 여기 있습니다."

노숙이 문서를 주유에게 드렸다. 주유는 받아보고 나서 발로 땅을 차며 말했다: "자경은 제갈량의 술수에 걸려들었소. 명목은 땅을 빌린다는 것이지만 실상은 돌려주지 않겠다는 것이오. (*원래 문서란 믿을 게 못 된다. 형주만 그런 게 아니다.)

저들의 말은 서천을 취하고 나서 곧바로 돌려주겠다는 것이지만, 저들이 언제 서천을 취하게 될지 알 수 있소? 가령 10년 안에 서천을 얻지 못하면 10년 안에는 돌려주지 않겠다는 것이니, 이따위 문서가 무슨 소용이란 말이오? 당신은 그런데도 저들과 같이 보증까지 섰소. (*원래 보증인이 되는 것은 곤란한 일이다. 노숙만이 그런 게 아니다.) 저들이 만약 돌려주지 않을 때에는 틀림없이 그 화가 당신한테까지 미칠 것이오. 만약 주공께서 나무라시면 그때는 어떻게 하겠소?"

노숙은 그 말을 듣고 한동안 멍해 있다가 말했다: "아마 현덕은 저와 한 약속을 저버리지 않을 겁니다." (*정직하고 성실한 사람을 생생하게 그리고 있다.)

주유曰: "자경은 참으로 성실한 사람이오! 그러나 유비는 효웅梟雄의 무리이고 제갈량은 간사하고 교활한 무리인지라 아마 선생의 마음씨와는 같지 않을 것이오."

노숙曰: "그렇다면 어떻게 해야 좋지요?"

주유曰: "자경은 나의 은인이시오. 옛날 곡식 창고를 가리키며 통째로 내어주시던 그 정의를 생각하면 어떻게 당신을 구해주지 않을 수 있겠소? 자경은 일단 마음을 놓고 며칠간 여기서 머물면서 강북으로 보낸 첩자가 돌아오기를 기다려서 별도의 조치를 강구해 봅시다."

노숙은 불안해서 몸까지 움츠러들었다.

〖 4 〗 며칠 지나자 첩자가 돌아와서 보고했다: "형주성 안에서는 흰

베로 만든 조기(布幡)를 높이 세워놓고 재齋를 지내고 있었고, 성 밖에서는 새로 무덤을 만들고 있었는데, 군사들은 모두 상복을 입고 있었습니다."

주유가 놀라서 물었다: "어떤 사람이 죽었다고 하더냐?"

첩자曰: "유현덕의 감甘 부인이 돌아갔는데 그날에 바로 장사를 지낸다고 했습니다."(*감부인의 죽음을 동오 쪽에서 듣고 있다. 글 쓰는 방법이 달라지고 있다.)

주유가 노숙에게 말했다: "내 계책이 완성되었소. 유비를 꼼짝달싹 못하게 묶어놓고 형주를 손바닥 뒤집듯 쉽게 얻을 수 있도록 해줄 계책이오!"

노숙曰: "그 계책이란 어떤 것입니까?"

주유曰: "유비가 상처喪妻를 했으니 틀림없이 앞으로 새장가를 들 것이오. 우리 주공께 누이 한 분이 있는데 성격이 매우 강하고 용감하여 시비侍婢 수백 명에게 평소에도 칼을 차고 있도록 하고, 거처하는 방안에는 병장기들을 가득 벌여 놓고 있는데, 남자라고 해도 당해낼 수 없을 정도요. 내 이제 주공께 글을 올려 사람을 형주로 보내서 중매를 서도록 하되 유비를 데릴사위로 들여오도록 하라고 권할 작정이오.

그를 속여서 남서南徐로 오게 한 다음 결혼은 시켜주지 않고 곧바로 옥에다 가둬 놓은 후 사람을 보내서 유비와 형주를 교환하자고 할 것이오. 저들이 땅을 우리에게 넘겨주기를 기다렸다가, 그때 가서는 내게 달리 복안이 있소. 이렇게 되면 자경의 신상에는 아무런 일도 없을 것이오."

노숙은 고맙다고 인사를 했다.

주유는 편지를 쓰고 가볍고 빠른 배를 가려서 노숙을 태워 남서로 보내서 손권을 만나보도록 했다. 노숙은 손권을 만나 먼저 형주를 빌려준 일을 설명하고 계약문서를 올렸다.

손권曰: "자네는 어찌 이렇게도 흐리멍덩하단 말인가! 이러한 문서를 어디에다 쓴단 말인가!"(*속담에 말하기를: "중매도 서지 않고 보증도 서지 않으면 일생 동안 번민할 일이 없다."고 하였다.)

노숙曰: "주 도독의 서신이 여기 있습니다. 이 계책을 쓰면 형주를 얻을 수 있다고 했습니다."

손권은 편지를 읽고 나서 머리를 끄덕이며 속으로 기뻐하면서 누구를 보내면 좋을지 곰곰이 생각했다.

그는 문득 깨닫고 말했다: "여범呂範이 아니면 안 되겠다."

곧바로 여범을 불러오도록 해서 말했다: "근자에 들으니 유현덕이 상처를 했다고 합니다. 내게 누이가 하나 있는데 현덕을 데릴사위로 맞아들여 나의 매부로 삼고 싶소이다. 그래서 영구히 인척을 맺어 한마음으로 조조를 쳐부수고 한漢 황실을 붙들어 세우고 싶은데 자형(子衡: 여범)이 아니고는 중매를 설 사람이 없소이다. 즉시 형주로 가서 나의 이런 뜻을 잘 말해 주기 바라오."

여범은 명을 받자 그날로 배를 준비해서 몇 명의 종자들을 데리고 형주를 향해 갔다.

〖 5 〗한편 현덕은 감 부인을 잃고 난 후로 밤낮으로 고민했다. 하루는 공명과 한창 한담을 하고 있는데 동오에서 여범을 보내왔다고 알려왔다.

공명이 웃으며 말했다: "이는 주유의 계교로서 틀림없이 형주 때문에 왔을 것입니다. 저는 병풍 뒤에 숨어서 엿듣고 있겠습니다. (*채蔡부인의 행동을 배운 것이다.) 다만 무슨 이야기가 나오든 간에 주공께서는 모두 그리 하겠다고 대답하십시오. (*공명은 이때 이미 사태를 7~8할은 짐작한 것으로 생각된다.) 그리고 사자로 온 사람을 역관에 머물러 있으면서 편히 쉬도록 하십시오. 그런 후에 저와 따로 상의하십시다."

현덕은 여범을 청하여 들어오도록 했다. 서로 인사를 마치고 자리에 앉아 차를 대접하고 나서 현덕이 물었다: "자형(子衡: 여범)께서 오신 것은 틀림없이 무슨 이를 말씀이 있어서겠지요?"

여범曰: "제가 근래 듣기로는 황숙께서 상처를 하셨다고 하던데, 마침 좋은 혼처가 있기에 미움을 살 각오를 하고 일부러 중매를 서려고 왔습니다. 존의尊意가 어떠실지 모르겠습니다."

현덕曰: "중년에 상처하는 것은 큰 불행입니다. 그러나 돌아간 사람의 뼈와 살이 아직 식지도 않았는데 어찌 차마 혼사를 의논할 수 있겠습니까?"

여범曰: "사람에게 아내가 없는 것은 마치 집에 대들보가 없는 것과 같은데, 어찌 중도에 인륜을 폐할 수 있겠습니까? 저의 주인 오후吳侯께 누이동생 한 분이 계시는데 용모도 아름답고 또 현숙해서 황숙의 배우자가 될 만합니다. 만약 양가에서 (춘추전국시대 때) 진秦나라와 진晉나라가 혼인을 통해 서로 우호관계를 맺은(秦·晉之好) 것처럼 한다면 조조 역적 놈은 감히 동남쪽의 땅을 넘보지 못할 것입니다. 이 일은 두 집안이나 나라 양쪽에 다 좋은 일이니 부디 황숙께서는 의심하지 말아 주십시오.

다만 우리나라의 국모(國太)이신 오吳 부인께서 어린 따님을 너무나 사랑하시기 때문에 멀리 시집보내려고 하지 않으십니다. 그러므로 반드시 황숙께서 동오로 오시어 결혼을 해주시기 바랍니다."

현덕曰: "이 일을 오후께서도 알고 계시오?"(＊이미 이것은 주랑의 계책이라고 의심했기 때문에 이렇게 물은 것이다.)

여범曰: "먼저 오후께 품의 올리지 않고 어떻게 감히 서둘러 와서 말씀드리겠습니까!"

현덕曰: "내 나이 이미 반백(半百: 50)에 머리도 희끗희끗한데(斑白: 頒白) 오후의 매씨(妹氏: 누이동생)는 바야흐로 묘령妙齡의 나이이니 아마도 나의 배필은 아닌 것 같소."

여범曰: "오후의 매씨는 몸은 비록 여자지만 그 뜻은 남자보다 더 큽니다. 그래서 늘 말하기를; '천하의 영웅이 아니면 나는 섬기지 않겠다'고 합니다. 지금 황숙께서는 명성이 사해에 널리 알려져 있으니 이야말로 이른바 '숙녀는 군자의 짝(淑女配君子)'이라는 것입니다. 어찌 서로의 나이 차이 때문에 기피한단 말입니까?"

현덕曰: "공은 일단 잠시 머물러 계시오. 내일 회답을 드리겠소."

현덕은 이날 술자리를 마련하여 대접하고 여범을 관사에 머물러 있도록 했다.

〖 6 〗 밤이 되어 현덕은 공명과 상의했다.

공명이 말했다: "그가 온 의도를 저는 이미 알고 있었습니다. 방금 주역周易으로 점을 쳐서 크게 길하고 크게 이로운(大吉大利) 점괘 하나를 얻었습니다. (*그 괘사의 말은 틀림없이 '늙은 사내가 젊은 여자를 처로 얻게 된다'는 것이었을 것이다.) 주공께서는 곧바로 승낙하셔도 됩니다. 먼저 손건에게 여범과 같이 가서 오후를 만나보고 (*계약을 체결할 때는 양편에서 보증인을 두듯이, 혼사를 상의할 때에도 양가에서는 각각 중매인을 둔다.) 그 면전에서 혼사를 정하도록 하십시오. 그런 후 길일吉日을 택하여 곧바로 동오로 가서 결혼을 하도록 하십시오."

현덕曰: "주유가 계책을 세워 이 유비를 해치려고 하는데 어찌 섣불리 위험한 곳에 들어갈 수 있겠소?"

공명은 큰소리로 웃으며 말했다: "주유가 비록 계책을 쓸 줄 안다고는 하나 어찌 이 제갈량의 헤아림에서 벗어나겠습니까! 제가 잠시 작은 꾀를 써서 주유로 하여금 전혀 계책을 쓰지 못하도록 해놓으면 오후의 매씨도 주공의 품에 들어오고 형주 또한 만에 하나도 손실이 없을 것입니다."(*현덕이 장차 손 부인을 맞아서 물고기가 물속에서 노는 즐거움(魚水之歡)을 누리게 되는 것은 결국 현덕이 마치 물고기가 물을 얻은 것과 같다(如魚得水)고 말한 공명의 덕이다.)

현덕은 의혹을 품고 결단을 내리지 못했다. 공명은 마침내 손건으로 하여금 강남으로 가서 중매를 서도록 했다. 손건은 분부를 받고 여범과 함께 강남으로 가서 손권을 만나보았다.

손권曰: "내가 작은 누이와 현덕을 짝지어 주고 싶어서 그러는 것이지 결코 다른 생각은 없소."

손건은 고맙다고 인사를 하고 형주로 돌아와서 현덕을 보고 말했다: "오후는 오로지 주공께서 결혼하러 오시기만을 기다리고 있었습니다."

현덕은 그래도 의심이 들어서 감히 가려고 하지 않았다.

공명曰: "제가 이미 세 가지 계책을 세워놓았는데, 자룡이 아니면 그것을 실행할 수가 없습니다."

그리고는 조운을 불러서 앞으로 가까이 오라고 하여 그에게 귓속말을 해주었다: "자네가 주공을 모시고 동오로 들어가게. 다만 이 비단주머니(錦囊) 세 개를 반드시 차고 가야 하네. 주머니 속에는 세 가지 묘한 계책이 들어 있으니 차례대로 실행하도록 하게."(*손권과 주유는 모두 공명의 주머니 속에 들어 있다.)

그리고는 즉시 비단주머니 세 개를 조운에게 주어 몸 안에 깊숙이 간직하도록 했다. 공명은 먼저 사람을 동오로 보내서 정혼 예물(納聘)을 드리도록 하는 등 일체의 준비를 완전히 해놓았다.

〖 7 〗 때는 건안 14년(서기 209년. 신라 나해 이사금 14년) 10월, 현덕은 조운 및 손건과 같이 쾌선快船 10척에 수행군사 5백여 명을 태우고 형주를 떠나 남서南徐로 출발했다. 형주의 일은 전부 공명에게 맡겨서 처리하도록 했다. 그러나 현덕의 마음은 찜찜하고 불안했다.

남서에 당도하여 배가 이미 강기슭에 닿았을 때 조운이 말했다: "군사께서 분부하시기를 세 가지 묘한 계책(妙計)을 차례대로 실행하라고 하셨다. 지금 이미 이곳에 당도했으니 먼저 첫 번째 비단주머니를 열어 봐야겠다."

그리하여 주머니를 열어 계책을 보고나서 곧바로 수행군사 5백 명을 불러서 일일이 여차여차하게 하라고 분부했다. 모든 군사들은 명령을 받고 떠나갔다. 조운은 또 현덕에게 먼저 教교 국로國老부터 찾아가서 만나보라고 지시했다. (*이는 조운이 현덕에게 지시한 것이 아니라 공명이 조운에게 지시한 것이다.) ─ 이 教교 국로는 바로 두 교씨(二喬)의 부친으로서, 당시 남서에 살고 있었다. ─ 현덕은 양고기와 술을 준비해서 먼저 教교 국로를 찾아가 뵙고는 이번에 여범이 중매를 서서 장가를 들게 된 사연을 말씀드렸다.

이때 수행군사 5백 명은 전부 (경사를 축하하는 표시로) 붉은 천을 몸에 두르고 남서南徐로 들어가서 물건들을 구입하면서 현덕이 동오의 데릴사위가 되러 왔다고 소문을 퍼뜨렸다. 그래서 성안 사람들은 모두 이 일을 알게 되었다. (*이때야 비로소 수행군사 5백 명의 용도를 알게 되었다.)

손권은 현덕이 도착한 것을 알고 여범으로 하여금 대접하도록 하고 또 관사로 가서 편히 쉬도록 했다.

〖 8 〗한편 教교 국로는 현덕을 만나보고 나서 곧바로 오 국태를 찾아가서 만나보고 축하드린다고 인사를 했다. (*이것도 공명의 계산 속에 이미 들어 있었다.)

국태가 말했다: "무슨 기쁜 일이라도 있습니까?"

교 국로曰: "영애令愛를 이미 유현덕의 부인으로 주기로 허락하시어 지금 현덕이 이미 이곳에 와 있는데 왜 저를 속이려 하십니까?"(*주유의 장인이 도리어 공명에게 이용당하고 있다.)

국태가 놀라서 말했다: "이 늙은이는 그 일은 모르고 있었습니다."

그리고는 곧바로 사람을 보내서 오후吳侯를 오라고 청하여 내막을 물어보기로 하는 한편, 우선 사람을 성 안으로 보내서 소문을 알아보도록 했다.

갔던 사람들이 모두 돌아와서 보고했다: "과연 그런 일이 있습니다. 신랑은 이미 역참에 들어와서 쉬고 있고, 5백 명의 수행군사들은 모두 성 안에서 돼지와 양, 과품菓品 등을 사서 결혼식 준비를 하고 있었습니다. 중매는 신부 쪽은 여범이, 신랑 쪽은 손건이 맡았다고 합니다. 두 사람은 지금 역참에서 서로 대접하고 있다고 합니다."

그 보고를 듣고 국태는 깜짝 놀랐다.

잠시 후 손권이 후당으로 들어와서 모친을 뵈었다. 오 국태는 주먹으로 가슴을 치면서 대성통곡을 하였다. (*손권의 모친도 공명에게 이용당하고 있다.)

손권曰: "모친께서는 무엇 때문에 근심하십니까?"

국태曰: "네가 그저 이처럼 하는 것은 나 같은 늙은이는 전혀 안중에 두지 않기 때문이다. 나의 형님께서 임종 시에 너에게 뭐라고 분부하셨더냐!"

손권이 깜짝 놀라서 말했다: "모친께서 제게 이르실 말씀이 계시다면 분명하게 말씀을 해주십시오. 왜 이러시는 겁니까!"

국태曰: "남자가 크면 장가를 가야 하고, 여자가 크면 시집을 가야 하는 것은 예나 지금이나 변함없는 도리다. 내가 네 어미인 이상, 그런 일들은 마땅히 나에게 아뢰어 지시를 받아서 해야 되는 것이다. 그런데도 너는 유현덕을 불러와서 매부를 삼으려 하면서 어찌하여 나를 속이려 든단 말이냐! 딸애는 본래 내 딸이니라!" (*이것도 다 이미 공명의 계산속에 들어 있었다.)

손권은 깜짝 놀라서 물었다: "그 이야기는 어디서 들으셨습니까?"

국태曰: "알게 하고 싶지 않으면 애초에 하지를 말아야지. 성안의 모든 백성들 중에 모르는 사람이 한 사람이라도 있는 줄 아느냐? 그런데도 네가 나를 속이려 하다니!"

교 국로曰: "이 늙은이도 이미 여러 날 전에 알았어요. 오늘은 특별히 경하 드리려고 온 것이오."

손권曰: "그게 아닙니다. 이는 주유가 생각해낸 계책입니다. 형주를 빼앗기 위해 이 일을 명분으로 유비를 속여서 이리로 오도록 한 다음 이곳에 가두어놓고 저들에게 형주와 유비를 바꾸자고 하려는 것입니다. 만약 저들이 말을 듣지 않으면 먼저 유비를 죽여 버리려는 것입니다. 이것은 형주를 빼앗기 위한 계책이지 실제로 결혼을 시키려고 한 것은 아닙니다."

국태는 크게 화를 내며 주유를 꾸짖었다: "그놈은 6개 군郡 81개 주州의 대도독이 되어서 결국 형주를 취할 아무런 계책도 생각해 내지 못하자 도리어 내 딸을 준다는 명분으로 미인계美人計를 쓴단 말이냐! 유비를 죽이고 나면 내 딸은 곧바로 망문과부(望門寡婦: 정혼 후 결혼식을 올리기 전에 신랑감이 죽어서 다시 시집을 가지 못한 여자)가 되고 마는데, 후일에 다시 무슨 수로 혼사 얘기를 꺼낸단 말이냐! 결국 내 딸애의 신세만 망치고 말겠구나! 너희들 참으로 잘들 놀고 있구나!"

교 국로가 말했다: "이 계교를 써서 설령 형주를 얻는다 하더라도 천하 사람들의 비웃음을 사게 될 텐데, 어찌 이런 일을 할 수 있단 말이냐!"

이 말을 들은 손권은 입을 다물고 아무런 대꾸도 하지 못했다.

〖 9 〗 국태가 입으로 잠시도 쉬지 않고 계속 주유를 꾸짖자, (*주유를

꾸짖은 것은 곧 손권을 꾸짖은 것이다.) 교 국로가 권했다: "일이 이미 이렇게 된 바에는, 유 황숙은 한 황실의 종친이니, 차라리 정말로 그를 사위로 맞아서 추태를 보이지 않도록 하는 게 좋겠습니다."

손권曰: "나이가 서로 맞지 않아서 염려됩니다."

교 국로曰: "유황숙은 당세의 호걸일세. 만약 그를 사위로 맞아들일 수만 있다면 누이동생에게도 욕이 되지는 않을 걸세."

국태曰: "나는 여태 유황숙을 본 적이 없으니 내일 약속을 정해서 감로사(甘露寺: 강소성 진강시 북고산北固山 뒷봉우리에 있다.)에서 만나보도록 해야겠다. 만일 내 맘에 들지 않으면 너희들 마음대로 해도 좋다. 그러나 내 맘에 든다면 나는 딸애를 그 사람한테 시집보낼 것이니 그리 알라!"(*손권이 제 맘대로 하지 못하게 하겠다는 것이다.)

손권은 효성이 지극한 사람인지라 모친이 이렇게 말하는 것을 보고는 그 자리에서 즉시 그리 하겠다고 대답하고 밖으로 나와서 여범을 불러 분부했다: "내일 감로사의 방장(方丈: 절에서 주지가 거처하는 방. 귀한 손님을 이곳에서 접대함)에다 연석을 마련하도록 하시오. 국태께서 유비를 만나 보겠다고 하십니다."

여범曰: "그렇다면 가화賈華로 하여금 도부수 3백 명을 인솔하고 가서 절의 양쪽 낭하에 숨겨 두었다가, 만약 국태께서 기뻐하시지 않는 표정이실 때는 신호 소리에 따라 양쪽에서 일제히 뛰쳐나가 그를 잡아버리도록 하는 게 어떻겠습니까?"

손권은 곧바로 가화를 불러서 미리 준비해 놓고서 국태의 거동만 살펴보라고 지시했다.

〖 10 〗 한편 교 국로는 오 국태에게 하직인사를 하고 집으로 돌아오자 사람을 시켜서 현덕에게 가서 알리도록 했다: "내일 오후吳侯와 국태께서 친히 만나 보시겠다고 하니 단단히 신경을 쓰도록 하십시오."

현덕은 손건 · 조운과 상의했다.

조운曰: "내일의 그 모임은 흉한 일은 많고 길한 일은 적을 것입니다. 제가 직접 군사 5백 명을 이끌고 가서 보호해 드리겠습니다."

다음날 오 국태와 교 국로가 먼저 감로사 방장 안에 자리를 잡고 앉아 있었다. 손권이 한 무리의 모사들을 이끌고 뒤따라 도착한 다음 여범에게 역참으로 가서 현덕을 청해 오라고 지시했다.

현덕은 속에다 작은 조각으로 이루어진 갑옷을 입고 겉에는 기다란 비단 두루마기(錦袍)를 걸치고 따르는 자들에게는 칼을 등에 지고 바짝 뒤따르도록 하여 말에 올라 감로사로 갔다. 조운은 완전무장을 하고 군사 5백 명을 이끌고 따라갔다. 절 앞에 이르러 말에서 내려 먼저 손권을 만나보았다. 손권은 현덕의 풍채(儀表)가 비범한 것을 보고 마음속으로 은근히 두려움을 느꼈다. 두 사람은 인사를 마친 뒤 곧바로 방장 안으로 들어가서 국태를 만나보았다.

국태는 현덕을 보고 크게 기뻐하며 교 국로에게 말했다: "참으로 내 사위 감이오!"(*장모의 마음에 들었으니 자연히 부인의 마음에도 들 것이다.)

교 국로曰: "현덕에겐 용과 봉황과 같은 자태가 있고 하늘의 해와 같은 모습이 있는데다 겸하여 그 인덕仁德이 천하에 널리 알려져 있습니다. 국태께서 이런 훌륭한 사위를 얻으신 것은 참으로 경하드릴 일입니다!"

현덕은 고맙다고 인사를 하고 방장 안에서 함께 술을 마셨다.

잠시 후 자룡이 칼을 차고 들어와서 현덕 옆에 섰다.

국태가 물었다: "이 사람은 누구신가?"

현덕이 대답했다: "상산 조자룡입니다."

국태曰: "그렇다면 당양當陽의 장판파長坂坡에서 아두阿斗를 품속에 품고 싸웠던 사람이 아닌가?"(*제41회의 일.)

현덕曰: "그렇습니다."

국태曰: "진정한 장군이로군!"

그리고는 그에게 술을 내렸다.

조운이 현덕에게 말했다: "방금 제가 낭하를 돌면서 살펴보니 방안에 도부수들이 매복하고 있었습니다. 이는 틀림없이 좋은 의도가 아닙니다. 국태께 말씀을 드리십시오."

현덕은 즉시 국태의 자리 앞으로 가서 무릎을 꿇고 눈물을 흘리며 말했다: "만약 이 유비를 죽이시려거든 이 자리에서 죽여주십시오."

국태曰: "어찌하여 그런 말을 하는가?"

현덕曰: "낭하에다 도부수들을 몰래 숨겨 놓으셨는데, 이 유비를 죽이시려는 게 아니고 무엇입니까?"

국태는 크게 노해서 손권을 꾸짖었다: "오늘 현덕은 이미 내 사위가 되었으니 곧 나의 자식이다. (*친애함을 극도로 표현한 말이다.) 왜 낭하에다 도부수들을 매복시켜 놓았느냐?"

손권은 자기는 모르는 일이라고 발뺌하면서 여범을 불러와서 물었다. 여범은 또 가화에게 미루었다. 국태가 가화賈華를 불러서 꾸짖자 가화는 입을 다물고 말이 없었다. 국태는 큰소리로 그를 끌어내서 목을 베라고 호통을 쳤다.

현덕이 사정하여 말했다: "만약 대장을 참하시면 혼사에 이롭지 못할 뿐만 아니라 저도 슬하에 오래 머물러 있기가 어렵습니다."(*그가 용서해 달라고 빎으로써 사윗감의 장점까지 발견하게 된다.)

교 국로 역시 용서해 주라고 권해서 국태는 가화를 꾸짖어 물리쳤다. 도부수들은 전부 머리를 감싸 쥐고 쥐새끼가 도망치듯이 달아나 버렸다.

〖 11 〗 현덕은 화장실에 갔다가 전각 앞으로 나갔는데, 뜰아래 큰

바위가 하나 있는 게 보였다. 현덕은 종자가 차고 있는 칼을 **빼어들고** 하늘을 우러러 축원했다: "만약 이 유비가 형주로 돌아가서 왕업과 패업(王覇)을 이룰 수 있는 운명이라면 한 칼에 이 바위가 두 쪽 나게 하시고, 만일 이곳에서 죽을 운명이라면 칼로 치더라도 바위가 갈라지지 않게 하소서."

축원하기를 마치고 손을 들어 칼을 내려치자 불꽃이 사방으로 튀면서 바위가 두 쪽으로 갈라졌다.

손권이 뒤에서 이 광경을 보고 물었다: "현덕공은 이 돌에 무슨 원한이라도 있습니까?"

현덕曰: "내 나이 오십이 다 되어 가건만 나라를 위해 역적의 무리들을 쓸어 없애지 못한 것이 항상 마음속의 한이었소. 지금 국태께서 나를 부르셔서 사위로 삼아주시니 이야말로 평생 동안 고대하던 기회를 만난 것이오. 그래서 방금, 만약 조조를 깨뜨려서 한漢 나라를 일으켜 세울 수 있는 운명이라면 이 바위를 내려쳤을 때 쪼개지는 점괘를 달라고 하늘에 물어본 것인데, 지금 과연 이렇게 되었소."

손권은 속으로 생각했다: '유비는 이런 말로 나를 속이고 있는 것은 아닐까?' 그리고는 자기도 칼을 **빼어들고** 현덕에게 말했다: "나 역시 만약 역적 조조를 깨뜨릴 수 있다면 이 바위가 쪼개지는 점괘를 달라고 하늘에 물어 보겠습니다."

그리고는 속으로 축원했다: "만약 다시 형주를 얻어서 동오를 크게 일으킬 수 있는 운명이라면 바위를 내리쳤을 때 두 쪽으로 갈라지게 해주소서."

그리고는 손을 들어 칼을 내리치자 큰 바위가 역시 갈라졌다. 지금까지 열십자(十) 모양이 있는 큰 바위가 그대로 남아 있는데, 사람들은 이를 "한석(恨石: 한을 품고 찍은 돌이란 뜻)"이라고 부른다. 후세 사람이 이 유적을 보고 시를 지어 칭찬하였으니:

보검 떨어질 때 큰 바위 쪼개지고   寶劍落時山石斷
큰 칼 소리 내며 불꽃이 튀었네.   金環響處火光生
동오와 촉한의 왕성한 기운 모두 천수이니   兩朝旺氣皆天數
천하 정립鼎立의 기틀 이로부터 이루어졌네. 從此乾坤鼎足成

〖 12 〗 두 사람은 칼을 버리고 서로 이끌어 자리로 돌아가서 또 술을
여러 순배 마셨다. 이때 손건이 현덕에게 눈짓을 하자 현덕이 하직인
사를 하며 말했다: "저는 술기운을 더 이상 이길 수가 없어서 이만 물
러가고자 합니다."

손권이 그를 배웅하러 절 앞까지 나갔다. 두 사람은 그곳에 나란히
서서 강산의 경치를 구경했다.

현덕曰: "이곳이 바로 천하제일의 강산이로군(天下第一江山)!"

지금도 감로사의 현판 위에는 "천하제일강산(天下第一江山)"이라고
새겨져 있다. 후세 사람이 이를 칭찬하는 시를 지었으니:

강산에 비 개이니 푸른 고동들 몰려있는 듯   江山雨霽擁靑螺
지경이 조용하니 즐거움만 가득하다.   境界無憂樂最多
옛 영웅들 시선 모아 바라보던 곳엔   昔日英雄凝目處
절벽만이 옛날 그대로 풍파를 막고 있네.   岩崖依舊抵風波

두 사람이 같이 경치를 구경하고 있을 때 강바람이 크게 불어와서
큰 파도가 치솟더니 눈처럼 흩어지고 흰 물결이 하늘 높이 솟구쳤다.
그때 갑자기 파도를 타고 조각배 하나가 강물 위를 마치 평지 위를 미
끄러지듯 가고 있었다.

현덕이 감탄하며 말했다: " '남방 사람은 배를 타고, 북방 사람은
말을 탄다(南人駕船, 北人乘馬)'고 하더니, 정말로 그렇구나."

손권이 그 말을 듣고 스스로 생각했다: "유비의 이 말은 내가 말을

타는 데 익숙지 않다고 놀리는 것이다."

이에 좌우에 말을 끌어내 오라고 해서는 몸을 날려 말을 타고서는 내달려 산을 내려갔다가 다시 채찍질을 하여 고개 위로 올라와서 현덕을 보고 웃으며 말했다: "남방 사람들은 말을 탈 줄 모릅니까?"

현덕은 그 말을 듣자 옷자락을 훌렁 걷어 올리고 껑충 뛰어 말 등에 올라서 나는 듯이 달려서 산 아래로 갔다가 다시 말을 달려 올라왔다. 두 사람은 산비탈 위에 말을 세우고 채찍을 들고 큰 소리로 웃었다.

지금까지도 사람들은 이곳을 말을 멈추어 섰던 산비탈이란 뜻에서 '주마파駐馬坡'라고 부른다. 이에 대해 후세 사람이 지은 시가 있으니:

준마 타고 내달릴 때 그 기개 대단했고	馳驟龍駒氣槪多
둘이 말고삐 나란히 하여 산하를 구경했지.	二人幷轡望山河
그 후 동오·서촉이 패업 이루었는데	東吳西蜀成王覇
천년 후에도 주마파는 여전히 남아 있네.	千古猶存駐馬坡

이날 두 사람이 말고삐를 나란히 하여 돌아오자 남서南徐의 백성들로 축하하지 않는 사람이 없었다.

〖 13 〗 현덕이 역참으로 돌아와서 손건과 상의했다.

손건曰: "주공께서는 그저 교喬 국로께 간곡히 부탁해서 빨리 혼사를 치르도록 하셔야만 다른 변이 생기는 것을 막을 수 있습니다."

다음날 현덕은 다시 교 국로 댁으로 찾아가서 문 앞에서 말을 내렸다. 국로가 그를 맞아들였다. 인사를 마치고 차를 다 마시고 나서 현덕이 국로에게 사정했다: "강동 사람들 가운데는 저를 해치려는 사람들이 많아서 아무래도 오래 머물러 있지 못할 것 같습니다."

국로曰: "현덕 공은 마음을 놓으시오. 내가 공을 위해 국태께 말씀드려서 보호해 드리도록 하겠소."(*국로는 중매쟁이(撮合山)라고 할 만하다. 결국 작은 중매쟁이는 큰 중매쟁이만 못하다.)

현덕은 고맙다고 인사를 하고 돌아왔다.

교 국로는 그 길로 들어가서 국태를 만나보고 현덕이 남들로부터 해를 당할까 두려워서 서둘러 돌아가려고 한다고 말했다.

국태가 크게 화를 내며 말했다: "내 사위를 누가 감히 해치려 한단 말인가!"

그리고는 즉시 현덕에게 서원書院으로 옮겨와서 잠시 머물고 있으면서 택일擇日하여 혼례를 치르도록 하라고 했다. 현덕은 직접 들어가서 국태에게 아뢰었다: "그러나 조운이 밖에 남아 있으므로 불편하고, 또 (조운만 들어와 있게 한다면) 군사들을 단속할 사람이 없어서 걱정입니다."

국태는 조운과 군사들을 전부 부중府中으로 옮겨와서 편히 지내도록 하고, (*현덕은 곳곳에서 장모의 힘에 기대고 있다.) 역참에 남아 있다가 무슨 변이 생기는 일이 없도록 하라고 지시했다. 현덕은 속으로 기뻐했다.

그로부터 수일이 지나 크게 연회를 베풀고 손 부인과 현덕은 결혼식을 올렸다.

밤이 되어 손님들이 다 돌아가고 나자 붉게 타는 횃불이 두 줄로 죽 늘어선 가운데로 현덕을 인도하여 신부의 방으로 들어갔다.

신방 안의 등불 아래로 보이는 것이라고는 전부 창과 칼 무더기였고, 시비들도 모두 허리에 검을 차고 손에 칼을 들고 양편으로 서 있었다.

깜짝 놀란 현덕은 그만 넋을 잃고 말았다. 이야말로:

시녀들 칼 들고 서 있는 것 보고 깜짝 놀라 　　驚看侍女橫刀立
동오에서 복병 세워 놓은 줄로 의심했네. 　　疑是東吳設伏兵

필경 이것은 어찌된 까닭인가? 다음 회를 읽어보도록 하라.

(1). 손권이 노숙을 시켜서 조문(弔喪)하도록 한 것을 보고 오늘날의 인정人情 역시 대체로 이와 같음을 탄식하게 된다. 전에 유표의 죽음을 조문했던 것은 죽은 유표를 위해 조문한 것이 아니라 유비를 위해서 조문한 것이며, 후에 유기의 죽음을 조문한 것은 죽은 유기를 위해 조문한 것이 아니라 형주荊州를 위해서 조문한 것이다.

조문은 본래는 죽은 사람을 위해 하는 것이지만 오히려 살아있는 사람을 위하여 하며, 조문은 본래 남(人)을 위하여 하는 것이지만 오히려 나(我)를 위해 한다. 조문을 하는 것이 나에게 무익하다면, 비록 조문을 해야 마땅하더라도 조문을 하지 않고; 조문을 하는 것이 나에게 유익하다면, 비록 조문할 필요가 없더라도 역시 조문을 한다. 어찌 동오의 경우에만 이러하겠으며, 또한 어찌 조문의 경우에만 그러하겠는가! 무릇 근래 세상 사람들이 분분하게 왕래하는 것은 모두 동오의 조문과 같다고 봐야 한다.

(2). 공명이 노숙의 청을 거절한 것을 보면, 유기가 죽지 않았을 때에는 유기를 핑계대고 거절했고, 유기가 죽은 후에는 서천西川을 취한다는 핑계를 대고 그것을 거절했다. 두 번째 거절할 때의 말은 첫 번째 거절할 때의 말과 같지 않다. 첫 번째는 다만 완곡한 말로 늦춰달라고 했으나, 두 번째 가서는 먼저 정론正論으로 상대의 기를 꺾고 돌려주지 못하겠다는 뜻을 분명히 밝히고, 나중에 가서 임시변통으로 일단 잠시 빌린다는 말로 거절하고 있다. 그가 빌린다고 말한 것은 곧 돌려주지 않겠다는 뜻이다. 공명은 일찍이 적으로부터 화살을 빌린 적이 있고, 하늘로부터 바람을 빌린 적이 있었

다. 화살을 빌린 것은 역시 장차 화살을 돌려주겠다는 것이지만, 바람을 빌린 것 역시 장차 바람을 돌려주겠다는 것일까?

(3). 무릇 물건을 남에게 빌려준다는 것은, 자기의 소유인 것을 남에게 빌려줄 때 이를 빌려준다고 말한다. 형주는 손씨의 소유가 아닌데 어떻게 빌려준다고 말한단 말인가? 남에게 계약서를 써주는 것은 먼저 계약을 체결하고, 그런 후에 물건을 받고, 그리고는 그 계약서를 담보물로 삼는 것인데, 형주는 유씨劉氏가 먼저 취득한 것인데 무슨 차용계약서가 필요한가?

근세에는 남의 재산을 빼앗기 위해 반드시 차용계약서를 작성하는 자들이 있고, 또 남으로부터 배상 요구를 피하기 위해 가짜로 저당권 설정계약을 작성하는 자들도 있다. 노숙과 공명의 계약서 작성은 이런 종류의 것은 아닐 것이다. 그러나 양쪽 집안이 서로 속이고 있는데, 하나는 가짜로 임차계약서를 썼고, 하나는 가짜 혼인계약서를 썼다. 임차 계약서는 진짜처럼 보여도 실은 가짜였고 (疑眞實假), 혼인계약서는 가짜로 작성한 것이 진짜가 되고 말았다 (弄假成眞). 서로 대對를 이루고 있는 가공架空의 것들로서, 참으로 배꼽 잡고 웃을 일이다.

(4). 공명이 동작대부銅雀臺賦를 암송한 것은, 손권의 형수와 주유의 처를 이용하여 동오東吳를 자극하려는 것이었다. 지금 조자룡에게 비단 주머니의 밀계를 준 것은 손권의 모친과 주유의 장인을 이용해서 현덕을 도우려는 것이다. 그 아들의 계책을 그 모친이 깨뜨리고, 그 사위의 계책을 그 장인이 또 깨뜨린다. 절묘한 것은, 그의 집안사람들을 씀으로써 그가 남을 탓할 수 없도록 한 것이다.

제55회

현덕, 지혜롭게 손 부인을 감동시키고
공명, 두 번이나 주유를 화나게 하다

〚1〛 한편 현덕은 손 부인 방안에 양편으로 창과 칼이 **빽빽**이 줄지어 늘어서 있고 시비侍婢들도 모두 칼을 차고 있는 것을 보고는 자신도 몰래 그만 낯빛이 하얗게 변했다.

여자 집사가 건의했다: "귀인께서는 놀라시지도 겁내시지도 마십시오. 부인께서는 어려서부터 무예 구경을 좋아하시어 평소 시비들에게 격검擊劍을 시켜놓고 구경하기를 즐기셨기 때문에 이렇습니다."

현덕曰: "그런 것은 부인께서 구경하실 일이 아닌데, 내 마음이 다 오싹했다네. 잠시 치우라고 해주게."

여자 집사가 손 부인에게 건의했다: "방안에 진열해 놓은 병장기 때문에 신랑께서 불안해하시니 지금은 잠시 치우도록 하겠습니다."

손 부인이 웃으면서 말했다: "반생을 싸움터에서 보내셨으면서도 아직도 병장기를 두려워하신단 말인가!"(*반생을 싸움터에서 보냈지만 지금껏 여장군과 싸워본 적은 없다.)

그리고는 병장기들을 모조리 치우도록 하고 또 시비들에게도 모두 칼을 풀어놓고 모시도록 했다.

이날 밤 현덕은 손 부인과 성혼成婚을 했는데, 둘 다 기쁘고 흡족하게 정情을 나누었다. 현덕은 또 금은 비단을 시비들에게 나눠주어 그들의 마음을 샀다. 그리고 손건에게 먼저 형주로 돌아가서 기쁜 소식을 알리도록 했다. 이로부터 연일 술을 마시며 즐기니, 국태도 그를 매우 경애敬愛했다.

〖 2 〗 한편 손권은 사람을 시상군柴桑郡으로 보내서 주유에게 알리도록 했다: "나의 모친께서 강력히 주장하시어 이미 내 누이동생을 유비에게 시집보내었소. 뜻밖에도 거짓으로 한 일이 그만 사실이 되고 말았으니(弄假成眞), 이 일을 다시 어찌해야 좋겠소?"

주유는 그 이야기를 듣고 크게 놀라서 (*중매를 선 사람은 바로 그의 장인이다.) 앉으나 서나 불안해하다가 마침내 한 가지 계책을 생각해 내어 밀서를 써서 온 사람에게 주어서 돌아가 손권에게 보이도록 했다. 손권이 봉투를 뜯어서 읽어보았더니 그 글의 내용은 대략 이러했다:

"제가 꾀했던 일이 이처럼 거꾸로 뒤집혀질 줄이야 어찌 생각이나 했겠습니까. 그러나 기왕에 거짓으로 한 일이 그만 사실로 되고 말았으니, 또 여기서부터 계책을 다시 써야 할 것입니다.

유비는 효웅梟雄의 자태를 지닌 데다 관우와 장비와 조운과 같은 뛰어난 장수들을 수하에 두고 있고 또 제갈량이 모책謀策을 내고 있으므로 틀림없이 오랫동안 남의 밑에서 굽히고 지낼 사람이 아닙니다.

제 생각으로는, 그를 동오에 연금시켜 놓고 화려한 집을 지어주어 살게 함으로써 그 심지心志를 상실하도록 하고, 미인과 진귀한 물건들을 많이 보내서 그의 이목耳目을 즐겁게 해줌으로써 관우·장비와의 정을 갈라놓고, 제갈량과의 정의情誼도 멀어지게 해서 그들의 처지가 제각각이 되도록 해놓은 후에 군사들을 이끌고 가서 친다면 형주를 차지하려던 계획을 성공시킬 수 있을 것입니다.

지금 만약 그를 놓아 보낸다면 이는 마치 교룡蛟龍으로 하여금 구름과 비를 얻게 함으로써 끝까지 못 속에 사는 평범한 생물로 남아있지 않도록 하는 것과 같습니다. 원컨대 명공께서는 깊이 생각해 주십시오."

손권은 다 읽고 나서 주유의 글을 장소張昭에게 보여주었다.

장소가 말했다: "공근의 계책은 바로 제 생각과 같습니다. 유비는 쇠미衰微한 집안에서 몸을 일으켜 천하를 분주히 돌아다니느라 부귀를 누려본 적이 없습니다. 이제 만약 화려하고 큰 집과 미녀와 금은비단 등을 갖춰 주어서 그로 하여금 이를 누리면서 살도록 해준다면 자연히 공명·관우·장비 등과 소원해질 것입니다. 저들로 하여금 제각각 원망하는 마음이 생기도록 해놓은 후에는 형주를 도모할 수 있을 것입니다. 주공께서는 공근의 계책대로 따르셔도 좋을 것 같으니, 속히 그 계책을 실행하십시오."(*전에는 거짓 미인계를 썼으나 이제는 진짜 미인계를 쓰려고 한다.)

손권은 크게 기뻐하며 그날부터 동부(東府: 동쪽에 있는 집)를 수리하도록 하고 꽃과 나무들을 많이 심고 화려한 기물들을 들여놓도록 해서 현덕과 누이동생을 그곳에 살게 했다. 또한 기녀妓女 수십 명과 금옥金玉과 각종 비단과 온갖 진귀한 물건들을 갖춰 주었다.

오 국태는 이것이 모두 손권의 호의好意인 줄 알고 기뻐서 어쩔 줄 몰랐다. (*장모들은 사위와 딸이 서로 사이좋게 지내기를 바랄 뿐만 아니라 사위와 자기 아들들도 서로 사이좋게 지내기를 바란다.)

현덕은 과연 가무와 여색에 빠져서 형주로 돌아갈 생각은 전혀 하지 않았다. (*이미 홍등가에 빠져들어 있다.)

〖 3 〗한편 조운은 5백 명의 군사들과 함께 동부東府 앞에서 머물렀는데, 하루 종일 할 일이 없어서 (*현덕은 너무 바쁘고 조운은 매우 한가하다.) 성 밖으로 나가서 활 쏘고 말 달리기나 하면서 시간을 보냈다.

연말이 다 되어가는 것을 보고 조운은 불현듯 깨달았다: "공명은 비단주머니 세 개를 주면서 내게 분부했지. 남서南徐에 도착하는 즉시 첫번째 주머니를 열어보고, 연말에 가서 두 번째 주머니를 열어보고, 또 위급한 지경에 이르러 빠져나갈 길이 없을 때 세 번째 주머니를 열어보라고. 그러면 그 안에 신출귀몰神出鬼沒하는 계책이 들어 있어서 주공을 보호하여 형주로 돌아올 수 있을 거라고. (*공명이 조운의 귀에 대고 분부한 말을 이제야 비로소 보충하고 있다.)

이제 금년 해도 다 끝나가고 있는데도 주공께서는 여색에 빠져서 얼굴조차 볼 수 없다. 그런데도 왜 나는 두 번째 비단주머니를 열어 거기 있는 계책대로 하려고 하지 않았을까?"

곧바로 비단주머니를 열어 보았더니 과연 신묘한 계책이 들어 있었다.

조운은 그날 곧장 동부의 대청으로 가서 현덕을 만나보려고 했다.

시비가 보고했다: "조자룡 장군께서 긴급한 일이 있어 귀인께 보고드리러 오셨습니다."

현덕이 불러들여서 무슨 일인지 물어보았다.

조운은 짐짓 깜짝 놀란 얼굴을 하고 말했다: "주공께서는 그림 같은 집에 깊숙이 들어앉아 계시면서 형주荊州는 생각조차 하지 않으시는 겁니까?"

현덕曰: "무슨 일이 있기에 이처럼 놀라고 괴이하게 여기느냐?"

조운曰: "오늘 아침에 공명이 사람을 보내와서 보고하기를, 조조가 적벽 싸움에서 패배한 원한을 갚으려고 (*제49회의 일) 정예병 5십만 명을 일으켜서 형주로 쳐들어오고 있는데 형세가 매우 위급하니 주공께 청하여 곧바로 돌아오시도록 하라고 했습니다."

현덕曰: "부인과 상의해 봐야겠군."

조운曰: "부인과 상의하신다면 틀림없이 주공께서 돌아가시도록 하지 않을 것입니다. 차라리 말씀드리지 마시고 오늘 밤에 곧바로 출발하시는 게 좋겠습니다. ── 늦으면 일을 그르치게 될 것입니다."

현덕曰: "자네는 잠시 물러가 있게. 내게 달리 방법이 있네."

조운은 일부러 몇 차례 더 재촉하여 다그치고 나서 물러나왔다.

〖 4 〗 현덕은 안으로 들어가서 손 부인을 보고 슬며시 눈물을 흘렸다.

손 부인이 말했다: "장부께서는 무슨 일로 고민하고 계십니까?"

현덕曰: "이 한 몸이 타향으로 떠돌아다니느라 양친께서 살아계실 때에도 모시지 못했는데, 지금은 또 조상의 제사까지 지낼 수 없게 되었으니 나야말로 대역불효大逆不孝한 자요. 그런데 이제 새해 아침이 다가오니 내 마음이 자꾸 우울해져서 그러는 것이오."

손 부인曰: "당신은 나를 속이지 마세요. 내 이미 이야기를 들어서 알고 있어요. 방금 전에 조자룡이 와서 형주가 위급하다고 보고하자 당신은 고향으로 돌아가시려고 일부러 그런 핑계를 대는 거잖아요."

현덕은 그 앞에 무릎을 꿇고 사정했다: "부인이 이미 알고 있다니 내 어찌 감히 속이겠소. 내가 가지 않으려고 하니 형주를 잃게 되어 온 천하 사람들의 비웃음거리가 될 것이고, 가려고 하니 또한 부인과 헤어지기 서운해서 그 때문에 고민하고 있는 것이오."

손 부인曰: "저는 이미 당신을 섬기고 있는 몸, 당신이 가시는 곳이라면 그곳이 어디든 제가 마땅히 따라가야지요."(*이때의 부인 역시 공명의 주머니 속에 들어 있는 물건이었다.)

현덕曰: "부인의 마음은 비록 그렇다 하더라도 장모님과 오후吳侯가 어찌 부인이 가도록 허락하려 하겠소. 부인이 만약 이 유비를 가엾게 생각한다면 우리 잠시 서로 헤어져 있도록 해주시오."

말을 마치자 현덕은 눈물을 비 오듯이 흘렸다. (*실제로는 같이 가려고 하면서도 반대로 잠시 헤어져 있자고 말한다. 속이는 게 심한 것이 절묘하다.)

손 부인이 권했다: "장부께서는 고민하지 마세요. 제가 모친께 극력 사정하면 틀림없이 제가 당신과 함께 가도록 허락해 주실 거예요."

현덕曰: "설령 장모님께서는 허락해 주신다고 하더라도 오후는 틀림없이 못 가도록 막을 것이오."

손 부인은 한참동안 곰곰이 생각하다가 이윽고 말했다: "저와 당신이 정월 초하룻날 모친께 세배를 드릴 때, 강가로 나가서 강북을 바라보고 조상님께 제사를 지내고 오겠다고 핑계를 대고는, 하직인사는 올리지 말고 그 길로 떠나가는 것은 어떻겠어요?"

현덕은 또 무릎을 꿇고 고맙다고 인사를 하고 말했다: "만약 그렇게만 해준다면 죽어도 은혜를 잊지 않겠소. 그러나 절대로 이 일이 새나가게 해서는 안 되오."

두 사람의 상의가 정해지고 난 후 현덕은 은밀히 조운을 불러서 분부했다: "정월 초하룻날 아침에 자네는 먼저 군사들을 이끌고 성을 나가서 큰길에서 기다리고 있도록 하게. 나는 조상님께 제사를 지내러 간다는 핑계를 대고 부인과 같이 빠져 나가겠네."

조운은 그리 하겠다고 대답했다.

〖 5 〗 건안 15년(서기 210년. 신라 나해 이사금 15년) 정월 초하룻날, 오후吳侯는 문무 관원들을 대거 대청으로 모이도록 했다. 현덕과 손 부인

은 들어가서 국태에게 세배를 드렸다.

손 부인이 말했다: "제 남편은 부모님과 조상 어르신들의 묘소가 모두 탁군涿郡에 있음을 생각하고 밤낮으로 슬퍼하고 있습니다. 오늘은 강변으로 나가서 북쪽을 바라보고 멀리서 요제(遙祭: 멀리 바라보고 올리는 제사)를 드리려고 하는데, 반드시 어머님께 말씀드려서 알고 계시도록 해야 할 것 같습니다."(*남편의 말을 듣고 모친의 면전에서도 거짓말을 하는데, 오늘날에도 이런 풍조는 여전하다.)

국태曰: "그것은 효도하는 길인데 어찌 내가 허락하지 않겠느냐! 너는 비록 네 시부모님들의 얼굴을 알지 못하지만 네 남편과 같이 가서 제사를 지냄으로써 며느리로서의 예禮를 보이도록 해라."

손 부인은 현덕과 같이 고맙다고 인사를 하고 물러나왔다. 이때 손권만은 감쪽같이 속였다.

부인은 다만 옷가지와 패물 등 휴대할 수 있는 간편한 물건들만 챙겨 가지고 수레에 올랐다. 현덕은 말에 올라 수행하는 기병 몇 명만 데리고 성을 나가서 조운과 만났다. 5백 명의 군사들은 현덕을 앞뒤로 둘러싸고 남서를 떠나 길을 재촉하여 갔다.

이날 손권은 술이 대취했으므로 좌우에서 모시는 자들이 부축해서 후당으로 들어가고, 문무 관원들은 모두 흩어졌다.

여러 사람들이 현덕과 부인이 도망친 사실을 알았을 때엔 날이 이미 저문 뒤였다. 손권에게 보고하려고 했으나 손권은 술에 취해서 깨어나지 않았다. 그가 술에서 깨어났을 때에는 시간이 이미 오경(五更: 새벽 3~5시 사이)이나 되었다.

〖 6 〗 다음날 손권은 현덕이 도망갔다는 말을 듣고 급히 문무 관원들을 불러서 상의했다.

장소가 말했다: "오늘 이 사람이 달아나도록 내버려 두었다가는 조

만간 틀림없이 화란禍亂이 생길 것입니다. 급히 뒤를 쫓도록 해야 합니다."

손권은 진무陳武와 반장潘璋에게 정예병 5백 명을 뽑아서 밤낮을 가리지 말고 쫓아가서 반드시 잡아 오라고 명했다. 두 장수는 명령을 받고 떠나갔다. 손권은 현덕을 깊이 원망하면서 책상 위에 놓인 옥 벼루를 집어던져서 박살을 냈다.

정보가 말했다: "주공께서는 하늘에 뻗칠 정도로 화를 내고 계시지만 공연空然한 일입니다. 제 생각에는 진무와 반장은 틀림없이 그 사람을 잡아오지 못할 것입니다."

손권曰: "그들이 어찌 감히 내 명령을 어길 수 있겠소!"

정보曰: "주공의 누이동생께서는 어려서부터 무예 관람을 좋아하셨고, 성격이 엄정嚴正 강직하며 굳세어서 많은 장수들이 다들 겁을 내고 있습니다. 이미 유비를 따라가기로 했다면 틀림없이 둘은 한마음이 되어 떠나갔을 것입니다. 그러므로 뒤를 쫓아간 장수들이 주공의 누이동생을 보게 되더라도 그들이 어찌 감히 손을 댈 수 있겠습니까?"

손권은 크게 화를 내며 차고 있던 검을 뽑아 들고 장흠蔣欽과 주태周泰를 불러서 명을 내렸다: "너희 두 사람은 이 검을 가지고 가서 내 누이동생과 유비의 머리를 베어 가지고 오도록 하라! 명령을 어기는 자는 즉시 목을 벨 것이다!" (*손권은 이때 이미 오누이 간의 정이라고는 없었다. 부인도 이때에는 단지 부부간의 애정만 있었는지 누가 알겠는가.)

장흠과 주태는 명령을 받자 곧바로 군사 1천 명을 이끌고 쫓아갔다.

〖 7 〗 한편 현덕은 달리는 말에 채찍을 가하면서 길을 재촉해 갔다. 그날 밤은 길에서 약 4시간 동안 잠시 쉬고 황망히 출발했다. 시상柴桑 경계에 막 도착할 때쯤 돌아보니 뒤쪽에서 먼지가 자욱하게 일어나고 있었는데 사람들이 보고하기를 추격병이 쫓아오고 있다고 했다.

현덕은 황급히 조운에게 물었다: "추격병이 이미 오고 있으니 어찌해야 좋은가?"

조운曰: "주공께서는 먼저 가십시오, 제가 뒤를 맡겠습니다."

현덕이 앞에 보이는 산기슭을 막 돌아나가자 한 떼의 군사들이 길을 가로막았다.

앞장선 대장 둘이서 언성을 높여 외쳤다: "유비는 속히 말에서 내려 결박을 받으시오! 우리는 주 도독의 명령을 받들고 여기서 기다린 지 오래 됐소!"

원래 주유는 현덕이 도망쳐 달아날까봐 염려되어 먼저 서성과 정봉으로 하여금 군사 3천 명을 이끌고 가서 요충지에 주둔시켜 놓고 기다리면서 항상 사람을 시켜서 높은 데 올라가 망을 보도록 했다. 현덕이 만약 육로로 도망친다면 반드시 이 길로 지나갈 것으로 예상했기 때문이다.

이날, 서성과 정봉이 높은 곳에 올라가서 멀리서 현덕의 일행들이 오고 있는 것을 보고는 각기 병기를 잡고 가는 길을 막았던 것이다.

현덕은 깜짝 놀라서 급히 말머리를 돌려 조운에게 물었다: "앞에는 길을 막는 군사들이 있고 뒤에는 쫓아오는 군사들이 있어서 앞뒤로 달아날 길이 없으니, 이를 어찌해야 좋은가?"

조운曰: "주공께서는 당황하지 마십시오. 군사軍師께서 세 개의 계책을 비단주머니 속에 넣어주셨는데, 이미 두 개를 열어보았더니 다 효험이 있었습니다. 아직도 세 번째 것이 남아 있는데 이것은 위급할 때 열어보라고 하셨습니다. 오늘의 상황이 위급하니 열어봐야겠습니다."

그리고는 곧바로 비단주머니를 열어서 현덕에게 바쳤다. (*앞에서 비단주머니 두 개는 조운이 직접 보았으나 세 번째 비단주머니는 현덕에게 주어서 보도록 한다. 이는 부인에게 부탁하려는 일은 반드시 남편이 직접 부탁하도록 해야 하기 때문이다.)

〖 8 〗 현덕은 그것을 보고나서 급히 수레 앞으로 가서 손 부인에게 울면서 말했다: "이 유비에게 마음속 깊이 감춰두었던 말이 있는데, 이런 지경에 이르렀으니 전부 사실대로 이야기해야겠소."

손 부인曰: "제게 하실 말씀이 있으면 무엇이든 사실대로 이야기해 주세요."

현덕曰: "전에 오후吳侯가 주유와 공모하여 부인을 이 유비에게 시집을 보냈으나, 그것은 실은 부인을 위한 것이 아니라 바로 이 유비를 감옥에 가둬놓고 형주를 빼앗기 위한 계책이었소. 형주를 빼앗은 후에는 반드시 이 유비를 죽이려고 했는데, 이는 부인을 향기로운 미끼로 삼아서 이 유비를 낚으려고 했던 것이오. (*지금은 이미 향기로운 미끼를 얻었으니 낚시 바늘에서 벗어나도 된다.)

그런데도 내가 만 번 죽는 것을 겁내지 않고 왔던 것은 부인은 남자와 같은 넓은 흉금胸襟을 갖고 있어서 반드시 이 유비를 가엾게 여겨줄 수 있을 것으로 알았기 때문이오.

일전에 오후吳侯가 나를 해치려고 한다는 말을 들었기 때문에 형주에 급한 일이 있다는 핑계로 돌아갈 계책을 꾸몄던 것이오. 그런데 다행히도 부인은 나를 버리지 않고 함께 여기까지 와주었소. 그런데 지금 오후가 또 사람을 보내서 우리의 뒤를 쫓아오고 있고, 주유도 사람을 시켜서 우리의 앞길을 가로막고 있는데 부인이 아니고는 이번 화禍를 풀어줄 사람이 없소.

만약 부인이 내 청을 들어주지 않겠다면 나는 그간 부인이 내게 베풀어준 은덕에 보답하기 위해 이 수레 앞에서 죽기를 청하는 바이오."(*전에는 장모 앞에서 죽여 달라고 청하더니, 지금은 또 부인 앞에서 죽여 달라고 청하고 있다.)

부인이 화를 내며 말했다: "우리 오라버니가 기왕에 나를 친형제로 생각하지 않는데 내가 무슨 면목으로 그를 다시 보겠습니까? 오늘의 위급함은 마땅히 제가 직접 풀어 드리겠습니다."

부인은 따르는 자들에게 수레를 밀고 곧바로 앞으로 나가라고 지시한 다음, 수레의 수렴垂簾을 걷어 올리고 친히 서성과 정봉을 보고 꾸짖었다: "너희 두 사람은 모반을 하려는 것이냐?"

서성과 정봉 두 장수는 황망히 말에서 내려 병장기를 버리고 수레 앞에 서서 인사를 하고 말했다: "어찌 감히 모반을 하겠습니까! 주 도독의 명을 받들어 이곳에 군사를 주둔시켜 놓고 오로지 유비를 기다리고 있었던 것입니다."(*부인을 향해 그 남편인 현덕의 이름을 부르고 있는 바 이는 참으로 괘씸한 행동이다.)

손 부인이 크게 화를 내어 말했다: "주유 이 역적놈! 우리 동오에서는 너를 저버린 적이 없었거늘! 현덕은 바로 대한大漢의 황숙이시자 나의 남편이시다. (*이 한 마디가 곧바로 서성과 정봉을 압도하기에 충분했다.) 나는 이미 모친과 오라버니께 형주로 돌아가겠다고 말씀드렸다. 그런데 지금 너희 둘이서 산기슭에서 군사들을 데리고 길을 막고 있으니, 이는 우리 부처夫妻의 재물을 빼앗으려는 생각 아니냐?"

서성과 정봉은 연성으로 예예, 하며 말했다: "어찌 감히 그럴 리가! 부인께서는 부디 노여움을 푸십시오. 이는 저희들과는 상관없는 일입니다. 이는 주 도독의 명령입니다."

손 부인이 꾸짖었다: "너희는 단지 주유만 무섭고 나는 무섭지 않다는 것이냐? 주유가 너희를 죽일 수 있다면 내 어찌 주유를 죽이지 못하겠느냐?"

손 부인은 주유를 한바탕 크게 꾸짖고는 따르는 자들에게 수레를 밀고 앞으로 나가라고 호령했다.

서성과 정봉은 속으로 생각했다: '우리는 아래 사람들인데 어찌 감히 부인의 뜻을 거역하고 꺾을 수 있겠는가?'

또 조운이 노기등등해 있는 것을 보고는 수하 군사들에게 가만히 서 있으라고 지시하여 크게 길을 틔워 일행이 지나가도록 해주는 수밖에 없었다. (*이것도 이미 공명의 계산속에 들어 있었다.)

〖 9 〗유비 일행이 5,6 마장(里)도 못 갔을 때 배후에서 진무陳武와 반장潘璋이 쫓아왔다. 서성과 정봉이 그들에게 사정을 자세히 이야기하자 진무와 반장 두 장수가 말했다: "자네들이 그들을 놓아 보낸 것은 잘못일세. 우리 두 사람은 오후의 뜻을 받들고 오로지 저들을 쫓아가서 붙잡아 가려고 왔네."

이리하여 네 장수는 군사들을 하나로 합쳐서 길을 재촉하여 뒤를 쫓아갔다.

현덕이 한창 가고 있을 때 갑자기 배후에서 함성이 크게 일어나는 것이 들렸다. 현덕은 또 손 부인에게 사정했다: "뒤에서 추격병이 또 쫓아오는데 이를 어찌하면 좋겠소?"

손 부인曰: "당신은 먼저 가십시오. 제가 자룡과 함께 뒤를 맡겠습니다."

현덕은 먼저 군사 3백 명을 이끌고 강기슭을 향해 갔다. 자룡은 수레 옆에서 말을 멈추고 군사들을 죽 벌려 세워 놓고 추격해 오는 장수들을 기다렸다. 네 명의 장수들은 손 부인을 보자 어쩔 수 없이 말에서 내려 공손한 자세로 두 손을 마주잡고 그 앞에 섰다.

손 부인曰: "진무와 반장은 여기 뭣 하러 왔는가?"

두 장수가 대답했다: "주공의 명을 받들고 왔습니다. 부디 부인과 현덕께서는 돌아가시지요."

손 부인이 정색을 하고 꾸짖었다: "우리 남매를 이간질해서 불목不睦하게 만드는 것은 모두 네 놈들 패거리구나! 나는 이미 다른 사람에게 시집을 갔다. 오늘 돌아가는 것은 절대로 다른 사람과 정분이 나서 몰래 도망가는 것이 아니다. 나는 우리 부부에게 형주로 돌아가도록 하라는 모친의 뜻을 받들고 온 것이다. 설령 내 오라버님이 오시더라도 반드시 예의를 갖춰 행동하실 터인데, 너희 두 사람은 군사 위세만 믿고 나를 죽이려 하는 것이냐?"

손 부인으로부터 야단을 맞은 네 장수들은 서로 얼굴만 쳐다보면서 각자 속으로 생각했다: "저분은 비록 만 년이 지나더라도 역시 오후와 남매간이다. 게다가 이 일은 국태께서 주장하신 일이라고 한다. 오후_吳_侯께서는 효성이 지극하신 분이니 어찌 감히 모친의 말씀을 거역하겠는가? 내일이라도 오후께서 태도를 바꾸신다면 우리만 잘못한 것이 되고 만다. 차라리 인정이나 베푸는 게 낫겠다.'

게다가 또 군사들 가운데 현덕은 보이지 않고 다만 화가 잔뜩 나서 두 눈을 부릅뜨고 눈썹을 곤두세운 조운의 모습만 보였는데, 그는 한바탕 싸우려 하고 있었다. 그리하여 네 명의 장수들은 연방 예예, 하며 물러갔다. (*이미 공명의 계산속에 들어 있었다.) 손 부인은 수레를 밀도록 하여 곧바로 갔다.

〔 10 〕 서성曰: "우리 네 사람이 같이 가서 주 도독을 뵙고 이 일을 보고하도록 하세."

네 사람은 머뭇거리면서 결정을 내리지 못했다. 그때 문득 한 떼의 군사들이 마치 회오리바람처럼 몰려왔는데, 보니 장흠과 주태였다.

두 장수가 물었다: "당신들은 유비를 보지 못했소?"

네 사람이 말했다: "아침에 여기를 지나갔는데, 이미 반나절이나 되었소."

장흠曰: "왜 붙잡지 않았소?"

네 사람은 각기 손 부인이 화를 내면서 말한 일을 이야기했다.

장흠曰: "오후께서 염려하신 게 바로 이것이었군. 그래서 여기 이 검을 내려주시면서 (*오후의 검 한 자루가 어찌 공명의 주머니 세 개를 당해내랴!) 당신의 누이동생부터 먼저 죽이고 난 다음에 유비를 베어 죽이되, 명령을 어기는 자는 즉시 목을 벨 것이라고 하셨소."

네 장수가 말했다: "이미 멀리 가버렸는데 어떻게 해야겠소?"

장흠曰: "저들은 결국 보병들이므로 급히 갈 수 없소. 서 장군과 정 장군은 도독께 급히 보고하여 수로로 가볍고 빠른 배를 저어 뒤를 쫓아가도록 하고, 우리 네 사람은 강기슭 위에서 추격해 갑시다. 수로든 육로든 불문하고 따라잡으면 죽여 버리고 저들의 말은 아예 듣지도 말아야 하오."

이리하여 서성과 정봉은 주유에게 급보하러 가고, 장흠과 주태, 진무, 반장 네 사람은 군사를 거느리고 강을 따라 쫓아갔다.

〖 11 〗한편 현덕과 같이 가던 군사들은 시상柴桑에서 상당히 멀리 떨어진 유랑포(劉郎浦: 호북성 석수현石首縣 서북)에 이르러서야 (*유랑포에 당도했으면 더 이상 손권의 항구라고 겁내지 않아도 된다.) 비로소 마음이 조금 놓여서 강기슭을 따라가면서 강을 건너갈 방도를 찾았다. 그러나 한 눈에 바라보이는 것이라곤 아득히 넓은 강물 뿐, 배는 전혀 눈에 띄지 않았다.

현덕은 머리를 숙이고 깊이 생각에 잠겼다.

조운曰: "주공께서는 호구虎口에서 도망쳐 나와 지금은 이미 우리 지경에 가까이 왔습니다. 저는 군사軍師께서 틀림없이 대비해 놓고 계실 것으로 생각되는데, 걱정하고 의심하실 필요가 뭐 있습니까?"

현덕은 그 말을 듣고 나니 불현듯 동오에서 그간 온갖 호사를 다 누려가면서 지내온 일들이 생각나서 자기도 몰래 서글퍼지면서 눈물을 흘렸다. 후세 사람이 이를 탄식하는 시를 지었으니:

오와 촉은 이곳 물가에서 성혼하고서　　　　　吳蜀成婚此水湄
주옥으로 장막 꾸미고 황금의 집을 지었지.　　明珠步幛屋黃金

뉘 알았으랴, 여인 때문에 천하 가벼이 알고 　　　誰知一女輕天下
나라 세우려던 유비의 마음 바꿔려 할 줄을. 　　欲易劉郎鼎峙心

현덕은 조운에게 앞으로 가서 배를 찾아보라고 했는데, 그때 갑자기
알려오기를, 뒤쪽에서 먼지가 하늘 가득히 일어나고 있다고 했다.

현덕이 높은 데 올라가서 바라보니 군사들이 까맣게 땅을 뒤덮고 오
고 있어서, 탄식하며 말했다: "연일 달려오느라 사람과 말들이 모두
지쳤는데 또 추격병까지 쫓아오고 있으니 이제는 죽어도 묻힐 곳이 없
게 되었구나!"

함성은 점점 가까워왔다. 유비가 한창 당황해서 어쩔 줄 모르고 있
을 때 갑자기 강기슭에 한일(一) 자로 죽 늘어서 있는 타봉선(拖篷船: 배
위에 덮개를 씌우고 끌어서 움직이는 배) 20여 척이 보였다.

조운曰: "천만다행으로 배가 여기 있으니 빨리 타시어 노를 저어 맞
은편 기슭으로 건너간 다음 다시 방도를 찾아보시지요."

현덕은 손 부인과 함께 곧바로 달려가서 배에 올랐고, 자룡 역시 5
백 명의 군사들을 이끌고 모두 배에 올랐다. 그때 문득 선창 안에서
머리에는 윤건綸巾을 쓰고 몸에는 도복道服을 입은 한 사람이 큰 소리
로 웃으면서 나오며 말했다: "주공께서는 우선 기뻐하십시오! 제갈량
이 여기서 기다린 지 오랩니다."

배 안에서 행상行商들처럼 분장하고 있는 사람들은 전부 형주의 수
군들이었다. 현덕은 크게 기뻤다. 얼마 안 있어 동오의 네 장수들이
추격해 왔다.

공명은 웃으면서 강기슭 위에 있는 사람들을 손가락으로 가리키며
말했다: "내 이미 대비책을 세워둔 지 오래다. 너희들은 돌아가서 주
랑에게 다시는 미인계 같은 수법일랑 사용하지 말라고 해라."

강기슭 위에서 마구 화살을 쏘아댔으나 배들은 이미 멀찍이 떠나간

뒤였다. 장흠 등 네 장수는 그저 멍하니 바라보고 있을 수밖에 없었다.

〖 12 〗 현덕이 공명과 같이 배를 타고 한창 가고 있을 때 문득 강에서 시끌벅적한 소리가 들렸다. 고개를 돌려서 보니 수많은 전선들이 마치 달리는 말과 같은 기세로, 마치 별똥별(流星)과 같은 빠르기로 다가오고 있었다. '帥(수)' 자가 새겨진 지휘 깃발 아래에서 주유가 직접 싸움에 길들여진 수군들을 통솔하고 있었고, 왼편에는 황개가, 오른편에는 한당이 있었다.

동오의 전선들이 막 따라잡으려고 할 때, 공명은 노를 저어 배들을 북쪽 기슭에다 갖다 대도록 한 다음 모두들 배를 버리고 언덕으로 올라가도록 했다. 뭍으로 올라와서는 수레와 말들을 타고 출발했다.

주유 역시 강변까지 쫓아 와서는 모두 강기슭으로 올라와서 현덕 일행을 추격했다. 대소大小 수군들은 전부 걸어서 가고, 군관 우두머리들만 말을 탔다. 주유가 앞장을 서고 황개, 한당, 서성, 정봉이 그 뒤를 바짝 따랐다.

주유曰: "이곳은 어디인가?"

한 군사가 대답했다: "저 앞쪽이 바로 황주黃州 경계입니다."

주유가 바라보니 현덕의 수레와 말들이 멀리 가지 않았으므로, 그는 다들 있는 힘을 다해 추격하도록 했다.

한창 추격하고 있을 때 갑자기 북소리가 한 번 울리더니 산골짜기 안에서 칼을 든 한 떼의 군사들이 몰려나왔는데, 앞장 선 대장은 곧 관운장이었다. 주유는 깜짝 놀라서 어찌할 줄 몰라 하다가 급히 말머리를 돌려서 달아났다. 운장은 그 뒤를 쫓아갔다. 주유는 힘껏 말을 달려서 도망쳤다.

주유가 한창 달아나고 있는데 왼편에서는 황충黃忠, 오른편에서는 위연魏延이 거느린 군사들이 쳐 나와서 동오의 군사들은 크게 패했다.

주유가 황급히 배 위로 올라타자 강기슭 위의 군사들이 일제히 큰소리로 외쳤다: "주랑의 묘한 계책, 천하를 편안케 했으나, 부인을 모셔다 드리느라, 군사들을 많이 잃었구나!"

주유가 화를 내며 말했다: "기슭으로 다시 올라가서 죽기를 무릅쓰고 싸워야겠다."

황개와 한당이 극력 말렸다.

주유는 속으로 생각했다: '나의 계책이 성공하지 못했으니 무슨 면목으로 돌아가서 오후를 뵙겠는가?'(*항우는 자기 부인 우희虞姬를 남에게 보내준 적이 없었는데도 오히려 "강동의 부로父老들을 만나 뵐 면목이 없다"고 말했는데, 지금 주유는 공연히 손권의 누이동생을 현덕에게 부인으로 보내주고 말았으니 강동의 주인을 만나볼 면목이 어디 있겠는가?)

그리고는 갑자기 "으악!" 하고 외마디소리를 지르면서 화살 맞은 상처가 터지면서 그만 배 위에 쓰러졌다. 여러 장수들이 급히 구원했으나 벌써 인사불성人事不省이었다. 이야말로:

두 번 재주 부리다가 망신만 당했는데　　　　兩番弄巧翻成拙
이날엔 분하고도 창피했네.　　　　　　　　此日含嗔却帶羞

주유의 목숨이 어찌될지 모르겠거든 다음 회를 읽어보라.

제55회 모종강 서시평序始評

(1). 손 부인이 방 안에 병장기를 세워놓아 현덕의 마음은 늘 두려웠다. 현덕은 병장기를 두려워했던 것이 아니라 부인을 두려워했던 것이다. 또한 부인을 두려워했던 것이 아니라 병장기를 좋아하는 부인을 두려워했던 것이다. 오늘날 부인을 겁내는 사람들을 볼 때마다 이상하게 생각되는 것은, 그 부인들이 병장기를 좋아하는 것도 아닌데 역시 부인을 두려워하는데, 그 이유는 무엇인가?

나는 말한다: 비록 병장기를 좋아하지 않더라도 싸움을 좋아하지 않는 것은 아니다. 싸움을 좋아하는 것은 병장기를 좋아하는 것보다 더 무섭다. 싸움을 좋아하는 부인 자신이 곧 병장기인데, 방 안에 병장기를 세워놓고 있어야만 병장기라고 말할 필요가 어디 있는가?

　　(2). 공명의 계책은 심히 교묘하다. 이미 손권의 모친을 빌리고 주유의 장인을 빌려서 현덕의 성혼成婚을 돕도록 했고, 또 손권의 누이동생을 빌려서 현덕이 형주로 돌아가는 것을 돕도록 했다. 공명은 교喬 국로뿐만 아니라 오吳 국태도 빌렸고, 손 부인 역시 빌렸다. 국로도 빌릴 수 있고, 국모도 빌릴 수 있고, 부인도 빌릴 수 있는데 형주는 어찌 빌릴 수 없겠는가?

　　(3). 손 부인이 현덕의 배필이 된 것은 춘추시대 때 제강齊姜이 진晉의 공자 중이重耳의 배필이 된 것과 같다. 둘 다 여장부女丈夫였다. 중이는 떠나가고 싶어 하지 않았으나 제강이 그를 떠나보냈고, 현덕이 가려고 하자 손 부인은 그를 따라 갔다. 제강은 중이를 혼자 떠나가도록 했는데, 혼자 가지 않으면 갈 수 없었기 때문이다. 손 부인은 현덕과 함께 갔는데, 함께 가지 않으면 갈 수 없었기 때문이다. 중이가 떠나갈 때 제강齊姜은 자기 부친에게 알리지 않았는데, 현덕이 떠나갈 때 손 부인도 자기 오빠에게 알리지 않았다. 하나(齊姜)는 뽕잎 따는 시녀를 (비밀이 누설될까봐) 죽였는데 이는 영웅의 수법이며, 하나는 가는 길을 막는 군사들을 물리쳤는데, 이 또한 영웅의 수법이다.

제56회

조조, 동작대에서 크게 잔치 벌이고
공명, 세 번째로 주유를 화나게 하다

〖 1 〗 한편 주유는 제갈량이 미리 매복시켜 둔 관공, 황충, 위연의 세 갈래 군사들의 습격을 받아 크게 패했다. 황개와 한당韓當이 급히 구하여 배에 올랐으나 무수히 많은 수군들을 잃어버렸다.

배 안에서 멀리 바라보니 현덕과 손 부인의 수레와 말, 하인과 따르는 자들이 전부 산꼭대기 위에 멈춰 서 있었다. 그것을 본 주유가 어찌 화를 내지 않을 수 있겠는가? 화살을 맞았던 상처가 아직 아물지도 않았는데 노기怒氣가 충격을 가하자 상처가 터지면서 그대로 정신을 잃고 배 바닥에 쓰러졌던 것이다.

여러 장수들이 구호하여 깨어나자 곧바로 배를 띄워 달아났다. 공명은 그 뒤를 추격하지 말도록 하고는 현덕과 함께 형주로 돌아가서 경사를 축하하고 여러 장수들에게 상을 내렸다.

주유는 따로 시상柴桑으로 돌아가고, 장흠 등 일행의 군사들은 따로 남서南徐로 돌아가서 손권에게 보고했다. 손권은 분함을 이기지 못하여 정보를 도독으로 제수하여 군사를 일으켜 형주를 치려고 했다. 주유도 글을 올려 군사를 일으켜 패전의 한을 풀기를 청했다.

장소가 간했다: "안 됩니다. 조조는 밤낮으로 적벽에서 패전한 분풀이를 하려고 생각하면서도 손씨와 유씨가 한마음인 것이 두려워서 감히 군사를 일으키지 못하고 있습니다. 그런데 지금 주공께서 만약 한때의 분함 때문에 서로 삼키려 든다면 조조는 반드시 그 빈틈을 타서 치러 올 것입니다. 그렇게 되면 나라의 형세가 위태롭게 됩니다." (*이 당시의 형세로 논하자면 장소의 견해가 주유보다 낫다.)

고옹曰: "허도許都의 첩자들이 어찌 여기에는 와 있지 않겠습니까? 만약 손씨와 유씨가 서로 불목不睦하는 것을 알게 되면 조조는 틀림없이 사람을 시켜서 유비와 손을 잡으려고 할 것입니다. 그리고 유비는 동오가 겁이 나면 틀림없이 조조에게 찾아갈 것입니다. 그렇게 되면 강남에는 편안할 날이 없을 것입니다.

지금 우리가 취해야 할 계책은 사람을 허도로 보내서 유비를 형주목荊州牧으로 봉해 달라는 표문表文을 올리는 것입니다. 조조가 이를 알면 겁이 나서 감히 동남을 치지 못할 것이고, 또한 유비로 하여금 주공께 원한을 품지 않도록 할 수 있습니다. 그런 다음에 심복을 보내서 이간책을 써서 조조와 유비가 서로 싸우도록 만들고, 우리는 그 틈을 타서 형주를 도모하는 것, 이것이 득책得策일 것입니다." (*고옹의 견해가 장소의 견해보다 낫다.)

손권曰: "원탄(元嘆: 고옹)의 말이 아주 옳소. 그러나 누구를 사자로 보내면 되겠소?"

고옹曰: "이곳에 한 사람이 있는데, 조조가 경모敬慕하는 사람입니다. 그를 사자로 보내면 될 것입니다."

손권이 누구냐고 물었다.

고옹曰: "화흠華歆이 이곳에 있으니 그를 보내도록 하시지요."

손권은 크게 기뻐하며 즉시 화흠에게 표문을 가지고 허도로 가도록 했다. (*조조는 유비가 서주徐州를 취한 것에 원한을 품고 반대로 유비를 서주목徐州牧에 봉하는 조서를 내림으로써 여포로 하여금 그를 증오하도록 하려고 했다. 지금 동오에서는 유비가 형주를 취한 것에 원한을 품고 반대로 유비를 형주목에 봉하도록 청하는 표문을 올림으로써 조조로 하여금 그를 증오하도록 하려고 하는바, 동일한 계책이다.) 화흠은 명을 받고 출발하여 곧장 허도로 가서 조조를 만나보려고 했다. 그러나 조조가 업군鄴郡에 여러 신하들을 모아놓고 동작대銅雀臺의 준공을 경축하고 있다는 말을 듣고는 다시 업군으로 가서 그를 만나려고 기다렸다.

〖 2 〗 조조는 적벽에서 패한 후로 늘 원수 갚을 생각을 하면서도 다만 손권과 유비가 힘을 합칠까봐 염려되어 감히 가벼이 군사를 진격시키지 못했다.

때는 건안 15년(서기 210년. 신라 나해 이사금 15년) 봄. 동작대가 준공되었다. (*동작대를 세우는 일은 34회 중에 나왔다. 이때 와서 비로소 완공되었으니 대를 세우느라 백성들을 얼마나 고생시켰으며 재물을 얼마나 많이 허비했는지를 알 수 있다. 조조가 동작대를 건축한 것은 동탁이 미오郿塢를 축조한 것과 그 성격이 같다.) 조조는 문무백관들을 전부 업군에다 모아놓고 잔치를 베풀어 경축했다. 동작대는 바로 장하(漳河: 하북성과 하남성 경계를 흐르는 강으로 위하衛河의 지류) 가에 세워졌는데, 가운데 있는 것은 동작대, 왼편에 있는 것은 옥룡대玉龍臺, 오른편에 있는 것은 금봉대金鳳臺라고 불렸다. 이들은 각각 높이가 10길(丈)이었고, 위로는 다리 두 개가 가로질러 놓여서 대臺들이 서로 통하도록 되어 있었으며, 수많은 문들과 건물들은 전부 황금색과 푸른 옥색으로 칠해져서 휘황찬란했다.

이날 조조는 머리에는 보석을 새겨 넣은 금관(嵌寶金冠)을 쓰고, 몸에는 녹색 비단으로 만든 두루마기(綠錦羅袍)를 입었으며, 옥으로 만든 띠(玉帶)를 띠고 구슬로 된 신발(珠履)을 신고서 대 위에 높직이 자리 잡고 앉았다. 문무백관들은 대 아래에서 모시고 서 있었다.

〖 3 〗 조조는 무관들의 활쏘기 시합을 구경하려고 근시近侍를 시켜서 서천산西川産 붉은 비단으로 만든 전포戰袍 한 벌을 수양버들 가지 위에 걸어놓고 그 아래에다 과녁을 세워놓도록 했다. 활은 1백 보 떨어진 곳에서 쏘도록 했다.

무관들은 두 편대로 나뉘어 조씨曹氏 종족들은 모두 붉은 전포(紅袍)를 입고, 그 나머지 장수들은 모두 녹색 전포(綠袍)를 입도록 했으며, 각자 문양이 조각된 활과 긴 화살을 가지고 말 위에 올라탄 채 말을 멈춰 세우고 지휘를 듣도록 했다.

조조가 명을 내렸다: "과녁의 붉은 중심(紅心)을 쏘아 맞히는 자에게는 이 비단 두루마기를 하사할 것이지만, 쏘아 맞히지 못하는 자는 그 벌로 물 한 잔을 마셔야 한다!"

호령이 떨어지자마자 홍포를 입고 있는 편대에서 한 소년장군이 말을 달려 나왔는데 모두들 보니 조휴曹休였다. 조휴는 나는 듯이 말을 달려 세 차례나 왔다 갔다 한 다음 활시위에 화살을 메기고 활을 힘껏 잡아당겨 화살을 쏘자 과녁의 붉은 중심(紅心)에 바로 꽂혔다. 징과 북이 일제히 울리며 모두들 갈채를 보냈다. 조조는 누대 위에서 바라보고 크게 기뻐하며 말했다: "이 애는 우리 집안의 천리마千里馬로다!"

막 사람을 시켜서 금포를 가져와서 조휴에게 주라고 말하려는데, 문득 보니 녹포를 입은 편대에서 한 사람이 말을 타고 나는 듯이 달려 나오며 소리치는 것이었다: "승상의 금포는 마땅히 우리들 외성(外姓: 조씨 성이 아닌 다른 성씨의 사람들)에서 먼저 가져가야지, 종족 중에서 가져가는 것은 월권越權이오!"

조조가 그 사람을 보니 문빙文聘이었다.

여러 관원들이 말했다: "우선 문중업(文仲業: 문빙)의 활솜씨부터 구경하시지요."

문빙이 활을 잡고 말을 달려 나가면서 화살을 쏘자 역시 과녁의 붉은 중심에 꽂혔다. 여러 사람들은 모두 갈채를 보냈고 징과 북을 마구 울렸다.

문빙이 큰소리로 불렀다: "빨리 금포를 가져오너라!"

바로 그때 홍포를 입은 편대에서 또 한 장수가 나는 듯이 말을 달려 나오며 언성을 높여 말했다: "문열(文烈: 조휴)이 먼저 쏘았는데 네가 어찌 빼앗을 수 있느냐? 내가 너희 두 사람이 쏜 화살을 갈라놓을 테니 (*꽂혀 있는 두 화살 사이를 맞춘다는 뜻이다.) 잘 보거라!"

힘껏 활시위를 당겨서 화살을 쏘아 보내자 그것 또한 과녁의 붉은 중심에 꽂혔다. 여러 사람들이 일제히 소리치며 갈채를 보내면서 그 사람을 보니 조홍曹洪이었다.

조홍이 막 금포를 취하려고 하는데 문득 보니 녹포를 입은 편대에서 또 한 장수가 나오면서 활을 번쩍 들고 큰 소리로 외쳤다: "너희 세 사람의 활솜씨가 뭐가 기이하단 말이냐! 내가 쏘는 것을 잘 보거라!"

여러 사람들이 보니 곧 장합이었다. 장합은 나는 듯이 말을 달려가면서 몸을 뒤로 뒤집고 등 뒤로 화살을 쏘자 그것도 과녁의 붉은 중심에 꽂혔다. 4개의 화살들이 다 같이 과녁의 붉은 중심 안에 모여 있었다.

여러 사람들은 모두 말했다: "훌륭한 활솜씨로다!"

장합曰: "금포는 당연히 내 것이다!"

그 말이 미처 끝나기도 전에 홍포를 입은 편대에서 한 장수가 나는 듯이 말을 달려 나오며 큰소리로 외쳤다: "당신이 몸을 뒤로 뒤집고 등 뒤로 쏜 것을 가지고 어찌 기이하다고 할 수 있겠는가! 내가 과녁의 붉은 중심의 한가운데를 쏘아 맞히는 것을 보시오!"

모두가 보니 하후연이었다. 하후연은 말을 달려 경계선 앞까지 가서 몸을 비틀며 화살을 쏘자 화살은 4개 화살의 한가운데에 꽂혔다. 징소리와 북소리가 일제히 울렸다.

하후연은 말을 멈추고 활을 잡고 큰소리로 외쳤다: "이 정도면 금포를 차지할 만하지?"

그때 문득 보니 녹포를 입은 편대에서 한 장수가 나오면서 큰 소리로 외쳤다: "금포는 잠시 그냥 두시오! 그것은 이 서황의 것이오!"

하후연曰: "자네는 또 무슨 활솜씨를 가졌기에 내 금포를 빼앗을 수 있다는 것인가?"

서황曰: "자네가 과녁의 붉은 중심의 한가운데를 맞힌 것으로는 기이하다고 할 수 없지. 내가 금포만 취하는 것을 구경하게!"

활을 잡고 화살을 메겨서는 멀리 버드나무 가지를 향해 화살을 쏘아 보내자 화살은 바로 버드나무 가지를 잘랐고 금포는 땅에 떨어졌다. 서황은 나는 듯이 달려가서 금포를 집어서 몸에 걸치고는 말을 달려 대 앞으로 와서 인사를 했다: "승상님, 금포 감사합니다!"

조조와 모든 관원들 중에 칭찬하지 않는 사람이 없었다.

〖 4 〗 서황이 말고삐를 잡아당겨 돌아가려고 할 때 갑자기 녹포를 입은 장군 하나가 대 옆에서 와락 뛰어나오며 큰소리로 외쳤다: "자네는 금포를 가지고 어딜 가는가? 어서 빨리 내게 넘기게!"

모두들 보니 허저였다.

서황曰: "금포는 이미 여기 있는데 자네가 어찌 감히 억지로 빼앗으려고 하는가!"

허저는 더 이상 대답하지 않고 마침내 금포를 빼앗으려고 나는 듯이 말을 달려왔다. 두 말이 서로 가까워지자 서황은 곧바로 손에 활을 잡고 허저를 때렸다. 허저는 한 손으로 서황의 활을 붙잡은 채 잡아당겨 서황을 말안장에서 끌어내리려고 했다. 서황은 급히 활을 놓아버리고 몸을 뒤집어서 말에서 내렸다. 허저 역시 말에서 내렸다. 둘은 서로 붙잡고 치고받고 싸웠다. (*활쏘기 시합으로 시작해서 서로 치고받고 싸우는 것으로 결말이 난다. 가소롭다.)

조조가 급히 사람을 시켜서 둘을 떼어 놓았으나 금포는 이미 갈가리 찢어져 버렸다. 조조는 두 사람에게 모두 대 위로 올라오라고 했다. 서황은 눈썹을 곤두세우고 화난 눈을 부릅뜨고, 허저는 이를 갈면서 올라왔는데, 각자 싸우려는 뜻이 있었다.

조조가 웃으면서 말했다: "내 단지 공들의 용맹을 보려는 것이었지 어찌 금포 한 벌을 아까워하겠는가!"

그리고는 곧바로 모든 장수들을 전부 대 위로 올라오도록 하여 각자에게 촉蜀에서 나는 비단(蜀錦) 한 필씩을 하사했다. (*조조는 화해시키는 능력이 뛰어났다.) 모든 장수들은 다들 고맙다고 인사를 했다. 조조는 각자 직위의 순서(位次)를 따라서 자리에 앉으라고 명했다. 음악소리가 일제히 울려 퍼지는 가운데 산해진미山海珍味가 다 갖춰진 잔칫상이 차려졌다. 문관과 무장들은 서로 돌아가며 술잔을 권하느라 술잔을 잡은 손들이 서로 엇갈렸다. (*적벽대전 전날 장강에 술을 부으며 즐기던 때와 같은 모습이다.)

〖 5 〗 조조가 여러 문관文官들을 돌아보며 말했다: "무장들은 이미 말을 탄 채 활을 쏘고 즐기면서 그 위엄과 용맹을 충분히 다 드러내 보였다. 공들은 모두 실컷 배운 인사들인데, 이 높은 대에 올라와서 한때의 멋들어진 일을 아름다운 시와 문장으로 기념해 보지 않겠는가?"

여러 관원들이 모두 몸을 굽히며 말했다: "귀하의 분부, 따르겠나이 다."

이때 왕낭王朗·종요鍾繇·왕찬王粲·진림陳琳 등 한 떼의 문관들이 그 곳에 있었는데, 그들은 각기 시와 문장을 지어서 바쳤다. 시들 중에는 조조의 공덕이 높고 높다고 칭송하면서 천명을 받아 황제의 자리에 오 르는 것이 합당하다는 뜻을 말한 것들이 많았다. (*왕망王莽 때에는 아첨 의 글이라고는 양웅楊雄이 지은 〈극진미신劇秦美新〉이라는 한 편의 글밖에 없 었는데, 이날에는 무수한 양웅들이 있었다.)

조조는 하나하나 보고 나서 웃으며 말했다: "여러분의 훌륭한 작품 들은 나를 심하게 과찬過讚하고 있소. 나는 본래 우매하고 비루한 몸으 로서 처음에는 효렴孝廉으로 천거되었으나 나중에 천하가 크게 어지러 워지기에 초군(譙郡: 지금의 산동성 제남濟南 부근) 동편 50리 떨어진 곳에 다 정사(精舍: 학생들을 모아 학문을 가르치는 곳. 학사學舍. 서원書院)를 지어 놓고 봄과 여름에는 책을 읽고 가을과 겨울에는 사냥이나 하면서 천하 가 태평해지면 그때 나가서 벼슬을 하려고 했었소.

그런데 뜻밖에도 조정에서 나를 불러서 전군교위典軍校尉에 제수하시 기에 마침내 뜻을 바꾸어 오로지 나라를 위해 도적들을 토벌하여 공을 세움으로써 죽은 후에 나의 묘비에 '漢故征西將軍曹侯之墓'(한 고 정서장군 조후지묘: 한漢의 옛 정서장군征西將軍이었던 조후曹侯의 묘)'라고 쓸 수 있게 된다면 평생의 소원은 이루어지는 것이라고 생각했었소. (*후에 가서 위공魏公·위왕魏王이라고 불린 사람은 누구인가?)

돌이켜 생각해보면, 동탁을 치고 황건적을 쳐 없앤 뒤로부터 원술을 제거하고, 여포를 깨뜨리고, 원소를 멸하고, 유표를 평정함으로써 마 침내 천하를 평정하였소. 그리고 이 몸은 재상이 되었으니 사람의 신 하로서는 그 귀함이 이미 극에 달했는데 또 다시 무엇을 바라겠소?

만약 이 나라에 나 한 사람이 없었다면 스스로 황제라 칭하고 스스로 왕이라 칭할 사람들이 몇 명이나 될지 참으로 모를 일이오. (*다른 사람들은 칭제稱帝, 칭왕稱王을 하더라도 틀림없이 모후母后를 시해하고 황비를 죽이는 등 악독한 짓을 다하지는 않았을 것이다.) 어떤 사람들은 나의 권세가 크고 무거운 것을 보고는 함부로 억측하기를, 혹시 내가 딴 마음을 품고 있는 것은 아닌가 하고 의심하기도 하지만, 이는 크게 잘못된 생각이오.

나는 늘 공자께서 주周나라 문왕文王의 지극한 덕을 칭송하신 것을 잊지 않고 있는데, 공자의 그 말씀은 언제나 내 마음속에 생생하게 남아 있소. (*스스로를 주 문왕에 비하면서 나쁜 일은 그 자손이 하도록 미루고 있다.)

단지 내가 원하는 것이라고는 많은 군사들을 내버리고 나의 봉지封地인 무평후국(武平侯國: 무평은 지금의 하남성 녹읍현鹿邑縣 서북)으로 돌아가서 편히 지내는 것이지만, 실제로는 그렇게 할 수가 없소. 왜냐하면, 내가 일단 병권兵權을 내어놓으면 남들이 나를 해치게 될 것이고, (*이는 사실이다. 역시 한 번 호랑이 등에 타면 내려오기 어렵다는 형세이다.) 내가 실패하게 되면 나라가 기울어져서 위태롭게 될 것이 참으로 두렵기 때문이오. 그러므로 헛된 명성을 좇느라고 나라가 실제로 화를 당하도록 내버려 둘 수는 없는 일이오. (*또 나라에 책임을 전가하고 있다. 심히 간교하다.) 여러분은 틀림없이 나의 이런 뜻을 알지 못할 것이오."

모두가 자리에서 일어나 절을 하며 말했다: "비록 은殷의 현신이었던 이윤伊尹이나 주周의 주공周公이라도 승상께는 미치지 못할 것입니다."(*조조는 문왕처럼 되어 문왕이 자기 아들 무왕에게 왕위를 물려준 것처럼 하고 싶다는데도, 여러 사람들은 그를 이윤과 주공에 비하면서 어진 신하로 남아 있으라고 한다. 이는 그의 뜻이 아니다.)

후세 사람이 이에 대해 지은 시가 있으니:

주공이 유언비어 듣고 두려워하던 날   周公恐懼流言日

왕망이 아래 선비들에게 겸공謙恭하던 때　　　　　王莽謙恭下士時
만약 그때 그들이 죽었더라면　　　　　　　　　假使當年身便死
그들 일생의 진위 여부를 누가 알겠는가.　　　　一生眞僞有誰知

〖 6 〗 조조가 연달아 술을 여러 잔 마시고 자신도 모르게 술이 대취하여 좌우 사람들을 불러 붓과 벼루를 가져오라고 해서는 자기도 동작대를 주제로 시를 지으려고 했다.

조조가 붓을 들고 막 쓰려고 할 때 문득 보고해 왔다: "동오에서 화흠을 시켜서 유비를 형주목으로 천거하는 표문을 올렸습니다. 손권은 자기 누이동생을 유비에게 시집보냈으며, 한수 상류지역의 아홉 개 군 중 태반은 이미 유비의 수중에 들어갔다고 합니다."

조조는 그 말을 듣자 손발을 마구 떨면서 붓을 땅에 내동댕이쳤다.

정욱曰: "승상께서는 수많은 군사들 가운데서 화살과 돌로 서로 공격할 때에도 마음이 흔들리신 적이 없으셨습니다. 그런데 지금 유비가 형주를 얻었다는 얘기를 들으시고는 어찌하여 이처럼 놀라십니까?"

조조曰: "유비는 인간 중에서 용이라 할 수 있소. 그러나 지금까지는 물을 얻지 못한 용이었는데, 이제 형주를 얻었으니 이는 곤한 용이 큰 바다로 들어간 것과 같소. 그러니 내 어찌 마음이 흔들리지 않을 수 있겠소!"(*유비는 형주를 얻기 전에 이미 물을 얻었음을 누가 알았겠는가. 그 이유는 무엇인가? 그는 본래 공명을 물로 생각했기 때문이다.)

정욱曰: "승상께서는 화흠이 온 뜻을 알고 계십니까?"

조조曰: "모르겠소."

정욱曰: "손권은 본래 유비를 미워해서 군사를 일으켜 치려고 했으나 다만 승상께서 그 빈틈을 타서 습격할까봐 두려워서 화흠을 사자로 보내서 유비를 형주목으로 천거하는 표문을 올려서 유비의 마음을 안심시키고, 또한 그로써 승상께서 바라시는 바를 막아보려는 속셈입니다."

조조가 고개를 끄덕이며 말했다: "맞소."

정욱曰: "제게 한 가지 계책이 있습니다. 손권과 유비로 하여금 서로 삼키려고 싸우도록 해놓고는 승상께서 그 틈을 타서 저들을 치신다면 한 번의 공격으로 두 적들을 다 깨뜨릴 수 있습니다."

조조는 크게 기뻐하며 곧바로 그 계책을 물었다.

정욱曰: "동오에서 의지하고 있는 자는 주유입니다. 승상께서 이제 주유를 남군南郡 태수로 삼고, 정보를 강하江夏태수로 삼도록 천자께 표문을 올리시고 화흠은 여기에 붙들어두어 조정에서 중용하신다면, 주유는 틀림없이 유비를 원수로 여기게 될 것입니다. (*이는 곧 순욱荀彧이 말한 '두 마리 호랑이가 서로 먹이를 다투도록 하는 계책(二虎爭食之計)' 이다.) 저들이 서로 잡아먹으려고 싸우는 틈을 타서 우리가 쳐들어가는 것이 좋은 방법 아니겠습니까?"

조조曰: "중덕(仲德: 정욱)의 말이 내 맘에 꼭 드오."

드디어 조조는 화흠을 동작대 위로 불러올려 상을 후하게 내렸다.

이날 잔치가 파하자 조조는 즉시 문무 관원들을 이끌고 허창으로 돌아가서 천자께 표문을 올려 주유를 남군태수로 삼고 정보를 강하태수로 삼았다. 그리고 화흠을 대리소경(大理少卿: 당시 중앙 심판기관의 관리)으로 봉하여 허도에 머물러 있도록 했다. (*제66회의 복선이다.)

사자가 동오에 이르러 주유와 정보에게 각기 벼슬들을 주었다. (*직위는 있어도 다스릴 땅이 없었으니 결국 이것은 이름만 걸어놓은 태수, 즉 괘명태수(挂名太守)였다.)

〖 7 〗 주유는 남군태수의 벼슬을 받고 나서 더욱 원수 갚을 일을 생각하다가 드디어 오후吳侯에게 글을 올려서, 노숙으로 하여금 가서 형주를 되찾아오게 하기를 빌었다.

손권은 이에 노숙에게 명했다: "그대는 전에 형주를 유비에게 빌려주는 데 보증을 섰으나 지금 유비는 시간만 질질 끌면서 돌려주지 않고 있는데, 도대체 언제까지 기다려야 한단 말이오?"

노숙曰: "문서상에는 명백하게 서천西川을 얻고 나면 곧바로 돌려주겠다고 씌어 있습니다."

손권이 꾸짖어 말했다: "말로는 서천을 취한다고 해놓고 지금까지 군사조차 움직이지 않고 있는데, 사람이 늙어 죽기를 기다릴 수는 없지 않은가!"

노숙曰: "제가 가서 말해 보겠습니다."

노숙은 곧바로 배를 타고 형주로 찾아갔다. (*세 번째 형주를 돌려달라고 한다.)

한편 현덕과 공명은 형주에서 군량과 마초를 많이 모아서 쌓고 군사들을 조련하니 멀고 가까운 곳으로부터 많은 인사들이 모여들었다. 그때 갑자기 노숙이 찾아왔다고 알려왔다.

현덕이 공명에게 물었다: "자경이 이번에 찾아온 것은 무슨 의도일까요?"

공명曰: "요전에 손권이 표문을 올려서 주공을 형주목으로 삼도록 천거했는데, 그것은 조조를 두려워한 데서 나온 계책입니다. 그리고 조조가 주유를 남군 태수로 봉한 것은 우리와 동오로 하여금 서로 삼키려고 싸우도록 해놓고 자기는 그 가운데서 일을 꾸며보려는 것입니다. 지금 노숙이 여기 온 것은 주유가 이미 남군태수의 벼슬을 받았으므로 와서 형주를 내놓으라고 요구하려는 의도입니다."

현덕曰: "그러면 뭐라고 대답을 해야 하지요?"

공명曰: "만약 노숙이 형주의 일을 꺼내거든 주공께서는 곧바로 대성통곡을 하십시오. (*전에 조문하러 왔을 때에는 곡을 하지 않더니, 이때는 조문하러 온 것도 아닌데 반대로 곡을 하다니, 기괴하기 짝이 없다.) 주공께서 서럽게 우실 때, 제가 나서서 잘 타이르도록 하겠습니다."

이렇게 의론을 정해놓은 다음 노숙을 부중으로 영접해 들였다.

〖 8 〗 인사를 마치고 자리에 앉으라고 권하자 노숙이 말했다: "이제는 황숙께서 동오의 사위가 되셨으니 곧 이 노숙의 주인이십니다. 제가 어찌 감히 자리에 앉겠습니까?"

현덕이 웃으며 말했다: "자경과 나는 오랜 친구 사이인데 지나치게 겸사하실 필요가 어디 있소?"

노숙은 그제야 자리에 앉았다.

차를 마시고 나서 노숙이 말했다: "이번에는 오후의 분부를 받들고 전적으로 형주의 일 때문에 왔습니다. 황숙께서는 이미 빌려 가신 지 오래 되었는데도 아직 돌려주지 않고 계시는데, 이제는 이미 양가가 혼인까지 했으니 그 친척간의 정을 생각해서라도 하루 속히 돌려주셔야만 합니다."

현덕은 그 말을 듣고는 손으로 낯을 가리고 대성통곡했다.

노숙은 깜짝 놀라서 말했다: "황숙께서는 왜 이러십니까?"

현덕은 통곡하기를 그치지 않았다.

그때 공명이 병풍 뒤에서 나오며 말했다: "저는 두 분의 대화를 처음부터 다 들었습니다. 자경은 우리 주인께서 우시는 이유를 아십니까?"

노숙曰: "저는 사실 알지 못합니다."

공명曰: "알기 어려운 게 뭐 있습니까? 당초에 우리 주인께서 형주를 빌리실 때 서천西川을 얻으면 곧바로 돌려주기로 약속을 하셨습니다. 그러나 자세히 생각해 보면, 익주益州의 유장劉璋은 우리 주인의 동생분이시고 마찬가지로 다 같은 한漢 황실의 혈육입니다. 그런데도 만약 군사를 일으켜서 그의 성지城池를 취한다면 남들이 침을 뱉으며 욕을 할까봐 두렵고, 취하지 않으려고 하니 형주를 돌려주고 나면 몸 붙일 데가 어디 있습니까? 그렇다고 만약 돌려주지 않는다면 또한 처남 되시는 오후吳侯를 뵐 면목이 없으니, 사실 이럴 수도 저럴 수도 없는 진퇴양난進退兩難의 처지에 있으므로 이처럼 눈물을 흘리시며 애통해 하시는 것입니다.”

공명의 말이 끝나자 그 말이 그만 현덕의 속을 건드려서, 현덕은 정말로 주먹으로 가슴을 치고 발을 동동 구르며 목 놓아 통곡했다.

노숙이 권했다: “황숙께서는 당분간 걱정하지 마십시오. 제가 공명과 같이 천천히 잘 의논해 보겠습니다.”

공명曰: “수고스럽지만 자경은 돌아가서 오후吳侯를 뵙고, 우리 주인께서 이처럼 걱정하고 있는 사정을 오후께 간곡하게 말씀드려서 다시 얼마간의 시간을 더 달라고 간청해 주시기 바랍니다.”(*묘한 것은, 단지 싸움의 시기를 늦추려는 계책(緩兵之計)만 쓰고 있다는 것이다.)

노숙曰: “만약 오후께서 들어주시지 않으면 어떻게 하지요?”

공명曰: “오후께서는 이미 자신의 누이동생(妹氏)을 황숙께 출가시키셨는데 어찌 들어주지 않을 수 있습니까? 부디 자경께서 좋게 잘 말씀드려주시기 바랍니다.”

노숙은 본래 천성이 너그럽고 인자한 장자長者인지라, 현덕이 그처럼 애통해 하는 것을 보았으므로 그리 하겠다고 대답하는 수밖에 없었다. 현덕과 공명은 고맙다고 인사를 했다. 주연이 끝나자 두 사람은 노숙이 배를 타는 데까지 바래다주었다.

〖 9 〗 노숙은 곧장 시상柴桑으로 가서 주유를 만나 이 일을 자세히 이야기했다.

주유는 발로 땅을 차면서 말했다: “자경은 또 제갈량의 계책에 걸려들고 말았소! 당초에 유비가 유표에게 몸을 의탁하고 있을 때에도 늘

형주를 삼키려는 마음을 가지고 있었는데, 하물며 서천西川의 유장劉璋
이야 더 말할 게 무엇 있소? 저들이 이처럼 핑계를 대고 미루기만 한
다면, 그 누累가 노형老兄에게도 미칠 수밖에 없을 것이오. 나에게 한
가지 계책이 있는데, 설령 제갈량이라 하더라도 나의 계략에서 벗어날
수 없을 것이오. 자경은 곧바로 다시 한 번 갔다 오시오."

노숙曰: "그 묘책이란 게 어떤 것인지 들어보고 싶습니다."

주유曰: "자경은 오후吳侯를 보러 갈 필요는 없소. 다시 형주로 가서
유비에게 이런 내용으로 말하시오: '손씨와 유씨 양가가 이미 혼인을
하였으니 곧 한 집안이다. 만약 유씨가 차마 서천을 취하러 가지 못하
겠으면 우리 동오에서 군사를 일으켜 취하러 가겠다. 서천을 얻게 되
면 그것을 혼인예물로 삼겠다. 그리고 나서는 형주를 동오에게 돌려줘
야 한다.' 라고."(*왜 형주를 곧바로 혼인예물로 삼으려 하지 않는가?)

노숙曰: "서천은 까마득히 멀어서 취하기가 쉽지 않을 것입니다. 도
독의 이 계책은 아무래도 성공할 수 없을 것 같습니다."(*정직한 사람
이 진심에서 한 말이다.)

주유가 웃으며 말했다: "자경은 참으로 마음씨 정직한 장자長者요.
(*장자長者란 쓸모없는 사람을 이르는 별명이다.) 그대는 내가 정말로 가서
서천西川을 취하여 저들에게 줄 것으로 생각하시오? 나는 다만 이것을
명분으로 내세우되 실제로는 가서 형주를 취하려는 것인데, 우선 저들
로 하여금 대비하지 않고 있도록 하려는 것이오. 동오의 군사들이 서
천을 치려면 형주를 지나가야 하니, 저들에게 전쟁 물자와 군량을 대
라고 요구한다면 유비는 틀림없이 군사들을 위로하려고 성에서 나올
것이오. 그때 기회를 봐서 유비를 죽이고 형주를 빼앗아 버린다면 나
의 원한도 갚고 그대의 골치 아픈 문제도 해결할 수 있소."(*이런 계책
으로는 주유는 어떤 것도 성공시키지 못한다.)

노숙은 크게 기뻐하면서 곧바로 다시 형주로 갔다.

〖 10 〗 현덕과 공명은 상의했다. 공명曰: "노숙은 틀림없이 오후는 만나보지도 않고 다만 시상으로 가서 주유와 무슨 계책을 상의한 다음 우리를 유인하러 온 것입니다. 그가 무슨 말을 하건 주공께서는 다만 제가 머리를 끄덕이는 것을 보시거든 곧바로 시원스럽게 그리 하겠다고 하십시오."(*혹은 유비에게 거절하라고 하고, 혹은 곡을 하라고 하고, 혹은 그러겠다고 대답하도록 하는데, 유비는 모두 공명이 줄을 잡아당기는 대로 하고 있다.)

이처럼 대책을 정해 놓았을 때 노숙이 들어와서 만나 인사를 한 다음 말했다: "오후께서는 황숙의 인자하신 마음씨를 크게 칭찬하셨습니다. 그리고는 여러 장수들과 상의하시어 군사를 일으켜 황숙 대신에 서천을 취하기로 하셨습니다. 서천을 취한 다음에 형주와 바꾸기로 하되, 서천은 일단 혼인예물로 삼아 황숙께 드리기로 하였습니다. (*형주는 이미 차지하고 있는 혼인예물인데 가까이 있는 것을 버려두고 멀리 있는 것을 도모하려 할 필요가 어디 있단 말인가?) 다만 동오의 군사들이 이곳을 지나갈 때에는 약간의 전쟁물자와 군량을 지원해 주시기를 바라고 계십니다."

공명은 듣고 나서 급히 고개를 끄덕이며 말했다: "오후吳侯의 이런 호의는 정말로 쉽지 않은 일입니다!"

현덕도 두 손을 마주 잡고 고맙다고 치하했다: "이 모두가 자경께서 오후에게 잘 말씀드려 준 덕분입니다."

공명曰: "대군이 이르는 날에는 마땅히 멀리 나가서 군사들을 먹이고 위로해 주겠습니다."

노숙은 속으로 기뻐하며 연석이 끝나자 하직인사를 하고 돌아갔다.

현덕이 공명에게 물었다: "이것은 도대체 무슨 뜻이지요?"

공명이 크게 웃으며 말했다: "주유가 죽을 날이 가까이 왔습니다! 이따위 계책을 가지고는 어린애도 속여 넘길 수 없습니다!"

현덕이 또 그 이유를 물었다. (*어린애조차 속여 넘길 수 없는 것을 어른이 도리어 깨닫지 못하고 있다.)

공명曰: "이것은 바로 '가도멸괵(假途滅虢)'이라는 계책입니다. (*춘추시대 때 진晉나라가 괵虢을 치려고 우虞의 길을 빌려 지나가서 괵을 친(假道於虞伐虢) 후 돌아오는 길에 우虞까지 멸망시켰다. 임진왜란 때 풍신수길이 조선에 쳐들어오면서 내걸었던 명분도 명明 나라를 치려고 하니 조선이 그 길을 빌려달라고 했는데, 그것이 바로 '가도멸명(假道滅明)'이다.─역자.) 저들이 내세우는 거짓 명분은 서천西川을 취하러 간다는 것이지만, 속셈은 형주를 빼앗으려는 것입니다. 주공께서 성을 나가시어 군사들을 먹이고 위로하실 때를 기다렸다가 기회를 봐서 주공을 붙잡고 성으로 쳐들어와서 우리가 무방비 상태에 있을 때 공격함으로써 우리의 허를 찌르려는 것입니다."

현덕曰: "그러면 어떻게 해야 하지요?"

공명曰: "주공께서는 마음 푹 놓으시고 다만 범을 잡을 강궁을 준비해 두시고, 자라와 고기를 낚을 향기로운 미끼만 준비해 두시면 됩니다. 그리고는 주유가 오기를 기다린다면, 그가 비록 죽지는 않는다 하더라도 십중팔구는 죽은 것과 마찬가지가 될 것입니다."

그리고는 곧바로 조운을 불러서 계책을 일러주었다: "여차여차하게 하시오. 그 나머지는 내가 별도로 조처할 것이오."

현덕은 크게 기뻐했다. 후세 사람이 이를 찬탄하여 지은 시가 있으니:

주유가 계책 써서 형주 취하려 하자　　周瑜決策取荊州
공명은 그보다 뛰어난 계책 먼저 알았네.　諸葛先知第一籌
주유는 장강에 드리운 미끼만 생각하고　指望長江香餌穩
그 속에 낚싯바늘 들어있는 줄은 알지 못했네.　不知暗裏釣魚鉤

〖 11 〗 한편 노숙이 돌아가서 주유를 보고 현덕과 공명이 상당히 기뻐하면서 성에서 나와 군사들을 위로할 준비를 하겠다고 하더란 말을 했다.

주유는 큰 소리로 웃으며 말했다: "그러고 보니, 이번에야말로 내 계교에 걸려들고 말았군!"

그리고는 곧바로 노숙에게 오후에게 보고하도록 지시하고, 아울러 정보를 파견하여 군사를 이끌고 가서 후원하도록 했다.

이때 주유는 화살에 맞은 상처가 점차 나아서 몸을 움직이는 데 별 지장이 없었으므로 감녕甘寧을 선봉부대로 삼고 자신은 서성·정봉과 함께 제 2대가 되고, 능통과 여몽은 후대後隊로 삼아서 수륙 대군 5만 명이 형주를 향해 갔다. 주유는 배 안에서 공명이 자기 계책에 걸려들었다고 생각하면서 시도 때도 없이 기뻐서 웃었다.

선두부대가 하구夏口에 이르렀을 때 주유가 물었다: "전면에 형주에서 영접하러 나온 사람들이 없느냐?"

사람들이 보고했다: "유황숙께서 보낸 미축이 도독을 뵈러 왔습니다."

주유가 불러들여서 군사들을 위로하려는 일이 어떻게 되었는지 물었다.

미축曰: "주공께서 이미 다 준비해 놓으셨습니다."(*맹호를 쏠 강궁을 준비해 놓았고, 자라와 고기를 낚을 미끼를 마련해 놓았다.)

주유曰: "황숙께선 어디 계시는가?"

미축曰: "형주 성문 밖에서 도독과 함께 술잔을 기울이려 기다리고 계십니다."

주유曰: "이번에는 당신들 집안 일 때문에 군사를 내서 원정 나가는 것이니 우리 군사들을 위로하는 호궤犒饋의 예를 소홀히 해서는 안 되오."

미축은 알았다고 대답하고 먼저 돌아갔다.

전선들은 강 위에 빽빽하게 벌여 서서 차례대로 앞으로 나아갔다. 공안(公安: 호북성 공안)에 거의 다 당도했는데도 전선 한 척 보이지 않았고 또 멀리 영접하러 나온 사람이 하나도 보이지 않았다. 주유는 배를 재촉해서 빨리 나아갔다. 그러나 형주에서 10여 리 떨어진 곳까지 갔는데도 강 위는 씻은 듯이 고요했다.

정탐꾼이 돌아와서 보고했다: "형주성 위에는 백기白旗 두 개가 꽂혀 있을 뿐 (*혼인예물을 보내왔는데 왜 백기를 꽂아 놓았는가? 아마도 미리 주유의 죽음을 조문하기 위해서인 것 같다.) 사람의 그림자는 하나도 보이지 않았습니다."

주유는 의심이 들어서 배를 강기슭에 대도록 한 다음 직접 기슭으로 올라가서 말을 타고 감녕·서성·정봉 등 한 무리의 군관들을 데리고 수하 정예병 3천 명을 이끌고 곧장 형주로 갔다.

성 아래에 당도했으나 전혀 아무런 움직임도 보이지 않았다.

〖 12 〗 주유는 말을 멈추고 서서 군사들을 시켜서 문을 열라고 외치도록 했다. 성 위에서 누구냐고 물었다. (*모른 체하는 것이 묘하다.)

동오의 군사들이 대답했다: "동오의 주 도독께서 몸소 이곳에 오셨소."

말이 미처 끝나기도 전에 갑자기 딱따기 소리가 울리더니 성 위의 군사들은 일제히 창과 검을 세웠다.

그리고 성 위의 망루(敵樓) 위로 조운이 나와서 물었다: "도독의 이번 행차는 도대체 무엇을 위해서입니까?"

주유曰: "나는 그대 주인을 대신해서 서천西川을 취하러 가는 길인데, 그대가 어찌 아직 모르고 있단 말인가?"

조운曰: "공명 군사軍師께서는 이미 도독의 '가도멸괵假道滅虢' 계책을 다 알고 계시므로 이 조운을 이곳에 남겨두셨소이다. 그리고 우리 주공께서 말씀하시기를, '나와 유장劉璋은 다 한漢 황실의 종친인데 어찌 차마 의리를 저버리고 서천을 취할 수 있겠느냐? 만약 당신들 동오에서 정말로 촉蜀 땅을 취하려고 한다면 나는 차라리 머리를 풀고 산으로 들어가서 천하 사람들의 신의를 잃어버리지 않겠다.' 고 하셨습니다." (*뜻밖에도 후문과는 상반된다.)

주유가 조운의 말을 듣고 말머리를 돌려 가려고 하는데, 문득 한 사람이 전령傳令임을 표시하는 '슈(령)'자가 새겨진 깃발을 들고 말 앞에 와서 보고했다: "네 방면으로 군사들이 일제히 쳐들어오고 있는데 관우는 강릉으로부터 쳐들어오고, 장비는 자귀(秭歸: 호북성 의창宜昌 서쪽)로부터 쳐들어오고, 황충은 공안公安으로부터 쳐들어오고, 위연은 잔릉(屛陵: 호북성 공안현 서남)의 소로小路로 해서 쳐들어오고 있습니다. 네 방면의 군사들이 전부 얼마나 되는지는 모르겠지만 함성이 원근 1백여 리를 진동시키고 있는데 모두들 도독都督을 붙잡겠다고 합니다." (*이것이 바로 술잔을 잡고 군사들을 위로하겠다는 것이다.)

그 말을 듣고 주유는 말 위에서 크게 외마디 소리를 외쳤는데 그 바람에 화살을 맞은 상처가 다시 터져서 그는 말 아래로 떨어졌다. 이야말로:

바둑에서 고수 대적하기 참으로 어렵듯이　　　一着棋高難對敵
몇 차례 시도한 계책들이 전부 허탕을 쳤네.　　幾番算定總成空

그의 목숨이 어찌될지 모르겠거든 다음 회를 읽어보도록 하라.

제 56 회 모종강 서시평序始評

(1). 조조는 유비가 형주를 얻은 것을 용이 물을 얻은 것에 비유하고 있는데, 이는 그가 유비를 한 마리의 용으로 보고 있음이다.

그리고 푸른 매실을 안주로 데운 술을 마실 때에는(*제21회 (3)의 이야기) 용을 영웅에 비유하면서 말하기를 "영웅은 유 사군使君과 조조뿐"이라고 했다. 이는 곧 자신도 역시 한 마리의 용으로 보고 있음이다.

전에는 한 마리의 용은 물을 잃었고 한 마리의 용은 물을 얻었으므로 물을 잃은 용은 물을 얻은 용의 제어를 받았지만, 지금은 두 마리 용들이 다 물을 얻고 있다. 조조는 연주兗州와 허도許都를 물로 여겼고, 현덕은 형주荊州와 양양襄陽을 물로 여겼다. 그러나 현덕의 형주는 빌려온 물과 같아서 서천西川을 얻어서 자기 소유의 물로 삼은 것만 못하니, 이는 형주를 얻었으나 아직 물을 얻었다고 말할 수 없다. 그래서 현덕은 형주를 물로 여기지 않았고 또 서천도 물로 여기지 않고 다만 공명을 물로 여겼던 것이다.

만약 서천을 물로 여긴다면 물을 얻은 것은 오히려 형주를 얻은 후의 일이고, 공명을 물로 여긴다면 물을 얻은 것은 형주를 얻기 전의 일이다. 하물며 공명은 본래부터 스스로를 와룡臥龍이라 불렀음에랴. 그러므로 현덕이 공명을 만난 것은 용이 물을 얻은 것과 같고, 공명이 현덕을 만난 것 역시 용이 물을 얻은 것과 같다.

공명이 남양南陽에 누워 있을 때에는 곧 쓰이지 않는 잠룡潛龍이었고, 그가 초려草廬를 나온 것은 곧 들에 나타난 현룡見龍이었으며, 그가 현덕을 도와서 조조를 친 것은 곧 자신의 운명의 부름을 받들고 적과 들판에서 싸우는 얼룡(孼龍: 전설에 나오는, 물을 일으켜서 재해를 가져오고 온갖 나쁜 재앙을 만들어내는 용)인 것이다. 물로써 물을 구하고 용으로써 용을 도우니, 조조가 비록 귀신(鬼)과 물여우(蜮)와 같다고 하더라도, 어찌 하나의 물로 두 개의 물을 대적할 수 있을 것이며 한 마리 용으로 두 마리 용을 당해낼 수 있겠는가?

(2). 손권이 천자에게 유비를 형주목荊州牧에 천거하는 표문을 올린 것은 유비와 손을 잡기 위해서가 아니라 유비를 미워하는 조조로 하여금 유비를 공격하도록 하기 위해서다. 조조가 유비를 공격하면 그 틈을 타서 형주를 취하려는 것이었으니, 이는 겉으로는 자기가 원하는 것을 유비에게 양보하는 것처럼 보이지만 실은 유비가 가지고 있는 것을 자신이 차지하려는 것이었다.

조조가 주유를 남군 태수로 임명한 것은 주유를 겁내서가 아니라 바로 유비가 겁이 나서 주유로 하여금 유비를 공격하도록 하려는 것이었다. 주유가 유비를 공격하면 조조 역시 그 틈을 타서 형주를 취할 수 있으니, 이는 명분은 유비가 얻은 것을 주유에게 준다는 것이었으나 실제로는 자신이 잃은 것을 자신이 되찾으려는 것이었다.

그러므로 형주목에 유비를 제수해 달라는 손권의 표문은 바로 노숙이 형주를 돌려받으려는 마음이고, 조조가 남군을 주유에게 준 것은 조인이 남군을 지키려는 생각과 다를 게 없다. 두 가지 서로 다른 기모機謀는 하나 같이 속임수인데, 〈전국책戰國策〉이란 책 속에도 이런 일들이 많이 기록되어 있지만, 이런 일들을 〈삼국지연의三國志演義〉에서보다 더 자주 본다고는 말할 수 없다.

(3). 노숙은 형주를 되돌려 달라고 요구하기를 세 번 했고, 공명은 노숙의 요구를 거절하기를 세 번 했다. 처음은 유기가 아직 죽지 않았음을 이유로 거절했고, 이어서 서천西川을 취한 후에 돌려주겠다고 하면서 거절했고, 마지막에는 차마 서천을 취하지 못하겠다는 이유로 거절했다. 전에 이미 서천을 취할 때까지 기다리라고 해놓고선 갑자기 차마 서천을 취하지 못하겠다고 말하며; 차마 서천을 취하지 못하겠다고 말해 놓고는 후에 가서 갑자기 서천을

취하는데, 이는 그 앞과 뒤가 서로 어긋나는 것으로 상대를 속인 것이다.

손권은 이미 노숙으로 하여금 형주를 되찾아오라고 해놓고선 형주목으로 유비를 제수해 달라는 표문을 올렸으며, 이미 형주목으로 유비를 제수해 달라는 표문을 올려놓고선 또 노숙으로 하여금 형주를 되찾아오라고 하였는데, 이 또한 앞과 뒤가 서로 어긋나는 것으로 속인 말이다. 이는 저쪽이 거짓으로 나오므로 이쪽에서도 거짓으로 나간 것이다.

손권이 표문을 올린 것이야 증거가 되기에 부족하다지만, 유비가 계약서를 써준 것은 또 어째서 증빙문서가 되기에 충분한가? 주유가 중매를 선 것은 이미 호의에서가 아니면서, 노숙이 보증을 선 것에 대해서는 또 왜 반드시 속아 넘어가지 말아야 한다는 것인가?

노숙은 현덕이 통곡하는 것을 보고는 차마 형주를 내놓으라고 강요하지 못했는데, 이는 현덕의 가짜 불인지심(不忍之心: 차마 할 수 없는 마음)이 노숙의 진짜 불인지심不忍之心을 감동시킨 것이며; 주유는 현덕이 기뻐하더라는 말을 듣고는 득의만만했는데, 이는 현덕의 가짜 득의得意로 주유의 진짜 득의得意를 속인 것이다.

주유가 촉蜀을 취하려 한다는 거짓말을 하자 노숙은 그 말을 진짜로 믿었는데, 이는 정직한 사람이 거짓말을 거짓말인 줄 모른 것이다. 공명이 동오의 군사들이 오면 잘 먹이겠다고 거짓말을 하였는데 주유는 그것이 거짓말인 줄 몰랐는데, 이는 총명한 사람이 또 한 방 먹은(撞了撮空手) 것이다. 사건의 묘사가 참으로 재미있다.

제57회

공명, 시상구에서 주유를 조문하고
봉추, 뇌양현에서 사무를 처리하다

〖 1 〗 한편 주유가 노기怒氣로 가슴이 꽉 막혀 말 아래로 떨어지자 좌우에서 급히 구호하여 배로 돌아갔다. 그런데 군사들이 말을 전했다: "현덕과 공명이 앞의 산꼭대기에서 술을 마시며 즐기고 있습니다."

주유는 크게 노하여 이를 갈면서 말했다: "네놈들은 내가 서천西川을 취하지 못할 줄 알지만, 내 맹세코 취하고 말 것이다!"

한창 분해하고 있을 때 보고해 오기를, 오후吳侯가 자기 아우 손유孫瑜를 보내왔다고 하였다. 주유는 그를 맞아들여 전후 사정을 자세히 이야기했다.

손유曰: "저는 형님의 명을 받들어 도독을 도와드리러 왔습니다."

주유는 군사들을 재촉해서 앞으로 나아가도록 하라고 명했다. 앞으로 나아가 파구(巴丘: 호남성 악양岳陽 남쪽)에 당도하니 보고해 오기를, 상류에서 유봉劉封과 관평關平 두 사람이 군사들을 거느리고 수로를 차단하고 있다고 했다. 주유는 더욱 화가 났는데, 그때 갑자기 또 보고해 오기를, 공명이 사람을 보내서 글월을 보내왔다고 했다. (*그의 죽음을 재촉하는 문서가 도착했다.)

주유가 받아서 뜯어보니 글의 내용은 이러했다:

"한漢의 군사軍師 중랑장中郎將 제갈량은 동오의 대도독 공근公瑾 선생께 글월을 올립니다.

저는 시상柴桑에서 작별한 후로 지금까지 선생을 그리워하며 잊지 못하고 있었습니다. 그런데 듣자니 귀하께서는 서천을 취하려고 하신다는데, 저는 그것은 불가한 일이라고 생각합니다.

익주益州는 백성들도 강하고 땅도 험해서, 유장劉璋이 비록 사리에 어둡고 나약하다고는 하나, 충분히 스스로를 지킬 수 있습니다. 지금 귀하께서는 군사들을 고생시켜 가면서 원정을 가려 하시는데, 만 리나 멀리 떨어진 곳으로 군량과 마초 등을 운반해 가면서 온전한 성공을 거두고자 하시지만, 이는 비록 저 유명한 고대의 병법가 오기吳起라 하더라도 그 계책을 세울 수 없을 것이며, 손자병법孫子兵法의 저자 손무孫武라 하더라도 그 뒷감당을 잘할 수 없을 것입니다.

조조는 적벽의 싸움에서 패배하였는데, 그 뒤로 어찌 잠시나마 원수 갚을 생각을 하지 않고 있겠습니까! 지금 귀하께서 군사를 일으켜 원정을 나가셨다가 만일 조조가 그 빈틈을 타서 쳐들어온다면 강남은 짓이겨지고 말 것입니다. 저는 이를 차마 가만히 앉아서 보고만 있을 수 없어서 이에 특별히 알려드리는 바이오니, 밝게 살펴주시기(明察) 바랍니다."

〖 2 〗주유는 글을 다 읽고 나서 길게 탄식을 하고는 (*분노가 극도에 달하면 탄식이 나온다. 탄식은 분노보다 더 심한 것이다.) 좌우를 불러서 종이와 붓을 가져오라고 해서 오후吳侯에게 올리는 글을 썼다.

그리고는 여러 장수들을 모아놓고 말했다: "내가 충성을 다하여 나라에 보답하고자 하지 않는 것은 아니지만 이미 천명天命이 다했으니 어쩌겠는가. 그대들은 오후吳侯를 잘 섬겨서 같이 대업大業을 이루도록 하라."

말을 마치자 정신을 잃었다. 잠시 후 서서히 다시 깨어나더니 하늘을 우러러 길게 탄식하며 말했다: "이미 주유를 낳아 놓고 왜 또 제갈량을 낳으셨나이까(既生瑜, 何生亮)!"

연달아 몇 마디 소리를 지르고는 죽었다. (*주유는 아직 젊은데도 노여움을 이기지 못하여 결국 일어나지 못했다. 그의 독서와 양기養氣 공부가 공명에 미치지 못한 것이다.) 이때 그의 나이 서른여섯 살이었다. 후세 사람이 시를 지어 그를 탄식하였으니:

적벽 싸움에서 영웅의 면모 드러냈고	赤壁遺雄烈
젊은 시절부터 영특한 명성 날렸지.	青年有俊聲
음률 들으면 그 뜻을 알았으며	弦歌知雅意
술 권하며 옛 친구(*장간)의 권유 사양했었지.	杯酒謝良朋
일찍이 노숙에게 양곡 삼천 석을 꾸었고	曾謁三千斛
항상 10만 군사를 몰고 다녔지.	常驅十萬兵
이곳 파구는 그대 운명한 곳	巴丘終命處
그대 추모하니 내 마음 아파오네.	憑弔欲傷情

주유의 영구를 파구巴丘에 멈춰 두었다. 여러 장수들은 주유가 남긴 서신을 사람을 시켜서 손권에게 급히 보고하도록 했다.

손권은 주유가 죽었다는 말을 듣고 대성통곡을 했다. 봉투를 뜯어서

그의 글을 읽어보니, 노숙을 천거하면서 자신을 대신하게 해달라는 것이었다. 그 내용은 대략 다음과 같았다:

"저는 평범한 재주밖에 없으면서 특별한 대우를 받고 심복에게만 허용하시는 중책을 맡아 군사를 통솔하게 되었으니, 어찌 신하로서 힘을 다하여 보답하려고 애쓰지 않을 수 있겠습니까? 그러나 생生과 사死는 헤아릴 길이 없고 목숨의 길고 짧음은 하늘에 달려 있어서 제 뜻을 다 펴보지도 못한 채 미천한 몸이 얼마 후 죽게되었으니 유한遺恨을 어찌 말로 다할 수 있겠습니까?

바야흐로 지금은 조조가 북방에 있어서 전장戰場이 조용할 날이 없고, 유비는 얹혀살고 있으니 마치 호랑이를 기르고 있는 것 같아서 (*조조는 유비를 용으로 여겼는데, 주유는 그를 호랑이로 여겼다.) 천하의 일이 장차 어찌될지 아직 알 수가 없습니다. 지금은 바로 조정의 신하들은 침식을 잊고 나라 일에 열중해야 할 때이며, 지존至尊께서는 매사를 깊이 생각하셔야 할 때입니다.

노숙은 사람이 충성스럽고 절개가 곧아서 일에 임하여 구차스럽지 않으니 제가 하던 일들을 대신할 수 있을 것입니다. '사람이 죽으려고 할 때에는 그 하는 말도 선하다(人之將死, 其言也善)'고 하였습니다.(〈논어·태백편〉) 만약 제가 드리는 말씀을 잘 살펴주신다면, 저는 몸은 비록 죽더라도 혼만은 썩어 없어지지 않을 것입니다."

손권은 다 읽고 나서 울면서 말했다: "공근은 왕을 보좌할 수 있는 재주를 가졌건만 단명하여 지금 갑자기 죽으니, 나는 누구를 의지해야 하겠는가? 그가 기왕에 글을 남겨서 특별히 자경(子敬: 노숙)을 천거하였으니 내 어찌 감히 그의 말을 따르지 않겠는가?"

이날 곧바로 노숙을 도독으로 삼아서 군사들을 통솔하도록 하고, 한편으로는 주유의 영구를 모셔 오도록 해서 장례를 치러주었다.

〖 3 〗 한편 공명은 형주에서 밤에 천문을 보다가 장수별(將星)이 땅에 떨어지는 것을 보고 웃으며 말했다: "주유가 죽었구나."

날이 밝자 현덕에게 알려 주었다. 현덕이 사람을 시켜서 알아보도록 했더니 과연 그는 죽었다는 것이다.

현덕은 공명에게 물었다: "주유가 이미 죽었으니 또 어떻게 해야지요?"

공명曰: "주유를 대신하여 군사를 거느릴 사람은 틀림없이 노숙일 것입니다. (*죽음도 미리 헤아릴 수 있고 산 사람의 일도 헤아릴 수 있다.) 제가 천문을 보았더니 장수별들이 동방에 모여 있었습니다. 제가 조문을 구실로 강동에 한 번 가서 유능한 인재를 찾아서 주공을 보좌하도록 하겠습니다." (*방통에 대한 복선이다.)

현덕曰: "다만 동오의 장사將士들이 선생을 해칠까 두렵습니다."

공명曰: "주유가 살아 있을 때에도 저는 오히려 겁을 내지 않았는데 주유가 이미 죽었는데 또 무엇을 염려하겠습니까?"

그는 조운과 같이 군사 5백 명을 이끌고 제례祭禮 물품들을 갖추어 배에 올라 파구巴丘로 조문을 하러 갔다. 도중에 손권이 이미 노숙을 도독으로 삼았으며 주유의 영구는 이미 시상으로 돌아갔다는 소식을 들었다. 공명은 곧장 시상으로 갔고 노숙은 그를 예를 갖춰 영접했다. 주유의 부하 장수들은 모두 공명을 죽이고 싶었으나 조운이 칼을 차고 따라다니는 것을 보았기 때문에 감히 손을 쓰지 못했다.

공명은 가지고 온 제물을 영전에 올리도록 한 후 직접 술잔을 올린 다음 땅에 꿇어앉아 제문祭文을 읽었는데, 그 제문은 이러했다:

〖 4 〗 "아, 공근이시여! 그대는 불행하게도 너무 일찍 돌아가셨소. 비록 사람의 목숨이 하늘에 달렸다고는 하지만 사람으로서 어찌 슬퍼하지 않을 수 있겠소이까? 제 마음 참으로 아파서 술 한

잔 올리니, 그대 넋이 있거든 내가 올리는 제사를 받아 잡수시오.

슬프도다, 그대는 어릴 적 백부(伯符: 손권의 형 손책)와 사귈 때부터 의리를 중히 알고 재물을 가벼이 여겨 그대의 집을 백부에게 양보하여 살게 하셨소.

슬프도다, 그대는 약관의 나이에 이미 1만 리를 단숨에 날아가는 대붕大鵬처럼 큰 뜻을 지니어 패업霸業을 이룸으로써 강남 땅에 할거하게 되었소.

슬프도다, 그대는 장년이 되어서는 멀리 파구巴丘 땅을 다스림으로써 유표는 근심하고 백부는 걱정이 없게 하셨소.

슬프도다, 그대의 뛰어난 풍채는 교씨喬氏의 둘째 딸과 잘 어울리어 결국 한 황실의 신하인 교 국로喬國老의 사위가 되었으니 당시 조정에 대해서도 부끄러울 게 없었소.

슬프도다, 그대의 장한 기개는 조조에게 항복하여 인질을 보내자는 조정의 의론을 막아냄으로써 처음부터 날개를 접지 않았고 마침내 떨쳐 일어나 날개를 활짝 펼쳤소.

슬프도다, 그대는 파양호에 있을 때 그대의 옛 친구 장간蔣幹이 조조의 첩자로 찾아왔을 때에도 그를 자유자재로 다루면서 넓은 아량과 높은 뜻을 잘 보여 주었소.

슬프도다, 그대는 크나큰 재주와 문무文武의 지략智略을 갖추어 화공으로 적을 깨뜨렸고, 강한 적을 약하게 만들었소.

지금도 생각나오. 그대는 살아계실 때 웅장한 자태와 영특한 모습을 자랑했었소.

나 이제 그대 세상 일찍 떠났음을 슬퍼하여 곡을 하고, 땅을 굽어보며 피를 흘리고 있소. 그대의 충의의 마음과 영령한 기개는 비록 36년 만에 끝났으나 그대의 이름은 백 대 후까지 전해질 것이오.

그대의 죽음을 애도하는 나의 마음 간절하여 나의 창자는 수없이 꼬이고 나의 간담은 한없이 슬프오.

그대의 죽음으로 하늘은 그 빛을 잃어 캄캄하고, 모든 군사들은 슬픔에 빠져 있소. 그대 주공께서는 그대를 위해 슬피 울고 계시며, 벗들은 그대를 위해 눈물을 줄줄 흘리고 있소.

나는 재주가 없는데도 그대가 내게 계책을 묻기에, 나는 동오를 도와서 조조를 물리치고 한漢 황실을 돕고 유씨劉氏를 안정시키기 위해 의각지세犄角之勢를 이루어 수미首尾가 서로 짝이 되도록 하라고 했던 것이오.

그대는 지금 살아 계시는 듯 없는 듯하신데, 무엇을 근심하고 무엇을 걱정하는지요?

아, 공근이시여! 산 사람과 죽은 사람은 영원히 헤어져야 하는데 그대는 충성스럽고 곧은 절개를 착실하게 지키면서 저승으로 가버렸소. 그러나 만약 혼령이라도 계신다면 나의 이 마음을 살펴주시오. 이제부터는 나를 알아줄 사람이 천하에 다시는 없게 되었소! (*이 말은 사실이다.)

아, 애통하도다(嗚呼痛哉)! 내가 올리는 이 제물을 부디 흠향歆饗해 주시기 바라오."

〖 5 〗공명은 제사를 다 지내고 나서 땅에 엎드려 대성통곡을 했는데, 눈물이 마치 샘솟듯 하며 애통해 하기를 마지않았다. (*그가 나를 도와서 조조를 칠 수 없게 된 것을 곡한 것이므로, 이는 진심으로 한 곡이지 거짓으로 한 곡이 아니다.)

여러 장수들이 서로 보고 말했다: "사람들은 모두 공근과 공명은 서로 사이가 나빴다고 말하는데, 지금 그가 제를 올리는 것을 보니 사람들의 말은 전부 헛소리였다."

노숙은 공명이 그처럼 슬퍼하는 것을 보고 그 역시 슬퍼하면서 혼자 생각했다: "공명은 본래 정이 많은 사람인데 공근의 도량이 좁아서 그만 스스로 죽음을 자초하고 만 것이다."

후세 사람이 시를 지어 이를 탄식했으니:

와룡이 남양에서 아직 잠자고 있을 때 　　臥龍南陽睡未醒
빛나는 별 하나 또 서성에 내려왔네. 　　又添列曜下舒城
하늘은 이미 공근을 낳아 놓고 　　蒼天旣已生公瑾
이 세상에 왜 또 공명을 내보내야 했을까. 　　塵世何須出孔明

노숙은 술자리를 차려서 공명을 정중하게 대접했다. 연석이 끝나자 공명은 하직인사를 하고 돌아갔다.

공명이 막 배에 오르려 하다가 문득 보니 강변에 몸에는 도포를 입고, 머리에는 대나무 관을 쓰고, 허리에는 검은 띠를 띠고, 발에는 흰 신을 신은 사람 하나가 보였다. 그는 한 손으로 공명을 붙잡고 큰소리로 웃으며 말했다: "자네는 주랑이 분에 못 이겨 죽게 만들어 놓고서는 또 와서 조문까지 하는데, 이는 동오에 인물이 없다고 대놓고 깔보는 것이 아닌가?"

공명이 급히 그를 보니 봉추鳳雛선생 방통龐統이었다. (*공명이 이리로 온 것은 바로 현사를 찾기 위해서였는데, 공명이 찾으러 갈 필요도 없이 뜻밖에 방통이 스스로 찾아왔다.) 공명 역시 크게 웃었다. 두 사람은 같이 손을 잡고 배에 올라 각자 마음속에 담긴 얘기들을 나누었다.

공명은 글을 한 통 써서 방통에게 주면서 부탁했다: "내 생각에는 손권은 틀림없이 그대를 중용할 수 없을 것이오. 조금이라도 여의치 않거든 형주로 와서 나와 함께 현덕을 도웁시다. 이 사람은 마음이 너그럽고 후덕해서 공이 평생 배운 바를 쓸모없게 만들지는 않을 것이오."

방통은 그리 하겠다고 대답하고 헤어졌다. (*곧바로 함께 가지 않은 것이 묘하다. 이리하여 곡절이 있게 된다.) 공명은 혼자 형주로 돌아왔다.

〖 6 〗 한편 노숙은 주유의 영구를 무호(蕪湖: 안휘성 무호시 동쪽)로 보냈고, 손권은 이를 영접하여 그 앞에서 곡을 하고 제사를 지내고 고향으로 모시고 가서 후히 장사지내 주도록 했다. (*이로써 주유의 일생은 마감되었다.)

주유에게는 2남 1녀가 있었는데, 장남의 이름은 순循, 차남의 이름은 윤胤이었다. 손권은 그들을 후하게 보살펴주었다.

노숙曰: "저는 보잘것없는 평범한 위인으로 공근으로부터 중책에 잘못 천거되었으나 사실 저는 그 직무를 감당할 만한 자가 못 됩니다. 제가 한 사람을 천거해서 주공을 돕도록 하고자 합니다. 이 사람은 위로는 천문天文에 통달하고 아래로는 지리에 밝으며, 그의 모략謀略은 춘추전국 시대의 관중管仲이나 악의樂毅보다 못하지 않고, 그의 전략은 병법의 대가인 손자孫子나 오기吳起와 비슷한 수준입니다. 전에 주공근周公瑾도 그의 말을 많이 들었고 공명 또한 그의 지모에 깊이 탄복하였습니다. 그는 지금 강남에 있는데, 어찌 그를 중용하지 않으십니까?"(*노숙의 입을 빌려서 방통을 극히 잘 소개하고 있다.)

손권은 그 말을 듣고 크게 기뻐하며 곧바로 그 사람의 성명을 물었다.

노숙曰: "그는 양양襄陽 사람으로 성은 방龐, 이름은 통統이며, 자를 사원士元이라고 합니다. 도호道號는 봉추선생鳳雛先生입니다."

손권曰: "나 역시 그 이름을 들은 지 오래오. 그가 지금 여기에 와 있다니 즉시 청해 와서 만나보도록 하겠소."

이리하여 노숙은 방통을 청하여 들어가서 손권을 만나보았다. 서로 인사를 하고 나자 손권은 그가 눈썹은 짙고 코는 들창코이고, 검은 얼굴에 수염이 짧아서 그 모습이 괴이한 것을 보고는 속으로 불쾌했다.
(*사람을 그 얼굴 모습만 보고 취하는 것은 공자도 그 제자 자우(子羽: 담대멸
명澹臺滅明의 자字)를 추한 얼굴 때문에 무시하는 실수를 범한 적이 있다. 그러
나 손권은 자신의 얼굴 역시 푸른 눈에 자주색 수염을 한 괴이한 모습임을
어찌 생각하지 않는가?) 그래서 물었다: "공이 평생 배운 것은 주로 어
떤 것이오?"

방통曰: "어느 한 가지에만 얽매일 필요 없이 임기응변할 따름입니
다."

손권曰: "공의 재주와 학문은 공근과 비교하면 어떻소?"

방통曰: "제가 배운 것은 공근의 그것과는 크게 다릅니다."

손권은 여태까지 주유를 가장 좋아했기 때문에 방통이 그를 무시하
는 것을 보고 마음속으로 더욱 불쾌해 하면서 (*이미 그 생긴 모습이 싫
었고 또 그 말까지 괴상하게 여겼다.) 방통에게 말했다: "공은 당분간 물
러가 계시오. 공을 쓸 때가 오면 그때 가서 다시 부르겠소."

방통이 길게 탄식하면서 나갔다.

노숙曰: "주공께서는 왜 방사원(龐士元: 방통)을 쓰지 않으십니까?"

손권曰: "미친 사람이요. 저런 사람을 써서 득 될 게 뭐 있겠소!"

노숙曰: "적벽대전 때 이 사람이 조조에게 배들을 서로 묶어놓도록
하는 연환계連環計를 올려서 으뜸가는 공을 세웠습니다. (*제47회 중의
일.) 저는 주공께서도 틀림없이 그것을 알고 계실 것으로 생각합니
다."

손권曰: "그때는 조조가 스스로 배들을 묶어 놓으려고 했던 것이지
꼭 이 사람의 공이라고는 할 수 없소. 나는 맹세코 그를 쓰지 않을 것
이오."

노숙은 밖으로 나와서 방통을 보고 말했다: "제가 귀하를 천거하지
않은 게 아니라 오후께서 공을 쓰려고 하지 않으시니 난들 어쩌겠소.

공은 당분간 참고 기다려 보십시오."

방통은 머리를 숙인 채 길게 탄식하고 아무 말도 하지 않았다.

노숙曰: "공께서는 혹시 동오에 머물 뜻이 없는 것은 아닌가요?"

방통은 대답하지 않았다.

노숙曰: "공께서는 세상을 바로잡아 구제할 만한 재주가 있으시니 어디 간들 성공하지 못하겠습니까? 장차 어디로 가려고 하시는지 제게 사실대로 말씀해 주십시오."

방통曰: "저는 조조에게 찾아가서 의탁하려고 합니다."(*반대의 말로써 그를 자극하고 있다.)

노숙曰: "그것은 빛나는 구슬(明珠)을 어둠 속에 내던지는 격입니다. 형주로 가셔서 유 황숙에게 몸을 의탁하십시오. 그는 틀림없이 귀하를 중용하실 것입니다."

방통曰: "제 뜻도 사실은 그렇소. 앞의 말은 농담이었소."

노숙曰: "제가 공을 천거해 올리는 글을 써드리겠습니다. 공께서는 현덕을 도와서 손씨와 유씨 두 집안이 서로 공격하지 않고 힘을 합쳐 조조를 깨뜨리도록 해주십시오."(*노숙의 식견이 주유보다 10배나 뛰어나다.)

방통曰: "그것은 제 평소의 뜻이기도 합니다."

이리하여 그는 노숙에게 추천서를 써달라고 해서 곧장 형주로 가서 현덕을 만나보았다.

〖 7 〗 이때 공명은 4개 군郡을 점검하러 나가서 아직 돌아오지 않았다. 문지키는 관리가 말을 전했다: "강남의 명사이신 방통이 특별히 몸을 의탁하러 찾아왔습니다."

현덕은 오래 전부터 방통의 이름을 들어 왔던 터인지라 곧바로 들어오도록 청하여 만나보았다. 방통은 현덕을 보고 두 손을 마주잡고 길게 읍揖만 할 뿐 절은 하지 않았다. 현덕은 방통의 용모가 못생긴 것을 보고 마음속으로 역시 기뻐하지 않았다. (*조조는 처음 방통을 보았을 때 공경의 예를 극진히 했다. 그러나 손권과 현덕은 반대로 그렇게 하지 않았다.)

이에 방통에게 물었다: "귀하께서는 멀리 찾아오셨는데, 오시기 쉽지 않았지요?"

방통은 즉시 노숙과 공명의 추천서를 꺼내서 바치지 않고 다만 이렇게 대답했다: "황숙께서 현사賢士들을 불러들이고 계신다는 말을 듣고 일부러 찾아왔습니다."(*품위 있는 행동이다. 지금은 추천서를 받아 가지고 사람을 찾아가는 경우에는 문에 들어가기도 전에 먼저 그 추천서부터 전해 올리고 있다.)

현덕曰: "형주 일대 지역은 어느 정도 안정이 되어 현재 빈자리가 없습니다. 여기서 동북쪽으로 130리 떨어진 곳에 뇌양현耒陽縣이라는 현이 하나 있는데 그곳의 현령 자리가 현재 비어 있으니, 미안하지만 우선 그곳을 맡아 주시면 후에 자리가 나는 대로 중용하도록 하겠습니다."

방통은 생각했다: '현덕이 나를 어찌 이다지도 박대하는가?'

그래서 재주와 학문으로 현덕의 마음을 움직여 보려고 생각했으나 공명이 없는 것을 보고는 마지못해서 하직인사를 하고 떠나갔다. (*묘한 점은 이로 인해서 곡절이 있게 되는 것이다.)

방통은 뇌양현에 부임한 후 현의 정사政事는 돌보지 않고 하루 종일 술 마시는 것을 낙으로 삼고 (*취옹醉翁의 뜻은 술에 있지 않았다.) 일체의 세금징수나 송사 처리 같은 업무들은 거들떠보지도 않았다. 그러자 어떤 사람이 현덕에게, 방통은 뇌양현의 사무를 모조리 폐하고 술만 마시고 있다고 고해바쳤다.

현덕이 화를 내며 말했다: "선비 새끼가 어찌 감히 나의 법도를 어지럽힌단 말인가!"

그리고는 곧바로 장비를 불러서 분부했다: "따르는 자들을 이끌고 형남(荊南: 호북성 강릉현 이남 및 호남성 일대 지구) 땅으로 가서 여러 현들을 순찰하도록 하되, 만약 공사를 그르치고 법을 어기는 자가 있거든 곧바로 따져 심문하도록 하라. 그러나 혹시 일에 분명하지 않은 점이 있을지도 모르니 손건과 같이 가도록 하라."

〖 8 〗 장비는 분부를 받고 손건과 같이 뇌양현으로 갔다. 그곳의 군인과 민간인, 그리고 관리들이 모두 성 밖으로 나와서 그들을 맞이했으나 유독 현령만은 보이지 않았다. (*술 마시느라 일을 폐하는 것은 오히려 사람을 영접하느라 일을 폐하는 것보다 낫다. 사람 영접을 잘하는 자는 곧 좋은 현령이 아니다.)

장비曰: "현령은 어디 있느냐?"

그 현의 관리들이 아뢰었다: "방 현령께선 부임 후 지금까지 1백여 일 동안 현의 사무는 전혀 살피지 않고 매일 술만 드시는데, 아침부터 밤까지 그저 술에 취해 몽롱한 상태에 계십니다. 오늘도 어제 마신 술이 깨지 않아 누워 계시고 아직도 일어나지 않으셨습니다."(*기왕에 누워있는 용(臥龍)이 있는데 어찌 누워 있는 봉황(臥鳳)은 없겠는가? 누워서 다스리고도 남음이 있다면 누워 있는 것 역시 깨어 있는 것이다. 저 다스림에 아둔한 자들은 비록 날마다 깨어 있어도 날마다 누워 있는 것과 같다.)

장비는 크게 화를 내며 그를 붙잡아 오려고 했다.

손건曰: "방사원龐士元은 고명한 인사이므로 결코 경솔하게 대해서는 안 됩니다. 우선 현에 가서 물어봅시다. 만약 정말로 사리에 부당한 일이 있다면 그때 가서 죄를 다스리더라도 늦지 않을 것입니다."

장비는 이에 현청에 들어가서 대청 위에 자리를 잡고 앉은 다음 현령에게 나와 보라고 지시했다. 방통은 의관도 제대로 갖추지 않은 채

술 취한 몸을 가누고 나왔다. (*일부러 오만한 태도를 취해 보였던 것이다.)

그 모양을 보고 장비가 화를 내며 말했다: "우리 형님께서는 너를 사람으로 여기시고 현령까지 시켜주셨는데, 네 어찌 감히 현의 사무를 전폐한단 말이냐!"

방통이 웃으며 말했다: "장군은 내가 현의 어떤 일을 폐했다고 생각하시오?"

장비曰: "네가 부임한 지 1백여 일이나 되었는데도 매일같이 하루 종일 술에 취해 있는데 이것이 어찌 정사를 폐한 것이 아니란 말이냐?"

방통曰: "이까짓 사방 백 리 밖에 안 되는 작은 현의 사소한 공사公事쯤이야 판단하고 결정하기가 뭐가 어렵다는 거요! (*이것은 선생의 일이 되기에는 부족하다.) 장군은 내가 공사를 다 처리할 때까지 잠깐만 앉아 계시오."

방통은 즉시 관리들을 불러서 지난 1백여 일간 밀려서 쌓여 있는 공무公務들을 전부 가져와서 처결을 받도록 했다. 아전들은 모두 문서들을 한 아름씩 안고 분주하게 청상으로 올라오고, 고소인들과 피고인들은 계단 아래 빙 둘러 꿇어앉았다.

방통은 귀로는 송사를 듣고, 입으로는 처분을 내리고, 손으로는 판결문을 썼는데, 시비곡직이 분명해서 털끝만치도 어그러짐이 없었다. 백성들은 모두 머리를 땅에 대고 엎드려 절을 했다.

반나절도 안 돼서 1백여 일간 밀렸던 업무를 전부 처리해 버렸다. (*큰일을 맡은 사람은 작은 일들은 알아서는 안 된다고 그 누가 말했는가?) 그리고는 붓을 바닥에 내던지고 장비를 보고 말했다: "내가 폐한 일이 어디 있소? 나는 조조와 손권조차 마치 손바닥의 손금 보듯이 하는데 이까짓 조그마한 현의 일쯤이야 신경 쓸 일이 어디 있소?"

장비는 크게 놀라서 자리에서 내려와 사죄했다: "선생의 이렇듯 비상하신 재주를 몰라보고 이 사람이 그만 실례를 했소이다. 내 마땅히 형님께 선생을 극력 천거하겠습니다."(*앞서는 거만하더니 후에는 공손해진다. 장비는 거친 중에도 섬세한 면이 있다.)

방통은 그제야 노숙의 추천서를 내어놓았다. (*두 통의 추천서 중에서 다만 먼저 한 통만 내놓고 다른 한 통은 숨겨 두는 것이 묘하다. 이로써 곡절이 있게 된다.)

장비曰: "선생께서 처음 우리 형님을 만나볼 때 왜 이 추천서를 내놓지 않으셨습니까?"

방통曰: "그때 바로 내놓으면 마치 전적으로 추천서 한 장에 기대어 만나 뵙기를 청하는 것 같아서 그러지 않았던 것이오."

장비는 손건을 돌아보며 말했다: "공이 아니었으면 대현大賢 한 분을 잃을 뻔했소."

그리하여 방통과 하직하고 형주로 돌아와서 현덕을 보고 방통의 재능을 자세히 이야기해 주었다.

현덕이 크게 놀라며 말했다: "대현大賢을 욕되게 대우한 것은 내 잘못이다!"

장비가 노숙의 추천서를 올렸다. (*노숙의 추천서는 필요가 없어졌다. 선생이 스스로를 추천했다.) 현덕이 뜯어보았는데, 그 글의 내용은 대략 다음과 같았다:

"방사원은 사방 백 리쯤 되는 작은 고을이나 다스릴 작은 인재(百里之才)가 아니니 치중治中이나 별가別駕와 같은 중책을 맡겨야만 비로소 그 뛰어난 재주를 펼칠 것입니다. 만약 그의 용모를 보고 쓴다면 그가 배운 바를 저버리게 되고 (*손권의 경우를 보았기에 먼저 이 말을 한 것이다.) 마침내는 다른 사람에게 쓰이게 될 것인 바, 그리 되면 실로 애석한 일입니다!"

〖 9 〗 현덕이 추천서를 다 보고 나서 탄식하고 있을 때 갑자기 공명이 돌아왔다는 보고가 올라왔다. 현덕은 그를 맞아들였다. 인사를 하고 난 후 공명이 먼저 물었다: "방龐 군사軍師는 근래 별고 없습니까?"

현덕曰: "근자에 뇌양현을 다스리면서 술만 좋아하고 정사는 전폐하고 있다고 합니다."

공명이 웃으면서 말했다: "방사원은 사방 백 리 정도의 작은 고을이나 다스리고 있을 인물이 아닙니다. 그의 가슴속에 들어 있는 학문은 저보다 열 배나 뛰어납니다. (*이 말은 지나친 칭찬이지만 이로써 공명의 겸손함을 볼 수 있다. 공명은 지금 사람들이 멋대로 자기 자랑을 하는 것과는 닮지 않았다.) 제가 그에게 추천서를 써준 적이 있는데 주공께 전달되었습니까?"

현덕曰: "오늘에야 비로소 자경의 추천서를 받아보았고 선생의 추천서는 아직 보지 못했습니다."

공명曰: "대현大賢에게 작은 임무를 맡겨 놓으면 왕왕 술에 빠져서 넋을 놓고서는 일하기 싫어하는 경우가 있습니다."

현덕曰: "만약 내 아우가 말해 주지 않았더라면 자칫 대현 한 분을 잃을 뻔했소."

그리고는 즉시 장비로 하여금 뇌양현으로 가서 방통을 형주로 깍듯이 모셔오도록 했다. 방통이 당도하자 현덕은 계단 아래로 내려가서 그에게 사죄했다. 방통은 그제서야 공명의 추천서를 내놓았다. (*두 통의 추천서를 두 차례에 걸쳐 내놓는데, 방통의 극히 품위 있는 행동을 묘사하고 있다.) 현덕이 그 글의 뜻을 보니, 봉추가 당도하는 대로 즉시 중용해야 한다는 것이었다.

현덕은 기뻐서 말했다: "예전에 사마덕조司馬德操께서 말씀하시기를 '복룡과 봉추 두 사람 중에 한 사람만 얻어도 천하를 안정시킬 수 있다'고 하셨는데, (*제35회 중의 일.) 지금 나는 두 사람을 다 얻었으니 한漢 황실을 다시 일으킬 수 있을 것이오!"

그리고는 방통을 부군사副軍師 중랑장으로 삼아서 공명과 함께 협력하여 계략을 짜고, 군사를 훈련하여 출정명령을 기다리도록 했다. (*이상으로 현덕 쪽의 일은 놓아두고, 이하에서는 조조 쪽의 일을 이야기한다.)

〖 10 〗 일찌감치 이 일이 허창에 보고되었는데, 유비가 제갈량과 방통을 모사로 삼아 군사들을 불러 모으고 말들을 사들이며 마초와 군량을 쌓고 있는데, 동오와 손을 잡고 조만간 틀림없이 군사를 일으켜 북벌北伐을 하려 한다는 것이었다.

조조는 이 말을 듣고 곧바로 여러 모사謀士들을 모아놓고 남쪽을 치러 갈 일을 상의했다.

순유가 건의했다: "주유가 최근에 죽었으니 먼저 손권부터 취하시고 그 다음에 유비를 치도록 하시지요."

조조曰: "우리가 원정을 갔을 때 마등이 허도를 습격해 올까봐 걱정이오. 전에 우리가 적벽에 있을 때 군중에 나돌았던 유언비어 역시 서량의 군사들이 쳐들어온다는 것이었는데, (*제48회의 일.) 이번에는 미리 방비하지 않아서는 안 되겠소."

순유曰: "제 소견으로는, 조서를 내리시어 마등을 정남장군征南將軍으로 승진시켜 주어 손권을 치도록 하십시오. 그러면서 그를 수도로 들어오도록 유인해서 먼저 이 사람부터 없애 버린다면 남정을 하는 데 걱정거리가 없어질 것입니다."(*본래는 현덕의 이야기에서 손권의 이야기를 끌어내 오고, 또 손권의 이야기로부터 마등을 끌어내 와야 한다. 그런데 제20회의 일을 이때에 와서 갑자기 매듭을 짓는다.)

조조는 크게 기뻐하면서 바로 그날로 사람을 시켜서 천자의 조서를 가지고 서량으로 가서 마등을 불러오도록 했다.

〖 11 〗한편 마등馬騰의 자는 수성壽成으로, 한漢 복파장군伏波將軍 마원馬援의 후손이다. 그의 부친의 이름은 숙肅, 자는 자석子碩으로, 환제(桓帝: 서기 146~167) 때 천수군(天水郡: 감숙성 통위현通渭縣 서북) 난간현闌干縣의 현위縣尉가 되었으나 후에 관직을 잃고 농서隴西 지방으로 떠돌아다니며 강족羌族 사람들과 섞여 살다가 마침내 강족 여자에게 장가들어 마등을 낳게 된 것이다.

마등은 키가 8척이나 되었고, 체구가 웅장하고 얼굴 생김새가 특이하였으나 타고난 성품이 따뜻하고 선량해서 많은 사람들이 그를 공경했다.

영제(靈帝: 서기 168~189) 말년에 강족 사람들이 자주 반란을 일으켰을 때 마등은 민병을 모집하여 그들을 깨뜨렸다. 또 초평(初平: 서기 190~193년 사이에 사용된 헌제獻帝의 연호) 중년(서기 192년)에는 도적을 치는 데 공로가 있었다고 해서 정서장군征西將軍에 제수되었는데, 진서장군鎭西將軍 한수韓遂와는 일찍이 형제의 의를 맺었다.

이날 마등은 천자의 조서를 받아들고 맏아들 마초馬超와 상의했다: "나는 동승董承과 함께 의대조衣帶詔를 받은 이래 유현덕과 같이 역적 조조를 치기로 약속했었다. 그런데 불행히도 동승은 이미 죽었고, 현덕은 여러 차례 조조에게 패했으며, 나 또한 외진 서량 땅에 떨어져 있어서 현덕과 협조할 수가 없었다. (*마등은 그간 조용히 있으면서 모습을 드러내지 않았는데, 이 두 마디 말로써 그동안의 사정을 설명하고 있다.)

그런데 지금 듣기로는 현덕이 이미 형주를 얻었다고 하기에 나는 옛날부터 품어왔던 뜻을 펴보려고 생각하던 참인데 조조가 도리어 나를 오라고 부르니 이럴 때는 어떻게 해야 되겠느냐?"

마초曰: "조조가 천자의 명을 받들고 부친을 부르는데, 지금 만약 가시지 않는다면 그는 틀림없이 천자의 명을 거역했다고 우리를 책망할 것입니다. 그러니 조조가 오라고 부르는 기회를 이용하여 서울로 가셔서 상황을 지켜보면서 그런 중에 일을 도모하신다면 전날의 뜻을 펴보실 수 있지 않겠습니까?"(*마초의 이 말이 있음으로써 마등이 이번에 간 것은 부주의해서가 아니었음을 알 수 있다.)

이때 마등의 형의 아들 마대馬岱가 간했다: "조조는 그 속을 예측할 수 없는 자인데, 숙부께서 만약 가신다면 그자로부터 해를 입게 될까 봐 두렵습니다."(*하문의 복필이다.)

마초曰: "제가 서량의 군사들을 전부 일으켜서 부친을 따라 허창으로 쳐들어가서 천하를 위해 역적을 없애버린다면 안 될 게 또 무엇입니까?"

마등曰: "너는 따로 강족 병사들을 거느리고 서량을 지키고 있고, 다만 둘째 휴(馬休)와 철(馬鐵), 그리고 조카 대(馬岱)만 나를 따라서 같이 가도록 하자. 네가 서량에 남아 있고 또 한수가 서로 돕고 있는 것을 조조가 알면 아마 감히 나를 해치려 들지 못할 것이다."(*이 때문에 하문下文에서 한수가 마초를 돕게 된다.)

마초曰: "부친께서 만약 가시더라도 절대로 가벼이 수도에 들어가셔서는 안 됩니다. 반드시 임기응변 하시면서 그 동정을 잘 살펴보셔야 합니다."

마등曰: "내가 따로 알아서 조처할 테니, 너는 너무 근심할 필요 없다."

이리하여 마등은 서량의 군사 5천 명을 이끌고 먼저 마휴와 마철은 선두부대가 되고, 마대는 뒤에 떨어져서 지원하도록 해서, (*마대가 도망쳐 돌아올 수 있게 되는 복필이다.) 허창을 향해 천천히 나아갔다. 그리하여 허창에서 20리 떨어진 곳에 군사들을 주둔시켜 놓았다.

〖 12 〗 조조는 마등이 이미 도착한 것을 알고 문하시랑門下侍郎 황규

黃奎를 불러서 분부했다: "이번에 마등이 남정南征을 하게 되었는데, 나는 그대를 행군참모行軍參謀로 임명하는 바이오. 그대는 먼저 마등의 영채로 가서 군사들을 위로하고 마등에게 내 말을 전해 주시오: '서량은 길이 멀어서 군량을 나르기 매우 어려우므로 많은 군사들을 데리고 갈 수는 없다. 그래서 내가 다시 대병大兵을 보내줄 터이니 협력하여 같이 전진하도록 하라.' 라고. 그리고 그에게 내일 성 안으로 들어와서 천자를 뵙도록 하라고 하시오. (*그에게 성으로 들어오라고 속이는 것이 바로 유인하여 죽이려는 계책(誘殺之計)이다.) 그때 가서 내가 그에게 군량과 마초를 내어줄 것이오."

황규는 명을 받고 가서 마등을 만나보았다.

마등은 술을 내어 그를 대접했다. 술이 얼큰히 오르자 황규가 말했다: "나의 선친 황완黃琬은 이각과 곽사의 난 때 돌아가셨는데, 그것이 나에게는 늘 통한痛恨으로 남아 왔소. 그런데 뜻밖에도 지금 와서 또 임금을 속이는 도적을 만나게 되었소."

마등曰: "누가 임금을 속이는 도적이란 말이오?"

황규曰: "임금을 속이는 자는 바로 조조 도적놈이오. 공이 어찌 그걸 몰라서 내게 묻는 것이오?"

마등은 이는 아마도 조조가 자기 속을 떠보려고 보낸 것이라고 생각하고는 급히 그의 말을 제지했다: "남들의 이목耳目이 가까이 있으니 함부로 말하지 마시오."

황규가 꾸짖었다: "공은 마침내 황제의 의대조衣帶詔 일을 잊어버린 것이오?"

마등은 그의 말이 진심에서 우러나온 것임을 알고는 이에 은밀히 자기 속마음을 그에게 말해 주었다.

황규曰: "조조가 공으로 하여금 내일 성으로 들어와서 천자를 뵙도록 하려는 것은 틀림없이 호의에서 그러는 것이 아니오. 공은 경솔히 들어가서는 안 되오. 내일 군사를 성 아래 머물러 두었다가 조조가 군사를 점검하기 위해 성에서 나올 때를 기다렸다가, 점검할 때 죽여 버리시오. 그러면 대사가 성사되는 것이오."

이처럼 두 사람의 상의가 확정되었다.

〖 13 〗 황규는 집에 돌아와서도 조조에 대한 증오심이 가시지 않았다. 그의 처가 재삼 그 이유를 물었으나 황규는 말을 하려고 하지 않았다. 그런데 뜻밖에도, 그의 첩 이춘향李春香은 그의 처남인 묘택苗澤과 사통私通하고 있었는데, 묘택은 진작부터 춘향을 얻고 싶었으나 어떻게 할 도리가 없던 참이었다. (*동승董承의 집안의 가동家僮 진경동秦慶童의 일과 서로 닮았다.)

이날 황규의 첩은 그가 분을 이기지 못해 하는 것을 보고는 곧바로 묘택에게 말했다: "황 시랑侍郞이 오늘 군무를 상의하고 돌아와서는 속으로 몹시 분해하고 있는데 누구 때문에 그러는지 모르겠어요."

묘택曰: "네가 그에게 이런 말로 찔러 봐라: '사람들은 모두 말하기를, 유 황숙은 인덕이 많으신 분이고 조조는 간웅이라고 하던데, 그 이유가 뭔가요?' 라고. 그리고는 그가 뭐라고 대답하는지 잘 들어봐라."

그날 밤 황규가 과연 이춘향의 방으로 왔다. 그 첩은 훈수 받은 말로써 찔러 보았다.

황규가 술김에 말했다: "너는 일개 부인이면서도 오히려 옳고 그른 것을 아는데, 하물며 나야 더 말할 게 있겠느냐. 나는 분해서 조조를 죽이려고 한다."

첩曰: "만약 조조를 죽이려 하신다면, 어떻게 손을 쓰실 건데요?"

황규曰: "내 이미 마馬 장군하고 약속해 놓았지. 내일 성 밖에서 조조가 군사를 점고할 때 그를 죽일 것이다."(*은밀히 모의한 일을 부인에게 말해 주다니, 그는 죽어 마땅하다.)

첩은 그의 말을 묘택에게 일러바쳤고, 묘택은 그것을 조조에게 고해 바쳤다. 조조는 곧바로 조홍과 허저를 은밀히 불러서 여차여차하게 하라고 분부했다. 그리고 또 하후연과 서황을 불러서 여차여차하게 하라고 분부했다. 그들은 각기 명을 받들고 갔다. 한편으로 조조는 먼저 황규의 온 집안 식구들을 붙잡아 가두어 버렸다.

〖 14 〗 다음날 마등이 서량의 군사들을 거느리고 성 가까이 가서 주둔하려고 하다가 문득 보니 전면에 한 떼의 붉은 깃발들 가운데 승상의 기치가 세워져 있었다.

마등은 조조가 직접 군사를 점검하러 온 것으로만 생각하고 말에 채찍질을 가하여 앞으로 나갔다. 그때 갑자기 포 소리가 한 방 울리더니 붉은 깃발들이 좌우로 갈라지면서 활과 쇠뇌들이 일제히 화살을 쏘아댔다. 그리고 한 장수가 앞으로 나섰는데 곧 조홍이었다.

마등이 급히 말머리를 돌려서 돌아가려고 할 때 양편에서 함성이 또 일어나면서 왼편에서는 허저가 쳐들어오고, 오른편에서는 하후연이 쳐들어오고, 뒷편에서는 또 서황이 군사를 거느리고 쳐들어와서 서량 군사들의 달아날 길을 차단하고 마등 부자 세 사람을 한가운데 가둬버렸다.

마등은 형세가 불리한 것을 보고 힘껏 닥치는 대로 부딪쳐 싸웠다. 마철馬鐵은 일찌감치 마구 쏘아대는 화살에 맞아서 죽었고, 마휴馬休는 마등을 따라서 좌충우돌했지만 포위망을 벗어날 수가 없었다. 두 사람은 몸에 중상을 입었는데 타고 있던 말이 또 화살에 맞아서 쓰러지는 바람에 부자 두 사람은 같이 붙잡히고 말았다.

조조는 황규와 마등 부자를 같이 묶어서 데려오라고 지시했다.

황규가 큰소리로 외쳤다: "나는 죄가 없소!"

조조는 묘택을 데려와서 대질을 시켰다.

마등이 큰소리로 그를 꾸짖었다: "못난 새끼가 나의 대사를 그르쳐 버렸구나! 내가 나라를 위해 역적을 죽이지 못한 것 역시 하늘의 뜻이로다!"

조조는 그를 끌어내 가라고 명했다. 마등은 입으로 끊임없이 조조를 욕하면서 그 아들 마휴 및 황규와 같이 죽임을 당했다. 후세 사람이 마등을 탄식하는 시를 지었으니:

부자 다 같이 훌륭한 열사였으니	父子齊芳烈
그 충성과 절개로 가문이 빛나네.	忠貞著一門
목숨 바쳐 국난을 구하려 했고	捐生圖國難
죽음으로 군주의 은혜 보답하자고 맹세했지.	誓死答君恩
피 마시며 맹세한 말 아직도 생생하고	嚼血盟言在
간신을 죽이려 한 연판장 아직도 남아 있네.	誅奸義狀存
서량에서는 명문으로 칭송을 받았으니	西凉推世冑
복파伏波 장군 후손임이 부끄럽지 않네.	不愧伏波孫

묘택은 조조에게 아뢰었다: "저는 상을 주시기는 바라지 않습니다. 다만 이춘향을 제 처로 삼도록 해주십시오."

조조가 웃으면서 말했다: "너는 여자 하나 때문에 네 매부의 집안을 해쳤는데, 이처럼 불의한 인간을 남겨두어 어디에 쓴단 말이냐!"

조조는 곧바로 묘택과 이춘향과 황규의 일가 노소를 모조리 저자로 끌고 가서 목을 베라고 지시했다. 그것을 구경하는 사람들로서 탄식하지 않는 자가 없었다. 후세 사람이 이를 탄식하는 시를 지었으니:

묘택은 제 욕심 때문에 충신을 해쳤고	苗澤因私害藎臣
춘향은 소원 성취 못하고 제 목숨만 잃었네.	春香未得反傷身
간웅 역시 용서해줄 줄 몰라서	奸雄亦不相容恕

공연히 스스로 소인 되려고 꾀했네.　　　　　　枉自圖謀作小人

　　조조는 서량 군사들에게 투항을 권하면서 이렇게 타이르도록 했
다: "마등 부자가 모반을 꾀한 것은 너희들과는 상관없는 일이다."
그리고 한편으로는 사람을 시켜서 관문을 굳게 지켜 마대馬岱가 달아나
지 못하도록 하라고 분부했다.

　　〖 15 〗 한편 마대는 혼자서 군사 1천 명을 이끌고 뒤에 있었는데,
일찌감치 허창성 밖에서 도망쳐 돌아온 군사가 마대에게 그 소식을 알
렸다.
　　마대는 크게 놀라서 군사들을 내버리고 행상行商 차림으로 변장하여
밤낮을 가리지 않고 도망쳐서 숨어버릴 수밖에 없었다.
　　조조는 마등 부자 등을 죽이고 나서 곧바로 남정을 하러 가기로 뜻
을 정했다. 그때 문득 보고해 왔다: "유비가 군사들을 훈련시키고 병
장기를 수습하여 서천을 취하려 하고 있습니다."
　　조조가 놀라서 말했다: "만약 유비가 서천을 손에 넣는다면, 이는
곧 그에게 날개가 생기는 것이다. 이를 어떻게 도모하면 되겠는가?"
　　미처 말이 끝나기도 전에 계단 아래에서 한 사람이 건의했다: "제게
한 가지 계책이 있는데, 유비와 손권이 서로 돌보지 못하게 해서 강남
과 서천이 모두 승상께 돌아오게 할 수 있습니다." 이야말로:

　　　　서주의 호걸이 방금 죽임을 당하자　　　西州豪杰方遭戮
　　　　남국의 영웅 또 재앙을 만나는구나.　　　南國英雄又受殃
　　계책을 올린 자가 누구인지 모르겠거든 다음 회를 읽어보도록 하라.

(1). 천하가 잘 다스려지고 있을 때에도 인재가 배출輩出되지만, 천하가 어지러울 때 역시 인재가 배출된다. 사람들은, 주유를 낳아놓고 왜 또 공명을 낳았느냐는 주유의 탄식을 보고는 속으로 그 당시에는 인재들이 동시에 나란히 배출되었던 모양이라고 생각하는데, 이 두 사람만 그런 것이 아니다.

동시에 나란히 나와서 서로를 돕고 구제한 예로는 서서徐庶가 제갈량보다 먼저 나와서 그를 도왔고, 방통龐統이 제갈량을 도왔고, 강유姜維가 제갈량을 이었으며, 노숙·여몽·육손陸遜 등이 주유를 이었으며, 곽가·정욱·순욱·순유荀攸 등이 조조를 도왔는데, 이것은 모두 그런 예에 속한다. 동시에 나란히 나와서 서로를 어렵게 만든 예로는 유비가 조조를 만나고, 제갈량이 사마의司馬懿를 만나고, 강유가 등애鄧艾를 만난 것이 모두 이런 예에 속한다.

하늘은 한 사람의 비상한 인재를 낳으면 반드시 다시 비상한 인재를 낳아서 그를 돕고 구제하도록 하며, 하늘이 한 사람의 비상한 인재를 낳으면 역시 반드시 다시 한 사람의 비상한 인재를 낳아서 그를 어렵게 만든다. 이미 유비를 낳았다면 왜 조조를 낳았을까? 이미 제갈량을 낳았으면 왜 사마의를 낳았을까? 강유를 낳았으면 왜 또 등애를 낳았을까?

(2). 공명이 주유를 조문하면서 말하기를: "이제부터는 천하에 나를 제대로 알아줄 사람이 다시 없다(從此天下更無知音)"고 하였다. 대개 나를 사랑하는 사람만이 나를 알아주는 사람(知己)이 아니라 나를 미워할 줄 아는 사람 역시 나를 알아주는 사람(知己)이다. 나를 쓰려고 하는 사람만이 나를 제대로 알아주는 사람(知音)이 아

니라 나를 죽이려고 하는 사람 역시 나를 제대로 알아주는 사람(知己)이다. 이뿐만이 아니다. 만약 나를 사랑하면서도 써줄 줄 모르거나, 나를 쓰면서도 나의 재능을 다 발휘하도록 해주지 못한다면 도리어 나를 미워하거나 나를 죽이려고 하는 자의 나를 알아주는 것(知我)만 못한 것이다.

(3). 손권은 이미 주유를 잃고 나서 또 방통龐統을 잃었으니, 이는 둘을 잃은 것이다. 현덕은 공명을 얻었으면서 또 방통을 얻었으니 이는 둘을 얻은 것이다. 주유는 방통을 천거할 줄 몰랐으나 노숙魯肅은 방통을 천거했으며, 주유는 공명이 유비를 돕는 것을 질투했으나 노숙은 유비를 돕도록 방통을 천거하였다. 방통龐統의 배운 바가 주유와 크게 달랐을 뿐 아니라 노숙의 소견所見 역시 주유와 크게 달랐다.

(4). 앞의 글에서 말하지 않은 일이 있는 경우 뒤의 글을 보고서 앞의 글을 알 수도 있는데, 조조가 묘택苗澤을 죽인 것이 그 예이다. 즉 뒤의 글에서 묘택을 죽인 것을 보면 앞의 글에서 진경동秦慶童을 죽였음을 알 수 있다. 황규黃奎의 친척들까지 용서하지 않았는데 어찌 유독 동승董承의 가노(家奴: 진경동)만은 풀어주었겠는가? (*제23회 (19)에 나온 일로, 그곳의 글에서는 진경동을 죽였다는 말이 없다.)
소인小人은 군자에게 쓰임을 받지 못할 뿐만 아니라 소인에게도 용서받지 못한다. 소인은 소인을 이용하여 소인을 죽이고 나서는 그 소인을 용서하지 않을 뿐만 아니라, 소인을 이용하여 소인을 돕도록 하고 나서도 그 소인을 용서하지 않는다. 이 부분을 읽는 것은 소인에게 훌륭한 교훈(戒)이 될 수 있을 것이다.

제58회

마초, 원수 갚으려 군사 일으키고
조조, 수염 자르고 전포 버리고 도망치다

〚 1 〛한편 계책을 올린 사람은 치서治書 시어사侍御史 진군陳群으로 그는 자字를 장문長文이라고 했다.

조조가 물었다: "진장문은 어떤 좋은 계책을 가지고 있소?"

진군曰: "지금 유비와 손권은 서로 손을 잡고 입술과 이빨(脣齒)의 관계를 이루고 있습니다. 만일 유비가 서천西川을 취하려 한다면 승상께서는 유능한 장군들에게 명하시어 군사들을 거느리고 합비로 가서 그곳의 군사들과 합쳐서 곧장 강남을 취하도록 하십시오. 그리하면 손권은 틀림없이 유비에게 구원을 청할 것입니다.

그러나 유비의 뜻은 서천을 취하는 데 있으므로 틀림없이 손권을 구해 주려는 마음이 없을 것입니다. 손권은 구원이 없으면 힘이 떨어지고 군사력도 약해져서 승상께서는 반드시 강동의 땅을 얻으실 수 있을 것입니다. 강동을 얻게 되면 형주는 단 한 번의 싸움으로 평정하실 수 있습니다. 형주가 평정되고 난 다음에 천천히 서천을 도모하신다면 천하는 평정될 것입니다."

조조曰: "장문의 말은 바로 내 생각과 같소."

조조는 즉시 대병 30만 명을 일으켜 곧장 강남으로 쳐내려가기로 결정하고, 합비에 있는 장료에게는 군량과 마초를 준비하여 군사들에게 공급하도록 했다.

일찌감치 첩자가 이 소식을 손권에게 보고했다. 손권은 여러 장수들을 모아놓고 상의했다.

장소가 말했다: "사람을 노자경(子敬: 노숙)한테 보내서 급히 형주에 있는 현덕에게 우리와 힘을 합쳐 조조를 막자고 청하는 글을 띄우도록 하십시오. 자경은 현덕에게 은혜를 베푼 일이 있으므로 현덕은 틀림없이 그의 말을 들어줄 것입니다. 그리고 현덕은 이미 동오의 사위가 되었으니 의리상으로도 거절하지 못할 것입니다. 만약 현덕만 와서 도와준다면 강남은 걱정하지 않아도 될 것입니다."(*사태가 위급해지자 손권과 유비는 다시 힘을 합하는데, 다만 처남인 손권이 매형인 유비에게 직접 글을 쓰지 않고 꼭 노숙을 시켜서 글을 쓰도록 하는 것은 앞에서 유비와 손 부인이 돌아가는 것을 강 위에서 추격한 일이 있었기 때문이다. 그래서 "범사凡事에는 인정人情을 남겨두어야 후에 가서 서로 얼굴 붉힐 일이 없다."고 말한 것이다.)

손권은 그의 말을 좇아 즉시 사람을 노숙에게 보내서 현덕에게 구원을 청하도록 했다. 노숙은 명을 받고 곧바로 글을 작성하여 사람을 시켜서 현덕에게 보냈다. 현덕은 글의 내용을 읽어보고는 사자를 관사에 머물러 있도록 하고 사람을 남군南郡으로 보내서 공명을 청해 오도록 했다. 공명이 형주에 당도하자 현덕은 노숙의 글을 공명에게 보여주었다.

글을 읽어보고 나서 공명이 말했다: "강남의 군사들을 움직일 필요도 없고 형주의 군사들을 움직일 필요도 없습니다. 제가 조조로 하여금 감히 동남의 땅을 넘보지 못하도록 하겠습니다."

그리고는 곧바로, 설령 북방의 군사가 침범해 오더라도, 황숙께서 그들을 물리칠 계책을 따로 마련해 놓았으니 아무 걱정 말고 편안히 계시라는 내용으로 노숙에게 전달할 답장을 썼다.

그 답장을 가지고 사자가 돌아간 후 현덕이 물었다: "이번에 조조가 30만의 대군을 일으켜서 합비에 있는 군사와 합쳐서 한꺼번에 쳐들어온다는데, 선생께선 저들을 물리칠 수 있는 어떤 묘한 계책이라도 있습니까?"

공명曰: "조조가 평소 우려하는 것은 서량西凉의 군사입니다. 이번에 조조가 마등을 죽였으므로 그의 아들 마초는, 현재 서량의 군사를 통솔하고 있는데, 틀림없이 조조에 대해 이를 갈고 있을 것입니다. 주공께서는 글을 한 통 써 보내셔서 마초와 손을 잡으시고, 마초로 하여금 군사를 일으켜 관문 안으로 쳐들어가도록 하십시오. 그렇게만 한다면 조조가 강남으로 쳐내려 갈 겨를이 어디 있겠습니까?"

현덕은 크게 기뻐하며 즉시 글을 작성해서 심복에게 주어 곧장 서량주로 가서 마초에게 전해주도록 했다.

〖 2 〗 한편 마초는 서량주西凉州에서 밤에 꿈을 꾸었는데, 꿈에 자기가 눈 덮인 땅에 누워 있는데 여러 마리의 호랑이들이 달려들어 무는 것이었다. 깜짝 놀라고 겁이 나서 잠에서 깨었는데 마음에 의혹이 들어서 휘하 장수들을 모아놓고 꿈 이야기를 했다. 이야기가 끝나자마자 휘하의 한 사람이 말했다: "그 꿈은 불길한 징조입니다."

여러 사람들이 보니, 그는 휘하의 심복 교위校尉로, 성은 방龐, 이름은 덕德, 자를 영명令名이라 하는 자였다.

마초가 물었다: "영명의 생각은 어떤가?"

방덕曰: "눈 덮인 땅에서 호랑이를 만났으니 꿈의 징조가 아주 흉합니다. 혹시 허창에서 노장군께 무슨 일이 생긴 게 아닐까요?"

말이 끝나기도 전에 한 사람이 비틀거리면서 들어오더니 땅에 엎드려 울며 말했다: "숙부님과 동생들이 모두 변을 당했습니다."

마초가 보니 마대馬岱였다.

마초가 놀라서 어찌된 영문인지 물었다.

마대曰: "숙부님과 시랑 황규가 같이 조조를 죽이려고 모의하셨는데 불행히도·일이 새나가서 두 분 모두 저자에서 참수를 당했습니다! 두 아우들도 역시 변을 당했습니다. 저만 행상차림으로 변장을 하고 밤에 도망쳐 왔습니다."

마초는 그 말을 듣자 울음을 터뜨리며 땅에 쓰러졌다. 여러 장수들이 부축해 일으키자 마초는 이를 갈면서 조조 역적에 대해 통분해 하는 마음을 품었다.

그때 갑자기 보고해 왔다: "형주 유 황숙께서 사람을 보내서 서신을 가져왔습니다."

마초가 그것을 받아서 뜯어보니, 글의 내용은 대략 다음과 같았다:

"가만히 생각해보니, 한漢 황실이 불행하여 조조 역적 놈이 권세를 독차지하여 군왕을 속이고 업신여기며(欺君罔上) 백성들을 못살게 하고 있소. 이 유비는 전에 장군의 선친과 같이 황제의 비밀 조서를 받고 이 역적 놈을 죽여 없애기로 맹세했었소. (*이 일은 제20회에 나온다.)

그런데 지금 장군의 선친께서 조조의 손에 죽임을 당하셨으니, 이 자는 장군으로서는 하늘과 땅을 함께 할 수 없고 해와 달을 같이 할 수 없는 원수(不共天地, 不同日月之讐)라 할 것이오. 만약 장군이 서량의 군사들을 거느리고 조조의 서쪽을 친다면, 유비는 마땅히 형양의 군사들을 가지고 조조의 앞을 가로막을 것인바, 그리하면 역적 조조를 사로잡을 수 있을 것이며, 간사한 무리들을 섬멸할 수 있을 것이고, 그리하여 장군의 원수를 갚을 수 있고, 한 황실을 다시 일으킬 수 있을 것이오.

글로써는 하고 싶은 말을 다할 수 없어서 선 채로 회답을 기다리오."

마초는 다 보고 나서 즉시 눈물을 뿌리며 회답을 써서 사자에게 주어 먼저 돌아가도록 한 다음, 이어서 곧바로 서량의 군사들을 일으켰다.

〖 3 〗 막 출동하려고 할 때 갑자기 서량태수 한수韓遂가 사람을 시켜서 마초에게 와서 만나보기를 청했다. 마초가 한수의 부중府中으로 찾아가니 한수가 조조의 서신을 꺼내 보여주었다. 그 서신에서 말하기를: "만약 마초를 사로잡아 허도로 올려 보낸다면 즉시 당신을 서량후西涼侯로 봉해 주겠다."고 했다.

마초는 땅에 엎드려 말했다: "숙부께서는 저희 형제 두 사람을 묶어서 허창으로 압송하십시오. 숙부께서 창칼을 휘두르는 수고를 덜어드리겠습니다."

한수는 그를 부축해 일으키며 말했다: "나는 자네 부친과 형제의 의를 맺은 사이인데 어찌 차마 자네를 해치겠는가? 자네가 만약 군사를 일으킨다면 내 마땅히 자네를 도와주겠네."

마초는 한수에게 고맙다고 절을 했다.

한수는 곧바로 조조의 사자를 끌어내서 목을 베도록 하고, 자기 수하의 팔부八部의 군사들을 점검하여 같이 출발했다. 그 팔부란 곧 후선侯選·정은程銀·이감李堪·장횡張橫·양흥梁興·성의成宜·마완馬玩·양추楊秋였다. 이들 여덟 명의 장수들은 한수를 따라 갔는데 마초 수하의 방덕

·마대와 합쳐서 전부 20만 명의 대군을 일으켜서 장안長安을 향해 쳐들어갔다.

장안 군수 종요鍾繇는 조조에게 급보를 올리는 한편, 적을 막으려고 군사들을 이끌고 성을 나가서 들판에다 진을 쳤다. 그때 서량주 선두부대의 마대가 군사 1만 5천 명을 이끌고 위풍당당하게 산과 들을 가득 뒤덮으며 왔다.

종요는 말을 타고 나가 말을 걸었다. 마대는 보도 한 자루를 들고 나가 종요와 싸웠다. 미처 한 합도 싸우지 않아 종요는 크게 패해서 달아났고, (*그는 글만 쓸 줄 알았지 어찌 싸울 줄 알겠는가?) 마대는 칼을 들고 그 뒤를 쫓아갔다.

마초와 한수가 이끄는 대군이 모두 당도해서 장안을 포위했다. 종요는 성 위로 올라가서 지켰다. 장안은 서한西漢 때 세운 도읍이어서 성곽은 견고하고 참호도 험하고 깊어서 쉽사리 함락시킬 수가 없었다. 열흘 동안 계속 포위하고 있었으나 성을 깨뜨릴 수가 없었다.

방덕이 계책을 올려 말했다: "장안성 안은 토질이 단단하고 물은 짜서 마시기 어려운 데다가 땔나무도 없습니다. 지금 열흘이나 성을 포위하고 있었으므로 군사와 백성들은 모두 굶주리고 있을 것입니다. 차라리 잠시 군사를 거두어 여차여차하게 해야만 장안을 쉽사리 수중에 넣을 수 있습니다."

마초曰: "그 계책 참으로 훌륭하다!"

즉시 '令(령)'자가 새겨진 깃발을 들고 각 부대로 돌면서 군사들을 전부 물러나도록 하고, 마초는 친히 퇴각하는 군사의 뒤를 끊기로 했다. 각 부대의 군사들은 점점 물러갔다.

종요가 다음날 성 위로 올라가서 살펴보니 군사들은 전부 물러가고 없었다. 그러나 혹시 적들이 무슨 계략을 쓰는 것은 아닐까 염려하여 사람을 시켜서 알아보도록 했는데, 과연 멀리 가버려서 비로소 마음을 놓고 군사와 백성들이 성을 나가서 땔나무를 하고 물을 길어오도록 성문을 활짝 열어놓고 사람들이 마음대로 드나들게 내버려 두었다. (*이렇게 하려는 것이 바로 방덕의 계책이다.)

닷새째 되는 날, 마초의 군사가 또 오고 있다고 보고해 와서 군사와 백성들은 서로 앞을 다투어 성안으로 들어갔고,(*이때 방덕은 이미 그들 속에 섞여 있었다.) 종요는 다시 성문을 닫고 굳게 지켰다.

〖 4 〗 한편 종요의 아우 종진鍾進은 서문西門을 지키고 있었는데 삼경(三更: 밤 11시~1시 사이)이 가까웠을 무렵 성문 안쪽에서 불이 났다.

종진이 급히 불을 끄러 갔을 때 성 가에서 한 사람이 돌아 나왔는데, 그는 칼을 들고 말을 달려오며 큰소리로 호통쳤다: "방덕이 여기 있다!"(*방덕이 성 안으로 들어오는 모습은 분명하게 서술하지 않고 이때 와서 갑자기 나타나도록 하는데, 이는 마치 서한西漢 문제文帝 때의 명장 주아부周亞夫 장군이 하늘에서 내려온 것 같다.)

종진은 제대로 손도 놀려 보지 못하고 방덕의 칼에 맞아 말 아래로 떨어졌다. 방덕은 종진의 수하 군사들과 장교들을 마구 쳐서 흩어버린 다음 빗장을 베고 자물쇠를 끊어서 마초와 한수의 군사들이 성 안으로 들어가도록 했다. 종요는 동문으로 해서 성을 버리고 달아났다. 마초와 한수는 성을 얻은 후 전군에 상을 내리고 수고를 위로했다.

종요는 동관(潼關: 섬서성 동관현潼關縣 동남)으로 물러가 지키면서 조조에게 급보를 올렸다. 조조는 장안 성을 잃은 것을 알고는 남정南征 일은 감히 다시 상의하지 못하고 (*전문에서 동오가 현덕에게 도움을 구하자 이때 마초가 구해 주었지만, 이는 실은 현덕이 구해준 것이다.)

조조는 곧바로 조홍과 서황을 불러서 분부했다: "너희들은 먼저 1만 명의 군사들을 데리고 가서 종요를 대신하여 동관을 굳게 지키도록 하라. 만약 열흘 이내에 동관을 잃는다면 둘 다 목을 베겠지만, 열흘 이상 버티다가 잃는다면 그것은 너희 두 사람과는 관계없는 일이므로 책임을 묻지 않겠다. 내가 대군을 거느리고 뒤따라서 곧바로 당도할 것이다."

두 사람은 장수의 명령을 받고는 그날 밤 곧바로 떠나갔다.

조인이 조조에게 간했다: "조홍은 성미가 급해서 일을 그르칠까봐 두렵습니다."

조조曰: "자네는 나와 함께 군량과 마초를 호송하면서 곧바로 그 뒤를 따라가서 지원하도록 하세."

〖 5 〗 한편 조홍과 서황은 동관에 도착하여 종요를 대신하여 관을 굳게 지키고 결코 나가서 싸우지 않았다. 마초가 군사를 거느리고 관 아래로 와서 조조의 조부祖父부터 삼대三代를 헐뜯고 욕을 했다. 조홍은 크게 화가 나서 군사를 데리고 관에서 내려가 싸우려고 했다.

서황이 말리며 말했다: "이것은 마초가 일부러 장군의 화를 돋우어 싸우고자 하는 것입니다. 절대로 싸워서는 안 됩니다. 승상께서 대군을 이끌고 오시면 틀림없이 무슨 좋은 생각과 계획이 있을 것이니 그 때까지 기다립시다."

마초의 군사들은 밤낮으로 교대해 가면서 와서 욕을 해댔는데, (*진림陳琳은 붓으로 조조를 욕했지만 마초는 입으로 조조를 욕했다. 붓은 겨우 한 자루뿐이었지만 입은 수만 개나 되었다.) 조홍은 그때마다 기어코 나가서 싸우려 했고, 서황은 이를 극력 말렸다.

9일 째 되는 날. 관 위에서 보고 있으니 서량의 군사들은 전부 말을 버리고 관 앞 풀밭에 퍼져 앉아 있었는데, 태반은 고단하고 지쳐서 땅 위에 드러누워 잠을 자기도 했다.

조홍은 곧바로 말을 준비시켜서 3천 명의 군사들을 점검하여 관 아래로 쳐내려갔다. 서량의 군사들은 말을 내버리고 창을 내던지고 달아났다. 조홍은 그들을 바짝 뒤쫓아 갔다. 그때 서황은 관 위에서 한창 군량운반 수레를 점검하고 있었는데, 조홍이 관에서 내려가 싸우고 있다는 말을 듣고 크게 놀라서 급히 군사들을 이끌고 그 뒤를 쫓아가면서 큰 소리로 조홍에게 말을 돌리라고 외쳤다.

그때 별안간 등 뒤에서 함성이 크게 울리며 마대가 군사를 이끌고 들이닥쳤다. 조홍과 서황이 급히 말머리를 돌려 달아나려고 할 때 북소리가 울리면서 산 뒤에서 두 부대의 군사들이 뛰쳐나와 길을 가로막았는데 왼편은 마초, 오른편은 방덕이었다. 양쪽은 한바탕 혼전을 벌였다.

조홍은 결국 서량의 군사들을 당해 내지 못하고 군사를 태반이나 잃어버리고는 겹겹이 둘러쳐진 포위망을 뚫고 나와서 관 위를 향해 달려갔다. 그러나 서량의 군사들이 바짝 뒤를 쫓아오는 바람에 조홍 등은 관으로 가는 것을 포기하고 계속 달아났다. 방덕은 곧장 그들 뒤를 쫓아서 동관을 지나갔는데, 바로 그때 조홍을 구하러 온 조인의 군사와 맞닥뜨렸다. 조인은 조홍 등과 그 군사들을 구해냈다. 마초도 방덕을 지원하여 함께 동관으로 올라갔다.

〖 6 〗 조홍은 동관을 잃어버리고는 달아나서 조조를 만나보았다.

조조曰: "내가 너에게 10일 동안 지키라고 기한까지 정해 주었거늘 어찌하여 9일 만에 동관을 잃었느냐?"

조홍曰: "서량의 군사들이 갖가지로 욕을 해댔습니다. 그런데 저들이 완전히 풀어져 있는 것을 보고 그 기회를 틈타 추격했던 것인데, 뜻밖에도 도적들의 간사한 계책에 걸려들고 말았습니다."

조조曰: "조홍은 나이가 어리고 성미가 급하고 거칠어서 그랬다 치고, 서황 자네는 상황을 파악하고 있었어야 하지 않느냐!"

서황曰: "제가 여러 번 말렸으나 듣지 않았습니다. 그날도 저는 관 위에서 군량 운반 수레를 점검하고 있었는데, 제가 알았을 때에는 조장군은 이미 관에서 내려간 후였습니다. 그래서 저는 혹시 조 장군이 잘못될까봐 두려워서 급히 그 뒤를 쫓아갔으나 이미 도적의 간계에 빠져 있었습니다."

조조는 크게 화를 내며 조홍의 목을 베라고 호통쳤다. (*"조홍은 없어도 되지만 공은 없어서는 안 된다"고 하면서 조홍이 자기 목숨을 버릴 각오로 조조를 살려준 때의 일은 잊어버린 모양이다. 제6회 중의 일.) 그러나 여러 관원들이 그의 목숨을 살려 달라고 빌었다. 조홍은 자신의 죄를 인정하고 물러갔다.

조조는 군사를 거느리고 가서 곧장 동관을 치려고 했다. 조인이 말했다: "먼저 영채와 그 울타리부터 세운 다음에 동관을 치더라도 늦지 않을 것입니다."

조조는 나무를 베어다가 울타리를 치고 영채 세 개를 나누어 세우도록 명했다. 왼편 영채는 조인이, 오른편 영채는 하후연이 쓰고 조조는 가운데 영채를 사용했다.

다음날 조조는 세 영채의 모든 장교들을 이끌고 관 앞으로 짓쳐 나갔는데, 마침 서량의 군사들을 만나서 양편에서는 각각 진을 펼쳤다.

조조가 말을 타고 나가서 문기門旗 아래에 서서 서량의 군사들을 살펴보니, 한 사람 한 사람이 모두 용감하고 건장해 보였고, 하나하나가 다 영웅으로 보였다. 그리고 또 마초를 바라보니 얼굴은 마치 분을 바른 듯 희었고, 입술은 마치 연지를 칠한 듯 붉었으며, 허리는 가늘고 어깨는 넓게 떡 벌어졌으며, 목소리는 우렁차고 힘은 엄청 세 보였다. 흰 전포를 입고 은으로 된 갑옷을 걸쳤고, 손에는 긴 창을 잡고 진 앞에 말을 세우고 있었는데, 그 왼편에는 방덕이, 오른편에는 마대가 있었다.

조조는 속으로 은근히 감탄하면서 친히 말을 달려 나가서 마초에게

말했다: "너는 한漢 명장名將의 자손인데 어찌 배반하느냐?"

마초가 이를 갈면서 큰소리로 욕을 했다: "조조 이 역적놈아! 네 놈은 황제를 속이고 업신여기고 있으니 그 죄만 해도 죽여도 시원찮은데 내 부친과 아우들까지 해쳤으니 나와는 한 하늘을 같이 이고 살아갈 수 없는 불공대천(不共戴天)의 원수다! 내 마땅히 너를 사로잡아 네놈의 살을 씹어 먹고야 말 것이다!"

말을 마치자 창을 꼬나들고 곧장 조조를 향해 쳐들어갔다. 조조의 등 뒤에 있던 우금이 나가서 그를 맞았다. 두 필 말이 서로 어우러져 싸우기를 8~9합에 우금은 패해서 달아났다. 그러자 장합이 나가서 그를 맞아 싸우기를 20합에 그 역시 패해서 달아났다. 다음에는 이통李通이 나가서 그를 맞았다. 마초는 위세를 떨치며 그와 몇 합 싸우는 가운데 창으로 이통을 찔러서 말 아래로 떨어뜨렸다.

마초가 창을 잡고 뒤를 돌아보며 한 번 휘두르자 서량의 군사들은 일제히 쳐나왔다. 조조의 군사들은 크게 패했다. 서량의 군사들이 맹렬한 기세로 쳐들어오자 조조 좌우에 있던 장수들 모두 그들을 막아낼 수가 없었다.

〚 7 〛 마초와 방덕과 마대가 1백여 기병들을 이끌고 조조를 붙잡으려고 곧장 조조가 있는 중군中軍으로 달려갔다.

조조는 어지러이 싸우고 있는 군사들 속에서 서량의 군사들이 크게 외치는 소리를 들었다: "홍포紅袍를 입은 자가 조조다!"

조조는 말 위에서 급히 홍포를 벗어버렸다.

또 다시 크게 외치는 소리가 들렸다: "수염이 긴 자가 조조다!"

조조는 놀라고 당황해서 차고 있던 칼을 빼서 자기 수염을 잘라버렸다.

군사들 가운데 어떤 사람이 조조가 수염을 자른 사실을 마초에게 알려주자, 마초는 곧바로 사람들에게 외치도록 했다: "수염 짧은 자를 붙잡아라! 그가 바로 조조다!"

조조는 그 소리를 듣고 즉시 깃발의 끝자락을 찢어서 목을 싸매고 달아났다. 후세 사람이 이에 대해 지은 시가 있으니:

동관 싸움에서 패하여 정신없이 달아날 때	潼關戰敗望風逃
조조는 넋이 나가 금포까지 벗어던졌고	孟德愴惶脫錦袍
칼로 수염 자를 때엔 간담까지 떨어졌지.	劍割髭髯應喪膽
이 일로 마초의 명성 높은 하늘 뒤덮었지.	馬超聲價蓋天高

조조가 한창 달아나고 있을 때 뒤에서 기병 하나가 쫓아오기에 뒤돌아보니 바로 마초였다. 조조는 크게 놀랐다. 조조 좌우에서 따르던 장교들은 마초가 쫓아오는 것을 보고는 조조 혼자 내버려두고 각자 살기위해서 도망쳤다.

마초가 언성을 높여 크게 외쳤다: "조조는 달아나지 말라!"

조조는 그 소리에 놀라서 그만 말채찍을 땅에 떨어뜨렸다. 마초는 조조를 막 따라잡으려는 순간 조조의 등 뒤에서 창을 찔렀다. 그러나 조조는 나무를 빙 돌아서 달아났다. 그 바람에 마초의 창은 나무를 찌르고 말았다. 급히 나무에 박힌 창을 뽑았을 때에는 조조는 이미 멀리 달아나고 없었다. (*어떤 사람은 말했다: "악인이 죽지 않은 것은 천도天道"라고. 그러나 나는 말한다: "그것은 천도가 아니라 단지 천수天壽일 뿐"이라고.)

마초가 말을 달려서 그 뒤를 쫓아가고 있는데, 산비탈 옆에서 한 장수가 돌아 나오면서 큰 소리로 외쳤다: "우리 주공을 해치지 말라! 조홍이 여기 있다!"

그는 칼을 휘두르며 말을 달려 나와서 마초를 막았다. 그 바람에 조조는 위기에서 벗어나 달아나 버렸다. (*제6회에서 조홍이 형양滎陽에서 조조를 구했던 상황과 비슷하다.)

조홍은 마초와 4~50합에 이르도록 싸웠는데, 점점 칼 쓰는 법이 어지러워지고 기력이 빠졌다. 그때 마침 하후연이 수십 명의 기병들을 이끌고 따라왔다. 마초는 자기는 혼자뿐이므로 저들에게 당할까봐 두려워 말머리를 돌려서 돌아갔다. 하후연도 더 이상 쫓아오지 않았다.

〖 8 〗 조조가 영채로 돌아와 보니 뜻밖에도 조인이 죽기로써 영채를 지켜냈기 때문에 군사들을 많이 잃지는 않았다.

조조는 막사 안으로 들어가서 탄식했다: "내가 만약 조홍을 죽여 버렸더라면 오늘 틀림없이 마초의 손에 죽었을 것이다!"

곧바로 조홍을 불러서 상을 후히 내렸다. 그리고는 패전한 군사들을 수습하여 영채를 굳게 지키고, 도랑을 깊이 파고 보루를 높이 하여 방어시설을 견고하게 할 뿐, 나가서 싸우는 것은 허락하지 않았다.

마초는 매일 군사들을 이끌고 영채 앞에 와서 욕을 해대며 싸움을 걸었다. 그러나 조조는 명을 내려 군사들로 하여금 굳게 지키도록 하고 함부로 움직이는 자가 있으면 목을 벨 것이라고 했다.

여러 장수들이 말했다: "서량의 병사들은 모두 긴 창을 쓰고 있으니 우리는 궁노수들을 뽑아서 저들과 대적해야 합니다."

조조曰: "싸우느냐 안 싸우느냐는 모두 우리가 결정하는 것이지 적이 결정하는 것은 아니다. 적이 비록 긴 창을 가졌다 하더라도 어찌 저들 맘대로 찌를 수 있겠느냐? 여러분은 다만 방비를 단단히 하고서 구경만 하고 있으라. 그러면 적들은 스스로 물러갈 것이다."

장수들은 모두 끼리끼리 서로 의논했다: "승상께서는 이전에는 싸울 때 항상 몸소 앞장을 서셨는데, 이번에 마초한테 패하고 나서는 어찌 이토록 약해지셨단 말인가!"

그로부터 며칠이 지났을 때 첩자가 알려 왔다: "마초는 또 신규로 정예병 2만 명을 투입하여 싸움을 돕도록 했는데, 그들은 강인羌人 부락 사람들이라고 합니다."

조조는 그 소식을 듣고 크게 기뻐했다. (*기뻐하다니, 괴이한 일이다.)

여러 장수들이 말했다: "마초가 신규로 정예병을 투입했다고 하는데도 승상께서는 반대로 기뻐하시니, 그 이유가 무엇입니까?"

조조曰: "우리가 이긴 다음에 자네들에게 설명해 주겠다."

3일 후, 마초 군에 또 새로운 군사들이 보충되었다는 보고가 동관에 올라왔다. 조조는 또 크게 기뻐하면서 막사에 연석을 벌여 놓고 축하했다. (*축하하다니, 괴이한 일이다.) 여러 장수들은 모두 속으로 비웃었다.

조조曰: "여러분은 나에게 마초를 깨뜨릴 계책이 없다고 비웃는데, 그렇다면 공들에게는 어떤 좋은 계책이 있는가?"

서황이 건의했다: "지금 승상의 대군은 이곳에 있고 도적들 역시 전부 지금 동관 위에 주둔하고 있는데, 여기서부터 위하渭河 서쪽으로는 틀림없이 대비가 없을 것입니다. 만약 일부 군사들을 데리고 몰래 포판진(浦阪津: 산서성 영제현永濟縣 서포주西浦州 나루)을 건너가서 먼저 적들이 돌아갈 길을 끊어놓고, 승상께서는 곧장 위하 북쪽으로 가셔서 저들을 치신다면, 적들은 둘이 서로 호응할 수 없어서 그 형세가 틀림없이 위태로워질 것입니다."(*조조가 군사를 둘로 나누었으므로 한수와 마초 역시 군사를 둘로 나누어야 한다. 그리하면 쉽게 둘을 갈라놓을 수 있다.)

조조曰: "공명(公明: 서황)의 말은 내 생각과 똑같다."

조조는 곧바로 서황에게 정예병 4천 명을 이끌고 주영朱靈과 함께 곧장 가서 위하 서쪽을 습격하되, 산골짜기에 매복해서 기다리고 있다가 "내가 황하 북쪽으로 건너는 것과 동시에 치도록 하라."고 지시했다.

서황과 주영은 명을 받고 먼저 4천 명의 군사들을 이끌고 몰래 떠나갔다.

조조는 명을 내려서 먼저 조홍으로 하여금 포판진으로 가서 배와 뗏목을 준비하도록 하고, 조인은 남아서 영채를 지키도록 했다. 그리고 조조 자신은 군사들을 거느리고 위하渭河를 건너기로 했다.

일찌감치 첩자가 이를 마초에게 알려 주었다.

마초曰: "지금 조조가 동관潼關을 공격하지 않고 사람들을 시켜서 배와 뗏목을 준비하도록 하여 황하 북쪽으로 건너가려고 하는데, 이는 틀림없이 우리의 뒤를 막으려는 것이다. 나는 일군一軍을 이끌고 강을 따라서 북쪽 기슭에서 건너오지 못하도록 막아야겠다. 그러면 조조의 군사들은 강을 건너지 못할 것이고, 그리되면 20일도 못 되어 하동河東에서는 군량이 떨어질 것이고, 그러면 조조의 군사들은 반드시 어지러워질 것이다. 그런 후에 강을 따라 남쪽으로 가서 저들을 친다면 조조를 사로잡을 수 있을 것이다."(*그렇게 하면 장강의 경우에는 당연히 못 건널 것이고, 위하渭河라도 역시 거의 못 건너게 될 것이다.)

한수曰: "그렇게 할 필요 없네. 병법에서 '군사가 반쯤 건넜을 때 치면 된다(兵半渡可擊)'고 한 말을 들어보지 못했는가? 조조의 군사가 절반쯤 건널 때까지 기다렸다가 자네가 남쪽 기슭에서 저들을 친다면 조조의 군사들은 전부 강 속에 빠져 죽을 것이네."

마초曰: "숙부님의 말씀이 아주 좋습니다."

그리고는 즉시 사람을 시켜서 조조가 몇 시에 강을 건너려는지 알아오도록 했다.

〖 9 〗 한편 조조는 군사들을 다 정돈한 다음 전체 군사들을 세 부대로 나누어 그 중 한 부대가 먼저 위하를 건너도록 했다. 군사들이 위하 어귀에 도착했을 때 해가 막 떠올랐다.

조조는 먼저 정예병을 보내서 북쪽 기슭으로 건너가서 영채를 세우도록 했다. 조조 자신은 자신을 따르는 호위군 장수 1백 명을 이끌고 칼을 잡고 남쪽 기슭에 앉아서 군사들이 강을 건너는 것을 지켜보고 있었다.

그때 갑자기 알려 왔다: "뒤편에 흰색 전포를 입은 장군(白袍將軍)이 오고 있습니다."

사람들은 그것이 곧 마초임을 알고 나서 배를 타려고 우르르 배로 몰려갔다. 강변에 있던 군사들은 서로 먼저 배에 오르기 위해 다투느라 시끌벅적한 소리가 그치지 않았다. 조조는 여전히 앉아서 꼼짝도 하지 않으면서 칼을 잡고 군사들이 법석을 떨지 못하도록 단속했다.

그때 갑자기 사람들의 고함소리와 말울음 소리가 들리더니 서량 군사들이 벌떼처럼 몰려왔다. 바로 그때 배에 타고 있던 한 장수가 몸을 날려 기슭 위로 올라와서는 조조를 불렀다: "도적들이 당도했습니다. 승상께선 배에 오르십시오!"

조조가 보니 허저였다. 그런데도 조조는 오히려 입속으로 중얼거리며 말했다: "도적들이 온들 무슨 상관인가?"

그리고는 고개를 돌려 보니 마초가 벌써 1백여 보步도 안 되는 곳까지 와 있었다. 허저가 조조를 끌어당겨 배에 타려고 했을 때에는 배가 이미 강기슭에서 한 길 넘게 떨어져 있었다.

허저는 조조를 등에 업고 훌쩍 뛰어서 배에 올랐다. 조조를 수행하던 장병들은 전부 강물 속으로 뛰어들어 뱃전을 붙잡고 도망치기 위해 다투어 배에 올라가려고 했다. 배가 작아서 뒤집히려고 하자 허저는 칼을 뽑아 뱃전을 잡고 있는 손들을 마구 찍어댔고, 뱃전을 잡고 있던 손들은 전부 잘려서 강물 속으로 떨어졌다. (*배 안에 떨어진 손가락들도 두 손으로 움켜잡을 정도였다.)

허저는 급히 배를 저어 하류로 내려갔다. 허저는 고물(船尾) 위에 서서 바삐 삿대(상앗대)로 배를 저었다. 조조는 허저의 발 옆에 엎드려 있었다.

마초가 강기슭까지 쫓아와 보니 배는 이미 강 한가운데서 떠내려가고 있었다. 그는 곧바로 활을 잡아 화살을 메기고, 장수들에게 강변을 따라 가며 활을 쏘라고 호령했다. 화살들이 비 오듯 배 위로 떨어졌다. 허저는 조조가 다칠까봐 두려워서 왼손으로는 말안장을 들고 날아오는 화살들을 막았다. (*조조는 조홍이 없었다면 육지에서 죽었을 것이고, 허저가 없었다면 물에서 죽었을 것이다. 그가 죽지 않은 것은 천운이다.) 마초가 쏜 화살은 한 대도 빗나가는 게 없어서 배 위에서 노를 젓던 사람들은 시위 소리가 울릴 때마다 하나씩 화살을 맞고 물에 떨어졌고, 배 안에 있던 수십 명도 다 화살을 맞고 쓰러졌다.

배에 노를 젓는 사람이 없자 배는 급류 속에서 빙빙 돌면서 멈추지 않았다. 허저는 혼자서 신기한 위력을 떨쳐서 두 다리 사이에 키를 꽉 끼고 흔들고, 한 손으로는 삿대로 배를 젓고, 한 손으로는 말안장을 들고 날아오는 화살을 막아 조조를 보호했다. (*조조는 깃발 자락으로 목을 감싸고, 말안장으로 몸을 가렸으나 깃발과 말안장에 원래 이런 용도가 있다고 생각해서는 안 된다.)

〖 10 〗 이때 위남(渭南: 지금은 섬서성에 속하는데, 위하渭河 이남에 있으므로 붙여진 이름이다) 현령 정비丁斐가 남산南山 위에 있다가 마초가 조조를 바짝 쫓고 있는 것을 보고는 조조가 다칠까봐 염려되어 곧바로 영채 안에 있는 소와 말들을 모조리 밖으로 몰아내니, 산과 들에는 온통 소와 말들로 가득 찼다.

서량의 군사들은 이것을 보고 모두 돌아서서 서로 다투어 소와 말들을 붙잡느라 조조를 쫓아갈 마음이 없어졌다. 조조는 이 때문에 위기에서 벗어날 수 있었다. (*조조가 죽지 않은 것은 나무 덕, 깃발 덕, 말안장 덕, 또 소와 말 덕이다.)

조조는 북쪽 기슭에 이르자마자 곧바로 배에 구멍을 뚫어 물속에 가라앉혔다. 여러 장수들이 조조가 강안에서 도망가고 있다는 말을 듣고 급히 구원하러 왔을 때엔, 그는 이미 강기슭 위로 올라와 있었다. 허저는 몸에 두꺼운 갑옷을 입고 있어서 화살들이 모두 갑옷 위에 꽂혀 있었다. 여러 장수들이 조조를 보호하여 들판의 영채 안으로 들어가서 모두 땅에 엎드려 문안을 드렸다.

조조는 크게 웃으며 말했다: "내 오늘 하마터면 작은 도적놈에게 붙잡힐 뻔했다."(*매번 패할 때마다 반드시 웃는데, 이것이 간웅奸雄들의 본래 모습이다.)

허저曰: "만약 어떤 사람이 소와 말들을 풀어놓아서 도적들을 유인하지 않았더라면, 도적들은 틀림없이 힘써 강을 건너왔을 것입니다."

조조가 물었다: "도적들을 유인해 낸 자는 누구인가?"

그 사람을 아는 자가 대답했다: "위남 현령 정비丁斐입니다."

조금 후 정비가 들어와서 얼굴을 보였다.

조조가 고맙다고 인사했다: "만약 공의 훌륭한 계책이 아니었으면 나는 도적놈에게 사로잡히고 말았을 거요."

그리고는 그를 전군교위典軍校尉로 임명했다.

정비曰: "도적들이 비록 잠시 물러가기는 했으나 내일에는 틀림없이 다시 올 테니 좋은 계책을 써서 저들을 막아야 합니다."

조조曰: "내 이미 준비해 두었소."

조조는 곧바로 여러 장수들을 불러서 분부했다: "각기 나누어 황하를 따라서 용도(甬道: 양쪽으로 담을 쌓아 놓은 통로)를 쌓아서 임시 영채 울짱으로 삼도록 하라. 만약 적이 쳐들어올 때에는 군사들을 용도 밖에다 벌려 세워 놓고 안에는 거짓으로 깃발들을 꽂아놓아 가짜 군사(疑兵)로 삼도록 하라. 거기다가 다시 강가를 따라서 참호를 파고 속임수로 그 위에 덮개를 씌운 후 흙을 살짝 덮어 두도록 하라. 그런 다음 강 안쪽으로 군사들을 배치하여 도적들을 유인하도록 하라. 도적들이 급히 쫓아오면 반드시 빠질 것이고, 도적들이 빠지면 곧바로 사로잡을 수 있다."(*다만 자신을 지키려는 계책으로, 이는 스스로 약함을 보여주는 것이다.)

〖 11 〗한편 마초는 돌아가서 한수를 보고 말했다: "조조를 거의 사로잡을 뻔했는데 웬 장수 하나가 용맹을 떨쳐 조조를 업고 배로 올라가버렸습니다. 그 사람이 누구인지는 모르겠습니다."

한수曰: "내가 듣기로는, 조조는 극히 건장한 사람들을 뽑아서 장전시위帳前侍衛로 삼고 그들을 '호위군虎衛軍'이라 부르는데, 효장驍將 전위와 허저로 하여금 그들을 거느리도록 했다고 하더군. 그런데 전위는 이미 죽었으니 이번에 조조를 구한 자는 틀림없이 허저일 걸세. 이 사람은 용맹과 힘이 다른 사람보다 뛰어나서 사람들은 모두 그를 '호치(虎痴: 바보 호랑이)'라고 부른다고 하더군. 만약 그를 만나게 되면 가벼이 대적해서는 안 되네."

마초曰: "저 역시 그 이름을 들은 지 오래 됩니다."

한수曰: "이제 조조가 강을 건너갔으니 장차 우리 뒤를 습격해 올걸세. 속히 저들을 쳐서 저들이 영채를 세우지 못하도록 해야 하네. 만약 영채를 세우고 나면 급히 쳐서 섬멸하기가 어려워져."

마초曰: "이 조카의 생각에는 아직은 다만 북쪽 강기슭을 막고 있으면서 저들이 강을 건너지 못하도록 하는 것이 상책일 것 같습니다."

한수曰: "조카는 영채를 지키고 있고 내가 군사를 이끌고 강을 따라서 조조와 싸우는 것은 어떻겠나?"

마초曰: "방덕에게 선봉이 되어 숙부를 모시고 따라 가도록 하겠습니다."

이리하여 한수는 방덕과 같이 군사 5만 명을 거느리고 곧장 위남渭南으로 달려갔다.

〖 12 〗 조조는 여러 장수들로 하여금 용도甬道 양편에서 적을 유인하도록 했다. 방덕이 먼저 철기군 1천여 명을 이끌고 쳐들어갔다. 함성이 일어나는 곳마다 사람과 말들이 다 같이 함마갱(陷馬坑: 사람과 말을 빠뜨리는 구덩이) 속으로 떨어졌다.

방덕은 훌쩍 몸을 한 번 솟구쳐 흙구덩이 속에서 펄쩍 뛰어 나와 평지에 서서 그 자리에서 여러 명을 죽이고 걸어가면서 마구 베어 겹겹의 포위망을 뚫고 나왔다. (*방덕의 위세를 묘사한 것은 후문에서 관공과의 싸움에 대한 복선이다.)

이때 한수는 이미 적의 포위망 한가운데 들어 있었다. 방덕이 그를 구해 내려고 걸어가다가 바로 조인의 부하 장수 조영曹永과 마주쳤다. 방덕은 한 칼에 그를 베어 말 아래로 떨어뜨린 다음 그의 말을 빼앗아 타고 싸워서 혈로를 뚫고 한수를 구해낸 다음 동남쪽으로 달아났다. (*방덕은 말을 잃고 나서 또 말을 빼앗아 타고, 허저는 조조를 등에 업은 채 배에 뛰어올라 배를 저었다. 두 사람의 용맹이 서로 비슷하다.) 그 뒤에서 조조의 군사들이 쫓아왔으나 마초가 군사를 이끌고 지원해서 조조의 군사들을 물리치고 다시 서량의 군사들을 태반이나 구해냈다.

해가 질 때까지 싸운 후 비로소 돌아와서 군사들을 점고해 보니 장수들 중에서는 정은程銀과 장횡張橫을 잃었고, 구덩이 속에 빠져서 죽은 군사들은 2백여 명이나 되었다. (*한수는 8명의 장수들 중에서 두 사람을 잃었다.)

마초는 한수와 상의했다: "만약 시일을 끌다가 조조가 위하 북쪽에다 영채를 세우고 나면 적들을 물리치기 어렵습니다. 차라리 오늘 밤에 경기병輕騎兵들을 이끌고 가서 적의 야영野營을 습격하는 편이 나을 것 같습니다."

한수曰: "그러려면 반드시 군사들을 전후 두 부대로 나누어 서로 구하도록 해야 하네."

이리하여 마초는 자신은 선두부대가 되고 방덕과 마대는 뒤에서 호응하도록 하여 그날 밤 곧바로 출발했다.

〖 13 〗 한편 조조는 군사들을 거두어서 위하 북쪽에 주둔시켜 놓고 여러 장수들을 불러서 말했다: "도적들은 우리가 영채를 세우지 못한 것을 얕보고 틀림없이 우리의 야영野營을 습격하러 올 것이다. 우리는 사면으로 복병을 분산시켜 놓고 중군은 비워 놓았다가 신호의 포 소리가 울리거든 복병들이 모조리 들고 일어나도록 한다면 한 번의 싸움으로 적장을 사로잡을 수 있을 것이다."(*마초와 한수의 계책을 늙은 역적이 진즉에 알아챘다.)

모든 장수들은 명령에 따라 군사들을 매복시켜 놓았다. 이날 밤 마초는 도리어 먼저 성의成宜로 하여금 기병 30명을 이끌고 앞으로 가서 적정敵情을 살펴보도록 했는데, 성의는 군사들이 없는 것을 보고 곧장 중군으로 들어갔다. 조조 군은 서량의 군사들이 온 것을 보고는 곧바로 신호의 포를 쏘았고, 그 소리를 듣고 사면에 매복해 있던 군사들이 전부 뛰쳐나왔다. 그러나 그들이 에워싼 것은 단지 30기뿐이었다. 성의는 하후연에게 죽임을 당했다. (*한수는 8명의 장수들 중에 또 한 사람을 잃었다.)

마초는 그런 다음 방덕, 마대와 함께 적의 배후로부터 군사들을 세 방면으로 나누어 벌떼처럼 쳐들어갔다. 이야말로:

설령 복병 두어 적을 기다린다 해도　　　　　縱有伏兵能候敵
건장들이 앞 다투어 오는 데 어찌 당하랴.　　怎當健將共爭先

승부가 어찌될지 모르겠거든 다음 회를 읽어보도록 하라.

(1). 조조와 손권이 부친의 원수를 갚으려고 한 것은 자기 부친을 위해서이고 군주를 위해서가 아니므로 사적(私)인 일이다. 마초가 부친의 원수를 갚으려고 한 것은 자기 부친을 위해서이지만 역시 군주를 위해서이기도 하므로 공적(公)인 일이다. 마등은 의대조衣帶詔 때문에 죽었은즉, 마등은 충신이다. 마초는 부친이 의대조 때문에 죽었기에 조조를 토벌하려고 했은즉, 마초는 효자이면서 또한 충신이다.

이전의 사서史書에서는 그를 도적(賊)이라 잘못 쓰고 배반(反)이라 잘못 썼는데, 이는 큰 잘못이다. 만약 〈춘추春秋〉의 대의大義에 따라 판단한다면, 다만 "마초는 서량에서 군사를 일으켜 조조를 토벌했다(馬超起兵西凉討曹操)"라고 썼어야 옳다.

조조는 부친의 원수라고 생각한 도겸陶謙을 죽이지 못하자 여포를 핑계대고 회군했고, 손권은 유표를 죽이지 못하고서 도리어 노숙으로 하여금 그의 죽음을 조문하도록 했다. 부친의 원수와는 소위 천지를 함께 할 수 없고 해와 달을 같이 볼 수 없는(不共天地, 不同日月) 것 아닌가? 마초 같은 사람은 참으로 원수를 갚을 줄 알았다.

조조가 나무를 돌 때 찔렀던 창과 황하를 건널 때 쏘았던 화살은, 비록 조조를 죽이지 못했으나, 간발의 차이로 죽이지 못했던 것이다. 비록 하늘이 그때 조조를 돕고 있었기에 급히 나라의 도적을 베어죽일 수는 없었지만, 조조의 가슴이 서늘해지고 간담이 떨어지고, 혼백이 날아가 흩어지도록 했으므로, 마초는 이미 조조를 베어죽였다고 말해도 될 것이다.

(2). 군자는 조조가 수염을 자르고 전포를 벗어던지고 달아난 일을 보고 속으로 이를 한 황제의 위령威靈 덕으로 생각한다. 그 이유가 무엇인가?

황제가 의대조衣帶詔를 내려 주지 않았더라면 같이 거사하기를 맹세하는 연판장(義狀)을 작성하지 않았을 것이고(*제 20회의 일), 연판장을 작성하지 않았더라면 마등馬騰은 죽지 않았을 것이고, 마등이 죽지 않았더라면 마초도 조조와 싸우려고 나가지 않았을 것이기 때문이다. 생각해 보면, 황제가 손가락을 찔러서 혈서를 썼기 때문에 조조가 수염을 자르는 일이 있게 된 것이다. 황제가 띠(帶)를 풀었기 때문에 조조가 전포를 벗어 던지는 일이 있게 된 것이다.

(3). 조조가 매번 위급한 상황에 처할 때마다 조홍曹洪이 그를 구해 주었고, 허저許褚가 그를 구해 주었고, 정비丁斐가 그를 구해 주었다. 그러나 조홍과 허저가 그를 구해준 것은 구해주어야만 했기 때문에 구해준 것이지만, 정비가 그를 구해준 것은 구해주어야만 했던 것이 아닌데도 구해준 것이다. 연진延津에서의 싸움에서는 군량과 말들을 버렸고, 위교渭橋에서의 싸움에서는 말과 소들을 풀어 놓았다.

앞의 경우 적을 유인한 것은 승리를 위한 것이었지만, 뒤의 경우 적을 유인한 것은 패한 것을 구해주기 위해서였다. 따라서 조홍과 허저의 용기(勇)는 정비의 지혜(智)보다 못하다 할 것이다.

(4). 적벽대전이 시작되던 날 서서徐庶는 일찍이 동관潼關을 지키기 위해서 일군의 군사들을 달라고 했다. 그런데 본 회에서는 동관에 종요鍾繇만 보이고 서서는 보이지 않는다. 그 이유가 무엇인가?

혹시 서서가 이때엔 이미 죽었는가?

그렇지 않다. 서서는 조조를 위해 계책을 내려고 하지 않았다. 그런데도 그가 만약 동관에 있다면, 그는 아마 책망을 면하지 못할 것이다. 일단 적벽을 떠난 후로 다시는 서서의 행방이 보이지 않는데, 내가 알기로는, 서서는 그때 죽지 않고 틀림없이 병을 핑계대고 시골로 낙향했을 것이다.

제59회

허저, 웃통 벗고 마초와 싸우고
조조, 글자를 지워 마초와 한수를 이간시키다

〖 1 〗 한편 이날 밤 양편 군사들은 서로 뒤섞여 싸우다가 날이 훤히 밝을 무렵이 되어서야 각자 군사를 거두었다. 마초는 위구(渭口: 위하가 황하로 들어가는 곳. 섬서성 화음현華陰縣 동북)에다 군사들을 주둔시켜 놓고 밤낮으로 군사들을 나누어 선후로 조조를 공격했다.

조조는 위하 안에 배와 뗏목을 쇠사슬로 이어서 부교浮橋 3개를 만들어 남쪽 기슭과 연결시켜 놓았다. 조인曹仁은 군사들을 이끌고 가서 강을 사이에 두고 양편에 영채를 세운 다음 군량과 마초를 실은 수레들을 연결시켜 장벽으로 삼았다.

마초는 이 소식을 듣고 군사들에게 각기 풀단 하나씩을 끼고 불씨를 지니도록 하여 한수와 같이 군사들을 이끌고 힘을 합쳐 조인의 영채 앞으로 쳐들어가서 풀단을 쌓아놓고 불을 질렀다. (*전에는 적벽에서의

화공火攻이 있었고, 후에는 위하渭河에서의 화공이 있다. 큰 불 후에는 또 작은 불이 있다.) 불이 맹렬히 타오르자 조조의 군사들은 당해 내지 못하고 영채를 버리고 달아났다. 수레와 부교는 모조리 불에 타버렸다.

서량의 군사들은 대승을 거두고 위하를 가로막아 버렸다. 조조는 영채를 세울 수 없어서 속으로 걱정하고 두려워했다.

순유日: "위하의 모래흙을 가져다가 토성을 쌓는다면 굳게 지킬 수 있습니다."

조조는 3만 명의 군사들을 파견하여 흙을 날라다가 성을 쌓도록 했다. 마초는 또 방덕과 마대를 시켜서 각각 5백 명의 기병들을 이끌고 가서 왔다 갔다 하면서 들이치도록 했다. 게다가 모래흙은 단단히 뭉쳐지지 않아 쌓으려 하면 곧바로 허물어졌다. 조조는 어찌 해 볼 도리가 없었다.

〖 2 〗 때는 9월 말인데 날씨가 갑자기 추워지고 하늘에는 연일 검은 구름이 잔뜩 낀 채 개이지 않았다. 조조는 영채 안에서 가슴속이 답답했는데, 그때 문득 보고해 왔다: "웬 노인 하나가 찾아와서 승상을 뵙고 방략方略을 말씀드리겠다고 합니다."

조조가 들어오도록 청해서 보니, 그 노인은 학鶴의 골격에 소나무와 같은 자태로, 얼굴 생김새가 고아高雅하면서도 힘차 보였다.

누구인지 물어보니, 그는 바로 경조(京兆: 경조윤京兆尹. 한대漢代 경기의 행정구역. 경도京都. 지금의 서안시 이동에서 화음현 동북에 이르는 지역) 사람으로 종남산(終南山: 서안시 남쪽에 위치)에 은거하고 있는, 성은 루婁, 이름은 자백子伯, 도호道號를 "몽매거사夢梅居士"라고 하는 사람이었다. 조조는 그를 손님 대접하는 예로 그를 대우했다.

자백日: "승상께서는 위하渭河 양편에 걸쳐 영채를 세우고자 하신지 오래 되었는데, 지금은 어째서 이처럼 좋은 때를 이용해서 영채를 쌓지 않으십니까?"

조조曰: "모래흙 땅이어서 쌓아도 안 됩니다. 은사隱士께서 무슨 좋은 방도가 있으면 가르쳐 주십시오."

자백曰: "승상께서는 용병은 귀신 같이 잘 하시면서 어찌 천시天時는 모르신단 말씀이오? 연일 검은 구름이 짙게 끼여 있는데 이럴 때 북풍이 불기 시작하면 틀림없이 꽁꽁 얼어붙을 것입니다. 바람이 불기 시작한 후에 군사들을 몰아서 흙을 나르도록 하고 그 위에 물을 뿌린다면 날이 밝을 무렵에는 토성이 어느덧 완성되어 있을 것입니다."

조조는 크게 깨닫고 자백에게 후한 상을 내렸다. 그러나 자백은 받지 않고 돌아갔다.

〖 3 〗 이날 밤 북풍이 크게 불었다. 조조는 군사들을 전부 몰아쳐서 흙을 나르고 물을 뿌리도록 했다. 물을 담을 그릇이 없었기 때문에 조밀하게 짠 비단으로 만든 주머니(縑囊)에 물을 담아 뿌리도록 했는데, 모래흙을 쌓는 대로 얼어붙었다. 날이 밝아올 때쯤에는 모래와 물이 꽁꽁 얼어붙어서 토성이 어느덧 완성되었다.

첩자가 이 소식을 마초에게 보고했다. 마초가 군사를 거느리고 가서 보고 크게 놀라서 혹시 귀신이 도와준 것인가 하고 의심했다.

다음날 마초는 대군을 모아서 북을 치고 나아갔다. 조조도 친히 말을 타고 영채를 나갔는데, 허저 하나만 그 뒤를 따라갔다.

조조는 채찍을 높이 쳐들고 큰소리로 외쳤다: "맹덕(孟德: 조조)이 단기필마로 여기 왔으니, 마초는 나와서 대답을 하라!"

마초가 말을 타고 창을 꼬나들고 나갔다.

조조曰: "너는 우리가 영채를 세울 수 없을 것이라고 얕잡아 보았지만 어제 하룻밤 만에 하늘의 사자(天使)가 영채를 다 쌓아 주었다. 그런데도 네놈은 어찌하여 빨리 항복하지 않는가!"(*늙은 역적 놈이 함부로 천명天命을 사칭하는데, 하늘이 정말로 한 것은 뭐라고 말할 건가!)

마초는 크게 화가 나서 곧바로 돌진하여 그를 사로잡으려 했으나, 조조 등 뒤에 한 사람이 이상하게 생긴 눈을 부릅뜨고 손에는 강철 칼(鋼刀)을 들고 말을 멈추고 서 있는 것을 보았다. (*허저의 영용한 모습을 극도로 묘사함으로써 마초의 영용함을 더욱 돋보이도록 하고 있는데, 이러한 것을 문장표현 방식으로 '내츤법內衬法' 또는 '정츤법正衬法'이라고 한다.)

마초는 저 자가 혹시 허저일지도 모른다는 의심이 들어 채찍을 치켜들고 물었다: "듣자니 너희 군중에 호후虎侯라고 하는 자가 있다고 하던데 어디 있느냐?"

허저가 칼을 들고 큰소리로 외쳤다: "내가 곧 초군(譙郡: 지금의 산동성 제남濟南 부근) 사람 허저다!"

그의 눈은 번쩍번쩍 빛이 났고 위풍도 당당했다. 마초는 감히 움직이지 못하고 말머리를 돌렸다. 조조 역시 허저를 이끌고 영채로 돌아갔다. 양편 군사들은 이를 보고 놀라지 않는 자가 없었다.

조조가 여러 장수들에게 말했다: "도적놈 역시 중강(仲康: 허저)이 호후虎侯인 줄 알고 있었다."

이때부터 군중에서는 모두 허저를 "호후虎侯"라고 불렀다.

허저曰: "제가 내일 반드시 마초를 사로잡겠습니다."

조조曰: "마초는 영명하고 용맹하므로 가볍게 보아서는 안 된다."

허저曰: "제가 맹세코 그놈과 죽기로 싸워보겠습니다."

즉시 사람을 시켜서 도전장(戰書)을 보냈는데, 호후 혼자서 내일 마초와 결전을 하고 싶다는 것이었다. 마초는 그 도전장을 받고서 크게 화를 내며 말했다: "어찌 감히 이처럼 나를 무시한단 말인가!"

즉시 그의 도전장에 대한 답서를 보내면서 내일 맹세코 "호치(虎癡: 호랑이처럼 용맹하나 머리를 쓸 줄 모르는 바보. 호랑이 천치)"를 죽여 버릴 것이라고 했다. (*허저가 한 마리 범이라면 마초 역시 한 마리 범이다. 그러니 어찌 마초 범이 허저 범을 두려워하겠는가?)

〖 4 〗다음날 양편 군사들은 영채에서 나가 벌려 서서 진세를 이루었다. 마초는 방덕龐德을 좌익으로, 마대馬岱를 우익으로 삼고 한수韓遂로 하여금 중군을 통솔하도록 했다. 마초는 창을 꼬나 잡고 말을 달려 나가 진 앞에 서서 큰소리로 외쳤다: "호치는 빨리 나와라!"

조조는 문기 아래에서 여러 장수들을 돌아보고 말했다: "마초의 용맹은 여포보다 못하지 않다." (*이는 허저를 자극하기 위해 한 말이다.)

말이 미처 끝나기도 전에 허저가 말에 박차를 가하여 칼을 휘두르며 나오자 마초는 창을 꼬나 잡고 그를 맞아 싸웠다.

1백여 합을 싸웠으나 승부가 가려지지 않았는데 이미 말들은 지쳐 있었다. 그래서 두 사람은 각기 군중으로 돌아가서 말을 바꿔 타고 다시 진 앞으로 나갔다. 다시 또 1백여 합을 싸웠으나 여전히 승부가 가려지지 않았다. 허저가 성질이 나서 나는 듯이 진중으로 돌아가서 투구와 갑옷을 벗어던지자 근육으로 온몸이 울퉁불퉁한 알몸이 드러났다. 그는 칼을 들고 몸을 벌렁 뒤집어서 말에 올라타고는 다시 마초와 싸움을 결판지으려고 나갔다. (*조조는 전포를 벗어던졌고 허저는 갑옷을 벗어던졌는데, 갑옷을 벗어던진 것 역시 싸움에 졌음을 의미한다.) 양편 군사들은 크게 놀랐다.

둘이서 또다시 붙어 30여 합 싸웠을 때 허저가 칼을 번쩍 들고 곧바로 마초를 찍으려는 순간, 마초는 재빨리 몸을 피하면서 창으로 허저의 명치를 겨누고 찔렀다. 그러자 허저는 칼을 내던지고 마초의 창을 손으로 덥석 잡았다. 두 사람은 말 위에서 서로 창을 뺏으려고 잡아당겼다. 허저의 힘이 워낙 세서 "얏!" 소리와 동시에 창대가 뚝 부러지자 각자 창 자루 반쪽씩 잡고 말 위에서 서로 마구 때렸다.

조조는 혹시 허저가 잘못되지나 않을까 염려되어 마침내 하후연과 조홍 두 장수에게 같이 나가서 마초를 협공하도록 했다. 방덕과 마대는 조조의 장수 둘이 같이 나오는 것을 보고는 좌우 양익兩翼의 철기병들을 휘몰아 나가서 좌충우돌 닥치는 대로 들이쳤다. 조조의 군사들은 큰 혼란에 빠졌고, 허저는 팔에 화살을 두 개나 맞았으며, 여러 장수들은 허겁지겁 물러나 영채 안으로 들어갔다.

마초는 강변까지 쳐들어갔다. 조조의 군사들은 태반이 죽거나 다쳤다. (*반간계를 쓰기 전에는 조조의 군사가 여러 번 패했다. 이로부터, 장수에게 중요한 것은 모책을 세우는 능력에 있지 용맹함에 있지 않다는 것을 알 수 있다.)

조조는 영채 문을 굳게 닫고 군사들에게 나가 싸우지 못하게 했다.

마초는 위구渭口로 돌아가서 한수에게 말했다: "저는 싸우면서 허저처럼 악착같이 물고 늘어지는 징그러운 놈은 여태 본 적이 없습니다. 정말로 그 자는 '호치(虎癡)'였습니다."

〖 5 〗 한편 조조는 마초를 계교를 써서 깨뜨릴 수 있을 것으로 생각하고 은밀히 서황과 주영朱靈에게 황하 서편으로 건너가서 영채를 세우고 앞뒤로 협공하라고 명했다.

어느 날, 조조는 성 위에서 마초가 수백 명의 기병들을 이끌고 곧장 영채 앞까지 와서는 마치 날아가는 듯이 왔다 갔다 하는 것을 보았다. 조조는 한참 동안 그 광경을 바라보다가 투구를 벗어 땅에 내던지면서 말했다: "마가馬家 새끼가 죽지 않으면 내가 묻힐 땅도 없겠구나!"

하후연이 그 말을 듣고 속으로 분해서 성난 목소리로 말했다: "내 이곳에서 죽는 한이 있어도 맹세코 저 마가 도적놈을 없애버리고 말 테다!"

그리고는 휘하 군사 1천여 명을 이끌고 영채 문을 활짝 열어 제치고 곧장 쫓아갔다. 조조는 급히 멈추려고 했으나 그럴 수가 없었다. 조조는 혹시 그가 잘못될까봐 황급히 자기도 말을 타고 지원하러 나갔다.

마초는 조조의 군사가 오는 것을 보고는 곧바로 선두부대를 후미부대로 삼고 후미부대를 선봉으로 삼아서 '일(一)'자로 벌여 세웠다. 하후연이 이르자 마초는 그를 맞아 싸웠다.

마초는 어지러이 싸우는 군사들 속에서 저 멀리 조조가 있는 것을 보고는 즉시 하후연을 내버려 두고 곧장 조조에게 달려들었다. 조조는 크게 놀라 말머리를 돌려 달아났다. 조조의 군사는 큰 혼란에 빠졌다.

〖 6 〗 한창 조조를 쫓고 있는 중에 갑자기 조조의 일부 군사들이 황하의 서쪽에다 영채를 세웠다는 보고가 들어왔다. 마초는 크게 놀라서 추격할 마음이 없어져 급히 군사를 거두어 영채로 돌아가서 한수와 상의했다: "조조의 군사가 우리의 빈틈을 타고 이미 황하 서쪽으로 건너왔으니 우리 군사들은 앞뒤로 적의 공격을 받게 되었는데, 이를 어찌하면 좋겠습니까?"

부장部將 이감李堪이 말했다: "이번에 점거한 땅을 우리에게 돌려주고 강화講和를 하자고 청하여 양편에서 일단 각자 군사를 물리는 것이 좋겠습니다. 그리하여 겨울이 지날 때까지 기다렸다가 봄이 되어 날씨가 따뜻해지거든 달리 계책을 상의하도록 합시다."

한수曰: "이감의 말이 최선일 듯하니 그렇게 하도록 하세."

그러나 마초는 머뭇거리면서 결단을 내리지 못했다. (*마초는 강화하려고 하지 않았으나 한수는 강화를 하려고 했는바, 이 때문에 아래 문장에서 마초의 의심을 받게 된다.) 양추楊秋와 후선侯選 등 모두 강화하기를 권했다.

이리하여 한수는 양추를 사자로 파견하여 곧장 조조의 영채로 가서 글을 전하면서 차지하고 있는 땅을 반환하고 강화를 하자고 제안하도록 했다.

조조가 말했다: "자네는 일단 영채로 돌아가라. 내가 내일 사람을 보내서 회답을 주겠다."

양추가 물러나오자 가후賈詡가 들어가서 조조를 보고 말했다: "승상께서는 어떤 생각을 갖고 계십니까?"

조조曰: "공의 소견은 어떻소?"

가후曰: "전쟁에서는 속임수를 꺼리지 않는 법(兵不厭詐)입니다. 거짓으로 그 제안을 받아들이시지요. 그런 후에 반간계反間計를 써서 한수와 마초가 서로 의심하도록 만든다면 한 차례의 싸움으로 저들을 깨뜨릴 수 있습니다."

조조는 손뼉을 치고 크게 기뻐하며 말했다: "천하의 고견高見은 서로 합치되는 경우가 많소. 문화(文和: 가후)의 계책은 바로 내가 속으로 생각하고 있던 것이오."

이리하여 사람을 보내서 답서를 전하게 했는데, 말하기를: "우리가 서서히 군사를 다 물린 다음에 너희들에게 황하 서쪽의 땅을 돌려주겠다."

그러는 한편으로 부교를 가설하여 군사를 물리려는 뜻을 보였다.

마초는 답서를 받고 나서 한수에게 말했다: "조조가 비록 우리의 강화 제안을 받아들였으나 간웅의 뜻은 짐작하기 어렵습니다. 만약 대비하고 있지 않으면 도리어 저들에게 제압당하고 말 것입니다. 그러니 저와 숙부가 돌아가면서 군사를 움직여서 오늘은 숙부께서 조조 쪽으로 가시고 저는 서황 쪽으로 가서 감시하고, 내일은 제가 조조 쪽으로 가고 숙부께서는 서황 쪽으로 가셔서 감시하여 따로따로 방비함으로써 저들의 속임수를 방비합시다." (*양쪽으로 갈라지는 것, 반간계는 바로 이로부터 시작된다.)

한수는 그 계책에 따르기로 했다.

〖 7 〗 일찌감치 이 계획을 조조에게 알려준 자가 있었다. 조조는 가후를 돌아보고 말했다: "우리의 일이 성공하게 되었소!"

그리고는 물었다: "내일은 누가 내 쪽으로 오기로 되어 있느냐?"

보고한 자가 말했다: "한수입니다."

다음날 조조는 여러 장수들을 이끌고 영채를 나갔는데, 사람들이 좌우로 빙 둘러싼 가운데 조조 혼자 가운데서 말을 타고 있어서 눈에 확 띄었다.

한수의 부하 군사들 가운데는 조조를 본 적이 없는 자들이 대부분이어서 그를 보러 진 앞으로 나갔다.

조조가 목소리를 높여서 외쳤다: "너희 군사들은 조공曹公을 보고 싶으냐? 나 역시 같은 사람이다. 눈이 넷, 입이 둘 있는 것도 아니다. 다만 지모가 많을 뿐이다."(*수염을 자르고 깃발로 목을 감싸 달아날 때에는 남이 알아볼까봐 겁을 냈으나, 지금은 도리어 얼굴을 드러내 놓고 사람들에게 보여주고 있으니 매우 대담해졌다.)

여러 군사들은 모두 두려워하는 빛이 역력했다.

조조는 사람을 시켜서 상대 진으로 가서 한수에게 말을 전하도록 했다: "승상께서 한 장군과 얘기를 나누고 싶답니다."

한수가 즉시 진 앞으로 나가 보니 조조는 갑옷도 입지 않고 병장기도 들고 있지 않았으므로 자기도 갑옷을 벗어버리고 가벼운 옷차림으로 혼자서 말을 타고 나갔다. 두 사람은 말머리를 서로 엇갈리게 하여 말고삐를 당겨 잡고 마주보고 이야기했다.

조조日: "나는 장군의 부친과 더불어 같이 효렴으로 천거되었기에, 일찍이 장군의 부친을 숙부로 섬긴 적이 있소. 나도 공과 마찬가지로 벼슬길에 올랐었는데, 어느덧 여러 해가 되었소. 장군은 금년 연세가 얼마나 되시는가?"(*이미 인사를 하고 또 나이를 묻는데, 이 모두 싸우려고 진을 마주하고 있을 때 할 말들이 아니다. 이는 극히 긴요하지 않은 말이지만, 그러나 또한 극히 긴요한 대화이다.)

한수가 대답했다: "마흔입니다."

조조曰: "옛날 서울에 있을 때에는 모두 새파랗게 젊은 청년들이었는데, 어느덧 이처럼 중년의 나이가 되고 말았소. 어찌하면 천하가 태평해져서 함께 즐길 수 있게 되겠소?"

조조는 다만 지난 옛일들만 시시콜콜 얘기하고 군사 문제는 전혀 꺼내지 않았다. 이야기를 마치자 그는 크게 소리 내어 웃었다. 서로 두시간 동안이나 이야기하고 나서야 비로소 말머리를 돌려 헤어져 각자 영채로 돌아갔다.

일찌감치 어떤 사람이 이 일을 마초한테 알려 주었다. 마초는 급히 한수에게 가서 말했다: "오늘 조조와 진 앞에서 무슨 말씀을 나누셨습니까?"

한수曰: "다만 서울에 있을 때의 옛일들만 얘기했네."

마초曰: "어찌 군사 일에 관한 말씀을 하지 않을 수 있습니까?"

한수曰: "조조가 말하지 않는데 나 혼자 어찌 말할 수 있는가?"

마초는 속으로는 몹시 의심을 했으나 더 이상 묻지 않고 물러갔다.

(*이것도 조조의 계산속에 이미 들어 있었다.)

〖 8 〗 한편 조조는 영채로 돌아와서 가후에게 말했다: "공은 내가 진 앞에서 한수와 얘기를 나눈 의도를 알고 있소?"

가후曰: "그 의도가 비록 묘하기는 합니다만 아직 그것만으로 두 사람을 이간시키기에는 부족합니다. 제게 한수와 마초로 하여금 피차 원수가 되어 서로 죽이려 들게 하도록 할 계책이 한 가지 있습니다."

조조가 그 계책을 물었다.

가후曰: "마초는 일개 용감한 사내일 뿐 군사 기밀(機密)에 대해서는 알지 못합니다. 승상께서는 친필로 편지 한 통을 쓰셔서 한수 혼자에게만 보내주시되, 중간에 글자를 모호하게 쓰고 아주 중요한 대목에서는 손수 지우고 고쳐 쓰신 다음, 그것을 봉하여 한수에게 보내주면서 일부러 마초도 이 일을 알게 하십시오.

마초는 틀림없이 한수에게 그 글을 보여 달라고 할 것이고, 만약 그 글을 보다가 중요한 곳들이 모조리 지워지고 고쳐 쓰여진 것을 보게 되면, 마초는 한수가 무슨 기밀에 속하는 일을 자기가 알까봐 두려워서 직접 고쳐 쓴 것으로 의심할 것입니다.

이러한 의심은 바로 한수가 오늘 승상과 단 둘이 만나서 무슨 얘기를 나눴을까 하고 의심하던 것과 맞아떨어질 것이며, 일단 의심이 생기면 반드시 혼란이 생길 것입니다. 그때 우리가 다시 몰래 한수의 부하 장수들과 손을 잡고 그들 둘 사이의 틈이 벌어지게 한다면, 마초를 도모할 수 있게 됩니다."(*이야기를 나눈 것으로는 부족하여 이어서 서신을 보내면서 서신 속의 글자를 지운다면, 앞서 이야기를 나눈 것에서도 반드시 무슨 숨기는 것이 있을 것으로 의심할 것이다. 전의 일로 후의 일을 의심하고, 후의 일로 전의 일을 의심하게 만드는 것, 이야말로 참으로 절묘한 의병계疑兵計이다.)

조조曰: "그 계책, 아주 교묘하군."

조조는 곧바로 편지 한 통을 쓴 다음 중요한 곳들을 모두 지우고 고친 다음 단단히 봉하여 일부러 따르는 자들을 많이 데리고 한수의 영채로 가서 편지를 전하고 돌아오도록 했다. (*따르는 사람들을 많이 보낸 것은 바로 마초로 하여금 알도록 하기 위해서이다.)

과연 어떤 사람이 이 일을 마초에게 보고했다. 마초는 속으로 더욱 의심이 들어서 곧장 한수한테 가서 그 편지를 보여 달라고 했다. 한수는 그 편지를 마초에게 내주었다.

마초는 서신에 고치고 지운 글자들이 있는 것을 보고 한수에게 물었다: "서신에 왜 글자들이 이렇게 전부 고쳐지고 지워져서 애매모호하게 되어 있습니까?”

한수曰: “서신은 원래부터 그랬어. 그 이유는 나도 모르겠네.”

마초曰: “어찌 글의 초고草稿를 남에게 보낼 리가 있습니까? 틀림없이 이는 숙부께서 제가 자세하게 알게 될까봐 겁이 나서 먼저 고치고 지운 것이 아닙니까?”(*두 사람 다 가후의 계책에 걸려들었다.)

한수曰: “혹시 조조가 초고를 잘못 봉해서 보낸 것은 아닐까?”

마초曰: “저는 그 말도 믿지 못하겠습니다. 조조는 아주 꼼꼼하고 섬세한 사람인데 어찌 그런 실수를 하겠습니까? 저와 숙부는 함께 힘을 합쳐서 역적을 죽이자고 했었는데, 어찌하여 갑자기 딴마음을 품으십니까?”

한수曰: “자네가 만약 내 맘을 믿지 못하겠으면 내일 내가 조조에게 얘기를 하자고 속여서 진 앞으로 불러낼 테니, 자네는 진 안에 있다가 갑자기 뛰어나와서 한 창에 그를 찔러 죽여 버리면 되지 않겠나?”

마초曰: “만약 그렇게만 해주신다면 숙부님의 진심을 알 수 있겠습니다.”

두 사람은 그렇게 하기로 약속했다.

〖 9 〗 다음날 한수는 후선侯選, 이감李堪, 양흥梁興, 마완馬玩, 양추楊秋 등 다섯 장수를 이끌고 진 앞으로 나갔다. 마초는 문기門旗 뒤에 숨어 있었다. 한수가 사람을 시켜서 조조의 영채 앞으로 가서 큰소리로 외치게 했다: “한 장군께서 승상과 얘기하시고 싶어 하십니다.”

조조는 이에 조홍으로 하여금 수십 기의 기병들을 이끌고 진 앞으로 나가서 한수를 만나보도록 했다.

두 필 말들이 서로 몇 걸음 떨어진 거리에서 조홍은 말 위에서 몸을 굽히면서 말했다: “어제 승상께서 장군께 인사드리면서 하신 말씀을 결코 그르치지 말아 주십시오.”

조홍은 말을 마치자 곧바로 말머리를 돌렸다. 마초는 그 말을 듣고 크게 화가 나서 창을 꼬나 잡고 말을 달려 나가서 곧바로 한수를 찌르려고 덤벼들었다. 그러나 다섯 장수가 그를 가로막고 말로 타일러서 함께 영채로 돌아갔다.

한수가 말했다: "조카는 의심하지 말게. 나에겐 나쁜 마음이 없네."

마초가 어찌 그 말을 믿으려 하겠는가. 그는 원한을 품고 가버렸다.

한수는 다섯 장수들과 상의했다: "이 일을 어떻게 해명해 주지?"

양추曰: "마초는 자신의 무예와 용맹을 믿고 언제나 주공을 업신여기는 마음이 있으니 설령 조조를 이기더라도 어찌 그 공을 주공에게 양보하려 하겠습니까? 제 생각에는 차라리 몰래 조공에게 투항하여 훗날 봉후封侯의 지위를 잃지 않도록 하는 편이 나을 것 같습니다."(농담이 진담이 된다고 한다(弄假成眞). 이 모두 조조와 가후의 계산에 들어 있었다.)

한수曰: "나는 마등과 형제의 의를 맺은 사이인데 어찌 차마 그를 배반할 수 있겠느냐?"

양추曰: "일이 이미 이 지경에 이르렀으니 그렇게 하지 않을 수 없습니다."

한수曰: "누가 조조에게 소식을 전할 수 있겠느냐?"

양추曰: "제가 가겠습니다."

한수는 밀서를 써서 양추를 보내서 조조의 영채로 가서 투항에 관한 일을 말하도록 했다. 조조는 크게 기뻐하며 한수에게는 서량후를, 양추에게는 서량태수, 그 밖의 사람들에게도 다 관작官爵을 봉해주겠다고 하면서, 불 지르는 것을 신호 삼아 함께 마초를 도모하기로 약속했다.

양추는 하직하고 돌아와서 한수를 보고 이 일을 자세히 보고한 후에

말했다: "오늘 밤에 불을 질러 안팎으로 호응하기로 약속했습니다."

한수는 크게 기뻐하며 곧바로 군사들에게 중군中軍의 막사 뒤에다 마른 섶을 쌓아놓도록 하고 다섯 장수들은 각기 칼을 차고 명령을 기다도록 했다.

한수는 연석을 차려놓고 마초를 속여서 불러와 술자리에서 도모하기로 의논했으나, 머뭇거리며 결단을 내리지 못했다.

〖 10 〗 그러나 뜻밖에도 마초가 일찌감치 그 자세한 내막을 알아내서 자신을 따르는 부하 몇 명을 데리고 칼을 차고 앞서 가면서 방덕과 마대에게는 뒤따라 와서 지원하라고 했다.

마초가 몰래 걸어서 한수의 막사 안으로 들어가 보니 다섯 장수들이 한수와 밀담을 하고 있었는데, 양추가 나직이 중얼거리듯 하는 말소리만 들을 수 있었다: "일을 지체해서는 안 됩니다. 속히 실행해야 합니다."

마초는 크게 화가 나서 칼을 휘두르며 곧장 막사 안으로 들어가서 큰소리로 호통쳤다: "도적놈들이 어찌 감히 나를 해칠 음모를 꾸미느냐!"

그 소리에 모두들 깜짝 놀랐다. 마초가 칼로 한수의 얼굴을 겨누고 내리찍자 한수는 엉겁결에 왼손으로 그것을 막았는데 그만 왼손이 잘려나가 떨어져 버렸다. (*한수의 손이 잘린 것은 마초의 손이 매서워서가 아니라 조조의 손이 독했기 때문이다.)

다섯 장수들이 칼을 휘두르며 일제히 뛰쳐나오자 마초는 빠른 걸음으로 막사 밖으로 나왔다. 다섯 장수들이 그를 에워싸고 덤벼들어 혼전을 벌였다.

마초는 혼자서 보검을 휘두르며 다섯 장수들과 힘껏 대적해 싸웠는데 검광이 번쩍일 때마다 선혈이 튀어 나왔다. 마완은 칼에 찍혀 뒤집어졌고, 양흥은 칼에 잘려서 쓰러졌다. 나머지 세 장수들은 각자 도망 쳤다.

마초가 한수를 죽이려고 다시 막사 안으로 들어가 보니 이미 좌우에 있던 자들이 구호해서 도망간 뒤였다. 그때 중군 막사 뒤에서 불이 일 어나서 각 채의 군사들이 전부 출동했다. 마초가 급히 말에 뛰어올랐 을 때 방덕과 마대도 도착해서 양편은 어지럽게 뒤섞여 싸웠다.

마초가 군사를 거느리고 싸우면서 나가고 있을 때 조조의 군사들이 사방에서 달려왔는데 앞에는 허저가, 뒤에는 서황이, 왼쪽에는 하후연 이, 오른쪽에는 조홍이 있었다. 서량의 군사들은 자기들끼리 싸웠다. 마초는 방덕과 마대가 보이지 않자 1백여 기병들을 이끌고 위하渭河 다 리 위에서 적의 추격을 막았다.

날이 밝아올 무렵 언뜻 보니 이감李堪이 한 부대의 군사들을 거느리 고 다리 아래를 지나가는 것이었다. 마초는 창을 꼬나들고 말을 달려 그를 쫓아갔다. 이감은 창을 끌고 달아났다.

그때 마침 우금이 마초의 배후에서 쫓아왔다. 우금은 활을 당겨 마 초를 쏘았다. 마초는 등 뒤에서 나는 시위소리를 듣고 급히 몸을 피했 는데, 화살은 도리어 마초 전면에서 달아나고 있던 이감을 맞혔고, 이 감은 말에서 떨어져 죽었다. 마초가 말을 돌려 우금에게 달려들자, 우 금은 말에 박차를 가해 달아났다.

마초는 다리 위로 돌아와서 멈추어 섰다. 그러자 조조의 군사들이 앞뒤로 대거 몰려왔는데 호위군虎衛軍이 앞에 서서 마초에게 화살을 마 구 쏘아댔다. 마초가 창으로 화살을 튕기자 화살들은 모두 분분히 땅 에 떨어졌다. 마초는 따르는 기병들에게 왔다 갔다 하면서 부딪쳐 싸 우라고 했다. 그러나 조조의 군사들이 겹겹으로 단단히 에워싸고 있어 서 결국 뚫고 나갈 수가 없었다.

마초는 다리 위에서 큰소리로 호통을 치면서 강의 북쪽으로 쳐들어갔으나 따르던 기병들은 전부 조조 군사들에 의해 차단당해 버렸다. 마초 혼자서 적진 속에서 좌충우돌 하는데, 그가 탄 말이 몰래 쏜 쇠뇌의 화살에 맞아 쓰러지는 바람에 마초도 땅에 떨어지고 말았다. 이를 본 조조의 군사들이 그를 압박해 왔다.

바로 그 아슬아슬한 순간에 갑자기 서북쪽에서 한 떼의 군사들이 쳐들어왔는데 곧 방덕과 마대였다. (*절처봉생絕處逢生, 즉 죽을 고비에서 다시 살아난 것이다.) 두 사람은 마초를 구해 내서 군사들이 타고 있던 전마를 그에게 타도록 내주었다. 마초는 몸을 훌쩍 뒤쳐서 말에 올라 길을 뚫고 서북쪽으로 달아났다.

조조는 마초가 포위를 벗어나서 달아났다는 말을 듣고 모든 장수들에게 명을 내렸다: "밤낮없이 쫓아가서 반드시 마초를 잡도록 하라. 그의 수급을 얻는 자는 상으로 황금 천금千金과 만호후萬戶侯 벼슬을 내릴 것이다. 생포한 자는 대장군大將軍에 봉할 것이다."

많은 장수들은 그 명령을 듣고 각기 다투어 공을 세우려고 마초를 더욱 바짝 추격했다. 마초는 사람과 말이 다 지칠 대로 지쳐 있는 것도 아랑곳하지 않고 오로지 달아나기만 했으므로 따르는 기병들은 점차 다 흩어져버렸고, 그를 따라가지 못한 보병들은 대부분 사로잡혔다. 겨우 30여 기병들만 남아서 방덕과 마대와 함께 농서隴西 임조(臨洮: 농서군에 속한 현명. 지금의 감숙성 동남부)로 떠나갔다. (*이상으로 마초는 그만 내버려두고, 이하에서는 전적으로 조조에 대해서만 얘기한다.)

〖 11 〗 조조도 직접 마초를 추격해서 안정(安定: 감숙성 경천현涇川縣 북쪽)까지 갔으나 마초가 멀리 가버린 것을 알고나서 비로소 군사들을 거두어 장안長安으로 돌아갔다.

모든 장수들이 다 모였는데, 한수는 이미 왼손이 없어져서 '장애인(殘疾人)'이 되었다. 조조는 그에게 장안으로 가서 쉬도록 하면서 서량

후란 벼슬을 주고, 양추와 후선도 열후列侯로 봉하여 위구渭口를 지키도록 했다. 그리고는 회군하여 허도로 돌아가도록 명을 내렸다.

그때 자字를 의산義山이라고 하는 양주 참군涼州參軍 양부楊阜가 곧장 장안으로 와서 조조를 만나보았다.

조조가 그에게 찾아온 이유를 묻자 양부가 말했다: "마초는 여포와 같은 용맹이 있는데다 강족羌族들의 인심까지 크게 얻고 있으므로 지금 만약 승상께서 이 기세를 이용하여 그를 섬멸하지 않는다면, 훗날 그가 다시 기력을 회복하게 되면 농서의 여러 군郡들은 다시 다른 나라의 소유가 될 것입니다. 당분간 회군하지 말아 주십시오."(*후문에서 마초가 농서를 빼앗게 되는 것은 이 때문이다.)

조조曰: "나도 본래는 군사들을 여기 머물러 두어 그를 치려고 했었다. 그러나 중원에 일이 많고 남방도 아직 평정되지 못하여 오래 머물러 있을 형편이 못 되니 어쩌겠는가. 자네가 나를 위해서 그곳을 잘 지켜주게."

양부는 그렇게 하겠다고 대답하고, 또 위강韋康이란 사람을 양주자사涼州刺史로 천거하면서 그와 함께 군사를 거느리고 기성(冀城: 감숙성 천수시天水市 서북)에 주둔하고 있으면서 마초를 방비하겠다고 했다. (*후문에서 양부가 마초를 깨뜨리는 계기가 된다.)

양부는 떠나가면서 조조에게 청했다: "장안에 많은 군사들을 남겨두어 저희들을 후원하도록 해주십시오."

조조曰: "내 이미 그리 하기로 결정했으니, 자네는 그저 마음 푹 놓도록 하게."

양부는 하직인사를 하고 돌아갔다.

〖 12 〗 여러 장수들이 모두 물었다: "처음에 적들이 동관潼關을 점거하고 있을 때에는 위하 북쪽으로 가는 길이 비어 있었는데도 승상께

서는 하동(河東)으로부터 풍익(馮翊: 섬서성 대려현大荔縣)을 치지 않고 도리어 동관을 지키면서 시일을 오래 끌고 난 후에야 북쪽으로 건너가서 영채를 세워 굳게 지키셨는데, 그 이유가 무엇입니까?"

조조曰: "처음에 적들이 동관을 지키고 있을 때 만약 내가 갓 도착하자마자 곧바로 하동을 취한다면, 적들은 틀림없이 각 영채별로 나뉘어 여러 나루터들을 지킬 것이고, 그러면 우리가 하서(河西)로 건너갈 수 없게 된다. 나는 그래서 대군을 모두 동관 앞에다 모아놓아 적들로 하여금 전부 남쪽만 지키고 있도록 함으로써 하서에는 아무런 대비가 없도록 했다. 그래서 서황과 주영(朱靈)이 강을 건너갈 수 있었던 것이다.

나는 그렇게 한 후에 군사를 이끌고 북으로 건너가서 수레들을 연결하여 영채 울짱을 삼고, 용도(甬道)를 만들고, 얼음으로 성을 쌓았던 것인데, 그것은 도적들로 하여금 우리가 약한 줄 알고 교만한 마음을 갖게 함으로써 아무런 준비도 하지 않도록 하려는 것이었다.

나는 그리고 나서 교묘하게 반간계를 쓰고 군사들의 힘을 길러 하루아침에 적을 격파했던 것이다. 이것이 바로 이른바 '갑자기 치는 천둥소리에 귀를 막을 겨를이 없다(疾雷不及掩耳)'라고 하는 것이다. 병법의 운용은 변화무쌍하여 본래 한 가지 방법만 있는 게 아니다."

여러 장수들이 또 물었다: "승상께서는 매번 적들이 군사를 더 보충시켰다는 말을 들을 때마다 기뻐하셨는데, 그 이유가 뭡니까?"

조조曰: "관중(關中)은 변방으로 멀리 있는데, 만약 도적의 무리들이 각기 험한 요충지를 의거하고 있으면 그들을 정벌하려고 해도 적어도 한두 해가 걸리지 않고는 저들을 평정할 수가 없다. 그러나 지금은 저들이 전부 와서 한 곳에 모여 있으니, 비록 그 무리의 숫자는 많아도, 사람들의 마음이 하나로 단합되어 있지 않으므로 이간시키기 쉽고 일거에 없애버릴 수가 있기 때문에 내가 기뻐했던 것이다." (*〈맹덕신서孟德新書〉란 책은 비록 전해지지 않지만, 이 말은 신서의 한 가지 원칙이 될 수 있다.)

모든 장수들이 절을 하며 말했다: "승상의 귀신같은 모책謀策을 저희는 도저히 미칠 수가 없습니다."

조조曰: "이 역시 너희 문관과 무관들의 힘이다."

그리고는 여러 군사들에게 큰 상을 내리고, 하후연을 남겨두어 장안에 군사를 주둔시키고, 투항병들을 각 부대에 나누어 배치했다.

하후연이 풍익馮翊 고릉高陵 사람으로 성이 장張, 이름은 기旣, 자字를 덕용德容이라고 하는 사람을 천거했는데, 조조는 그를 경조윤京兆尹에 임명하여 하후연과 함께 장안을 지키도록 했다.

조조는 회군하여 허도로 돌아갔다.

헌제獻帝는 어가御駕를 타고 성 밖으로 나가서 그를 영접하고, (*명백히 이는 도적을 영접한 것이지 도적을 토벌하고 온 사람을 영접한 것이 아니다.) 그에게 칙지를 내려서, 입조入朝하여 황제에게 인사를 할 때 찬례자贊禮者가 그 이름은 부르지 않고 관직만 불러도 되도록 허락했으며(贊拜不名), 조회에 참석할 때 종종걸음으로 걷지 않아도 되도록 허락했으며(入朝不趨), 황제의 용상에 나아갈 때 칼을 차거나 신발을 신은 채 올라갈 수 있도록 허용했는데(劍履上殿), 이러한 특권 부여는 옛날 서한西漢의 승상이었던 소하蕭何의 경우와 같이 한 것이다. 이로부터 조조의 위엄은 나라 안팎에 크게 떨쳤다. (*이상으로 조조 얘기는 그만하고 이하 에서는 장로張魯의 이야기로 이어진다.)

〖 13 〗 이러한 소식이 한중漢中으로 전해지자 한녕(漢寧: 군명. 치소는 지금의 섬서성 한중시 동쪽) 태수 장로張魯는 크게 놀랐다. 원래 장로는 패국沛國의 풍(豊: 강소성 풍현豊縣) 사람이었다. 그의 조부 장릉張陵은 서천西川의 곡명산鵠鳴山 속에서 도서道書를 조작해서 사람들을 현혹시켰는데 사람들은 모두 그를 받들어 모셨다.

장릉이 죽은 뒤 그의 아들 장형張衡이 그 도道를 행하였다. 백성들 가운데 도를 배우러 오는 자가 있으면 쌀 다섯 말(米五斗)을 바치도록 했으므로 세상에서는 그를 '쌀 도적'이란 뜻의 '미적(米賊)'이라고 불렀다.

장형이 죽자 장로가 그 도를 행하였다.

장로는 한중에서 스스로를 '사군師君'이라 부르고, 도를 배우러 오는 자들은 모두 '귀졸鬼卒'이라고 불렀으며, 귀졸의 우두머리를 '좨주祭酒'라 부르고, 좨주 중에서도 무리를 많이 거느린 자를 '치두대좨주治頭大祭酒'라고 불렀다.

그 도가 주장하는 내용을 보면, '성誠'과 '신信'을 힘써 실천하는 것을 위주로 하고, 남을 기만하는 것을 허용하지 않았다. 만약 누가 병에 걸리면 단壇을 쌓아놓고 병자는 조용한 방에서 지내면서 스스로 자신의 잘못을 생각하도록 한 후, 직접 당사자의 얼굴을 보고 자기 죄를 자수하도록 하고, 그 다음에 그를 위해 기도를 드리는데, 기도를 주관하는 자를 '간령좨주奸令祭酒'라고 불렀다.

기도를 드리는 방법은, 병자의 성명을 쓰고 죄를 자복한다는 뜻을 3통의 글로 쓰는데, 이 글의 이름이 '삼관수서三官手書'이다. 그런 다음에 1통은 산꼭대기에서 불살라서 하늘(天官)에 고하고, 1통은 땅에 묻어 땅(地官)에 고하고, 1통은 물속에 가라앉혀 물(水官)에 그 뜻을 고했다. (*황건적 두목 장각은 천공天公·지공地公·인공人公 장군을 두었는데 장로는 천관天官·지관地官·수관水官을 두었다. 전후가 멀리 서로 대응하고 있다.)

이렇게 한 후 병이 나았을 경우에만 쌀 5말을 사례로 바쳤다. (*지금 중이나 도사들은 민가에서 재齋를 지낼 때 매번 등불을 죽 달아놓고 제단을 차려놓고는 남의 쌀이나 곡식을 사기 쳐서 가져가는데, 이들은 오히려 더 솔직한 미적米賊들만도 못하다.) 그리고 또 '의로운 집'이란 뜻의 '의사義

舍'를 지었는데, 그 집 안에다 밥을 지을 쌀과 불을 땔 나무와 고기와 반찬 등을 골고루 갖춰 놓고 지나가는 길손들에게 각자 먹을 만큼 스스로 취하여 먹도록 했는데, 자신이 먹을 양보다 더 많이 취하는 자는 천벌을 받는다고 했다. (*아마 하늘이 이런 한가한 일까지 관리하지는 못할 것이다.)

그리고 경내境內에 법을 범하는 자가 있을 경우, 반드시 세 차례는 용서해 주고, 그래도 고치지 않으면 그때 가서는 벌을 받았다. 그리고 그곳 관내에는 관장(官長: 각급 행정기관의 우두머리)이라는 것이 없었으며 모든 일들은 좨주祭酒의 소관所管이었다.

장로가 이처럼 한중 땅에 웅거해 있은 지가 이미 30년이 되었다. 조정에서는 이곳 땅이 워낙 멀리 떨어진 벽지인데다가 정벌할 수가 없어서 장로에게 남쪽을 다스리는 장수라는 뜻의 '진남중랑장鎭南中郎將'이란 벼슬을 주어 한녕漢寧 태수를 겸하도록 하고 공물貢物만 조정에 바치도록 했던 것이다.

〖 14 〗그해에 조조가 서량의 군사들을 깨뜨려서 그 위엄이 천하에 떨친다는 말을 듣고, 장로는 여러 사람들을 모아놓고 상의했다: "서량의 마등이 주륙誅戮을 당하고 마초가 또 최근에 패했으니 조조는 틀림없이 장차 우리 한중漢中으로 쳐들어올 것이다. 나는 스스로 한녕왕漢寧王이 되어 (*왜 한중대사군漢中大師君·대좨주大祭酒라 부르지 않는가?) 군사들을 통솔하여 조조를 막을까 하는데, 여러분의 생각은 어떠한가?"

염포閻圃가 말했다: "한천(漢川: 한중)은 백성들의 수가 10만여 호가 넘고 재물과 양식이 풍족하고 사면이 험하고 견고합니다. 이번에 마초가 싸움에 패하자 서량의 백성들로 자오곡(子午谷: 서안시 남쪽의 종남산 안에 있는 골짜기)을 통하여 한중으로 들어온 숫자만 해도 적어도 수만 명이 넘습니다. 제 생각에는 익주의 유장은 어리석고 나약하니 우선 서천의 41개 주州를 빼앗아 터전으로 삼고, 그런 다음에 왕을 칭하셔도 늦지 않을 것입니다."

장로는 그 말을 듣고 크게 기뻐하며 곧바로 자기 아우 장위張衛와 군사 일으키는 문제를 상의했다. 일찌감치 첩자가 이 일을 서천에 보고했다.

〖 15 〗 한편 익주자사 유장劉璋의 자字는 계옥季玉으로, 유언劉焉의 아들이자 한漢 노공왕魯恭王의 후손이다. 동한의 장제(章帝: 재위 서기 84~87년) 원화(元和: 장제의 연호) 때 노공왕이 경릉(竟陵: 형주 남양군에 속한 현 이름. 지금의 호북성 조양棗陽 남쪽)으로 옮겨 봉해져서 그 지손支孫들이 이곳에 살게 된 것이다.

후에 유언은 벼슬이 익주목益州牧에 이르렀으나 흥평興平 원년(서기 194년)에 등창을 앓아 죽자 (*제1회(13)에서 유언의 이야기를 끌어냈으나 이때 와서 비로소 그 내력을 분명하게 서술함으로써 멀찍이 떨어져서 앞의 글과 대응시키고 있다.) 익주 태사太史 조위趙韙 등이 함께 그 아들 유장을 익주목으로 추대한 것이다.

유장은 일찍이 장로의 모친과 그 아우를 죽인 일이 있어서 그 때문에 장로와 원수 사이가 되었다. (*유장의 이름은 조조가 푸른 매실에 덮힌 술을 내어와서(靑梅煮酒) 유비와 함께 마실 때 (제21회(3)의 일) 유비가 그 이름을 말했었는데, 이제 와서 그 내력이 자세히 설명된다.)

유장은 방희龐義를 파서巴西 태수로 삼아 장로를 막도록 했다. 이때 방희는 장로가 군사를 일으켜 서천을 취하려고 한다는 소식을 탐지하여 급히 유장에게 알렸다. 유장은 평소 성품이 나약해서 이 소식을 듣자 마음속으로 크게 걱정이 되어 급히 여러 관원들을 모아놓고 상의했다.

그때 갑자기 한 사람이 의젓하게 나오더니 말했다: "주공은 안심하십시오. 제가 비록 재주는 없지만 이 세 치 혀를 놀려서 장로로 하여금 감히 서천을 눈을 똑바로 뜨고 쳐다보지 못하도록 만들겠습니다." 이 야말로:

촉 땅의 모사가 나아감으로써	只因蜀地謀臣進
형주의 호걸들을 이끌어오게 된다.	致引荊州豪杰來

이 사람이 누구인지 모르겠거든 다음 회를 읽어보도록 하라.

제 59 회 모종강 서시평序始評

(1). 병법에선 이간책離間策을 쓰는 것에 교묘함이 있다. 한 사람을 이기기는 어렵지만 두 사람을 이기기는 쉽다. 한 사람은 이간시킬 수 없지만 두 사람은 이간시킬 수 있기 때문이다. 두 사람이 한 곳에 모여 있으면 이기기 어렵지만 두 사람이 두 곳으로 나뉘어 있으면 이기기 쉽다. 두 사람이 모여 있으면 이간시킬 수 없어도 두 사람이 두 곳으로 나뉘어 있으면 이간시킬 수 있기 때문이다.

그러나 이간시키는 데에는 한 가지 방법만 있는 것이 아니다. 말 위에서 나누는 대화가 있거나 서신 속의 글자가 있으면 의심을 받기 쉬운데, 서신 속의 글자가 있는데다 또 말 위에서의 대화까지 있으면 더욱 의심 받기 쉽다. 더욱 의심을 받는다면 그들을 이간시킬 단서가 없을 수 없다. 조조가 마초로 하여금 의심을 하도록 만든 방법은 병가의 반간책의 묘법을 깊이 터득한 것이 아닐 수 없다.

(2). 천하에 두 진영이 서로 마주보고 있을 때 단지 서로 안부 인사만 나누고 군사 문제에 관해서는 한 마디도 나누지 않는 일이

어찌 있을 수 있겠는가? 또 사자를 파견하여 서신을 보내면서, 조조처럼 정밀한 사람이, 초고草稿를 잘못 봉하는 일이 어찌 있을 수 있겠는가? 이는 분명히 반간계反間計인데도 한수韓遂가 이를 모르고 마초에게 흐리멍덩하게 대답을 했으니 마초가 어찌 화를 내지 않을 수 있겠는가? 그러므로 마초가 의심을 품은 것은, 비록 조조가 그것을 이용할 줄 알 정도로 충분히 지혜로웠다 하더라도, 역시 한수의 어리석음이 그것을 성공시켜 준 것이다.

(3). 마초가 한수의 손을 자른 것은 스스로 자신의 손을 자른 것과 같다. 한수는 마초가 자신을 의심한다고 해서 마초를 죽이려고 했는데, 이 역시 스스로 자신의 손을 자르려 한 것과 같다. 두 사람은 서로 구해 주기를 마치 왼쪽 손과 오른쪽 손이 하듯이 해야 하는데도 불구하고 스스로 서로 모순矛盾되게 함으로써 조조로 하여금 팔짱을 끼고 있으면서 그 이익을 누리고, 옷소매 속에 손을 넣고서 그들의 패배를 구경할 수 있도록 하였으니, 이 어찌 심히 애석한 일이 아니겠는가?

(4). 손권의 군사 일은 대도독大都督에 의해 결정되었고, 유비의 군사 일은 군사軍師에 의해 결정되었으나, 유독 조조의 경우에는 그 자신이 전권을 잡고 그 계책을 운영하였다. 비록 수많은 모사謀士들이 있어서 그를 도와주었으나 그 자신이 여러 신하들의 위에서 그것들을 재단하였는데, 이는 손권과 유비가 미칠 수 없는 것이었다. 그가 매번 계책을 운영하던 것을 살펴보면, 처음에는 반드시 여러 장수들이 이해조차 하지 못하는 것이었고, 후에 가서는 여러 장수들의 탄복을 자아내는 것이었다.

(5). 조조가 서량西涼의 군대에 신병이 보충되는 것을 보고 크게 기뻐했던 이유는, 대개 군사가 많으면 군량을 이어댈 수 없다는 점이 그가 기뻐했던 첫 번째 이유였고, 군사 수가 많아지면 그들의 마음을 하나로 유지할 수 없다는 점이 그가 기뻐했던 두 번째 이유였다. 조조는 오소烏巢에서의 싸움에서는 적은 수의 군사로써 승리했고, 적벽의 싸움에서는 많은 수의 군사로써 패배했다. 조조가 남을 헤아렸던 방법 역시 자신의 득실得失과 승패勝敗의 경험으로 남을 헤아렸던 것이다.

제 60 회

장송, 도리어 양수를 힐난하고
방통, 서촉 취하는 일을 상의하다

〚 1 〛 한편 유장에게 계책을 올린 자는 익주별가益州別駕로 성은 장張, 이름은 송松이고 자字를 영년永年이라고 하는 사람이었다.

그는 생긴 모습이, 이마는 위에서 비스듬히 내려오다가 눈썹 있는 곳에서 깊이 쑥 들어간 곡괭이 이마(钁額: 곽액)였고, 머리는 위로 뾰족 했고(尖頭), 빈대 코(偃鼻: 언비)에다 뻐드렁니(露齒)였으며, 키는 작아서 미처 다섯 자도 되지 않았는데, 말할 때의 목소리는 워낙 커서 마치 구리 종(銅鐘)을 울리는 것 같았다. (*방통도 생긴 모습이 추했고 장송 역시 생긴 모습이 추했다. 이로부터, 용모를 가지고 사람을 취하는 자는 천하의 인사들을 알아볼 수 없음을 볼 수 있다.)

유장이 물었다: "별가는 장로의 침공 위기를 해결할 어떤 고견이 있소?"

장송曰: "제가 듣기로는, 허도의 조조는 중원을 소탕해서 여포와 두 원씨袁氏 형제가 모두 그에 의해 멸망당했으며, 또 근래에는 마초를 깨 뜨려서 더 이상 천하에 적수가 없다고 합니다. 주공께서 진헌進獻할 예 물을 갖추어 주시면 제가 직접 허도로 가서 조조에게 군사를 일으켜 한중을 취하고 장로를 도모하도록 설득하겠습니다. 그렇게 되면 장로 는 조조를 막을 겨를도 없을 텐데 어찌 감히 다시 우리 촉蜀 땅을 넘보 겠습니까?"

유장은 크게 기뻐하며 진헌할 예물로 황금과 주옥, 온갖 비단 등속 을 준비시켜 장송을 사자로 삼아 보냈다.

이때 장송은 몰래 서천의 지리를 그림으로 그린 지리도본地理圖本을 짐 속에 감추고 따르는 사람 몇 기騎만 데리고 허도를 향해 길을 떠났 다. 일찌감치 이 소식을 형주에 알려주는 사람이 있었다. 공명은 곧바 로 사람을 허도로 들여보내서 소식을 알아보도록 했다.

〖 2 〗 한편 장송은 허도에 당도하자 역참에 들어 짐을 푼 다음 매일 상부相府로 찾아가서 기회를 엿보아 조조를 만나려고 했다.

그러나 알고 보니, 조조는 마초를 깨뜨리고 돌아온 후로는 자기 뜻 을 이루었다고 거만해져서 매일 잔치판을 벌이고 일이 없으면 밖으로 거의 나가지 않았고, 나라의 정사(國政)는 전부 상부에서 상의하여 처 리하도록 하고 있었다.

장송은 사흘이나 기다려서야 겨우 자기 명함을 조조에게 전할 수 있 었다. 조조 좌우의 근시들은 먼저 뇌물을 받아낸 다음에야 겨우 들어 갈 수 있도록 안내해 주었다. (*이러므로 전국시대 때 소진蘇秦은 귀신 울 음소리를 내서 진 왕을 만났던 것이다. 그러나 대인大人을 만나보려는 자들은 왕왕 이처럼 하는데 어찌 조조의 경우에만 이러하겠는가?)

조조는 당상에 앉아 있었는데, 장송이 절을 하고 나자 조조가 물었

다: "네 주인 유장은 해마다 공물을 바치지 않고 있는데, 그 까닭이 무엇이냐?"

장송曰: "길이 험한 데다 도적떼가 출몰하여 공물을 바칠 수가 없습니다."

조조가 꾸짖었다: "내가 중원을 깨끗이 청소해 놨는데 무슨 도적떼가 있다는 것이냐?"(*천하가 태평하다는 말 듣기를 좋아하고 도적이란 말 듣기를 싫어한 자들로는 진秦의 조고趙高와 송宋의 가사도賈似道가 있다.)

장송曰: "남쪽에는 손권이 있고, 북쪽에는 장로가 있으며, 서쪽에는 유비가 있는데, 그 숫자가 적은 경우에도 역시 무장한 자들이 십여 만 명은 되는데 어찌 태평하다고 말할 수 있습니까?"

조조는 이에 앞서 장송의 인물이 옹졸하게(猥璅) 생긴 것을 보고 이미 기분이 상당히 나빠져 있었는데, 또 그의 말이 조조의 비위를 건드리자 곧바로 소매를 탁 털면서 일어나 후당으로 들어가 버렸다. (*조조는 얼굴이 못생겼다고 방통을 경시하지 않았는데 유독 장송만은 얼굴이 못생겼다고 경시한 이유는 무엇인가? 그 이유는 대개 방통은 조조에게 아첨을 했으나 장송은 조조의 비위를 건드렸기 때문이다.)

좌우 사람들이 장송을 책망했다: "그대는 사신으로 왔다면서 어찌 예절도 모르고 줄곧 비위를 건드리기만 한단 말인가? 다행히 승상께서는 그대가 먼데서 온 사람인 점을 생각하여 죄를 주지 않은 것이니, 그대는 어서 빨리 돌아가라!"

장송이 웃으면서 말했다: "우리 서천에는 아첨하는 사람이 없소!"

그때 갑자기 계단 아래에서 한 사람이 큰소리로 꾸짖었다: "너희 서천에 아첨하는 사람이 없다면, 우리 중원에는 어찌 아첨하는 사람이 있겠느냐?"

장송이 그 사람을 바라보니 눈썹은 한 일(一) 자였고, 눈은 가늘었으며, 얼굴은 희면서 맑은 기운이 감돌았다.

이에 그의 성명을 물어보니 태위太尉 양표楊彪의 아들 양수楊脩로서 그의 자는 덕조德祖라고 했다. 그는 현재 승상부에서 창고 관리 책임자, 즉 장고주부掌庫主簿로 있다고 했다.

〖 3 〗 이 사람은 박학하고 말솜씨가 좋았으며 또 지식이 남들보다 뛰어났다. 장송은 양수가 언변이 뛰어난 자임을 알고 그를 난처하게 만들어 골탕 먹이고픈 마음이 생겼다.

양수 역시 스스로 자신의 재주를 믿고 천하의 인사들을 우습게 생각해 왔었다. 이때 그는 장송의 말에 비꼬는 뜻이 들어 있음을 눈치 채고 드디어 그를 밖으로 불러내서 서원書院으로 들어가 주인과 손님으로 나누어 앉은 다음 장송에게 말했다: "촉으로 통하는 길은 험난하기 그지없는데, 멀리서 오시느라 노고勞苦가 많으셨소."

장송曰: "주인의 명을 받드는 일이니 비록 끓는 물속에 뛰어들고 뜨거운 불을 밟아야 하더라도 감히 사양할 수 없지요."

양수가 물었다: "촉蜀의 풍토는 어떻습니까?"

장송曰: "촉은 곧 한의 서쪽에 있는 군郡, 즉 서군西郡으로서 옛날에는 익주益州라고 불렀소. 통행하는 길로는 험한 금강錦江을 이용하고 있고, 땅은 산세가 웅장한 검각劍閣까지 이어져 있소. 땅의 넓이는, 주위를 한 바퀴 도는 데 208정(程: 1정은 하룻길)이나 되고, 가로와 세로가 3만여 리나 되오. 닭 우는 소리와 개 짖는 소리를 서로 들을 수 있을 정도로 거리와 마을이 잇닿아 끊어지지 않소.

밭은 기름지고 땅은 수목이 무성하여 해마다 홍수와 가뭄에 대한 걱정이 없으며, 나라는 부유하고 백성들은 풍족하여 때때로 음악을 연주하면서 즐기지요. 그곳에서 생산되는 산물들은 풍성하여 마치 산처럼 쌓여 있소. 천하에 이곳을 따라올 곳은 그 어디에도 없소."(*장송이 입으로 자랑한 말들은 역시 한 폭의 그림과 같다.)

양수가 또 물었다: "촉 땅의 인물들은 어떻소?"

장송曰: "문인으로는 사부辭賦로 유명한 사마상여司馬相如가 있고, 무인으로는 후한의 개국공신 복파장군伏波將軍이 있으며, 명의로는 한의학漢醫學의 아성亞聖이라 불리는 중경(仲景: 장기張機)이 있고, 점술가(卜筮)로는 신묘한 경지에 이른 엄군평(嚴君平: 엄준嚴遵)이 있지요. 구류삼교(九流三敎: 유가, 도가, 음양가, 법가, 명가, 묵가, 종횡가, 잡가, 농가 등 선진先秦 때의 각종 학술 유파流派와 유교, 도교, 불교)의 각 분야에서 뛰어나고, 그 뛰어난 자들 중에서 또 발군의 실력을 자랑하는 자(出乎其類, 拔乎其萃者)들은 그 수가 너무 많아서 이루 다 셀 수 없을 정도이니 어찌 일일이 다 셀 수 있겠소이까?"

양수曰: "지금 유계옥(劉季玉: 유장)의 수하에는 공과 같은 사람이 몇 사람이나 있소?"

장송曰: "문무를 겸전兼全하고 지혜와 용맹(智勇)을 겸비한 충의지사忠義之士는 왕왕 그 수를 백 단위로 세어야 하오. 그러니 저처럼 재주 없는 무리들이야 수레에 싣고 말로 헤아려야(車載斗量) 할 만큼 많으니, 이루 다 적을 수가 없소."

양수曰: "공은 근자에 무슨 직책을 맡고 계셨소?"

장송曰: "능력도 없으면서 별가別駕의 자리를 차지하고 있으나 내 능력이 그 자리를 감당하기에는 부족하오. 감히 물어보겠는데, 공은 지금 조정에서 무슨 벼슬을 하고 계시오?"

양수曰: "현재 승상부의 주부主簿로 있소."

장송曰: "내가 오래 전에 듣기로는, 공은 대대로 고관대작을 배출해 낸 명문 집안 출신이라고 하던데, 어찌하여 묘당(廟堂: 조정)에 서서 천자를 보좌하지 않고 시시하게 승상부에서 일개 아전으로 근무하고 있단 말이오?"(*공용은 양표를 4세에 걸친 청덕淸德이라 칭찬했으나 그 아들은 조조를 위해 일하고 있다. 게다가 조조는 일찍이 양표를 붙잡아 감옥에 처

넣어 욕보인 일까지 있었는데도(제20회의 일), 양수는 그것을 원망하지 않고 있으니 장송이 그를 비웃었던 것은 당연한 일일다.)

양수는 그 말을 듣고 만면에 부끄러워하는 기색을 띠면서도 뻔뻔스럽게 웃으면서 말했다: "내가 비록 낮은 자리에 있기는 하지만 승상께서는 나에게 군정軍政과 군사물자와 군량(錢糧)을 관리하는 중책을 맡기셨소. 조만간 승상의 가르침을 많이 받아서 엄청 많은 것을 깨칠 수 있겠기에 이 직책을 맡게 된 것이오."(*조조의 세력에 빌붙어 있다고 말하지 않고 조조의 능력에 감복하고 있다고 말하는데, 이 또한 억지로 얼버무리는 수작에 불과하다.)

〖 4 〗 장송이 웃으면서 말했다: "내가 듣기로는, 조 승상은 문文에 있어서는 공자와 맹자의 도(孔孟之道)도 잘 모르고, 무武에 있어서는 손자와 오자의 책략(孫吳之機)도 잘 이해하지 못하면서 오로지 힘으로 남을 억누르는 패도覇道로써 높은 자리에 앉아 있다고 합디다. 그런 사람이 어찌 공을 가르치고 깨우쳐 줄 수 있단 말이오?"(*이미 양수를 비웃고 나서 또 조조를 비웃는데, 매우 교묘하다.)

양수曰: "공公은 변방 모퉁이에 계시니 어찌 승상의 큰 재주를 알 수 있겠소? 내 시험 삼아 공에게 보여드릴 게 있소."

양수는 가까이 있는 사람을 불러서 궤짝 속에서 책 한 권을 가져오도록 하여 장송에게 보여주었다. 장송이 받아서 그 제목을 보니 "〈孟德新書(맹덕신서)〉"라고 씌어 있었다. 그는 처음부터 끝까지 죽 한 번 훑어보았다. 전부 13편으로 되어 있는데 모두 용병用兵에 관한 요령을 설명해 놓은 것이었다.

장송은 다 보고나서 물었다: "공은 이것이 어떤 책이라고 생각하시오?"

양수曰: "이것은 승상께서 널리 고금古今의 서적들을 참작하시고

〈손자병법〉13편을 본떠서 지으신 책이오. (*만약 〈손자병법〉 13편을 모방한 것이라면 〈신서新書〉라고 말해서는 안 된다.) 공은 우리 승상께서 재주가 없다고 얕보지만, 이 책이야말로 후세에 길이 전해질 수 있는 게 아니겠소?”

장송이 큰소리로 웃으면서 말했다: “이 책은 우리 촉 땅에서는 삼척 동자들까지도 다 암송할 수 있는 것인데 어찌 〈신서新書〉일 수가 있소? 이것은 전국시대에 무명씨無名氏가 쓴 것을 조 승상이 훔쳐서 자신이 지은 것처럼 한 것으로, 단지 공 같은 사람이나 속여 넘길 수 있을 뿐이오.”(*지금도 남의 문장을 훔쳐 와서 자기 것이라고 하는 자들이 있는데, 그것들을 장송에게 보여주지 못하는 것이 한스럽다.)

양수曰: “이것은 승상께서 비장하고 계신 책이므로 비록 이미 책으로 완성되어 있기는 하지만 아직 세상에는 전해지지 않고 있는 것이오. 공의 말은 촉 땅의 어린아이들도 줄줄 외우고 있다는 것인데, 어찌 이처럼 사람을 속인단 말이오?”

장송曰: “공이 만약 믿지 못하겠다면 내 시험 삼아 그것을 암송해 보겠소.”

그리고는 〈맹덕신서〉를 처음부터 끝까지 한 번 죽 낭송했는데, 한 자도 틀리지 않았다. (*조조가 다른 사람의 글을 그대로 베낀 것이 아니라 조조의 글을 장송이 그대로 베낀 것이다.)

양수는 크게 놀라서 말했다: “공은 눈이 한번 스쳐 지나가기만 해도 잊지 않고 다 기억하다니, 참으로 천하의 기이한 재주(奇才)요!”

후세 사람이 그를 칭찬해서 지은 시가 있으니:

괴기한 얼굴 모습 남들과 달랐고	古怪形容異
뜻은 높고 맑았으나 체모가 없었다.	淸高體貌疏
쏟아내는 말들은 삼협三峽의 물 흐르듯 했고	語傾三峽水
눈으로는 한꺼번에 열 줄의 글을 읽었다.	目視十行書

담량은 크기가 서촉에서 으뜸갔고　　　　　　　　膽量魁西蜀

문장은 태허太虛를 관통했다.　　　　　　　　　　文章貫太虛

제자諸子와 백가百家의 책들을　　　　　　　　　　百家并諸子

한번 훑어보면 완전히 다 외웠다.　　　　　　　　一覽更無餘

　장송이 곧바로 하직인사를 하고 돌아가려고 하자 양수가 말했다: "공은 우선 역참에 잠시 머물러 계시오. 내가 다시 승상께 아뢰어서 공이 승상을 만나볼 수 있도록 해드리겠소."

　장송은 고맙다고 인사를 하고 물러나왔다.

　〖 5 〗 양수가 들어가서 조조에게 말했다: "방금 전에 승상께서는 어찌하여 장송을 그처럼 쌀쌀하게 대하셨습니까?"

　조조日: "말하는 게 불손하기에 내 일부러 쌀쌀하게 대했다."

　양수日: "승상께서는 예전에 예형禰衡 같은 사람도 오히려 용납해 주셨으면서 어찌 장송은 받아들여 주지 않으십니까?"(*제23회의 일.)

　조조日: "예형은 그의 문장이 당시 널리 알려져 있었기 때문에 내 차마 죽이지 못했던 것이다. 장송은 할 수 있는 게 뭐 있느냐?"

　양수日: "우선 그의 말솜씨가 마치 폭포수(懸河) 같아서 어떤 경우에도 청산유수처럼 막힘이 없는 것은 물론이고, 방금 제가 승상께서 쓰신 〈맹덕신서〉를 보여주었더니, 그는 한 번 죽 보고는 즉시 암송할 수 있었습니다. 이처럼 아는 것이 많고 기억력이 비상한 사람은 세상에 아주 드뭅니다. 장송이 말하기를, 그 책은 전국시대의 어느 한 무명씨無名氏가 쓴 것으로 촉에서는 어린아이들까지 다 외울 수 있다고 했습니다."

　조조日: "혹시 옛사람과 나의 생각이 우연히 일치했다는 것인가?"

　그리고는 그 책을 갈가리 찢어서 불태워버리도록 했다. (*지금 사람들도 그 문장이 옛 사람의 것과 우연히 일치하는 경우가 많지만, 그러나 조조가 그것을 불태운 일을 본받아 배우려고 하지 않는다.)

양수曰: "이 사람으로 하여금 승상을 뵙도록 해서 조정(天朝)의 기상氣象을 보여 주십시오."

조조曰: "내일 나는 서쪽 교련장에서 군사를 점검하기로 되어 있으니, 자네는 먼저 그자를 데리고 와서 성대한 우리 군의 위용을 보도록하게. (*양수는 장송의 문文을 자랑하는데, 조조는 장송에게 무武를 자랑하려고 한다.) 그런 다음 그로 하여금 서천으로 돌아가서 내가 당장 강남으로 내려갔다가 곧바로 서천을 취하러 간다는 말을 전하도록 하게."

양수는 명령을 받고 물러갔다.

〖 6 〗 다음날 양수는 장송과 함께 서쪽 조련장으로 갔다. 조조는 범 같은 호위병(虎衛)들과 5만 명의 대병들을 교련장에 정렬시켜 놓고 점검했다. 과연 갑옷과 투구는 선명했고, 입은 전포는 찬란했으며, 징소리와 북소리가 하늘을 진동시켰고, 창검은 햇빛에 번쩍였는데, 사방팔면으로 각각 대오를 나누어 있었으며, 깃발(旌旗)들은 바람에 나부꼈고, 사람과 말들은 마치 금방이라도 하늘로 올라갈 듯한 기세였다. 장송은 이 광경을 곁눈으로 흘겨보았다. (*흘겨본 것은 곧 거만하게 그것을 대수롭게 여기지 않는다는 뜻이 들어 있다.)

한참 있다가 조조가 장송을 불러서 손가락으로 가리켜 보이며 말했다: "너는 서천에서도 이러한 영웅들을 본 적이 있느냐?"

장송曰: "저는 촉 땅에선 이런 군사들과 무기를 본 적이 없습니다. 다만 인의仁義로써 백성들을 다스리는 사람은 본 적이 있습니다." (*문文으로써 그를 감동시키기에 부족하자 무武로써 그를 감동시키려고 했던 것인데, 조조는 이미 장송에게 한 수 지고 있다.)

조조는 안색이 변하여 그를 노려보았으나 장송은 무서워하는 기색이 전혀 없었다. 양수는 연방 장송에게 눈짓을 했다.

조조가 장송에게 말했다: "나는 천하의 쥐새끼 같은 무리들을 마치 지푸라기처럼 여긴다. 나의 대군大軍이 이르는 곳에선 싸워서 이기지 못한 적이 없고 공격해서 빼앗지 못한 적이 없다. 나를 따르는 자는 살 것이고 나를 거역하는 자는 죽을 것이다. 자네는 이를 알고 있는 가?"

장송日: "승상께서 군사를 휘몰아 가시는 곳에서는 싸우면 반드시 이겼고 공격하면 반드시 빼앗았던 사실을 저 역시 평소 잘 알고 있습니다. 지난날 복양濮陽에서 여포를 칠 때와(*제12회 (10)의 일), 완성宛城에서 장수張繡와 싸우던 일(*제16회 (9)의 일), 적벽赤壁에서 주유周瑜와 만났던 일(*제50회 (2)의 일), 화용도에서 관우와 맞닥뜨렸던 일(*제50회 (8)의 일), 그리고 동관潼關에서 수염을 깎고 전포를 버리고 달아난 일(*제58회 (9)의 일), 위수渭水에서 배를 빼앗아 타고 화살을 피했던 일(*제58회 (13)의 일), 이 모든 일들은 천하에 그 유례가 없었던 일들입니다."(*얼굴을 마주 대하여 비웃으니 속이 다 통쾌하다. 이 몇 마디 말을 들어보면, 〈신서新書〉 또한 옛 사람의 생각과 우연히 일치하는 것이 아니다. 역시 마땅히 불태워 버려야 할 것이었다.)

조조가 크게 화를 내며 말했다: "이 못난 자식이 어디 감히 나의 단점들을 들춰낸단 말이냐!"

그는 좌우에게 그를 끌어내서 목을 베라고 호령했다.

양수가 간했다: "장송의 죄는 비록 참해야 마땅하지만, 모처럼 멀고 험한 촉 땅에서 공물을 바치러 왔는데, 만약 그의 목을 베신다면 먼 지역 사람들의 인심을 잃게 될까봐 두렵습니다."

조조의 노기는 그래도 풀리지 않았다. 순욱 역시 나서서 간하자 조조는 그제야 그의 목숨을 살려주기로 하고 마구 매를 쳐서 쫓아내라고 했다.

〖 7 〗 장송은 역참으로 돌아와서 그날 밤으로 성을 나가 서천으로 돌아갈 준비를 했다. 그는 혼자서 생각했다: "나는 본래 서천의 땅을 조조에게 바치려고 했었는데, 그가 이처럼 사람을 괄시할 줄이야 누가 알았나! (*조조는 서천을 매질해서 내다버린 것이다.) 나는 떠나올 때 유장 앞에서 큰소리를 탕탕 쳤는데, 지금 아무런 성과도 없이 빈손으로 돌아가게 되면 촉 땅 사람들은 모두 나를 비웃을 것이다.

내가 듣기로는 형주의 유현덕은 인의仁義의 사람으로 그 명성이 멀리까지 퍼진 지 오래니, 돌아가는 길에 그곳을 지나가면서 시험 삼아 그가 어떤 사람인지 살펴보고 따로 내 생각을 정해야겠다."

이리하여 말에 올라서 따르는 사람들을 이끌고 형주 지경을 향해 갔다. 영주郢州 지경 앞에 이르러 문득 보니 약 5백여 기나 되는 한 부대의 군사들이 기다리고 있었는데, 그 우두머리 대장 한 사람은 갑옷을 입지 않은 가벼운 옷차림이었다.

그 장수는 말고삐를 당겨 앞으로 나오더니 물었다: "오고 계시는 분은 혹시 장張 별가別駕가 아니십니까?"

장송曰: "그렇소만."

그 장수는 급히 말에서 내려 인사를 하고 말했다: "저는 조운趙雲이라고 합니다. 여기서 기다린 지 여러 시간 되었습니다."(*이는 분명히 공명이 보낸 것이다. 그런데 교묘한 것은 말을 하지 않으면서도 독자들이 이를 스스로 알도록 한 것이다.)

장송도 말에서 내려 답례를 하고 말했다: "혹시 상산 조자룡이 아니십니까?"

조운曰: "그렇습니다. 저는 주공 유현덕의 명을 받들고 왔습니다. 대부께서 말안장에 올라 먼 길 가시느라 고생하신다면서 특히 제게 우선 술과 음식을 가져가서 드리도록 하셨습니다."

말이 끝나 군사들이 무릎을 꿇고 술과 음식을 올리자, 조운이 그것을 받아 공손하게 장송에게 바쳤다. (*극도로 공경하는 것이 조조와는 정반대였다.)

장송은 혼자서 속으로 생각했다: "사람들이 말하기를 유현덕은 마음이 넓고 어질며 손님을 사랑한다고 하더니, 지금 보니 과연 그렇구나."

그리고는 조운과 함께 술을 몇 잔 마신 다음 말에 올라 같이 형주 지경까지 갔다. 이날 해가 저물어서야 역참 앞에 도착했는데, 보니 역참 문밖에 1백여 명의 사람들이 기다리고 서 있다가 북을 치면서 영접해 주었다.

한 장수가 그가 탄 말 앞에서 인사를 하고 말했다: "저는 형님의 명령을 받들고 나왔습니다. 대부께서 바람과 먼지를 무릅쓰고 먼 길 가시느라 고생하신다고 형님께서 이 관우에게 역참 마당을 청소해 놓고 하룻밤 묵어가시도록 하라고 하셨습니다." (*이 역시 분명히 공명이 보낸 것이다. 그런데 더욱 교묘한 것은 말을 하지 않으면서도 독자들이 이를 스스로 알게 한 것이다.)

장송은 말에서 내려 관운장과 조운과 함께 같이 관사館舍로 들어가서 다시 인사를 한 후 자리에 앉기를 권했다. 잠시 후 연석이 베풀어졌고, 두 사람은 정성스레 장송에게 술을 권했다. 밤이 이슥해질 때까지 마신 후에야 술자리를 파하고 하룻밤을 묵었다.

〖 8 〗 다음날 아침식사를 마치고 일행이 말을 타고 출발하여 서너 마장(里)도 채 못 갔을 때 문득 보니 한 떼의 군사들이 오고 있었는데 곧 현덕이 복룡伏龍과 봉추鳳雛를 이끌고 몸소 장송을 영접하러 오고 있는 것이었다. 그들은 멀리서 장송을 보자 재빨리 말에서 내려 기다렸다. (*장송을 공경한 것이 아니라 서천을 공경한 것이다.) 장송 역시 황망히 말에서 내려 서로 만나보았다.

현덕曰: "대부의 높으신 존함을 마치 우레 소리가 귓가를 울리듯 들어온 지 오래 되지만, 구름 위로 높이 솟은 산들로 가로막혀 멀리 떨어져 있어서(雲山迢遠) 가르치심을 받을 수 없는 것이 한이었습니다. 이번에 성도成都로 돌아가신다는 말씀을 듣고 오로지 이곳에서 영접하기 위해 나왔소이다. 만약 물리치지 않고 저희 주州로 들어가서 잠시라도 쉬어가심으로써 이 사람의 평소 갈망하던 사모의 정을 풀게 해주신다면 실로 천만 다행이겠습니다."(*장송을 청한 것이 아니라 일개 서천을 청한 것이다.)

장송은 크게 기뻐하며 마침내 말에 올라 말머리를 나란히 하여 같이 성으로 들어갔다. 형주목 관청의 당상에 올라 각각 인사를 한 후 주인과 손님으로 나뉘어 차서次序에 따라 자리에 앉은 다음 연석을 베풀고 대접했다. 술을 마시는 동안 현덕은 한담만 할 뿐, 서천에 관한 일은 단 한 마디도 꺼내지 않았다. (*공명이 가르쳐준 방법이 실로 절묘하다.)

장송이 말로 그 의중을 떠보았다: "지금 황숙께서는 형주를 지키고 계시는데, 형주 외에도 몇 개의 군郡이나 가지고 계십니까?"

공명이 대답했다: "형주는 잠시 동오로부터 빌린 땅인데 매번 사람을 시켜서 돌려달라고 성화입니다. 지금 우리 주공께서는 동오의 사위이시기 때문에 임시로 잠시 이곳에 몸을 부치고 계십니다."(*현덕에게 물었는데 도리어 공명이 대답하고 있는 것이 심히 묘하다.)

장송曰: "동오는 6개 군郡에 81개 주州를 차지하고 있는데다 백성들은 강성하고 나라는 부유합니다. 그런데도 오히려 만족할 줄 모른단 말입니까?"

방통曰: "우리 주공께서는 한조漢朝의 황숙皇叔이심에도 불구하고 도리어 주州나 군郡을 점거하지 못하고 있는데, 다른 자들은 모두 한 왕조의 역적들이건만 오히려 모두 자신들의 강함을 믿고 멋대로 국토를 점거하고 있습니다. 그래서 사리事理를 아는 사람들이 이에 대해 불평을 하는 것입니다."(*또 대답하는 사람이 방통으로 바뀐다. 공명은 단지 현덕이 몸 부칠 곳이 없다고 말했는데, 방통은 곧바로 다른 사람들이 양보해야 한다고 말한다. 한 사람은 나팔을 불고 한 사람은 노래를 부르는데, 모두들 수수께끼를 말하고 있는 듯하다.)

현덕曰: "두 분 공께선 그런 말씀 마시오. 내가 무슨 덕이 있다고 감히 많이 바라겠소!"(*방통이 불평하는 말은 점점 더 핵심에 다가가는데, 도리어 현덕의 한 마디 말은 핵심에서 멀어지고 있다. 절묘하다.)

장송曰: "그렇지 않습니다. 명공께서는 한실의 종친이신데다 어질고 의로운 분이라는 명성이 사해에 가득 차 있으니 주州나 군郡을 차지하는 것은 말할 것도 없고 곧바로 정통正統을 대신하여 황제의 자리에 오르신다고 하더라도 역시 과분한 일이라고 할 수는 없을 것입니다."

현덕은 두 손을 마주잡고 고맙다고 인사하고는 말했다: "공의 말씀은 너무 과분합니다. 이 유비가 어찌 그것을 감당할 수 있겠습니까!"(*현덕은 계속 겸손을 떨지만 다만 완전히 차버리지는 않고 있다.)

〖 9 〗 이로부터 계속 장송을 머물러 있도록 하여 사흘간 연석을 베풀어 그를 대접했는데, 서천에 관한 일은 전혀 꺼내지 않았다. (*3일 후에도 여전히 말을 꺼내지 않고 있는 것이 묘하다.)

장송이 하직인사를 하고 떠나갈 때 현덕은 성 밖 10리 거리에 있는 송영정送迎亭에다 술자리를 벌여놓고 그를 전송해 주었다.

현덕은 잔을 들어 장송에게 술을 권하며 말했다: "대부께서 저희들을 버리시지 않고 사흘간 머물면서 정회情懷를 펼치도록 해주신 데 대해 크게 감사드립니다. 그런데 오늘 서로 헤어지면 어느 때나 다시 가르치심을 받을 수 있게 될지 모르겠습니다."(*서천으로 가서 가르침을 받으면 될 것 아닌가.)

말을 마치고는 눈물을 줄줄 흘렸다. (*장송을 위해 눈물을 흘린 것이 아니라 서천을 위해 눈물을 흘린 것이다.)

장송은 속으로 생각했다: '현덕이 이처럼 마음이 너그럽고 어질며 인재들을 사랑하니, 내 어찌 이 사람을 저버리겠는가? 차라리 이 사람을 설득해서 서천을 취하도록 하는 것이 좋겠다.'

그리하여 마침내 말했다: "저 역시 아침저녁으로 명공을 곁에서 모시고 싶은 생각이지만 그렇게 할 방편이 없는 것이 한스럽습니다. 제가 보기에 형주는 동쪽에는 손권이 있어서 항상 범처럼 도사리고 앉아서 넘보고 있고, 북쪽에는 또 조조가 있어서 항상 고래같이 삼키려 하고 있으니, 역시 형주는 오랫동안 미련을 가질 만한 땅이 못 되는 것 같습니다."

현덕日: "본래부터 그런 줄은 알고 있으나 다만 몸을 안정시킬 곳이 없습니다."(*말로써 그를 낚아 올리고 있다.)

장송日: "익주는 험준한 변방으로 기름진 들이 천리에 걸쳐 있고, 백성들도 많고 나라도 부유하며, 지혜와 능력이 있는 인사들은 오래 전부터 황숙의 덕을 사모해 오고 있습니다. 만약 형주와 양양의 군사들을 일으켜 멀리 서쪽으로 달려오신다면 패업도 이루실 수 있고 한漢 황실도 다시 일으켜 세울 수 있을 것입니다."(*이에 이르러선 더 이상 참지 못하고 속에 있는 것을 몽땅 다 드러내 보일 수밖에 없다.)

현덕日: "이 유비가 어찌 그런 일을 감당할 수 있겠습니까! 그리고 익주목(益州牧: 유장) 역시 저와 같은 황실의 종친으로 그의 은택이 촉 안에 널리 퍼져 있은 지 오래입니다. 다른 사람이 어찌 그것을 흔들 수 있겠습니까?"

〖 10 〗 장송日: "저는 주인을 팔아서 저 개인의 영화를 구하려는 것 (賣主求榮)이 아닙니다. (*실제로는 매주구영(賣主求榮)하고 있다. 그런데도 굳이 먼저 변명을 하고 있는 것은 스스로를 짜게 해야 할(口重) 필요를 느꼈기

때문이다.) 이제 명공을 만나 뵈고 나니 감히 제 속마음을 털어놓지 않을 수가 없습니다: 유계옥(劉季玉: 유장)은 비록 익주 땅을 차지하고 있다고는 하나 타고난 성품이 아둔하고 나약하여 현사賢士와 유능한 인재들을 쓸 줄 모릅니다. 그런데다가 장로는 북쪽에서 항상 침범할 생각을 하고 있습니다. 그래서 인심人心이 흩어져서 모두들 영명한 주인을 얻고 싶어 합니다.

저의 이번 행차는 전적으로 조조에게 의탁하기 위해서였는데, 뜻밖에도 역적 놈은 방자하게 간웅의 본색을 드러내어 거만을 떨면서 현사들을 업신여겼습니다. 그래서 일부러 명공을 찾아와 뵙게 된 것입니다. (*때리지 않았는데 스스로 다 불면서 진정을 말하고 있다.)

명공께서는 먼저 서천을 취하시어 기틀을 잡으시고, 그런 다음에 북으로 한중漢中을 도모하시고, 중원을 쳐서 거두시어 조정을 바로잡으신다면 그 이름을 길이 역사에 전하실 수 있을 것이니, 이보다 더 큰 공적이 어디 있겠습니까?

명공께서 과연 서천을 취하려는 뜻이 계시다면 제가 견마지로犬馬之勞를 다해서 안에서 호응해 드릴까 하는데, 명공께서는 어떤 생각이신지 모르겠습니다."(*연일 그를 정성껏 대접했던 것은 그로부터 단지 이 몇 마디 말을 낚아 올리기 위해서였다.)

현덕日: "공의 후의厚意에 대해서는 깊이 감사드립니다. 그러나 유계옥은 나와 같은 종친인데, 만약 내가 그를 친다면 천하 사람들은 모두 나에게 침을 뱉고 욕을 하게 될 것이 두려우니 어쩌겠습니까?"(*또 한 마디를 밀어내고 있다.)

장송日: "대장부가 처세處世함에 있어서는 마땅히 공을 세우고 기업을 일으키려고 노력해야 합니다. 그리고 '이왕 채찍을 들었으면 상대방보다 먼저 치라(著鞭在先)'고 했습니다. 만약 지금 취하지 않으시면 다른 사람이 취해버릴 텐데, 그때 가서는 후회해도 이미 늦습니다."

(*이 모두 공명과 방통의 마음속 말들이지만 그들이 말하지 않았던 것은 다만 장송의 입으로 직접 말하도록 압박하고자 했기 때문이다.)

현덕曰: "내가 듣기로는, 촉으로 가는 길은 워낙 험하여 천개의 산과 만 개의 냇물(千山萬水)들이 길을 막고, 수레 두 대가 나란히 갈 수 없고 말 두 마리가 고삐를 나란히 하여 갈 수 없을 정도로 좁다고 하던데, 비록 그곳을 취하고 싶더라도 무슨 좋은 계책을 쓸 수 있단 말입니까?"(*이곳에서 그의 제안을 받아들이겠다고 승낙하자마자 곧바로 그로부터 지도 한 장을 낚아내려고 한다.)

장송은 소매 속에서 지도 한 장을 꺼내서 현덕에게 건네주며 말했다: "이 장송은 명공의 큰 덕에 감격하여 감히 이 지도를 바칩니다. 이 지도를 보기만 하면 촉 안의 길들을 다 알 수 있습니다."(*공명이 쓴 계책은 여기에 이르러 큰일은 이미 다 이루어졌다.)

현덕이 펼쳐서 대충 보니 지도에는 지리의 행정行程, 원근, 넓고 좁음(廣狹), 산천과 요충지, 창고의 물자와 양곡까지 일일이 모두 분명하게 기재되어 있었다.

장송曰: "명공께서는 속히 일을 도모하시는 게 좋겠습니다. 제게 법정法正과 맹달孟達이라고 하는 심복 친구 둘이 있는데, 이 두 사람은 반드시 이 일을 도와줄 것입니다. 만약 이 두 사람이 형주에 오거든 속을 털어 놓고 같이 의논하십시오."

현덕이 두 손을 마주잡고 사례하며 말했다: "청산은 늙지 않고 녹수는 영원히 흘러갑니다(靑山不老, 綠水長存). 후일에 일이 이루어지면 반드시 후하게 갚겠습니다."

장송曰: "제가 밝은 주인을 만나 진심을 다해 말씀드리지 않을 수 없어서일 뿐, 어찌 감히 보답을 바라겠습니까?"

말을 마치고는 작별 인사를 했다. 공명은 관운장 등에게 수십 리 밖까지 그를 호송해 주고 나서 돌아오도록 했다.

〚 11 〛 장송은 익주로 돌아오자 먼저 친구 법정法正을 만나보았다. 법정의 자는 효직孝直으로 우부풍군(右扶風郡: 섬서성 흥평현興平縣 동남) 사람이다. 현사賢士인 법진法眞의 아들이다.

장송은 법정을 보고 자세히 설명해 주었다: "조조는 현사들을 업신여기고 오만해서 그와 근심을 같이 할 수는 있어도 그와 즐거움을 함께 할 수는 없소. 나는 이미 익주를 유 황숙에게 바치겠다고 약속했소. 그래서 이 일을 전적으로 형과 상의하고 싶소." (*가볍게 한 나라를 남에게 팔아버렸다.)

법정曰: "나도 유장이 무능하다고 여겨서 유 황숙을 만나보려는 마음을 먹은 지 이미 오래요. 이런 마음은 우리 둘이 서로 같은데 또 무엇을 의심하겠소!"

잠시 후 맹달孟達이 찾아왔다. 맹달은 자字를 자경子慶이라 했는데, 법정과 동향 사람이다. 맹달이 들어가 보니 법정과 장송이 밀담을 나누고 있었다.

맹달曰: "나는 이미 두 사람의 뜻을 알고 있소. 장차 익주를 바치려고 하는 것 아니오?"

장송曰: "맞소. 그렇게 하려고 하오. 형은 시험 삼아 한번 맞춰보시오. 마땅히 누구에게 바쳐야만 하겠소?"

맹달曰: "유현덕이 아니면 안 되오."

세 사람은 손뼉을 치며 큰소리로 웃었다.

법정이 장송에게 말했다: "형은 내일 유장을 보고 어떻게 할 작정이시오?"

장송曰: "내가 두 분을 사자로 천거할 테니, 공들은 형주로 가주시오."

두 사람은 그렇게 하겠다고 대답했다.

〖 12 〗 다음날 장송이 들어가서 유장을 보자, 유장이 먼저 물었다:
"갔던 일은 어떻게 되었소?"

장송曰: "조조는 한漢의 역적으로 천하를 찬탈하려고 하는데 더 이
상 무슨 말을 하겠습니까? 그는 이미 우리 서천을 취하려는 마음을 가
지고 있었습니다."(*먼저 장차 서천을 취하려 한다고 그를 겁주고 있다.)

유장曰: "그렇다면 이 일을 어찌 해야 좋겠소?"

장송曰: "저한테 장로와 조조가 감히 서천을 가벼이 침범하지 못하
도록 할 수 있는 한 가지 계책이 있습니다."

유장曰: "어떤 계책이오?"

장송曰: "형주의 유 황숙은 주공과 같은 한 황실의 종친입니다. 그
는 성품이 인자하고 너그럽고 도타워서 장자長者로서의 풍도風度가 있
습니다. 적벽대전에서 패한 후 조조는 그의 이름만 들어도 간담이 서
늘해진다고 하는데, 하물며 장로 따위야 더 말할 게 있겠습니까? 주공
께서 만약 사자를 보내서 서로 우호관계를 맺고 그를 외부 지원세력으
로 만든다면 조조와 장로를 충분히 막아낼 수 있습니다."(*현덕 자신이
찾아오도록 할 필요 없이 반대로 유장이 가서 청해오자는 것이니, 역시 나라
를 잘 팔아먹는다고 할 수 있다.)

유장曰: "나 역시 오래 전부터 그런 생각을 해왔소. 누구를 사자로
보내면 좋겠소?"

장송曰: "법정이나 맹달이 아니면 보낼 사람이 없습니다."

유장은 즉시 두 사람을 불러들이고 형주로 보낼 편지 한 통을 쓰도
록 했다. 그리고는 법정을 사신으로 삼아 먼저 형주로 가서 유현덕과
정을 잘 통해 놓도록 했다. 그런 다음 맹달을 보내면서 정예병 5천 명
을 거느리고 가서 현덕을 맞이하여 그가 서천으로 들어오는 것을 도와
주도록 했다.

〖 13 〗 이처럼 한창 상의하고 있을 때 한 사람이 밖으로부터 뛰어들어 왔는데 그는 온 얼굴에 땀을 줄줄 흘리고 있었다.

그가 큰소리로 외쳤다: "주공께서 만약 장송의 말을 들으신다면 서천의 41개 주州와 군郡들은 얼마 후 남의 손에 들어가고 말 것입니다."

장송이 크게 놀라서 그 사람을 보니 파서巴西 낭중(閬中: 사천성 낭중현 閬中縣 서쪽) 사람으로, 그의 성은 황黃, 이름은 권權. 자를 공형公衡이라고 했다. 그는 이때 유장의 부중府中에서 주부主簿 벼슬을 하고 있었다. (*황권 역시 후에 가서는 유비를 따르게 되지만, 이때는 유장에게 충성을 바치고 있었다.)

유장이 물었다: "현덕은 나와 같은 종친이기에 내가 그와 손을 잡고 지원을 받으려고 하는 것인데 그대는 어찌하여 그런 말을 하는가?"

황권曰: "저도 전부터 유비를 잘 알고 있습니다. 그는 사람을 너그럽게 대하고, 부드러운 성품(柔)으로 굳센 자(剛)들을 제압할 수 있기 때문에 그를 대적할 수 있는 영웅은 아무도 없으며, 먼 곳에서도 인심을 얻고 있고 가까운 곳에서는 백성들이 그에게 기대를 걸고 있습니다. 게다가 또 제갈량·방통의 지모智謀가 있으며, 관우·장비·조운·황충·위연을 날개(羽翼)로 삼고 있습니다.

만약 그를 촉으로 불러들인 후 주공께서 그를 부하로 대한다면 유비가 어찌 무릎을 꿇고 주공의 지휘를 받아가며 구구한 일들을 하려 하겠습니까? 그렇다고 만약 그를 귀한 손님을 대우하는 예로써 대한다면, 또한 한 나라에는 두 주인이 있을 수 없습니다.

지금 이 신하의 말을 들어주신다면 우리 서촉은 태산처럼 안전할 테지만, 만약 이 신하의 말을 들어주시지 않는다면 주공께서는 계란을 쌓아놓은 것과 같은 위험(累卵之危)에 처하게 될 것입니다. 장송은 어제 형주를 지나왔으니 틀림없이 유비와 공모共謀했을 것입니다. (*그의 말은 마치 눈으로 본 듯하다.) 먼저 장송의 목부터 베신 다음 유비와 손을 끊으신다면 서천으로서는 이보다 더 큰 다행이 없을 것입니다."

유장曰: "조조와 장로가 쳐들어오면 그들을 무슨 수로 막지?"

황권曰: "차라리 국경을 폐쇄하고 요충지의 통행을 끊고, 성 주변으로 해자를 깊이 파고 보루를 높이 쌓아 놓고서 시절이 태평해지기를 기다리는 편이 좋을 것입니다."

유장曰: "도적의 군사들이 국경을 침범하여 그 위급함이 마치 눈썹을 태우는 듯한데도(有燒眉之急) 가만히 앉아서 시절이 태평해지기를 기다리자는 것은 너무나 한가한 계책이오."

유장은 끝내 황권의 말을 듣지 않고 법정을 보내려고 했다.

이때 또 한 사람이 말리면서 말했다: "안 됩니다! 안 됩니다!"

유장이 보니 장전帳前 종사관 왕루王累였다. (*한복韓馥이 원소를 불러들이려고 하자 경무耿武와 관순關純이 이를 말렸는데, 유장이 현덕을 불러들이려 하자 황권과 왕루가 이를 말린다. 전후로 서로 같은 부류이다.)

왕루는 엎드려 머리를 땅에 닿도록 숙이고 절을 하며 말했다: "주공께서 지금 장송의 말을 들으시는 것은 스스로 화를 자초하는 길입니다."

유장曰: "그렇지 않소. 내가 유현덕과 우호관계를 맺으려는 것은 실은 장로를 막기 위해서요."

왕루曰: "장로가 국경을 침범하는 것은, 비유하자면, 옴(癬疥)과 같은 질환疾患에 불과하지만, 유비가 서천으로 들어오는 것은 몸속의 큰 병과 같습니다. 하물며 유비는 당세의 효웅梟雄으로서 처음에는 조조를 섬기다가 곧바로 그를 해치려고 생각했고, 나중에는 손권을 따르다가 곧바로 형주를 빼앗았습니다. 그 마음 씀씀이가 이러한데 어찌 우리와 함께 지낼 수 있겠습니까? 지금 만약 그를 불러들인다면 우리 서천은 끝장나고 맙니다."(*왕루의 말이 황권의 말보다 더욱 적절하다. 그래서 후에 황권은 죽지 않고 왕루만 죽게 된다.)

유장이 꾸짖어 말했다: "두 번 다시 함부로 말하지 말라! 현덕은 나와 종씨인데 그가 어찌 나의 기업基業을 빼앗으려 하겠느냐?"

곧바로 두 사람을 부축해 일으켜서 밖으로 내보내라고 지시하고, 마침내 법정에게 곧바로 가라고 명했다.

〖 14 〗 법정은 익주를 떠나 곧장 형주로 가서 현덕을 보고 배알拜謁을 마친 후 가지고 온 서신을 올렸다. 현덕이 봉투를 뜯어서 서신을 읽어보니, 그 내용은 이러했다:

"동족 아우(族弟) 유장은 절을 올리며 현덕 종형宗兄 장군 휘하에 이 글을 바치나이다.

종형의 영명하고 아름다우신 명성을 들은 지는 오래 되었으나 촉蜀 땅은 오가는 길이 하도 험난하여 아무런 공물도 가져다 드리지 못하여 심히 황송하고 부끄럽나이다.

제가 듣기로는 "길사와 흉사는 서로 구제해 주며, 환난을 당해서는 서로 돕는다"고 했습니다. 친구 사이에서도 오히려 그렇다면 하물며 동족 사이에서는 어떻게 해야겠습니까? 지금 장로는 북쪽에서 조만간에 군사를 일으켜 이 유장의 경계를 침범해 오려고 하니 저로서는 마음이 심히 불안하옵니다.

특사(專人)를 보내어 삼가 글월을 바치는바 종형께서는 이 족제族弟의 청을 들어주시기를 간절히 바랍니다. 종친으로서의 정을 생각하시고 형제의 의리를 온전히 하려 하신다면 이 글을 받아보시는 그날로 군사를 일으키시어 미쳐 날뛰는 도적을 무찔러 없애주십시오. 그리하여 영원히 입술과 이빨(脣齒)의 관계를 유지해 주신다면 나중에 따로 후하게 보답하겠나이다. (*나중에 서천을 보수로 드리겠다는 것이다.) 글로써는 하고 싶은 말을 다 할 수 없으므로, 오로지 지원군이 오기만을 기다리나이다.”

현덕은 다 보고 나서 크게 기뻐하며 술자리를 마련하여 법정을 대접했다.

술이 몇 순배 돌자 현덕은 좌우 사람들을 물리치고 은밀히 법정에게 말했다: “나는 효직(孝直: 법정)의 존함을 오래 전부터 들어왔고, 장 별가(장송의 벼슬)께서도 공에 대한 칭찬을 많이 하셨는데, 이제 이처럼 만나서 가르치심을 들을 수 있게 되니 제 평생의 소원이 다 이루어진 듯하오.”(*전에 장송이 처음 왔을 때에는 재삼 사양하기만 하더니 오늘은 도리어 스스로 말하기에 급하다. 전에는 서서히 하고 후에는 급히 하는데 그 변화하는 속도가 같지 않다.)

법정이 고맙다고 인사를 하면서 말했다: “촉의 한낱 하급관리에 불과한 사람에게 너무 과분한 칭찬의 말씀입니다. 제가 들은 바로는, '말은 백낙伯樂을 만나면 울고, 사람은 자기를 알아주는 사람(知己)을 만나면 그를 위해 죽는다(馬逢伯樂而嘶, 人遇知己而死)'고 했습니다. 장 별가가 전날에 올린 말씀에 대해 장군께서는 다시 생각해 보셨습니까?”(*장송이 한 말만 떠올리면 되었고 자기 말을 다시 할 필요는 없었다.)

현덕曰: “나 이 한 몸이 객客으로 남에게 얹혀 지내다보니 서글픈 생각에 저절로 한숨이 나온 적도 없지 않아 있었소. 그때는 이렇게 생각했었소: '굴뚝새도 머물 수 있는 나뭇가지 하나는 있고, 영리한 토끼는 자기 몸을 숨기기 위해 굴을 세 개나 파놓는다(鷦鷯尚存一枝, 狡兎猶藏三屈)고 했는데, 하물며 사람인 나는 왜 이 한 몸 의탁할 곳이 하나도 없는가?' 하고요. 촉에는 땅들이 남아돌고 있다니 나로서도 가서 취하고 싶지 않은 것은 아니지만, 그러나 유계옥은 나와 종친간인지라 차마 도모할 수가 없으니 어쩌겠소?”(*이미 서천을 얻고 싶다고 말해 놓고는 또 짐짓 사양하고 있다.)

법정曰: "익주는 천혜의 창고라고 할 만한 지방(天府之國)으로 난세를 다스릴 수 있는 주인이 아니면 차지할 수 없는 곳입니다. 지금의 유계옥은 현사들을 쓸 줄 모르므로 그 땅은 머지않아 반드시 남의 손에 들어가고 말 것입니다. 사정이 이러하므로 오늘 자신이 직접 장군께 바치려고 하는 것이니 이런 기회를 놓쳐서는 안 됩니다. 장군께서는 '토끼를 쫓을 때는 먼저 잡는 사람이 임자(逐兎先得)'라는 말을 들어보지 못하셨습니까? 장군께서 취하려고 하신다면 제가 목숨을 바쳐서라도 도와드리겠습니다."(＊전에는 지도를 얻었고, 이번에는 길을 안내할 향도嚮導를 얻는다.)

현덕은 두 손을 마주잡고 고맙다고 인사를 하고 말했다: "이 문제는 나중에 다시 상의해 봅시다."

〖 15 〗 이날 술자리가 파하자 공명은 직접 법정을 객사까지 바래다주었다. 현덕은 혼자 앉아서 깊은 생각에 잠겼다.

방통이 건의했다: "마땅히 결단해야 할 일을 결단하지 않는 사람은 어리석은 사람입니다. 주공께서는 고명하신 분이시면서 왜 이처럼 의심이 많으십니까?"

현덕이 물었다: "공의 생각에는 어떻게 해야 좋을 것 같소?"

방통曰: "형주는 동쪽에는 손권이 있고 북쪽에는 조조가 있어서 뜻을 펴기가 어렵습니다. 그러나 익주는 호구戶口가 백만이나 되고 땅은 넓고 물산은 풍부해서 대업大業을 이루는 데 필요한 물자를 대어줄 수 있는 곳입니다. 지금 다행히도 장송과 법정이 안에서 돕겠다고 하니, 이는 곧 하늘이 내려주신 기회입니다. 이런 상황에서 무엇을 의심한단 말입니까?"(＊이는 옛날 월越의 대신 범려范蠡가 "하늘이 오吳를 월에게 준다"라고 한 말과 같은 것이다.)

현덕曰: "지금 나와 물과 불처럼 서로 적대하고 있는(水火相克) 사람은 조조일 것이오. 조조가 급하게 나오면 나는 느긋하게 나가고, 조조가 사납게 나오면 나는 어질게 나가고, 조조가 간사한 꾀를 쓰면 나는 성실한 마음으로 임하여 매사에 있어서 조조와 서로 반대 되게 해야만 일을 성사시킬 수 있을 것이오. (*이전에 차마 유표를 취하지 않았던 것도 바로 이런 뜻이었다.) 작은 이익 때문에 천하 사람들에게 신의를 잃게 되는 그런 일은 나는 차마 하지 못하겠소."

방통은 웃으면서 말했다: "주공의 말씀은 비록 천리天理에는 맞지만, 그러나 갈라지고 어지러운 때에 군사로써 서로 강함을 다투는 데 있어서는 본래 한 가지 도리만 있는 게 아닙니다. 만약 정상적인 시기에 적용되는 도리, 즉 상리常理에만 얽매이다 보면 반걸음도 앞으로 나아갈 수가 없으므로 마땅히 때와 장소에 따라서 임기응변할 줄 아는 권도權道를 따라야 합니다.

그리고 '약한 나라를 병탄하고 어리석은 군주가 다스리는 나라를 공략하며(兼弱攻昧)', '무력을 사용해서 다른 나라를 빼앗은 다음 올바른 정치로써 나라를 다스리는 것(逆取順守)'이 바로 탕왕湯王과 무왕武王의 방식입니다. 만약 대사를 성공시킨 후에 그들을 의義에 합당하게 보상해 주고 큰 나라에 봉해 주신다면 어찌 신의에 어긋난다고 하겠습니까? (*이곳에서는 큰 나라에 봉해 주자고 해놓고서 뒤에 가서는 부성에서 습격하여 죽이려고 하니, 그 무슨 까닭인가?) 오늘 취하지 않으시면 결국 다른 사람이 취하고 말 것이니, 주공께서는 깊이 생각해 주십시오."

현덕은 그 말을 듣고는 크게 깨달아 말했다: "쇠나 돌(金石)에 새겨 두어야 할 귀한 말씀, 마땅히 제 가슴속에 새겨 놓고 잊지 않도록 하겠습니다."

이리하여 곧바로 공명을 오도록 해서 군사를 일으켜 서천으로 갈 일을 함께 상의했다.

공명曰: "형주는 중요한 곳이므로 반드시 군사를 나누어서 지켜야
합니다."

현덕曰: "나는 방사원(龐士元: 방통)과 황충, 위연과 함께 서천으로
갈 테니, 군사께서는 관운장과 장익덕, 조자룡과 함께 형주를 지켜 주
시오."

공명은 그렇게 하겠다고 했다. (*서천을 취하자는 계책은 방통이 극력
권했으므로, 서천을 치러가는 일 역시 방통에게 맡긴 것이다.)

이리하여 공명은 형주를 지키는 일을 총괄하고, 관운장은 양양襄陽
의 주요 도로들을 막고 청니애구(靑泥隘口: 섬서성 남전현藍田縣 동남)를 지
키고, 장비는 사군(四郡: 영릉·계양·무릉·장사)을 다스리고 장강을 순찰하
며, 조운은 강릉江陵에 군사를 주둔시켜 놓고 공안(公安: 호북성 공안)을
지키기로 했다.

현덕은 황충을 선두부대로 삼고, 위연을 후군으로 삼고, 자신은 유
봉劉封·관평關平과 함께 중군이 되어 방통을 군사로 삼아서 기병과 보
병 합해서 5만 명을 이끌고 서쪽으로 출발했다.

떠날 때에 임하여 갑자기 요화廖化가 한 부대의 군사들을 이끌고 항
복해 왔으므로 (*제27회에서 사라졌던 사람이 이때 비로소 나타났다.) 현
덕은 요화로 하여금 운장을 보좌하여 조조를 막도록 했다.

〖 16 〗 이해 동짓달에 현덕은 군사를 이끌고 서천을 향해 출발했다.
얼마 가지 않았을 때 맹달이 영접하러 와서 현덕에게 절을 하고 말했
다: "유 익주께서 저에게 군사 5천 명을 거느리고 멀리까지 가서 영접
하도록 하셨습니다."

현덕은 사람을 시켜서 익주로 들어가서 먼저 유장에게 보고하도록
했다. 유장은 곧바로 형주의 군사들이 오는 연도의 주州와 군郡들은 그
들에게 물자와 군량을 공급해 주라는 공문을 띄우도록 했다. 그리고

유장은 자신이 직접 부성(涪城: 부현. 사천성 면양시綿陽市 동쪽)으로 가서 현덕을 직접 맞이하려고 즉시 수레와 장막, 기치와 갑옷 등을 준비하되 반드시 선명하게 하도록 지시했다.

주부 황권이 들어가서 간했다: "주공께서 이번에 가시면 틀림없이 유비한테 해를 당하실 것입니다. 저는 여러 해 동안 주공의 녹을 먹어왔기에 차마 주공께서 남의 간계에 걸려드는 것을 보고만 있을 수가 없습니다. 부디 이 일을 재삼 깊이 생각해 주십시오."(*이미 사신을 보낼 때 간했고, 또 영접하러 나가려 할 때 간한다.)

장송曰: "황권의 이 말은 종친 간의 정의를 소원하게 갈라놓고 도적들의 위세를 길러주는 것이니, 실로 주공께는 무익한 말입니다."

유장은 이에 황권을 꾸짖었다: "내 뜻은 이미 결정되었는데, 그대는 어찌하여 나의 뜻을 거스르는가?"

황권은 머리를 땅에 부딪쳐 피를 흘리며 앞으로 다가가서 입으로 유장의 옷자락을 물고 가지 말라고 했다. 유장은 크게 화를 내며 옷자락을 잡아채며 일어섰다. 황권은 입으로 문 옷자락을 놓지 않았으므로 앞니 두 개가 쑥 빠져버렸다. (*황권의 이빨이 빠지면서 그의 충성심도 다 없어졌다.) 유장은 좌우 사람들에게 호령하여 황권을 끌어내도록 했다. 황권은 대성통곡을 하면서 돌아갔다.

〖 17 〗 유장이 출발하려 하는데 한 사람이 큰소리로 외쳤다: "주공께선 어찌 황공형(黃公衡: 황권)의 충언忠言을 들어주시지 않고 스스로 사지死地로 가려 하십니까?"

그는 계단 앞에 엎드려 간했다. 유장이 보니 건녕유원(建寧俞元: 운남성 징강현澄江縣 경내) 사람으로 성은 이李, 이름은 회恢였다.

그는 머리를 땅에 닿도록 절을 하며 간했다: "신이 듣기로는, 임금에게는 직언直言으로 간하는 쟁신諍臣이 있고, 아비에게는 바른 말로 간하는 쟁자諍子가 있다고 합니다. 황공형의 충의忠義의 말을 주공께서는 꼭 들어주셔야만 합니다. 만약 유비를 서천으로 들어오도록 허용하신다면, 이는 대문을 열어주어 호랑이를 맞아들이는 것과 같습니다."(*이회 역시 후에 가서는 현덕을 섬기게 되지만, 이때는 유장에게 충성하고 있었다.)

유장曰: "현덕은 나의 종형宗兄인데 어찌 나를 해치려 하겠는가? 다시 말하는 자가 있으면 반드시 참할 것이다!"

그는 좌우 사람들에게 이회를 끌어내라고 호통을 쳤다.

장송曰: "지금 우리 촉에는 문관文官들은 각자 자기 처자식들만 돌보고 주공을 위해서는 힘을 쓰려고 하지 않으며, 모든 장수들은 자기 공功만 믿고 교만하고 거만해져서 각자 딴 뜻을 품고 있습니다. 적은 밖에서 공격해 오고 백성들은 안에서 공격해 오는 상황에서, 유황숙의 힘을 빌리지 않는 것은 반드시 패하는(必敗) 길입니다."(*뜻밖에 나라를 팔아먹는 사람조차도 반대로 다른 사람들을 불충不忠하다고 비난한다.)

유장曰: "공의 계책이 나에게는 매우 유익하오."

다음날 유장은 말에 올라 유교문楡橋門으로 나갔다. 그때 어떤 사람이 알려왔다: "종사從事 왕루王累가 자기 몸을 새끼줄로 묶고 성문 위에 거꾸로 매달려 있는데, 한 손에는 간하는 글(諫章)을 쥐고 또 한 손에는 칼을 잡고서 말하기를, 만약 자기가 간하는 말을 들어주지 않으면 스스로 새끼줄을 끊어서 땅에 떨어져 죽어버리겠다고 합니다."(*이러한 방법으로 간하는 일은 종래에는 없었다.)

유장은 왕루가 쥐고 있는 글을 가져오라고 해서 읽어보았다. 그 내용은 대략 다음과 같았다:

〖 18 〗

"익주 종사從事 신臣 왕루는 피눈물을 뿌리면서 간절히 고하나이

다. 신이 듣기로는 '양약은 입에 쓰지만 병에는 이롭고, 충언은
귀에는 거슬리지만 행함에는 이롭다(良藥苦口利於病, 忠言逆耳利
於行)'고 하였나이다. 옛날 초楚나라 회왕懷王은 회맹會盟에 참석
하지 말라고 간하는 굴원屈原의 말을 듣지 않고 무관武關에서 열린
회맹에 참석했다가 진왕秦王에게 붙잡혀 가서 끝내 돌아오지 못하
고 그곳에서 죽었나이다.

　　지금 주공께서는 경솔히 이곳을 나가시어 부성涪城에서 유비를
맞이하려 하시는데, 가시는 길은 있어도 돌아오실 길은 없을까봐
두렵습니다. 만약 저잣거리에서 장송의 목을 베시고 유비와의 약
속을 끊어버리신다면 촉 땅의 모든 백성들을 위해서도 크게 다행
일 것이고, 주공의 기업인 이 서천西川을 위해서도 크게 다행일 것
이옵니다."

유장은 다 보고나서 크게 화를 내며 말했다: "내가 어진 사람과 만
나려는 것은 지초芝草와 난초蘭草처럼 향기 나는 풀을 가까이 하려는
것과 마찬가지 마음인데, 너는 어찌하여 번번이 나를 모욕하느냐?"

왕루는 크게 외마디 소리를 지르고 스스로 새끼줄을 끊어 땅에 떨어
져 죽고 말았다. 후세 사람이 이를 탄식하여 지은 시가 있으니:

성문에 거꾸로 매달려 간하는 글 바쳤으니	倒挂城門捧諫章
목숨 한 번 버림으로써 유장에게 보답했네.	拚將一死報劉璋
이빨 부러진 황권은 결국 유비에게 항복했으니	黃權折齒終降備
곧은 절개야 어찌 왕루만큼 단단하랴.	矢節何如王累剛

유장은 3만 명의 군사들을 거느리고 부성涪城으로 갔다. 후군으로
군사물자와 군량과 돈과 비단 등을 가득 실은 수레 1천여 대가 따라가
서 현덕을 맞이했다.

〖 19 〗 한편 현덕의 선두부대는 이미 숙저(塾沮: 사천성 합천현合川縣)에 당도했다. 그들이 이르는 곳마다, 첫째는 서천에서 필요한 것들을 공급해 주었기 때문에, 둘째는 백성들의 물건을 하나라도 함부로 취하는 자는 목을 베겠다는 현덕의 군령이 엄격하고 분명했기 때문에, 그들은 백성들을 추호도 침범하는 일이 없었다.

그래서 백성들은 늙은이는 부축하고 어린아이들은 손을 잡고 길에 가득 나와서 구경을 하고 향을 피우고 깍듯이 절을 했다. 현덕은 모두에게 좋은 말로 안심시키고 위로해 주었다. (*오자마자 바로 인심부터 수습한다.)

한편 법정은 은밀히 방통에게 말했다: "근자에 장송이 이리로 밀서를 보내왔는데, 말하기를, 부성에서 유장과 만나는 자리에서 곧바로 도모하는 것이 좋겠다고 했습니다. 이번 기회를 절대로 놓쳐서는 안 됩니다." (*장송의 계책은 너무 악독하다.)

방통曰: "이런 뜻은 당분간 말하지 마시오. 두 유씨劉氏가 서로 만날 때까지 기다렸다가 기회를 봐서 도모해야 하오. 만약 사전에 말이 새나가 버리면 중간에 무슨 변고가 생길지 모르오." (*방통은 그저 현덕까지 속여 넘기려고 했다.)

법정 역시 이를 비밀로 하고 말하지 않았다.

부성은 성도成都에서 360리 떨어진 곳에 있었다. 유장은 이미 당도하여 사람을 시켜서 현덕을 영접하도록 했다. 양편의 군사들은 모두 부강(涪江: 가릉강嘉陵江의 지류. 사천성 중부를 흐름) 위쪽에 주둔했다.

현덕은 성으로 들어가서 유장과 만났는데, 각기 형제간의 정을 이야기했다. 서로 인사를 마치자 현덕은 눈물을 뿌려가며 충정衷情을 하소연했다. (*현덕이 유표를 처음 만났을 때에는 눈물을 뿌린 적이 없었는데, 지금 유장을 만나보고는 눈물을 뿌리는 이유는 장차 서천을 취하려 하고 있기 때문이다. 차마 할 수 없는 일을 하려고 하기 때문에 눈물을 뿌린 것이다.)

연석이 파하자 각자 영채로 돌아가서 쉬었다.

유장이 여러 관원들에게 말했다: "황권과 왕루 같은 자들은 가소롭게도 내 종형宗兄의 마음도 모르면서 함부로 의심을 하였다. 내가 오늘 종형을 만나보니 참으로 어질고 의로운 분이었다. 내가 그를 얻어서 외부 지원군으로 삼았는데 또 어찌 조조와 장로 따위를 근심한단 말이오? 장송이 아니었으면 그를 놓칠 뻔했다."(*당분간 고맙다는 인사는 미뤄두고 자세히 더 살펴봐야 한다.)

그리고는 자신이 입고 있던 녹색 전포(綠袍)를 벗어서 황금 오백 냥과 함께 사람에게 주어 성도로 가서 장송에게 내려주도록 했다. (*사람들은 유장을 아둔한 자라고 말하는데, 그의 이러한 행동을 보면 그가 아둔한 자임을 곧바로 알 수 있다.)

이때 부하 참모들인 유괴劉璝, 영포泠苞, 장임張任, 등현鄧賢 등 한 무리의 문무관원들이 말했다: "주공께서는 아직 기뻐하지 마십시오. 유비는 겉으로는 부드럽지만 그 속은 단단해서 그 마음을 헤아릴 길 없는 사람입니다. 여전히 방비하고 계셔야만 합니다."(*후에 가서 이들 네 사람은 전부 싸우다가 죽는데 유장의 충신들이라고 할 수 있다.)

유장은 웃으며 말했다: "그대들은 다들 걱정이 너무 많다. 우리 형님이 어찌 두 마음을 품겠는가!"

사람들은 모두 한숨을 쉬면서 물러갔다.

〖 20 〗한편 현덕은 영채로 돌아와 있었다. 방통이 들어와서 보고 말했다: "주공께서는 오늘 석상에서 유계옥(劉季玉: 유장)의 동정을 보셨습니까?"

현덕曰: "계옥은 참으로 성실한 사람입니다."

방통曰: "계옥은 비록 좋은 사람이라 하더라도 그의 신하 유괴, 장임 등은 모두 불평하는 기색이 역력했는데, 그 불평 속에 무슨 나쁜 뜻이 숨겨져 있는지 보장할 수 없습니다. 제가 생각한 계책은, 내일 연석을 베풀어 계옥을 술자리로 부르시되 먼저 벽의 커튼 뒤에 도부수 1백 명을 숨겨두었다가 주공께서 술잔 던지시는 것을 신호로 연회석으로 나가서 그를 죽이는 것입니다. 그런 다음 성도로 몰려 들어간다면 칼을 칼집에서 꺼낼 필요도 없고, 활시위에 화살 한 대 얹을 필요도 없이 가만히 앉아서 서천을 평정할 수 있을 것입니다."(*유장을 죽이자고 권하는데, 공명 같으면 틀림없이 이런 말을 하지는 않을 것이다.)

현덕曰: "계옥은 나와 종친으로서 나를 성심성의로 대하고 있소. 게다가 나는 이번에 처음으로 촉 땅에 왔기 때문에 아직 백성들에게 은혜를 베풀지도 신의를 얻지도 못했소. 그런데 만약 그런 일을 한다면 위로는 하늘이 용납하지 않을 것이고 아래로는 백성들 역시 원망할 것이오. 공의 이번 계책은 비록 무력으로 천하를 다스리려 하는 패자覇者라 하더라도 하지 않을 것이오."(*왕자王者는 하지 않을 것이라고 하지 않고 패자覇者라도 하지 않을 것이라고 말한 것은 방통의 제안을 강하게 거부한 것이다.)

방통曰: "이것은 저의 계책이 아닙니다. 법정이 장송의 밀서를 받았는데, 그 밀서에서 말하기를, 일을 지연시켜서는 안 되니 조만간 도모하라고 했습니다."

말이 끝나기도 전에 법정이 들어와 보고 말했다: "저희들이 이렇게 하려는 것은 저희 자신을 위해서가 아니라 천명天命에 따르려는 것입니다."

현덕曰: "유계옥은 나와 종친이오. 나는 차마 그렇게 할 수 없소."

법정曰: "명공께서는 잘못 생각하고 계십니다. 만약 이렇게 하지 않으면, 장로는 촉의 유장이 자기 모친을 죽인 원수라고 생각하고 있기 때문에, 반드시 촉을 취하려고 쳐들어올 것입니다. 명공께서는 멀리서 산을 넘고 물을 건너오시면서 군사들을 휘몰아 이곳까지 오셨는데, 앞으로 나아가면 공을 세울 수 있지만 뒤로 물러서면 얻을 게 없습니다.

만약 의심 많은 여우처럼 망설이면서(狐疑之心) 시일만 오래 끌다 보면 계획은 크게 실패할 것입니다. 그리고 비밀 계책이 일단 누설되는 날에는 도리어 저들에게 당하게 될까봐 두렵습니다. (*방통은 서천을 취하는 것의 이점만 말하는데 법정은 도리어 취하지 않았을 때의 불리함을 말함으로써 한층 더 나아가고 있다.)

차라리 하늘이 허여許與해 주시고 인심이 돌아온 이때를 틈타서 저들이 미처 생각하지 못하고 있을 때 침으로써 조속히 기업基業을 세우시는 것이 실로 상책일 것입니다."

방통 역시 재삼 권했다. 이야말로:

주인은 몇 번이고 너그러운 마음 갖는데 　　　人主幾番存厚道
모신謀臣들은 오로지 권모술수만 권하네. 　　　才臣一意進權謀

현덕의 마음이 어떠한지 모르겠거든 다음 회를 읽어보도록 하라.

제 60 회 모종강 서시평序始評

(1). 장송張松이 몰래 서천西川을 조조에게 주려고 했으나 조조는 도리어 서천을 공연히 현덕에게 양보해 버리고 만다. 현덕은 겸손함으로써 서천을 얻었고, 조조는 교만함으로써 그것을 잃어버렸다. 허유許攸는 조조에게 버릇없이 굴었으나 조조가 그것을 참아줄 수 있었던 것은 당시에는 아직 원소를 깨뜨리지 못했기 때문에 화를 억누르고 그를 잘 대해 주었던 것이다. 장송이 조조에게 버릇없이 굴자 조조가 그를 참아줄 수 없었던 것은 그때는 이미 마초를 깨뜨린 후였기 때문에 뜻이 이루어져서 쉽게 교만해졌던 것이다(志滿而易驕).

(2). 글은 감출수록 더욱 드러나는 경우가 있다. 장송이 형주에 이르자 조자룡과 관운장이 그를 접대한 예禮와 현덕이 그에게 대답한 말은 분명히 공명이 가르쳐준 것이다. 글에서는 단지 자룡만 묘사하고, 운장만 묘사하고, 현덕만 묘사하면서 공명이 어떻게 준비하고, 어떻게 지시하였는지에 대해서는 이야기하고 있지 않지만, 독자들로 하여금 마음으로, 눈으로, 곳곳에 공명이 있음을 알 수 있도록 하고 있다. 참으로 신묘神妙한 필치이다.

(3). 공명은 현덕을 위해 서천을 몹시 취하고 싶어 했고, 또한 장송이 이번에 온 것은 서천을 팔려고 온 것임을 분명히 알고 있으면서도 현덕에게 모르는 체하고 있도록 함으로써 장송을 도발하고, 전혀 그 문제를 꺼내지 않음으로써 장송이 참다못하여 스스로 그 속생각을 털어놓을 때까지 기다리도록 하였다. 이는 오늘날 장사를 하는 사람들과 매우 닮았다. 그들은 이 물건을 사고 싶은 생각이 굴뚝같으면서도 일부러 사려는 마음이 없는 듯한 태도를 취함으로써 파는 사람이 팔려고 안달할 때까지 기다렸다가, 그런 후에야 그것을 사는 것과 닮았다. 그 묘사가 참으로 재미있다.

(4). 서천西川의 지도 한 폭은 공명이 초려草廬에 있을 때 이미 꺼내서 현덕에게 보여준 적이 있는데 어찌하여 장송이 지도를 줄 때까지 기다린 후에야 그것을 보는가?
나는 말한다: 공명의 지도는 형세의 대략을 표시한 것에 불과하다. 장송의 지도는 그 험요險要와 곡절曲折 등이 상세하게 기록된 것이다. 그 대략적인 것이야 이미 볼 수 있었다 하더라도 양식을 쌓아놓을 수 있는 곳이 어디이고, 복병을 둘 수 있는 곳이 어디인지는 장송이 없었으면 어찌 그 상세한 것을 알 수 있었겠는가? 하

물며 장차 험준한 서천에 쳐들어가려면 반드시 그곳을 잘 아는 사람이 있어서 그들보다 먼저 들어가서 그들과 안에서 호응할 수 있어야 한다. 이러므로 장송을 얻은 것은 또한 다만 지도 한 장 얻은 것에만 그치지 않는다.

(5). 현덕이 장송의 계책을 받아들인 것은 공명이 그리하도록 가르쳐준 것인데, 서천을 취하려는 계책은 방통이 주관하도록 한 이유는 무엇인가? 대개 공명은 형주를 지키는 것을 자신의 책임으로 간주하면서 특별히 서천을 취하는 일은 방통에게 위임하였던 것이다. 그는 형주로써 동오와 위魏의 침략을 막아내려고 했는데, 만약 우리가 서천에 들어가 버린다면 동오와 위魏가 그 틈을 타서 쳐들어올 경우 어떻게 하겠는가? 그러므로 유장劉璋의 사자가 스스로 찾아오지 않았다면 서천에 들어갈 수가 없다. 형주를 단단히 지키고 있지 않으면 서천에도 역시 들어갈 수 없기 때문이다.